DU MÊME AUTEUR

Aux Éditions Gallimard

AU-DELÀ DE LA MONTAGNE

I. LE PILIER

II. TERRE DE FER, CIEL DE CUIVRE

III. L'HERBE QUI NE MEURT PAS

MÈMED LE MINCE

MÈMED LE FAUCON

LA LÉGENDE DES MILLE TAUREAUX

LES SEIGNEURS DE L'AKTCHASAZ

I. MEURTRE AU MARCHÉ DES FORGERONS

II. TOURTERELLE, MA TOURTERELLE

TU ÉCRASERAS LE SERPENT

ALORS, LES OISEAUX SONT PARTIS...

LE ROI DES ÉLÉPHANTS ET BARBE-ROUGE LA FOURMI BOITEUSE
Illustrations d'Anne Bozellec (Folio junior, n° 241)

SALMAN LE SOLITAIRE

I. SALMAN LE SOLITAIRE

II. LA GROTTE

III. LA VOIX DU SANG

ET LA MER SE FÂCHA...

LE RETOUR DE MÈMED LE MINCE

LE DERNIER COMBAT DE MÈMED LE MINCE

SALIH L'ÉMERVEILLÉ

LA LÉGENDE DU MONT ARARAT

Du monde entier

YACHAR KEMAL

REGARDE DONC L'EUPHRATE CHARRIER LE SANG

UNE HISTOIRE D'ÎLE - I

roman

Traduit du turc par
Altan Gokalp

nrf

GALLIMARD

Titre original :

FIRAT SUYU KAN AKIYOR BAKSANA
Bir Ada Hikayesi 1

NOTE DU TRADUCTEUR

Le récit qui suit est un roman. L'action et les personnages se réfèrent souvent au contexte historique de l'Empire ottoman entré dans la Première Guerre mondiale aux côtés des puissances centrales. L'Empire trouvera son naufrage dans cet engagement. De la guerre d'Indépendance nationale (*Istiklal Harbi*) menée après la défaite ottomane par le général Mustafa Kemal, futur Atatürk, et après la victoire finale contre la Grèce en 1920, naîtra en 1923 la Turquie contemporaine.

Pour assurer « l'homogénéité ethnique » de leurs pays, la paix revenue, la Grèce et la Turquie signeront le 30 janvier 1923 sous l'égide de M. Nansen, délégué par la Société des Nations, un accord mutuel d'échange de populations. La Grèce recevra un million deux cent cinquante mille réfugiés grecs originaires d'Anatolie dans un pays de cinq millions d'habitants ruiné par la guerre et la défaite. La Turquie recevra six cent mille personnes au titre de cet accord, dans un pays peuplé de douze millions d'habitants. Seule leur appartenance musulmane assimilera ces derniers à des « Turcs », nonobstant leurs origines ethniques et culturelles très diverses et complexes liées à l'histoire des Balkans. Cet échange de populations n'était pas basé sur le volontariat des candidats au départ, il était obligatoire, c'était un exode forcé pour tous.

Bien qu'il s'agisse d'une fiction, le récit s'appuie sur quelques repères historiques qu'il convient de rappeler ici afin de faciliter la compréhension du contexte de ce roman. En effet, l'auteur « promène » ses personnages sur les trois fronts principaux de l'Empire ottoman qui prendra fin avec la Grande Guerre.

Janvier 1915 voit la première offensive des armées de l'Empire en Anatolie orientale contre les armées russes. La défaite ottomane sera terrible : sur une armée de quatre-vingt-dix mille hommes seuls douze mille survivront à Sarıkamış, près de Kars. Les pertes sont dues non seulement à l'avancée russe mais à l'impréparation des Ottomans : les soldats mourront par milliers, gelés dans le froid de l'hiver anatolien, avec un équipement dérisoire.

Un deuxième front se met en place au même moment : c'est l'offensive ottomane contre le canal de Suez, à travers le Sinaï, contre les Anglais. C'est également un échec, puisque l'Égypte ne se révoltera pas contre les Anglais. C'est le front de Mésopotamie.

En janvier-mars-avril 1915 s'installe un troisième front, celui des Dardanelles. Pour établir une liaison avec les Russes, les Français et les Anglais tentent de forcer le détroit des Dardanelles par une offensive navale de grande envergure et une tentative de débarquement d'un corps expéditionnaire qui menace la capitale de l'Empire. Sous la direction de Mustafa Kemal, l'armée ottomane repoussera l'offensive au prix de centaines de milliers de victimes des deux côtés.

L'Empire cesse d'exister avec la signature de l'armistice de Moudros en octobre 1918. C'est son démembrement programmé, mais aussi, à partir de 1919, le début de la guerre d'Indépendance. Le traité de Lausanne, signé en juillet 1923, établira la paix définitive entre les belligérants.

Pour préserver la saveur des noms, des choses et des expressions, nous avons préféré en garder certains sous leur forme vernaculaire. Pour la transcription et la prononciation du turc, en usage depuis 1928, quelques précisions minimes sont nécessaires :

La lettre « u » se lit « ou », le son « u » du français étant rendu par la lettre « ü ». De même « ö » se lit « eu ».

La lettre « c » se lit « dj » comme dans *djinn.* Le « s » est toujours prononcé à sa valeur, quelle que soit sa position dans le mot. En revanche, avec une cédille, « ş », il se prononce « ch » comme dans *chat.* Le « c » cédille, « ç », se prononce « tch » comme dans *tchin-tchin !* La lettre « ı », « i sans point », donne un son entre le « i » et le « eu », comme dans « chi*cken* ».

Toutes les notes en bas de page sont du traducteur.

À Thilda, avec amour et nostalgie

Chapitre premier

L'aube s'annonçait. La mer, étale, était d'un blanc lumineux. Le seul bruit perceptible était celui de l'eau qui glissait le long des rames. Les goélands ne s'étaient pas encore réveillés. Aux instants qui précèdent le lever du jour, quand la terre entière est silence, la mer se pare ainsi de cette blancheur sans limites.

Poyraz[1] Musa ramait depuis la veille au soir, presque sans reprendre son souffle, sans hâte, avec un rythme régulier, en parfaite harmonie avec l'onde.

De temps en temps une risée à peine perceptible naissait, pour s'évanouir aussitôt. L'odeur de la sueur du jeune homme se mêlait aux senteurs marines brassées par le mouvement des rames. Il était fatigué mais n'y prêtait pas attention. Quand il vit la mer se parer de blancheur, il oublia les brûlures de ses paumes, la fatigue, tout. Avec le petit souffle du point du jour, une joie l'investit tout entier, comme pour un envol. Il s'ébroua comme s'il n'avait pas ramé depuis la veille, empoigna les rames : la barque se mit à filer comme si elle avait des ailes. La mer était encore toute blanche. La barque, le ciel,

1. Poyraz est le nom du vent de nord-ouest dans la mer de Marmara. C'est une déformation – à peine – du terme grec *boreas* qui désigne le nord (cf. « boréale» en français, de même origine). Musa est la version turque de Moïse.

les étoiles étaient de ce même blanc éclatant. Poyraz Musa aussi baignait dans le blanc, de la tête aux pieds.

Lorsque le jour s'empara des montagnes d'en face, la mer devint toute moirée. Un tourbillon de couleurs mêlant le violet lumineux, l'orange vif, le vert profond, le jaune brillant et le rouge éclatant parcourait la surface de la mer. Quand il se retourna, Poyraz Musa aperçut l'île, droit devant la proue, toute proche; il cessa de ramer, se dressa debout dans la barque, les bras en croix. Il respira profondément; la barque tanguait tout doucement. Il avait la sensation de vivre un instant miraculeux : l'île baignait dans une lumière rose. Ce flot de lumière se reflétait sur la mer, ondoyait au rythme de la houle imperceptible.

Poyraz Musa resta là, sans bouger, bercé par le lent tangage de la barque, comme dans un rêve, jusqu'à ce que la couronne du soleil apparaisse. La blancheur de la mer disparut en un instant comme au fil de l'eau. Puis ce fut le tour d'un rose fleur de pêcher de s'emparer des hauteurs de l'île. Les étoiles s'éteignirent après un dernier éclat. Un poisson, presque de la taille d'un enfant, fit un grand saut hors de l'eau, éblouissant de couleurs bleu acier, vert acier, violet acier et rouge acier, pour replonger. Des poissons grands et petits jaillissaient comme à tour de rôle, signaient leurs éclats de couleurs en l'air, un instant, et retombaient laissant leur trace sur la mer, une surface de la taille d'un enfant, tout en paillettes lumineuses.

Sourire aux lèvres, Poyraz Musa se rassit, empoigna les rames, mit la proue vers l'est et commença à ramer en longeant la côte. Vers la fin de la matinée il atteignit l'anse devant l'île. Il sauta sur la grève de galets et tira la barque. Après avoir fait quelques pas il se retourna, contempla les trois immenses platanes : ils étaient couverts de bourgeons; un vert tendre duveteux caressait l'air, la mer. Il marcha vers le sud, devant les maisons à deux étages alignées en front de mer, jusqu'à la dernière. De là, il orienta ses pas vers l'est en suivant l'alignement des maisons en bois à deux étages. Puis il entra dans le village : toutes les maisons étaient en bois, la plupart peintes dans une couleur lie-de-vin, d'autres en violet aubergine, en bleu, en blanc éclatant. Toutes les maisons du front de mer étaient elles aussi de ce blanc lumineux. Les trois moulins à vent du village étaient eux aussi tout blancs. Ils baignaient dans un jeu de lumières, à tout instant. Poyraz Musa prit le chemin du moulin posé sur la colline du milieu. Les ailes du moulin tournaient lentement. La porte était ouverte, il fit quelques pas vers l'intérieur, avec une petite appréhension. Sur l'énorme et lourde pierre de meule cerclée d'un large anneau de fer des grains de blé étaient éparpillés çà et là, un rebord en bois d'un empan entourait la meule en granit tacheté pour aboutir à un déversoir en bois qui conduisait la farine vers un pétrin situé en contrebas.

Quand il fut à l'intérieur de cette tour construite en pierre de taille, Poyraz Musa se sentit tout drôle ; de très loin dans son souvenir, lui parvenait une odeur de farine toute chaude. Avec son père ils chargeaient les sacs de blé sur des chevaux harnachés et allaient au moulin à eau au pied de la montagne d'en face. Avant même les abords du moulin, on percevait de bien loin le murmure de l'eau et cette odeur ténue de farine tiède. À la vue de cette pierre meulière, le murmure de l'eau dans les oreilles, la fragrance de la farine dans le nez... Aux quatre coins du moulin des figuiers grands comme des platanes, d'immenses peupliers argentés élancés, des vignes qui enlacent les peupliers, des grenadiers qui s'étendent jusqu'au flanc de la montagne... Si c'est le mois de juin, l'ondoiement écarlate des fleurs de grenadier... Sur les rives du canal des rangs de menthe sauvage, mille et un parfums qui se mêlent à l'odeur de la farine. L'eau bouillonnante, écumante qui se déverse des aubes de la roue du moulin. Mille et une fleurs qui ornent le bord de l'eau. L'odeur de l'eau mêlée au parfum de la farine. La vigne tout en jaune d'or entrelacée avec les figuiers. Tout baigne dans le jaune. Les champs de blé lumineux. La plaine... La plaine est dans le tourbillon d'une lumière jaune, parcourue de vagues : une mer de lumière qui s'agite file vers le ciel, tournoie et étincelle. Jusqu'à la fin de la mouture Poyraz Musa ne quittait pas le haut des figuiers. Lui assis sur une branche, des grives dorées de la taille d'un pigeon sur les autres pour compagnes.

Il eut un sourire imperceptible. Il fit un pas vers l'intérieur jonché de sacs, de pièces de ferraille rouillée, de roues dentées ébréchées; et plus loin, posés contre le mur, une latte percée de trous sur toute sa longueur avec des intervalles de quatre doigts joints et un empennage d'aile de moulin qui n'avait jamais vu le vent; plus loin encore des casseroles de cuivre toutes cabossées, sans fond, à même le sol.

Il monta à l'étage en faisant grincer les lattes de l'escalier de meunier. Il sentait encore cette fragrance de farine venue de nulle part, mêlée des odeurs d'origan et de lait de figue pas mûre. Une fois là-haut, il fut ébloui par une lumière violente : quatre fenêtres s'ouvraient comme des meurtrières surdimensionnées aux quatre orients. Les quatre volets, arrachés, gisaient par terre. Il alla devant la fenêtre du sud; au loin on apercevait la mer, sans vagues. Les toits de tuile romaine des maisons étaient comme sous ses pieds.

C'est en allant d'une fenêtre à l'autre qu'il se rendit compte de l'épaisseur des murs. Il se hissa péniblement jusqu'à une des fenêtres-meurtrières pour en évaluer la profondeur – presque une brasse. Il sauta du renfoncement de la meurtrière, mais il retomba mal sur ses pieds et faillit dégringoler. Il était épuisé. Il se redressa. Il s'orienta vers la deuxième fenêtre. Au loin il discerna les vergers de pêchers dont il avait aperçu les jeux de lumière rose sur la mer au lever du jour. Tout ce qui existait sur terre : le ciel, la mer, la terre, les fleurs, les oiseaux, les arbres, les verts, les orangés, le violet, tout avait viré à ce rose de pêcher en fleur. Poyraz Musa se regarda un instant : de la tête aux pieds il était de ce rose, jusqu'à la moelle. Les nuages, comme posés au-dessus du moulin, de ce rose intense filaient vers le sud, laiteux. Il se tourna vers la fenêtre à l'est. C'était encore le rose. Il fila vers la fenêtre du nord, comme essoufflé : parmi les buissons nimbés de rose il aperçut une forme obscure animée d'abord d'un mouvement imperceptible, puis qui se mettait à avancer tapie, courant, pour s'évanouir définitivement dans le paysage. Il tressaillit d'angoisse et d'agacement. Il descendit les marches quatre à quatre pour se retrouver dehors. Il marcha vers le milieu de la place d'un pas alerte, ouvrit la porte de la première maison devant lui. Les branches du platane du nord couvraient le toit de la maison. Les nids blottis dans les branches étaient vides. La maison était vide elle aussi; complètement vide de tout objet. Il regagna sa barque, posée sur les galets. Elle était toute bleue des reflets de la mer. Il se pencha dedans pour récupérer son matelas; il eut un mal fou à le sortir de là. Il finit par le tirer par les cordes qui le tenaient roulé en paquetage. Il le traîna sur les galets. Mort de fatigue, il n'eut pas le courage de dérouler le matelas; sans même se déshabiller il s'écroula sur la chose qui s'était mise de traviole, là. À cet instant il aperçut la forme fugace de tout à l'heure. Il n'avait même plus la force de se lever pour aller récupérer le reste de ses affaires dans la barque. Mais si la forme était un homme, et s'il lui prenait l'idée de lui piquer sa barque avec tous ses biens... Il se releva d'un bond, fonça sur les rames qu'il récupéra; il verrouilla la porte à double tour, il revint dérouler le couchage, mais s'y écroula de tout son poids sans l'avoir fait.

Il était sur un cheval tout blanc. Il chevauchait dans une plaine plate comme la main à l'horizon improbable. La plaine… la plaine était d'un blanc lumineux, baignant dans la lumière. Une végétation haute, aux grandes fleurs roses, caressait le ventre de la monture, mais poussait au point d'engloutir la bête. La lumière était de la partie elle aussi, tout en mouvement. Un torrent, arraché aux flancs de la montagne d'en face déferlait vers la plaine, dans le tumulte, pour disparaître soudain parmi la végétation rose. Tout d'un coup, le tumulte du torrent s'arrêta, net. Le cheval se cabra; la montagne devint toute rose. Des ombres roses s'étendirent sur la plaine.

La Méditerranée baignait dans son voile de brume bleue. Les lumières coulaient en torrent.

La pluie tombait, toute rose.

Le cheval cabré hennissait, la robe devenue rose. La montagne, rose, se mit en mouvement dans une écume de lumières. Un déluge rose dévalait de la montagne tout en écume. La plaine résonnait des hennissements de milliers de chevaux blancs aux reflets roses. C'était un immense envol de chevaux ailés; les ailes se touchaient, les crinières et les queues s'emmêlaient.

Juste après, les chevaux, la plaine, devenue toute jaune, plongèrent dans les ténèbres. La mer, d'un bleu intense, le ciel et les nuages de ce même bleu furent baignés de lumière.

Tout était transfiguré par cette lumière poudreuse, pour virer ensuite au rose. Une pluie torrentielle commença à dégringoler. Tout replongea dans les ténèbres, à ne pas voir le bout de son nez. Du milieu de ce noir d'encre une montagne de lumière surgit, en tourbillonnant. Elle fila vers la mer dans l'éclat de ses feux. La mère des ténèbres redevint de cette blancheur qui inonde le monde de sa lumière. Le cheval retrouva le rose de sa robe.

Poyraz Musa était au milieu de sa barque. Les paumes en

cloques agrippées aux rames, ses bras ne suivaient même plus, ils n'avaient même pas la force de sortir les rames de l'eau. Il laissa les rames se poser sur l'eau pour scruter le paysage, aux quatre orients. Rien, pas un morceau de terre, nulle part. Les goélands étaient déchaînés au-dessus de sa tête avec leurs cris rauques, comme s'ils allaient l'attaquer et le mettre en pièces. Il prit peur, se recroquevilla au fond de la barque. Là-haut, les goélands, aile contre aile. Il retint son souffle. La montagne marcha vers la mer, encore dans les ténèbres. Elle brillait de toutes ses lumières, en s'engouffrant dans la mer, tel un bateau qui sombre. Elle s'engloutit, ne laissant que ses lumières en surface. Les abîmes de la mer s'inondèrent de lumière. Tout au fond, des épaves énormes, des bancs de poissons qui virevoltent, des albatros aux ailes vastes se mêlaient. Tout était pris dans un maelström sans fin, à engloutir même les étoiles.

La mer avait retrouvé son blanc laiteux. Poyraz Musa s'était accroupi sur les galets de la grève, le menton posé sur les genoux. À regarder de là, à perte de vue, on pouvait voir la mer dans ses moirés pailletés de violet d'acier, de vert et de rouge, de reflets d'acier, en mille et un reflets. Poyraz Musa se redressa, les mains sur les hanches, puis marcha vers la barque d'un pas chaloupé. Il tira sa cassette en noyer de son sac fait dans un kilim et s'assit plus loin sur un bloc de pierre taillée. Les branches de l'immense platane devant lui descendaient jusqu'à la mer. Les nids au creux des branches étaient tous vides. Où étaient-ils donc partis, les oiseaux? Il retrouva la clef dans sa poche, la mit dans la serrure du coffret. Il s'ouvrit après trois drelin, drelin cristallins. Il retira d'abord son cuir à aiguiser le rasoir, puis le rasoir, sa brosse et son savon de mousse à raser, son petit pot à barbe. Il remplit le bol d'eau de mer. Son savon était certes de bonne qualité, mais avec l'eau de mer, cela moussait à peine. Il se retourna et vit la fontaine au milieu des trois platanes derrière lui, sur la place. Une joie tout en sourdine, chaude et lumineuse, emplit son cœur. Il alla à la fontaine. Dès le premier tour du robinet une eau abondante s'écoula. Il appuya sa bouche contre le robinet et but tout son soûl. Quelle soif ! Et dire qu'au beau milieu de toute ces eaux il n'avait pas réalisé qu'il brûlait de soif. Il emplit son pot à barbe, revint s'asseoir sur son bloc de pierre. Il pensa aux bas-reliefs qui ornaient l'arche de la fontaine, en train de s'estomper. Puis ces inscriptions en gribouillis sous le bas-relief. Qui sait ? Du grec, peut-être ?

Son savon moussa immédiatement en abondance. Il prit son temps pour étaler la mousse sur son visage. Il passa le rasoir sur le cuir à aiguiser ; en deux mouvements il rasa sa barbe de cinq jours avec la précision et la maîtrise de l'habitude. Il se massa le visage avec de l'eau de Cologne. Il remisa tout son attirail dans le coffre, qui refit les trois drelin, drelin au verrouillage.

La séance de rasage l'avait remis d'aplomb. Il alluma aussitôt un petit feu et y mit à chauffer l'eau de sa théière. Une pincée de thé dedans et il posa un plat creux de cuivre repoussé sur la nappe qu'il étala sur les galets. Il prit une poignée de fromage de l'outre en peau de chèvre sur laquelle quelques poils pendouillaient encore. Il avait agrémenté son repas d'un morceau de pain, d'un oignon et de miel. Il versa le thé couleur sang de lapin[1] dans son verre tulipe à taille de guêpe qu'il leva à hauteur d'yeux. Admiratif, il observa le verre un moment. Le thé était limpide.

Une petite risée vint de la mer, porteuse de l'odeur de marée. Les branches des arbres bougèrent imperceptiblement.

Les feuilles toutes jeunes bougèrent à peine elles aussi.

1. Expression courante en Turquie pour désigner « la robe » du thé : rouge intense et non « ambré » du thé de Ceylan.

Poyraz Musa se leva, secoua sa nappe vers la mer, remisa le tout dans la barque et marcha vers les maisons. Il rouvrit la porte de la maison où il avait passé la nuit, récupéra son couchage et l'étala devant la barque, sur les galets. Une odeur de moisi venait de son matelas. Il se tourna vers la mer, les poings sur les hanches. La surface en était à peine ridée. Le petit souffle à peine perceptible et qui s'évanouit aussitôt, et tout au loin, dans le ciel, ce nuage en boule qui ne bougeait point. Lorsqu'il regarda vers la maison il aperçut encore cette forme qui remuait derrière les ronces. Il sentit une inquiétude fugace en lui. Qu'est-ce donc que cette ombre furtive dans cette île déserte ? « Installons-nous d'abord, on avisera après ! » Il retourna à la barque. D'un coffret un peu plus gros que le précédent il sortit son revolver. C'était un Nagant. Il était chargé, la balle engagée. Il le mit à son ceinturon qu'il serra plus que d'habitude. Il marcha vers les maisons. Il s'arrêta à la première porte au hasard. Elle n'était pas fermée à clef. Aussitôt qu'il eut poussé la porte, la lumière inonda l'intérieur. La première chose qu'il aperçut fut une araignée rouge de la taille d'une abeille, qui avait installé une toile immense dans un coin et élu domicile à l'angle supérieur droit de sa toile. Face à la porte se trouvait la cheminée avec une plaque de marbre noir veiné de blanc. Il y avait des cendres et des morceaux de bois brûlé qui semblaient s'être tout juste éteints. Le dessus était en bronze festonné. Le conduit de cheminée gainé de marbre perçait le plafond et continuait à l'étage. Le sol était en pierre de Malte. Deux fenêtres étaient placées aux côtés du foyer, deux autres près de la porte. La façade intérieure des volets en bois était très bien ouvragée elle aussi. Les fenêtres s'ouvraient vers l'intérieur, les volets vers l'extérieur. Il ouvrit les quatre fenêtres avec précipitation. L'intérieur de la maison était un tout petit peu empoussiéré mais tout était impeccable. À droite, une porte conduisait à la cuisine. La batterie de cuisine y était au complet. Bizarrement, la cuisine ne sentait pas le moisi. Il monta l'escalier. Pas de poussière sur les marches. La cire était intacte. Il y avait un vaste salon en haut; une grande fenêtre perçait le mur nord de la pièce couverte de panneaux peints jusqu'au mur d'angle. Le premier représentait un paysage maritime de bord de mer avec de grandes fleurs qui ne ressemblaient à rien de connu : rouges, mauves, roses, jaunes, pourpres... toutes de lumière. L'artiste avait mis un soleil orange au beau milieu de toutes ces fleurs. Si l'on avait soupçonné que de telles fleurs pouvaient éclore ainsi sur la terre, on aurait sûrement fait le tour du monde pays par pays pour les dénicher, même au-delà du mont Qâf[1]. Sur la mer, trois bateaux voguaient toutes voiles dehors vers l'infini, vers la lumière. À l'horizon, le ciel avait des ailes.

Le tableau de gauche ressemblait au premier, mais les fleurs étaient différentes, magiques. Un troisième tableau au-dessus allait du bas de la fenêtre jusqu'au plafond. Le peintre avait mis tout son art de la peinture florale, la magie de son coup de main, la lumière de ses yeux pour composer ce jardin de paradis. Ici aussi les fleurs entouraient une mer lumineuse et la mer se perdait au loin dans la lumière. Au-dessus de ces lumières il y avait une fleur unique aux pétales bleus rejoignant le ciel. C'était peut-être la fleur qui avait le plus de magie. Des deux côtés, deux cygnes s'avançaient vers la rive, tournant le dos à la fleur lumineuse entre terre et ciel. Un autre cygne allait à leur rencontre.

Poyraz Musa se dit que s'il était resté plus longtemps à rêver il aurait pu entendre les battements d'aile du troisième cygne. Il redescendit rapidement l'escalier, et alla jusqu'au rivage. Son cœur battait très fort. Il respira longuement,

1. Il s'agit de l'appellation mythique du mont Caucase désigné par la lettre de l'intilé arabe *qâf* (cf. : *Les Mille et Une Nuits*).

ferma les yeux : des files de cygnes, d'énormes fleurs bleues, magiques, pleines de lumière, défilèrent devant ses yeux. Il les ouvrit et fut ébloui. Un flot de lumière envahissait ses ténèbres. Il retourna vers la maison, elle s'avançait vers lui avec toutes ses fleurs. Il remonta les marches quatre à quatre, se planta devant le tableau aux fleurs. Il ne savait plus s'il avait les yeux ouverts ou fermés. Il redescendit et remonta l'escalier. Il ne savait même plus quand il avait visité les autres maisons.

Vers le soir, il revint à la première maison, il était taraudé par l'inquiétude. «Je ne veux pas de cette maison, dit-il, cette maison est ensorcelée... » De la fenêtre il regarda la colline d'en face, vers les moulins à vent. Il aperçut à nouveau l'ombre furtive. Manifestement l'ombre d'un humain, mais justement, pourquoi se cachait-il ainsi, plutôt que de venir à sa rencontre ?

Il descendit les marches quatre à quatre, il courut vers l'endroit où il avait aperçu la forme. Il chercha dans tous les coins : personne. Il monta sur la petite colline, il scruta partout avec minutie, pas le moindre mouvement qui ressemblât à l'ombre furtive. En redescendant il crut apercevoir à nouveau la forme. Elle apparut pour disparaître instantanément. « Nom de nom, cette ombre se fout de moi ! grommela-t-il. C'est une île aux fées ou c'est quoi ici ! Si les fées s'emparent de l'île elles vont posséder les îliens aussi ! Et si par hasard cette ombre furtive... Sinon, pourquoi cette île du paradis serait restée déserte ! ? Et si les tableaux de la maison étaient l'œuvre d'artistes aux ordres des fées ? Sinon comment des gens normaux auraient pu réussir à faire ces peintures magiques qui tournent la tête de ceux qui les regardent ? Et si toutes ces maisons étaient habitées par des fées ? Dans ce cas, quid de l'ombre furtive ? Elle apparaît et disparaît aussitôt. » Il sourit : « Cette île est ensorcelée, possédée par les fées », pensa-t-il. « Dois-je aller dans une autre île, sans fées ? Y a-t-il au moins une île assez grande sans les fées ? » se demanda-t-il enfin.

Il repartit sur la rive, alluma un feu et y posa une casserole pour se faire une soupe.

Jusqu'à minuit il resta sur le rivage. Ensuite, il alla à la maison du bout avec son couchage sur le dos. Il posa son matelas sur les marches de l'escalier extérieur, alluma sa lanterne de marin et pénétra à l'intérieur. La maison sentait la résine. Il déroula son matelas à droite de la cheminée, verrouilla la porte. Il s'endormit aussitôt qu'il posa sa tête sur l'oreiller.

Il se réveilla très tôt. Le jour ne s'était pas encore levé. Il alla jusqu'au rivage en marchant sur les galets dont les bruits marquaient ses pas. La mer scintillait avec des reflets moirés d'acier. Il porta son regard sur le lointain. Là-bas, au-dessus des montagnes du continent qu'on devinait, des nuages se levaient. Des nuages tout blancs et qui bourgeonnaient. Soudain tout devint comme un jardin. Les fleurs étaient celles d'un paradis, que personne n'avait vues auparavant. Elles étaient pareilles à ces fleurs des panneaux peints de la maison, mais plus grandes et plus colorées : le rouge était écarlate, du jaune, du rose… un mauve éclatant de brillance.

Une main mystérieuse vint; elle repeignit la mer tout en orange, tout en lumière. Puis, telle une flèche, une lumière rouge étincela, en un clin d'œil, elle fit le tour des platanes et s'en alla. Enfin ce fut le point du jour, d'un seul coup, d'un seul. Musa alla vers la barque. Il y récupéra d'abord son grand coffre en noyer. Il était très lourd. Il l'avait saisi par les deux anses, prenant appui sur son ventre. Il était tellement lourd qu'il dut le poser à mi-chemin. Il était tout en sueur.

Il traversa la cour avec le coffre qu'il déposait et reprenait sans arrêt et le posa sur le perron de l'escalier de marbre, devant la porte. C'était un de ces coffres en noyer venus de Maraş et célèbres dans toute l'Anatolie du Sud-Est. Le couvercle et les côtés étaient en noyer massif et la façade était ornée d'un bas-relief représentant un cerf en plein élan.

Chaque fois qu'il ouvrait ce coffre il s'en dégageait une odeur de pommes sauvages de montagne. Il prit la clef dans sa poche, l'introduisit dans la serrure qui fit trois fois drelin, drelin. Il sortit un baluchon orné de fleurs bleues et prit son pantalon bleu marine. C'était une culotte de cheval. On aurait dit qu'il venait d'être repassé. Il se déshabilla rapidement; d'un autre paquetage il sortit des sous-vêtements tout neufs, il enfila sa chemise de soie et son gilet. Il prit la plus belle de ses cravates, la cravate verte qu'il ne portait que pour les grandes occasions. Ses bottes à soufflet étaient au fond, il les sortit.

Ah, s'il avait eu un vrai miroir en pied pour se mettre vraiment sur son trente et un! «Laisse tomber», se dit-il. Il enleva en vitesse tous ses vêtements et les rangea avec soin dans leur paquetage. Il remit ceux qu'il venait de quitter. Il fila vers sa barque. Tout ce qui était dedans, il le transporta à la maison en trois fois. D'une petite boîte il retira sa montre de marque Longines, la chaîne en or de la montre avait du mal à tenir dans le creux de sa main, il la remit dans sa poche. Il reporta le paquetage des habits à la barque, puis revint. Il s'assit sur les marches, pensif. Comment allait-il verrouiller la porte de cette maison? Et s'il ne fermait pas à clef, cette ombre n'allait-elle pas venir en son absence et lui emporter tout son bien? «À supposer que l'homme emporte tout, il l'emportera où donc?» pensa-t-il. S'il avait envie de voler quoi que ce soit dans cette île où il n'y a pas âme qui vive, il lui suffirait de casser la porte. «Eh bien, tant pis», dit-il. Il se leva et se mit à marcher. Il n'avait même pas fermé son coffre à clef. Tout son argent, il le gardait dans une bourse en soie accrochée à son cou. Il sauta dans la barque, empoigna les rames. Sur la mer sans vagues la barque filait comme une flèche. Il comptait être en vue de la côte avant la tombée de la nuit. Il avait eu beaucoup de difficultés pour trouver l'île à l'estime. Il fallait atteindre la côte et le bourg avant demain après-midi, à tout prix. « Et si le vent se lève, se dit-il, on sera cuit ! » Il avait confiance en sa bonne étoile.

Après avoir avancé durant un bon moment, vite et en filant comme les cygnes, il retira les rames, regarda vers l'île : elle était bien loin. Les ailes des moulins à vent tournaient lentement comme sûres d'elles-mêmes, avec majesté. Les trois platanes apparaissaient à la fois plus allongés et plus larges, posés comme trois collines sur la grève. Le soleil se reflétait sur les façades toutes blanches des maisons du front de mer, cette lumière illuminait toute l'île. Soudain, il sursauta, inquiet, les paumes en sueur : il avait vu l'ombre sur la grève. L'ombre se tenait là, allongée, lui faisait des signes de la main. Mais c'est bien un homme cette ombre, nom de nom ! Il se leva et fit des signes de la main jusqu'à ce que l'ombre s'arrête de s'allonger. Que fallait-il faire ? Revenir sur l'île pour attraper cet homme ? Il reprit les rames à toute vitesse, fit faire demi-tour à la barque et se mit à souquer de toutes ses forces. Il entendait le bruit du flot sur l'étrave, voyait l'écume de la vitesse. Il se retourna pour vérifier. Il allait devenir fou : l'ombre s'était évanouie. « Chien ! hurla-t-il de toutes ses forces. Reste tout seul sur cette île, sale chien, et crève de solitude ! Meurs ! » Il tira sur la rame de droite, vira de bord.

Tout en ramant de toutes ses forces, il se retournait dans l'espoir de voir l'ombre réapparaître, et comme l'ombre n'apparaissait point il se mettait en colère, enchaînant des jurons. Putain, je ne retournerai pas sur cette île pendant une semaine, une semaine, putain ! Crève donc !... Je ne vais plus y revenir, putain !

Une fois expulsée toute sa colère, il se sentit plus calme, plus serein, avec l'entrain qui s'était emparé de lui il se mit à ramer avec régularité. L'embarcation filait en silence sur une mer sans rides laissant derrière la poupe une trace dont l'écume s'éteignait aussitôt. Poyraz Musa avait vécu pas mal en Méditerranée. Il avait vu d'autres mers, mais jamais d'aussi calmes.

Il rama toute la journée jusqu'à la tombée de la nuit. Entre chien et loup il rentra les rames, il tartina son quignon de pain rassis de fromage de chèvre. Il mangea avec appétit. Il tira une longue rasade de l'eau de sa cruche. La mer balançait doucement la barque. « C'est peut-être les mers de printemps qui sont comme ça », pensa-t-il. Il se reposa une heure, allongé dans la barque. Lorsqu'il reprit les rames il était bien reposé, comme s'il venait de renaître. Les étoiles éclairaient la mer qui scintillait par-ci par-là. « Les étoiles paraissent différentes selon qu'on les regarde en plaine, sur des alpages, dans le désert ou en mer », pensa-t-il. Ici les étoiles paraissaient énormes, très loin, mais c'était comme si de chacune la lumière coulait vers la mer. Il naviguait à l'estime en se guidant sur les étoiles. Mais il n'y avait pas que l'étoile polaire comme repère ; il y avait d'autres étoiles dans ses calculs. Pour s'orienter, les étoiles sont aussi vitales que dans le désert. Il ne sentait presque pas la fatigue en ramant, et dès qu'elle s'annonçait il s'arrêtait de ramer cinq à dix minutes, il profitait de ces moments de répit pour contempler ces étoiles plantées dans les ténèbres et écloses comme des roses de lumière. Tout requinqué, il reprenait les rames.

De temps en temps il pensa à cette ombre sur la grève, longue et qui s'allongeait, mais il ne s'y arrêta pas. Il revoyait les jours anciens, l'autre versant du mont Qâf, le roi des rois des oiseaux, les monts Gavurdağ qui se dressent au beau milieu de la plaine, les enchaînés dans les cachots de la forteresse de Payas, la ville d'Urfa[1], les orangeraies de Dörtyol,

1. L'antique Édesse.

les villages couleur d'orange, les torrents qui dévalent tout en écume des monts Gavurdağ, sa propre enfance, son père, les combats durant la guerre… tout défilait devant ses yeux en ordre dispersé.

Il se leva. Il regarda en direction du continent. La mer commençait à blanchir. Sur la côte en face des ombres géantes se mouvaient dans le flou, des lumières à peine perceptibles apparaissaient pour s'éteindre aussitôt.

Il mouilla l'ancre qui atteignit le fond assez rapidement. Il pensa que la côte était distante de moins d'un mille. Il étala sa capote de l'armée, la recouvrit de la pèlerine de feutre des bergers et se recroquevilla au fond de la barque. En se réveillant il vit le soleil monter de l'horizon, il se redressa lentement, regarda alentour. Le bourg était droit devant. Il se pencha vers la mer, se lava la figure, il tira une serviette de l'équipet de la proue, se sécha, se peigna, se lissa les moustaches en se regardant dans un miroir à main. Il urina longuement dans la mer. Il constata que la barque n'avait pas pris une goutte d'eau. Il en fut content mais étonné. De l'équipet de proue il retira le paquetage brodé de fleurs. Il plia soigneusement les vêtements du dessus et les posa sur la planche. Il prit du linge neuf. Le col de sa chemise était brodé à la mode d'Alep, le gilet avait quarante boutons et était d'un tissu bleu de grande valeur. Il s'habilla rapidement.

Ah, s'il avait eu un vrai miroir en pied pour voir si tout était en ordre ! Il noua sa cravate avec soin et la fixa avec son épingle surmontée d'une perle ; il glissa une pochette en soie blanche immaculée dans la poche près du col de sa veste. C'était au tour du *kalpak*[1]. Il était enveloppé d'un grand tissu de soie. Il défit le tissu, il prit le *kalpak* avec soin.

1. Toque de fourrure d'astrakan très répandue au Caucase et qui était le couvre-chef distinctif des combattants turcs de la guerre d'Indépendance.

C'était du vrai astrakan. Pendant un moment il observa l'objet dans ses mains avec fascination, tant il le trouvait de belle facture.

Il posa le *kalpak* sur sa tête d'abord de guingois, à la manière des combattants de la guerre d'Indépendance. Il s'observa dans la glace ; il n'aima pas. Il le redressa.

Ses bottes à soufflet venaient du meilleur bottier d'Alep. C'est quasiment en les caressant comme on le ferait avec un objet de culte qu'il les chaussa.

Il plia sa capote militaire pour la placer sous lui en guise de coussin sur le banc du rameur. Il empoigna les rames ; il les maniait en souplesse, sans qu'une goutte apparaisse dans leur mouvement régulier. La barque glissait comme un cygne.

Il gagna la côte et entra dans la petite anse. Il accéléra l'allure avec force. À toute vitesse sur son erre, la barque monta sur le sable du rivage, hors de l'eau de la proue jusqu'en son milieu. Il posa pied à terre avec soin. Quelques jeunes baguenaudaient près de l'embarcadère. Il leur fit signe de venir ; ils accoururent.

« À vos ordres, Maître !

— Tirez-moi cette barque au sec. »

Les jeunes hissèrent la barque jusqu'au pied de la falaise. Poyraz Musa leur glissa quelques sous dans la main, leurs yeux s'illuminèrent.

« Je vais faire un tour en ville, gardez un œil sur ma barque.

— Ce sera fait, Maître ! »

Le ton de Poyraz Musa était tellement sans appel que les jeunes n'étaient pas loin de se mettre au garde-à-vous.

« Veillez bien sur ma barque, hein !

— Nous ne bougeons pas d'ici ! »

Il se dirigea vers le petit bourg. Il trouva la place du marché sans même en demander le chemin. C'était une rue commerçante tout en longueur. Il dépassa la boutique d'un premier barbier-coiffeur qui lui parut bien délabrée.

Quelques échoppes plus loin il trouva un autre barbier mais les grosses moustaches blanches et le gros ventre de l'homme ne lui inspirèrent pas confiance. Un peu au-delà, sur l'autre trottoir il aperçut un panneau « Barbier – Élégance et Bon Augure », il traversa la rue. À l'intérieur, le barbier, un gars d'âge moyen, de grande taille, au long cou, avec des moustaches tombantes et le visage sévère, passait machinalement son rasoir sur le cuir à aiguiser. Poyraz Musa pensa que c'était le bon. Ce genre de gars pouvait bien être le plus bavard des barbiers. Il s'approcha de la porte. Avant même qu'il ait fait quelques pas, la porte s'ouvrit. Avec une expression qui suait l'hypocrisie servile, le barbier vint à sa rencontre, une main sur la poignée de la porte, l'autre sur le cœur : « Soyez le bienvenu, Maître, entrez donc, Seigneur, votre visite est pour nous plaisir et honneur ! »

Lorsque Poyraz Musa fut à l'intérieur, l'autre prit une serviette sur son épaule pour épousseter le fauteuil. « Soyez le bienvenu, Maître ! Nous sommes honorés de votre visite ! Bienvenu à notre bourg, Seigneur ! » soliloquait le barbier tout en nouant une serviette autour du cou de Poyraz Musa.

L'échoppe était bien vieillotte, toute délabrée. « Il a dû l'hériter de son grand-père », pensa Poyraz Musa.

« Je m'appelle Nuri, le barbier d'"Élégance et Bon Augure". Je suis venu ici d'Istanbul. J'avais un grand salon de coiffure à Beyoğlu[1], hommes-dames. J'avais neuf coiffeurs grecs, garçons et filles, qui travaillaient chez moi. "Ah, la roue de la fortune ! Que tu deviennes aveugle et que ta demeure s'écroule donc, la roue de la fortune !" » Il soupira longuement : « Qui pouvait imaginer un tel sort pour nous autres ! La guerre a éclaté et nous nous sommes retrouvés dans cette bourgade. J'ai acheté cette boutique à un vieux qui avait

1. Ancien quartier chic européen, appelé « Péra », de la Constantinople impériale.

peut-être plus de cent ans. Il paraît que le père et même le grand-père de cet homme exerçaient ce noble art dans cette boutique. Du coup j'ai voulu garder son cachet à cette boutique centenaire ; comme une antiquité, quoi ! En fait il n'y a pas de travail du tout. Personne par ici ne passe chez le barbier, mon Seigneur, tout le monde traîne avec des barbes qui descendent sur le ventre et des cheveux jusqu'à la taille. Ils sentent mauvais, mon Seigneur, ils puent, ô Maître, lumière de mes yeux ! Or, dans le temps jadis l'or tombait en pluie sur cette boutique. » Il fit un geste de la main vers l'extérieur. « Ces maisons... », puis il désigna la mer, « ces îles en face, en totalité, c'étaient des Grecs. Eux partis, la prospérité est partie aussi. Bon Dieu, avons-nous mérité cette déchéance ? Des barbiers comme moi, y en avait pas de pareils non seulement à Istanbul mais même à Paris, et même à Athènes. Maître, permettez-moi de vous faire une confidence, ce monde ici-bas n'a plus de sens ni de goût, nous avons même du mal à manger à notre faim ! »

Il remit de l'eau dans l'aiguière qui chauffait sur le brasero.

« Dois-je vous laver les cheveux ? »

Poyraz Musa savait bien causer à ce genre de bonshommes ; d'un ton impérieux il fit : « Oui, tu vas le faire ! »

« Votre désir est un ordre, Maître ! »

Le barbier acheva ses préparatifs et les ciseaux commencèrent à tailler dans la chevelure de Poyraz Musa. Quand il s'agit de coiffeurs qui connaissent leur art, le rythme des ciseaux est un mouvement d'horloge. Que le coiffeur parle, crie, que le canon tonne tout près de son oreille, le mouvement d'horloge des ciseaux ne saurait être perturbé.

« Quelle idée leur a pris de faire partir les Grecs ! On vivait avec eux ici en toute fraternité. Ils ne nous ont rien fait de mal... Eux partis, la prospérité est partie aussi. Il n'y a plus un menuisier ou un maçon pour le bâtiment, plus un tailleur pour coudre ni un forgeron pour réparer la charrue... Il n'y a plus un seul médecin, un vétérinaire, un charpentier de marine ni un mécanicien pour réparer un moteur. Nous risquons la famine désormais, ô Maître, lumière de mes yeux. Vous, les gens lettrés, vous savez certainement cela : pourquoi donc ont-ils fait partir ces Grecs ? J'ai beau penser avec mes faibles moyens je n'arrive pas à y trouver une raison d'être ni un sens. Qui donc a pris la décision de les faire déguerpir et de nous mettre dans l'état où nous sommes aujourd'hui ? »

Avec un mouvement brusque Poyraz Musa redressa la tête, il s'en était fallu de peu que les ciseaux le blessent. Il attendit un moment, puis il parla avec un ton de colère : « C'est nous qui avons pris la décision de les faire partir, cher monsieur ! Vous m'entendez ? Nous ! »

Le barbier prit peur, s'emmêla les pinceaux :

« Vous voulez dire, Sa Hautesse... C'est-à-dire, vous ? Vous-même ? Peut-on jamais imaginer qu'un mal quelconque vous soit imputable. Je sais bien que le doigt que la charia fait couper ne souffre pas[1]. Ces Grecs avaient certes beaucoup de savoir-faire et de talent mais ils avaient bien mérité l'exil, même la mort. Seigneur-maître ! Ils l'avaient mérité de toute évidence, en tout cas ! »

Poyraz Musa :

« Continue ton travail, barbier. Maintenant tu vas répondre à mes questions sans hésitation ni tergiversation. N'aie pas peur ! Continue à coiffer. »

Les mains du barbier tremblaient. Il faillit laisser tomber les ciseaux par terre.

« N'aie donc pas peur, monsieur le barbier, vous pouvez

1. Expression populaire qui fait allusion au fait qu'au nom de la charia islamique on coupe la main du voleur en guise de châtiment. Cela signifie : « La loi doit passer en toutes circonstances, il ne peut être question d'état d'âme. »

faire beaucoup mieux qu'eux, mais nous les avons fait partir. Ne t'en fais pas ! »

Il rit aux éclats :

« Le passé c'est le passé. Maintenant tu vas me renseigner en détail sur le maire, le trésorier-payeur, le directeur de l'Office de l'état civil. J'ai une longue expérience et j'ai vite compris que tu es un homme intelligent, qui a bien vécu et qui a survécu aux revers de la fortune. Si tu dis la vérité et en toute vérité, tu ne risqueras aucun mal. Raconte-moi maintenant le trésorier-payeur, tout ce que tu sais sur lui et ce que les gens disent de lui. Raconte-moi tout. Tu as beaucoup à gagner !

— À vos ordres, Seigneur ! À vos ordres ! À votre entier service, Maître. À votre service ! »

La trouille du barbier était dissipée, les ciseaux avaient repris leur mouvement régulier, comme avant.

« J'ai bien saisi ce que vous avez dans la tête, Maître ! Si j'ai bien compris, c'est le bon Dieu qui vous envoie ici. Le maire comme le trésorier-payeur sont devenus millionnaires. Ils ont amassé des jarres d'or. Ils ont acheté des palais et des *yalı*[1]. Quant au directeur de l'état civil, c'est un pauvre bougre. On peut lui mettre le couteau sur la gorge, il n'acceptera pas de pot-de-vin. Il n'y a qu'un truc pour lui : la louange. Il prétend que son grand-père était un khan des Tchétchènes, ou un seigneur, un truc comme ça. Il faut lui dire : "Mais nul n'ignore la noblesse et la renommée de votre lignage ni dans l'immense terre ottomane, ni en Iran, ni en Turan[2], ni même dans la République de Turquie." Si tu lui dis : "Va donc auprès de Mustafa Kemal, le sauveur de cette grande patrie, celui qui a un cœur de tigre, une crinière de lion, les

1. Hôtels particuliers en bord de mer avec quai privé, notamment sur le Bosphore.

2. Patrie mythique des Turcs en Asie centrale, par opposition à l'Iran, patrie de leurs ennemis, dans *Le Chahnâme* de Firdevsî.

yeux couleur de mer et les cheveux de soleil. Tu verras ce que Mustafa Kemal dira de ton ancêtre le Khan." Si tu lui parles comme ça il se fait poussière à tes pieds[1]. Il te donnera sa vie en sacrifice.

— J'ai compris. Tu seras gratifié, barbier. Ton amour pour cette Nation, jamais la patrie ne l'oubliera. Mais un conseil d'ami : tu ne parleras plus des Grecs comme tu l'as fait avec moi avec des gens que tu ne connais pas; tu risques d'avoir de très graves ennuis...

— Pardon, Maître, contrition, *mea culpa, mea maxima culpa*... plus jamais!

— À la bonne heure!

— Oui, je disais donc que ces margoulins ont mis en vente toutes les maisons abandonnées par les Grecs, soi-disant aux enchères. Tu parles, jamais de la vie; personne n'a jamais vu ni entendu une vente aux enchères du moindre champ ou de la moindre maison. Ils ont tout vendu en sous-main, en catimini. Pour trois sous versés au Trésor, ils en ont mis cent dans leurs poches. Ils sont devenus riches comme Crésus de la sorte. Dans cette bourgade, tout le monde, de sept à soixante-dix-sept ans, connaît leur prévarication. Si tu as un truc à régler chez le trésorier-payeur, mettons, il faut entrer sans frapper. S'il y a du monde, il faut attendre. Lui, il devine ce que tu veux rien qu'à ton attitude. Il expédie ceux qui sont là, il te serre la main, il te fait asseoir en face de lui. Il te commande un café. Si après les petits mots de politesse d'usage, avant même de lui faire part de ta demande, tu fais le geste vers la bourse, il comprend vite. L'or que tu devras lui donner est proportionnel à l'importance de ta demande. Mais le minimum est de trois pièces d'or. Si tu en mets deux

1. Formule officielle ottomane de respect – «Que je sois la poussière sous vos pieds» – que les fonctionnaires utilisaient en fin de texte dans leur correspondance avec les dignitaires du palais.

au lieu de trois, il se fâche. Et si par mégarde tu lui proposes une seule pièce, tu te fais casser la figure, et ce, qui que tu sois. Tu tentes de résister? Il fait venir ses malabars qui attendent dehors pour qu'ils te cassent les os menu.»

Le barbier était tout excité, parlait vite; les ciseaux accéléraient le mouvement à mesure.

Cela faisait longtemps que l'aiguière sur le brasero répandait de la vapeur chaude dans la pièce.

Le barbier apporta le plat à barbe qu'il plaça sous le menton de Poyraz Musa, fit mousser le savon, passa son rasoir deux ou trois fois sur le cuir à aiguiser. Un parfum de savon mélangé de vapeur d'eau traînait dans l'air.

En deux coups de rasoir, le barbier vint à bout de la barbe. Il vida l'eau savonneuse et remit de l'eau froide dans l'aiguière sur le feu. L'eau bouillante tiédit. Il lava la tête de Poyraz Musa avec un savon qui sentait très bon. Les cheveux furent peignés avec soin, puis il les aspergea d'eau de Cologne. La vapeur parfumée fut encore plus dense dans la pièce. Poyraz Musa donna une somme conséquente au barbier de la maison «Élégance et Bon Augure», qui se plia en deux pour l'accompagner à la porte.

«À la prochaine, j'espère, mon Seigneur et Prince!

— Je reviendrai, monsieur le barbier.»

Il se ravisa et revint : «Tu ne connaîtrais pas quelqu'un par ici qui me cirerait les bottes avec soin?

— Comment donc, Maître, mon Sultan, je ne vais quand même pas envoyer un monsieur de votre rang chez un cireur. Rentrez donc, je vous prie, et prenez place sur le fauteuil, je vous ferai venir tout de suite le cireur qu'il vous faut. Ne vous donnez pas cette peine, surtout pas, je vous en prie.»

Il le prit par le bras pour le reconduire dans la boutique, le fit s'asseoir dans un fauteuil et partit toutes voiles dehors pour revenir aussitôt en traînant le cireur par le bras.

Poyraz Musa observa d'abord les mains du cireur puis son

coffret à cirer. Oui, c'était un bon. Sur le dessus de son coffret il y avait un envol de grues cendrées en incrustation qui le traversait de part en part. Sur l'autre côté un voilier en nacre bleue filait derrière un arbre. L'art du cireur n'avait d'égal que celui des incrustations de son coffre : en un tour de main, il cira et fit briller les bottes.

Poyraz Musa donna une somme que le cireur n'espérait certainement pas et repartit. Il prit le chemin des bureaux du trésorier-payeur. Il se planta raide et hautain devant le concierge et lui dit : « Va tout de suite chez monsieur le Directeur; tu lui diras : "Poyraz Musa veut rencontrer votre personne." Mais tu lui diras exactement comme je te l'ai dit. »

Abdülvehab Bey, le trésorier-payeur, avait déjà entendu sa voix haute et claire, impérieuse, il s'était levé pour venir à sa rencontre. Rien qu'au ton de la voix de son interlocuteur, Abdülvehab Bey savait repérer s'il avait affaire à un militaire de l'armée des Forces nationales, un agha, un bey, un inspecteur, un officier, un paysan ou un urbain de petite bourgade. Il l'accueillit à la porte. « Soyez le bienvenu, maître Poyraz.

— Merci, je m'appelle Musa.

— Oui, maître Musa. »

Le trésorier-payeur se frottait les mains avec gêne.

« Poyraz est mon surnom. C'est Ali Saip Bey, le héros national de la défense d'Urfa et le compagnon d'armes de Mustafa Kemal Pacha, qui m'a donné ce surnom lorsque nous combattions les Français sur le front d'Urfa. Actuellement il est député d'Adana au Parlement national.

— Pour votre information, maître, moi aussi, je me suis battu, à ma faible mesure, sur le front des Dardanelles, et à Sakarya. J'ai été blessé quasi mortellement sur le front d'Afyon. Oui, maître... »

Ils étaient arrivés devant le bureau, Le trésorier-payeur passa son bras sous celui de Poyraz Musa pour le conduire cérémonieusement vers la chaise et le fit s'asseoir. Il s'installa lui-même sur la chaise d'en face. Son fauteuil était resté vide. Poyraz Musa savait que ces égards étaient bien plus importants que d'être accueilli à la porte.

« Vous prendrez bien quelque chose, maître.

— Un café sans sucre, avec votre permission.

— Un café sans sucre. Pour moi aussi. Je vous en prie. »

Le factotum qui attendait avec respect près de la porte accourut.

Jusqu'à l'arrivée des cafés ils échangèrent des propos sur la pluie et le beau temps. Quand le café arriva tous les deux aspirèrent leur première gorgée avec le bruit rituel d'appréciation.

« Votre employé sait bien comme on fait le bon café. » Il reprit une autre gorgée avec bruit. Il se tourna vers l'employé qui était planté là dans sa posture respectueuse. « Je te remercie. Tu as réussi un bon café bien mousseux.

— À votre santé, Seigneur et Maître !

— Tu peux sortir. »

L'employé sortit de la pièce à reculons.

« Savez-vous, maître, nous avons beaucoup subi, beaucoup souffert. Ils nous ont mis dans le besoin au point de nous pousser à courir derrière un quignon de pain. Maître, c'est pourtant nous qui avons coulé les armadas étrangères devant les Dardanelles sous le commandement de Mustafa Kemal Pacha. C'est nous qui avons combattu des journées durant, trempés jusqu'à l'os sous la pluie battante, baïonnette au clair, qui avons été blessés, qui avons vu la mort en face. »

Il enleva sa veste, défit un gros bouton de manchette en or, remonta la manche de sa chemise jusqu'à l'épaule. Il y avait la cicatrice d'une blessure profonde du coude jusqu'à l'épaule.

« Je suis sous-lieutenant d'artillerie, maître, j'ai vu l'ennemi venir d'en bas. À peine cinquante mètres entre nous.

Que faire ? Je me suis emparé du fusil du soldat d'à côté. J'ai foncé dans le tas, baïonnette au clair, en hurlant : Allah ! Allah ! Puis, je ne me rappelle plus rien. Les ténèbres. J'ai ouvert les yeux à l'église de l'Île-Fourmi. Et si l'ennemi avait planté sa baïonnette un empan plus à gauche, sur le cœur ? Je ne serais pas ici, aujourd'hui. »

Il racontait avec entrain et enthousiasme, avec le talent d'un conteur d'épopée, la bataille des Dardanelles, les navires en train de sombrer, les mêlées au corps à corps, combien d'Anglais ils avaient tués, le champ de bataille débordant de cadavres, l'envol de vautours, d'aigles et d'autres rapaces de toute la création sur le champ de bataille, la manière dont ils déchiquetaient les cadavres. C'était la énième fois qu'il racontait l'épopée de la bataille des Dardanelles, avec chaque fois l'effet garanti sur l'auditoire bouche bée.

« L'Île-Fourmi est juste ici, en face. Il y avait de bons médecins. On y amenait des blessés par bateaux entiers. À l'intérieur de l'église, les blessés étaient presque empilés les uns sur les autres. On avait aussi évacué l'école voisine, elle était pleine de blessés elle aussi. C'était le flux continu des blessés qu'on transférait des Dardanelles. Au fur et à mesure des arrivées on vidait les maisons, les gens déménageaient chez le voisin. Je me rappelle comme si c'était hier avoir vu dix familles entassées dans une seule maison. Les filles et les femmes grecques de l'île étaient toutes devenues infirmières ou cuisinières. Parfois il n'y avait plus rien à manger et ce sont les Grecs qui ouvraient leurs réserves. Quand il ne restait plus rien chez les Grecs, c'était la famine pour les blessés, pour les Grecs et pour nous. À ce moment-là c'étaient les villages turkmènes de la région qui venaient à notre rescousse. En barques, en bateaux à moteur, on apportait du ravitaillement dans l'île. »

Poyraz Musa en avait tellement entendu de ces récits de la guerre qu'il en avait marre. Mais il n'avait même pas envie de se payer la tête du trésorier-payeur tant était grand son talent de conteur.

Quand il en eut fini avec les Dardanelles, ce fut le tour du front de Sakarya. Le trésorier-payeur était en extase. Après le dernier récit il marqua une pause, puis il en vint à évoquer sa vision de Mustafa Kemal en méditation sur la neige, couvert de sa capote militaire. L'enthousiasme devint alors du délire; il se leva et commença à gesticuler, la bouche presque écumante. Il pointa l'index vers la mer en criant : «Armées, votre premier arrêt sera la Méditerranée[1] ! »

Poyraz Musa extirpa sa montre gousset de la poche de son gilet et la consulta. Le trésorier-payeur ne manqua pas d'observer la beauté de l'objet. Il revint sur les boutons de manchette en or incrusté de saphir. Il avait du mal à quitter des yeux ces boutons de manchette. Une si belle montre de valeur... ces boutons de manchette... un homme si bien habillé... Il se rendit compte qu'il avait été un peu trop loin :

« Je vous prie de m'excuser, maître Poyraz Musa, je demande expressément votre pardon. Je me suis laissé emporter. Quand je m'excite de la sorte je ne parviens pas à me retenir. Je n'y parviens jamais en fait. Comment pourrais-je... nous avons tant souffert... veuillez me...

— Je vous en prie ! »

La voix était altière, ferme.

« Veuillez m'excuser, j'ai même oublié de me présenter. Pardon. Mon nom est Abdülvehab Efendi.

« Je vous remercie, Abdülvehab Bey ! »

Abdülvehab Bey prit son air contrit, se frottant les mains avec gêne :

« Ah ! j'aurais quelques suppliques à vous soumettre. Vous

1. Célèbre ordre de marche de Mustafa Kemal pour l'assaut final des armées turques contre l'armée grecque en déroute, le 30 août 1920.

le savez, la peine rend disert, le mal-être fait pleurer. Avant la guerre, j'étais un jeune secrétaire de vingt ans à l'administration fiscale. J'ai été libéré de mes obligations militaires comme lieutenant de première classe. Vous le savez, ceux qui n'ont même pas vu la face de la guerre ont été gratifiés de médailles, décorations, titres, d'emplois, de postes, d'hôtels particuliers et de rentes de toutes sortes, de fermes et de palais, alors que ma modeste personne qui fut traînée de front en front cinq ans durant, moi qui fus blessé à deux reprises, je suis resté sans rien, avec un bonnet d'âne sur la tête. Et voilà où j'en suis, à somnoler dans ce coin de bourgade au milieu de nulle part. »

Il se redressa avec colère, prit place derrière son bureau en se laissant tomber avec bruit sur son fauteuil. Il garda le silence pendant un moment, les doigts croisés, planta ses yeux dans ceux de Poyraz Musa, le regarda fixement et longuement. L'autre soutint son regard, sans ciller. L'échange était intense.

« L'emportement, maître, l'emportement. Le manque d'équité. Pardonnez-moi, je n'ai même pas pu m'enquérir de l'objet de votre visite, vos désirs sont des ordres.

— Je vous en prie, j'avais une petite requête. Vous savez, l'île aux fourmis que vous mentionnez tout à l'heure…

— Oui, l'*Île-Fourmi*.

— Eh bien, j'ai élu domicile sur cette île. »

Le visage de Abdülvehab Bey s'illumina.

« Oui, mon cher monsieur, vous me voyez ravi, enchanté. Toute la plaine a été raflée par ceux qui sont venus des quatre coins du monde, que sais-je, du Caucase, de la Crète, des autres îles, ils se sont donné en partage toutes les côtes. Et il n'y en eut pas un seul pour dire : “Et moi je m'installe dans l'île aux fourmis.” Je suis vraiment ravi et enchanté. Dans quelle maison avez-vous élu domicile ? »

Poyraz Musa se leva, vint à côté du directeur, lui prit le

crayon et dessina la carte de l'île sur le papier qui servait de sous-main sur le bureau :

« C'est cette maison-là, dit-il

— Tout à fait ce qu'il faut. C'est une très belle maison; une construction récente, quasiment neuve. C'est la maison de Manolis le *çorbacı*[1]. Il était le plus gros commerçant de la région pour ce qui est du vin, des tissus et de l'huile d'olive. Il exportait le vin et l'huile d'olive vers l'Italie et il faisait venir ses tissus de là-bas. C'est tout à fait un bon choix, maître, Son Excellence a vraiment fait le choix de la plus belle maison. Elle a aussi un grand jardin. Il y en a au moins pour trois mille *archines*[2] carrées.

— Oui, il y en a. »

À nouveau Abdülvehab tourna son regard perçant vers Poyraz Musa et le regarda droit dans les yeux. Il attendit.

Avec un rien de précipitation Poyraz Musa fouilla dans la poche intérieure de sa veste, il en sortit une bourse de velours aux reflets dorés; Abdülvehab Bey remarqua avec satisfaction la rondeur de la bourse. Un sourire béat s'installa sur son visage. Tout en sourire, comme lui, Poyraz Musa tira sur le cordon de la bourse, prit cinq pièces d'or qu'il posa devant le directeur. Le directeur se tint comme figé et son sourire du moment se transforma en un visage de souffrance.

Poyraz Musa se précipita presque :

« Respectable maître Abdülvehab Bey, pensez-vous que cela est insuffisant?

— Je vous en supplie, mon estimable frère. Pas du tout, mon estimable frère, mais, vous le savez bien, nous autres, nous sommes des personnes lésées, ayant subi la férule des puissants. Notre peine profonde vous est bien connue, cet État nous a réduits au point d'espérer un quignon de pain. »

1. Dignitaire ottoman appartenant à la communauté grecque.
2. Mesure ottomane de longueur égale à 66 centimètres.

Poyraz Musa ressortit la bourse, fixa le directeur, qui avait pris une pose d'homme perdu dans ses pensées. Quant à Poyraz Musa, il se tenait là la bourse ouverte à la main. Abdülvehab jeta un regard sur la bourse puis regarda le visage de Poyraz Musa. Il fit le signe de trois avec les doigts de la main droite. Aussitôt, trois pièces supplémentaires brillèrent devant lui.

« Maître ! c'est presque le début de l'après-midi, vous allez mourir de faim ! Suis-je étourdi, où avais-je donc la tête ? J'ai failli laisser notre estimable hôte mourir d'inanition. La honte soit sur moi ! Est-ce une manière de traiter notre hôte qui vaut tout l'or et les joyaux du monde ? L'émotion, maître, l'émotion ! »

Tout en égrenant ses excuses il gardait les yeux fixés sur la montre gousset que l'autre avait sortie de la poche du gilet. C'était une Longines et rien que la chaîne en or aurait eu du mal à tenir dans le creux d'une main.

« Venez donc, allons au restaurant de Hadji Stavro. » Il se leva, passa son bras sous celui de Poyraz Musa, ils descendirent l'escalier avec entrain.

« Après le déjeuner nous irons au cadastre. Mais je vous en prie, ne lui donnez pas plus d'une pièce d'or. C'est comme si votre argent était le mien. Sans que j'en aie eu vent, ce fripon de directeur du cadastre a dépouillé l'humanité entière et il est devenu riche comme Crésus. Une livre, ça lui suffit largement. Vous allez lui donner l'argent devant moi. S'il trouve qu'une livre d'or ne suffit pas, je vous ferai signe, vous lui donnez une pièce de plus ; mais pas deux ! Nous aurons le titre de propriété sur-le-champ !

— Je veux aussi le titre pour le moulin à vent.

— N'insistez pas sur ce moulin. Il ne vaut rien. À vos ordres, cher Maître, vous aurez les titres de propriété et moi j'organiserai la vente aux enchères de ces biens immobiliers. Bien entendu personne ne verra les annonces de la vente…

Le jour venu… ne vous en faites pas… c'est facile comme tout. »

Ils entrèrent dans le restaurant bras dessus, bras dessous.

Ils expédièrent vite leur déjeuner pour aller aussitôt à la direction du cadastre.

« Comment avez-vous eu connaissance de la situation de l'Île-Fourmi ?

— C'est par un ami qui fut blessé aux Dardanelles et qui fut soigné dans l'île que je l'ai su. Cet ami était intarissable pour vanter les mérites de l'île. Pour lui, l'endroit était le paradis sur terre et les habitants étaient des anges. C'est ainsi, cher monsieur, que j'ai pris la décision de finir mes jours dans l'île.

— Allons allons ! Vous paraissez si jeune, cher maître. Êtes-vous marié ?

— Non, je ne le suis pas.

— Sachez quand même qu'à part un goéland solitaire il n'y a pas âme qui vive sur l'île. Cette île on l'a appelée l'"Île-Fourmi". Le nom grec est *Mirmingi.* Cela veut dire la fourmi. En fait il n'y a même pas une seule fourmi sur l'île. Personne ne veut s'y installer ; on croirait qu'elle est hantée. En revanche des abeilles, il y en a, tant et plus. C'est bizarre, non ?… Alors, vous ne vous êtes jamais marié ?

— Non, je ne me suis pas marié.

— C'est vrai, vous êtes très jeune. Mais, est-ce raisonnable de vous condamner à la solitude à votre âge sur cette île ? Vous savez, toute la région déborde de réfugiés de la Roumélie[1], du Caucase, du sud et du nord de l'Anatolie, mais personne n'a voulu s'installer sur ces îles. Tous ceux que j'ai fini par convaincre d'aller s'y installer gratuitement sont revenus au bout de deux jours. Dans cette île des fourmis, j'ai eu beau

1. Partie européenne de l'Empire ottoman. Littéralement : « Pays de Rome », c'est-à-dire Byzance.

prier et supplier, pas une créature humaine n'a voulu y aller. Si vous le désirez, maître, je vous réserverai une belle ferme à la terre riche. Pas besoin de beaucoup d'argent. L'échange des populations a pris fin ; personne ne vient plus par ici. Je peux vous vendre cette ferme pour quelques pièces d'or. Vous pouvez le demander aux uns et aux autres, dans cette contrée j'ai donné des maisons à ceux qui n'en avaient pas, de la terre aux paysans sans terre sans demander une aspre[1].

— Non, monsieur, je n'en veux pas. Moi, je vais m'installer sur l'Île-Fourmi. Il n'y aurait personne là-dessus que cela ne changerait rien : je vais y habiter tout seul.

— Tout comme Robinson ?

— Peu m'importe comme qui, j'habiterai cette île ! »

Il avait beau se creuser la tête, il n'arrivait pas à situer ce mécréant de Robinson. C'était bien un solitaire sur une île mais c'était qui ? À la manière dont Abdülvehab Bey avait lancé le nom il avait quand même compris que c'était quelqu'un de célèbre et important.

« Ne vous en faites donc pas, dans les mois qui suivent, on parviendra bien à y envoyer quelques personnes. Mais je l'ai dit, dès qu'on dit l'île, les gens d'ici ont la trouille. »

Poyraz Musa avait envie de dire : « Moi aussi j'ai peur », mais il se retint.

« J'aime bien la solitude. »

Le préposé au cadastre les accueillit avec empressement, leur présenta des fauteuils de cuir et il s'assit face à eux sur une chaise. Il leur fit le petit discours de politesse d'usage.

« Vous prendrez bien quelque chose, maître ?

— Un café, sans sucre. »

À son tour Abdülvehab Bey dit :

« Un café sans sucre. »

1. Pièce d'argent.

En attendant les cafés ils parlèrent de l'état du pays. Oui, c'était normal qu'on en soit là. Le pays sortait de la guerre exsangue, avec de graves blessures. La République venait d'être proclamée. Sous la férule de Mustafa Kemal cette nation allait parcourir des pas de géant, rattraper le niveau de la civilisation contemporaine et la saisir bien fort par le col pour ne plus la lâcher.

Abdülvehab n'en revenait pas. Quel cinglé, ce Talip ! Qu'est-ce que c'était que ce nouveau baratin ? Avec eux, ses copains, il n'arrêtait pas de morigéner Mustafa Kemal le bolchévique, ne trouvait pas de mots assez durs pour exprimer sa rage. Il dévisagea Talip longuement. Le préposé au cadastre s'était mué en une statue de respect obséquieux : les genoux joints, la veste boutonnée, les mains sur les genoux. Il y avait anguille sous roche. Il y avait quelque chose de mystérieux chez ce Poyraz Musa. Sinon ce chien ne se serait jamais mis au garde-à-vous de la sorte, même chez le sultan. Ce n'était pas possible que quelqu'un d'aussi poli et de raffiné, un vrai gentleman, s'appelât Poyraz Musa. Pour sûr c'était un pseudonyme. Des pseudonymes comme ça, seuls les gros bonnets de l'armée de libération pouvaient s'en affubler.

On présenta les cafés; ils burent.

« Nous avons une sollicitation à vous faire. Monsieur a une petite demande. »

Talip se leva et prit place derrière son bureau qui avait beaucoup d'allure, avec du vrai travail de menuiserie. Son fauteuil de cuir ne déparait pas dans le luxe : assis, Talip s'y enfonçait jusqu'au fond.

« À vos ordres, monsieur !

— Maître Poyraz Musa a fait acquisition auprès du Trésor de l'hôtel particulier de Manolis, nous vous demandons l'acte de propriété. Et puis monsieur désirerait l'acte de propriété du moulin de Yannis fils du minotier.

— Bien sûr, maître, avec plaisir ! »

Il se leva d'un bond, alla vers les rayonnages vermoulus pour y prendre un volume à la reliure complètement défaite et couvert de poussière. Il le posa sur le bureau. À ce moment Abdülvehab fit un signe discret à Poyraz Musa. Poyraz Musa tira sa bourse, défit le cordon et prit une pièce d'or. Il la posa devant Talip Bey. Talip Bey ne fit pas l'étonné, il prit la pièce sur le registre et la représenta à Poyraz Musa :

« Je vous en prie, monsieur. Votre argent n'a pas cours ici. Je vous en prie, maître, reprenez-la ! »

Poyraz Musa était surpris : fallait-il reprendre la pièce ou non ? Il était un peu déstabilisé. Il se tourna vers Abdülvehab pour savoir ce qu'il devait faire.

« Je vous en prie, monsieur... Je vous en prie, c'est pour vous ! »

Il se leva de son siège, de sa main il défit et reboutonna le bouton de sa veste.

« C'est votre dû, monsieur. Vous, dans ce pays, nos fonctionnaires, vous avez été trop lésés. Prenez-le s'il vous plaît, ce n'est rien !

— Non, maître, je vous en prie, reprenez-la et ne me rendez pas plus gêné... poussière à vos pieds !

— Mais pourquoi donc ?

— Parce que, vous, vous êtes un héros. N'est-ce pas assez que nous puissions vous rendre un menu service ? Vous rendre service, comme en rendre aux députés et aux ministres, est pour nous un honneur !

— Vous ne me connaissez même pas, c'est ce matin seulement que je suis venu dans cette bourgade !

— Comment donc ? Qui ne vous connaîtrait pas ?... Nous, dit-il avec un air de fierté, nous ne sommes pas un ignorant même si nous ne sommes qu'un petit préposé au cadastre... Nous aussi, nous avons léché un peu d'encre[1] ! Je vous en prie, reprenez-la ! »

1. Pour dire : « Nous avons fait des études. »

Il était là, la main tendue, son regard implorant fixant le sien.

Contrit, perdu, Poyraz Musa se retourna vers Abdülvehab Bey. Lui était tout blême. Croisant le regard de Poyraz Musa il déroba le sien et baissa la tête.

« Je vous en supplie, maître... Je vous en prie, Poyraz Bey, vous rendre service... »

Poyraz Musa reprit la pièce d'or, se rassit et remit la pièce dans la bourse.

Talip reprit son souffle. Sa main gauche sur le bouton de sa veste, il se rassit à son tour.

« Je vous remercie, maître. »

Il pencha sa tête sur les pages du registre qu'il consultait avec précipitation.

À ce moment, les lèvres tremblantes d'émotion, tout penaud et triste, Abdülvehab Bey se tourna vers Poyraz Musa :

« Avec toutes mes excuses, maître, je n'ai pas pu vous reconnaître. »

Poyraz Musa, hautain :

« Ce n'est pas grave, monsieur, avec le temps nous pourrons faire connaissance.

— Ah, Talip Bey, vous avais-je précisé, le commerçant...

— Oui, monsieur, Manolis le commerçant. »

Au bout d'un petit moment Talip Bey se leva, avec l'élégance que lui donnait sa taille fine. Il avait encore sa main gauche sur le bouton de sa veste.

« J'ai retrouvé, monsieur, l'hôtel particulier du commerçant Manolis sur l'île de Mirmingi. »

Il tourna quelques pages encore :

« Oui, le moulin de Yannis fils du minotier... un instant, maître, je vais appeler le secrétaire... il a une écriture tout à fait déliée. »

Le secrétaire se présenta.

« Vous allez rédiger deux actes de propriété pour le Maître ici présent. »

Il se tourna vers Poyraz Musa :

« Votre livret d'identité, monsieur ? »

Poyraz Musa sourit. Abdülvehab Bey se mit à rire avec lui ; le préposé au cadastre et le secrétaire s'y mirent aussi.

« Nous n'avons pas besoin du livret d'identité, maître, ne vous donnez pas cette peine. Vous dicterez et le secrétaire notera ; il a une très belle écriture. C'est d'ailleurs pour cela que je lui ai confié vos actes de propriété. Et puis il est rapide. Un café, maître ?

— Je reprendrai bien un café, Talip Bey », dit Abdülvehab.

Il avait la tête ailleurs. C'était comme s'il était non pas en ce lieu mais loin, très loin. Il se sentait coincé. Il cherchait une issue.

« Sans sucre. »

Poyraz Musa, tout enjoué :

« Puisque Abdülvehab Bey notre frère en prend un, moi aussi, un sans sucre ! »

Le garçon de service apporta les cafés. Ils avaient à peine bu que le secrétaire revint :

« J'ai rédigé et apposé les sceaux. Tout est en ordre. Il ne reste plus que votre signature, monsieur. »

Tout en apposant sa signature sur les actes, Talip Bey se redressa et sourit béatement à la ronde.

« Avec tous mes vœux, maître, que votre nouvelle demeure soit source de santé et de bonheur. »

Poyraz Musa se leva, fit deux pas pour rejoindre Talip Bey debout devant son bureau et lui donna une accolade de bon cœur. « Je vous remercie », dit-il.

La scène mit Abdülvehab Bey dans un état de grande tristesse, il fut blessé au tréfonds de son cœur. « Toi, Abdül à la cervelle d'âne, se dit-il. Un type comme celui-là se reconnaît au premier coup d'œil, à la première phrase prononcée tu devines qui il est. Cervelle d'âne que tu es ! »

Talip Bey les accompagna jusqu'à la porte principale de l'hôtel de ville.

Une fois dehors Abdülvehab Bey prit Poyraz Musa à part :

« Je ne sais comment vous présenter mes excuses, Excellence, je ne sais où me cacher tant j'ai honte. S'il vous plaît reprenez vos pièces d'or. »

Il lui tendit les pièces dans le creux de sa main.

« Je vous en prie, vous êtes un héros. »

Poyraz Musa reprit les pièces, ressortit la bourse et y remit les pièces une par une.

« Au revoir, Abdülvehab Bey. On se reverra. Je vous remercie pour tout ce que vous avez fait. Vous m'avez beaucoup aidé. Au revoir, jusqu'à la fin de mes jours je n'oublierai votre bienfait. »

À ces paroles Abdülvehab Bey reprit goût à la vie.

« Au revoir, maître, fit-il. À tout instant je serai honoré de votre présence. Je vous réitère mes excuses... encore et encore, maître. »

Il suivit du regard Poyraz Musa jusqu'à le voir disparaître au coin de la rue.

« Que pouvais-je faire de plus pour ce maquereau ? » se dit-il. La colère lui monta au nez. « Qu'ai-je à craindre de qui il est ? L'âne mort craint-il le loup ? Que pouvais-je faire de plus à quelqu'un qui ne se présente pas et qui cache son identité ? »

Il n'avait pas envie de retourner au bureau. Mieux valait aller chez le sous-préfet entamer les préparatifs de leur soirée à boire rituelle et dresser une table à raki somptueuse. « Au fait, je n'ai même pas invité le type à une soirée de raki ! » Il en fut quelque peu inquiet. « Il faut raconter ce qui s'est passé au sous-préfet, se dit-il. Voyons ce qu'il en pensera. Qu'est-ce qu'il était surpris, le gars, quand je lui ai rendu ses pièces ! Dieu sait ce qu'il a dû penser de moi. On en rigolera bien ensemble avec le sous-préfet quand je lui raconterai tout ça. Surtout lorsque je lui ai remis les huit pièces d'or dans la main. Il n'est pas possible qu'il s'appelle Poyraz Musa. Qui sait, peut-être que c'est un voyou sans feu ni lieu, sans foi ni loi qui se cache sous ce nom. Il fallait voir ses yeux exorbités quand il recomptait les pièces une par une comme pour les caresser. S'il n'avait pas eu honte il aurait pu les compter dix fois devant moi. Il n'en croyait pas ses yeux. Je raconterai tout au sous-préfet; difficile de décrire la tête qu'il a faite en comptant les pièces! Le sous-préfet va bien se marrer. »

Poyraz Musa était plongé dans des abîmes de perplexité. Il n'arrivait pas à se faire une idée de ce qu'il fallait penser d'Abdülvehab Bey. Il n'arrivait pas à croire qu'il ait rendu les pièces par crainte ou par respect. En fait, il avait bien compris qui il était au premier coup d'œil et avait deviné ses secrets les plus cachés. Ses petits yeux verts fureteurs étaient toujours en chasse. Les plis tout tortueux de son front, qui sait combien ils cachaient d'aventures ? Au moment où il rendait les pièces il n'avait plus un seul pli sur le front et ses yeux étaient devenus d'un vert lumineux... il en avait les narines qui frétillaient de joie. Ou bien était-ce juste le contraire : avait-il blêmi, les mains toutes tremblotantes? ses yeux verts étaient-ils devenus aussi morts qu'un œil de mouton mort? N'avait-il pas les genoux à deux doigts de lâcher au moment de rendre les pièces? Quoi qu'il en soit, il avait le sentiment obscur d'avoir été grossier et rude avec Abdülvehab Bey. Perdu dans ses pensées, pris de doute, il finit par arriver devant l'Office d'état civil après avoir arrêté quelques passants pour leur demander avec gêne son chemin. Toujours pris dans ses pensées il n'eut même pas l'idée de frapper à la porte de l'officier d'état civil et se retrouva tout penaud devant lui. Derrière le bureau vermoulu et fendillé de partout se trouvait un homme aux grosses bacchantes blanchies, une grosse tête avec deux grands yeux bleus, des épaules larges et surmontées d'une telle chevelure qu'on aurait dit un petit nuage. Il se dégageait de lui une majesté qui ne cadrait pas du tout avec le bureau vermoulu, il n'était vraiment pas à sa place à cet endroit. Il dévisageait l'intrus avec un regard dur sans l'inviter à s'asseoir, sans l'esquisse d'un sourire. Il avait le visage immobile, glacial comme la statue d'un dieu antique. S'il avait fait du moins un mouvement, bougé un doigt, Poyraz Musa aurait aussitôt parlé pour l'embobiner et le mettre dans sa poche, le jeter comme un vieux papier froissé, mais le bonhomme était là comme une pierre, comme de glace. Drôle de patelin quand même, pensa-t-il, il y en a qui se mettent au garde-à-vous et font des galipettes dès qu'ils me voient, d'autres qui m'identifient comme un héros de la guerre dont ils ont aperçu la photo dans les journaux; d'autres encore pensent que je suis peut-être Mustafa Kemal en personne, et puis il y a cet homme, peut-être de grande lignée, qui attend là sans ciller, sans même respirer : comme une statue.

Poyraz Musa avança d'abord son pied droit de quelques centimètres, puis le recula et répéta plusieurs fois ce mouvement. Puis ce fut le tour du pied gauche. Ah, le cireur avait fait du bon travail sur ses bottes. Pendant ce petit manège il fit grincer le plancher à plusieurs reprises. Aucun changement du côté de l'officier d'état civil.

Poyraz finit par craquer. «Advienne que pourra», se dit-il, et prenant son courage à deux mains il se mit à parler :

« Respectable Messire Üzeyir Bey, pardonnez-moi de vous appeler Messire mais vous êtes bien au-delà de ces titres de Bey ou de Pacha. Vous nous voyez ici devant vous sachant qui vous êtes. » Au début la voix était fluette et tremblotante mais il prit de l'assurance et de l'aisance. «Nous vous connaissons vous-même et le grand lignage qui est le vôtre, Messire le Khan, c'est la raison pour laquelle je me trouve devant vous, à l'ordre. Oserais-je me présenter? Nous sommes partis du Daghestan au Caucase pour venir en Anatolie. Nous nous installâmes sur le plateau d'Uzun Yayla sur le Taurus, plus exactement sur les monts des Mille Taureaux, dans la circonscription de Pınarbaşı, dépendant de Césarée. Nous sommes des Tcherkesses Khabardes. C'est notre destin, à nous les Khabardes, nous sommes toujours au service de quelqu'un. Jamais je ne le nierai. Mais, que voulez-vous? les serviteurs eux aussi sont des créatures de Dieu. Je m'appelle Poyraz Musa, fils de Hadji Rüstem du lignage de Burakzade. En arrivant ici, j'ai ouï dire que vous-même vous êtes tchétchène et plus encore, vous êtes le digne descendant des Khans tchétchènes. Vous êtes un grand personnage lésé par les Ottomans qui vous ont dépouillé de votre titre de Khan. Mais que peut faire notre nation tcherkesse? Comme pour vos Khans, les serviteurs des puissants comme nous le sommes, on nous a dispersés de par le monde dans la misère de l'exil. Comme les Juifs. On nous a maltraités, on a été jusqu'à nous dépouiller de notre qualité d'Homme.»

Plus il parlait, plus son discours prenait de l'allure, il s'enflammait, se saoulait de sa propre voix; tout en déclamant il tremblait comme une feuille. L'officier d'état civil n'avait aucune réaction. Comme tout à l'heure, il se tenait là sans un mouvement ou un signe d'émotion.

« Les Tsars nous ont exilés et dispersés du Caucase au pays de Chine, en Asie centrale, en Arabie. Nos esclaves ont fondé la dynastie des serviteurs[1] en Égypte. À nouveau nous avons été battus et mis dans la misère. Nous les aigles et les faucons du Caucase, nous sommes devenus de noirs corbeaux. Nos lignages ont été corrompus. Mais nous nous tenons encore la tête haute, comme un aigle, comme un faucon.»

Lorsqu'il dit : «Nous avons survécu la tête haute», les yeux d'Üzeyir Bey s'illuminèrent d'abord d'une lueur venue des

1. Le terme *köle* désigne le serviteur-esclave; la dynastie dont il est question est celle des Kölemen d'Égypte, d'origine non arabe. Poyraz Musa joue sur l'assonance entre *köle* et *Kölemen*, sans aucun rapport avec la réalité historique.

profondeurs, puis ils se mouillèrent et deux larmes apparurent dans le coin. En extase, Poyraz Musa était à deux doigts de pleurer lui-même en entendant sa propre voix. Il se maîtrisait difficilement.

« Ainsi donc, Messire le Khan, me voilà ici, dans cette bourgade de nulle part, dans le bureau minuscule d'un office d'état civil face à un grand seigneur assis derrière un bureau bancal et vermoulu et je tremble comme une feuille, d'émotion. Un khan qui n'a pas son pareil ni en Chine, ni chez les Turkmènes, ni chez les Mongols. C'est le Grand Khan du majestueux Caucase et du grand peuple tchétchène. Comme l'a dit le barde turkmène de notre plateau d'Uzunyayla : "Le faucon, même vieux, ne lâche pas sa proie et le louveteau deviendra toujours un loup !" Moi-même, ici et maintenant, je m'incline humblement, avec respect et fidélité devant l'aigle majestueux du Caucase, en sujet devant mon Khan. »

Poyraz Musa eut juste le temps de se rendre compte que le bureau et la chaise se renversaient avec fracas et que la masse énorme du moustachu l'enlaçait. Il en avait le tournis. L'employé de l'état civil le fit s'asseoir sur une chaise face à son bureau.

« Parle, mon fils. Voilà ce que nous sommes devenus. Nous avons beau avoir été khan ou sultan, le destin nous a rendus comme ça. »

Avec une voix de commandement :

« Parle donc ! dit-il.

— Oui, Sa Hautesse le Khan, nous en sommes là ! » Un mot de plus et il allait pleurer. Il s'était vraiment grisé de sa propre parole, tellement qu'il avait fini par y croire.

« Je dois vous narrer la geste de Baysungur, Messire le Khan, c'est là que le monde entier saura que notre peuple est l'aigle du Caucase. Oui, c'est ainsi, Messire Üzeyir Khan, notre seigneur. »

Üzeyir se rendit compte que son « sujet » était en piètre

état, à deux doigts de pleurer. C'est lui qui prit la parole pour les récits du majestueux Caucase, du Cheikh Şamil, autres récits de bravoure, celui d'Ismail Bey. Un par un. Se rendant compte que le jeune se remettait de son délire, il se tut :

« Dis-moi, dit-il avec un sourire et tout content, raconte-moi Baysungur, le héros du majestueux Caucase : ce grand homme dont la renommée est l'honneur du monde ! »

Poyraz Musa était revenu à lui. Sa sueur était en train de sécher, il avait aussi cessé de trembler. Il se rendait compte que sa voix ne faisait plus d'effet comme tout à l'heure mais que son récit était tellement entraînant qu'il allait encore plus impressionner Üzeyir.

« Oui, mon Sultan, mon Khan, Baysungur est bien le héros tchétchène. Le monde n'a pas encore connu un héros du Caucase, un aigle du Caucase comme il l'était, lui. Si je me mettais à narrer sa geste, à réciter comme les bardes et les conteurs d'épopée, des jours et des mois ne me suffiraient pas. Je ne parlerai que d'un seul de ses actes de bravoure. Même un petit récit comme celui-là prouverait au monde entier à quel point les Tchétchènes sont des hommes braves et de parole.

« Comme vous le savez, le Cheikh Şamil était le seigneur des Turcs de la tribu Avar. Quant à Baysungur il devint le seigneur des Tchétchènes, successeur de Hadji Murat. Or, un jour, dans cette contrée de montagnes et de cimes imprenables une brigade russe encercle à la fois Baysungur et le Cheikh Şamil.

« Baysungur est amputé de sa jambe droite et de son bras gauche. Il a une stature pareille à une montagne. Lorsqu'il partait en guerre ses aides l'attachaient à son cheval et lui mettaient son arme dans la main droite. Il avait beau n'avoir qu'une main pour se servir de son arme il était capable d'atteindre à un œil une grue cendrée en vol, ou un lapin en fuite à une patte de derrière. L'encerclement des Russes était tellement étanche qu'une fourmi ne pouvait traverser leurs lignes. Les Russes les appellent à se rendre à grands coups de trompettes. Ils leur annoncent qu'ils n'ont aucune chance de s'en sortir. Mourir ou se rendre. Cheikh Şamil réalise qu'il n'y a pas la moindre issue. Il pense qu'il vaut mieux se rendre plutôt que de faire tuer tant de gens. Baysungur, lui, ne veut pas se rendre. S'ensuit une véritable empoignade entre les deux hommes. Les cinq cents soldats sur les cinq cents de la troupe prennent le parti de Baysungur. Ils veulent organiser un assaut pour fendre les lignes ennemies. Ils soutiennent mordicus que c'est la liberté ou la mort. Maintenant isolé, le Cheikh Şamil leur tourne le dos et s'avance vers les lignes russes. Le voyant ainsi s'approcher des lignes ennemies, Baysungur lui crie : "Mon Cheikh, retourne-toi, que je puisse voir ton visage de saint une ultime fois!" Le cheikh s'arrête pile, perplexe. Quelques pas le séparent désormais des lignes russes. Il reste là sans avancer ni reculer. "Mon Cheikh, reviens!" L'écho de la voix tonitruante de Baysungur résonne dans la montagne alentour. Le cheikh reste toujours là, raide, comme fiché dans le sol. Il attend là un certain temps, puis se met à marcher à pas lents, vers les Russes, habillé de son cafetan vert. Il se rend au commandant russe. Plus tard les Russes lui demandent : "Mon Cheikh, Baysungur t'a tant supplié pour voir ton visage une ultime fois; et pourquoi ne t'es-tu donc pas retourné?" Le cheikh a répondu : "Lors de la discussion avec Baysungur j'ai bien vu qu'il n'allait pas se rendre. En revanche, il allait me tuer si je me rendais tout seul. C'est la raison pour laquelle je lui ai subitement tourné le dos pour marcher vers les lignes russes. Si j'étais resté un seul instant face à lui, il m'aurait tué. Il m'aurait aussi tué si je m'étais retourné en réponse à ses suppliques. Les gens du Caucase, leurs pires ennemis, ils ne leur tirent pas dans le dos! J'ai bien hésité, j'ai décidé de ne pas me retourner. Je me demande encore si Baysungur m'aurait tué, moi son cheikh, au cas où je me serais retourné face à lui. Il aurait tiré; certainement. Quelqu'un qui se rend à l'ennemi, qu'il soit son cheikh ou même son père, il le tue."

— L'aurait-il tué ? demanda Üzeyir.

— Il l'aurait tué, répondit Poyraz Musa.

— Nous aussi nous nous sommes corrompus maintenant, reprit le Khan Üzeyir avec un soupir. Nous autres maintenant nous tirerions non seulement sur le Cheikh Şamil mais aussi sur notre propre père dans le dos. Nous tirerions sur eux non seulement dans le dos mais même dans leur sommeil. Au fait, tu es venu pour me demander un livret d'identité j'imagine ?

— Oui, je le veux.

— Tu ne t'appelles pas Poyraz Musa.

— Non.

— Qu'est-ce que je vais inscrire sur ton livret d'identité ? Ce nom-là ?

— Oui ce nom-là. » Tout en répondant il sortit les actes de propriété de sa poche et les étala devant le Khan Üzeyir.

« Eh bien, dis donc, tu as déjà obtenu les actes de propriété, Poyraz Musa !

— C'est bien cela, mon Sultan. »

Il prit un livret d'identité vierge dans le tiroir, appela le secrétaire ; il remit le livret vierge et les actes de propriété au secrétaire : « Établis-moi le livret à partir des données de l'acte de propriété, appose le sceau et rapporte-moi le tout ! »

Le secrétaire s'éclipsa promptement.

« Il y a six mois, nous établissions cinquante livrets d'identité par jour. Les réfugiés n'ont pas de papiers d'identité et ceux qui en ont, leurs papiers ne servent à rien… Il y en a qui viennent du Caucase, d'autres du Lazistan[1], d'autres du

1. Pays des Lazes. Population grécophone, islamisée, dite "pontique", habitant sur la rive est de la mer Noire, limitrophe du Caucase. Pays de la Toison d'Or légendaire.

Kurdistan, d'autres du Sud, des déserts d'Arabie. Ici j'ai donné des livrets d'identité même à des Soudanais aux jambes longues comme des pattes de chameau, ou à des nègres dont la lèvre supérieure atteignait le ciel et l'inférieure traînait par terre. On les a installés par ici. Il n'y a guère que ton île où nous n'ayons réussi à envoyer personne. Quand nous y sommes parvenus, ils se sont enfuis au bout de trois jours. Dis donc, Poyraz Musa, je ne t'ai même pas offert un café. Nous allons maintenant aller chez moi. Tu dormiras ce soir à la maison. Ma femme te préparera un repas tcherkesse, tu verras, tu boulotteras tes doigts avec, tant c'est succulent. »

Poyraz Musa résista beaucoup pour ne pas aller chez son hôte mais pas moyen d'avoir raison contre Üzeyir Khan. Il céda et accepta l'invitation.

Un petit peu plus tard le livret d'identité revint.

« As-tu une photo de toi ?

— Oui, j'en ai », répondit Poyraz. De sa poche intérieure il tira son portefeuille et y prit une photo d'identité. Il la tendit à Üzeyir Khan.

Üzeyir Khan colla la photo, apposa le sceau, signa le document. Le secrétaire n'avait pas mis de date : il le data. Il lui remit le livret en disant : « Augures et bonne chance. » Poyraz Musa se précipita vers la table et il s'empara des mains aux longs doigts du Khan pour les baiser trois fois et les porter sur son front sans que l'autre ait eu le temps de les retirer.

« Surtout pas ! surtout pas ! Qui sait à quel noble grand lignage tu appartiens toi aussi... De grâce ! de grâce !... Les gens d'ascendance noble ne livrent pas leurs origines à tout un chacun. Moi-même je n'ai dit à personne que je descends d'une lignée de khans, mais les gens comprennent au premier coup d'œil qui est qui. Pas la peine de le leur dire ! J'ai bien vu qui tu étais du premier coup.

— Je vous en prie, je vous en prie, Messire, nous ne

sommes que moins que rien eu égard à votre rang... Votre ascendance remonte certainement à trois mille ans avant Jésus-Christ!

— Pas du tout! pas du tout! Erreur. Pas trois mille ans, c'est une erreur. Ça remonterait tout au plus à sept cents ans avant Jésus. C'est de la légende, le fait que nous remontions à trois mille ans.

— N'empêche, y a-t-il de par le monde des lignages qui remontent à sept cents ans avant Jésus-Christ? On ne trouve cela que dans les montagnes du Caucase.

— Vous avez raison, seulement dans les montagnes du Caucase. . Bon, partons. »

Ils se levèrent. Pour sortir ce furent d'abord des mini scènes de préséance à qui allait s'effacer devant l'autre. Poyraz Musa finit par avoir gain de cause et Üzeyir Khan sortit devant. Ils ne refirent pas assauts de politesse pour quitter la cour de l'immeuble. La maison était toute proche. À peine arrivés, avant qu'ils aient eu le temps de sonner, la porte du jardin s'ouvrit. Üzeyir Khan poussa Poyraz devant lui. Ce fut pareil pour la porte d'entrée de la maison. Une femme grande et élancée les y accueillit; le visage tout fripé, habillée très proprement, coiffée d'un fichu blanc. Elle était tout sourire, d'allure gaie.

« Soyez le bienvenu, mon fils; c'est un plaisir de vous accueillir. Üzeyir Khan m'a annoncé votre venue. J'aurais été très triste si vous n'étiez pas venu. J'ai entendu dire que vous venez d'acquérir une île par ici?

— Pour dire vrai, ma tendre épouse, s'il le désire nous lui donnerons l'île entière, mais il ne s'agit que d'une maison et d'un moulin à vent...

— Nos enfants ont votre âge, mon fils. Le Khan, leur père, leur a bien dit : Demandez-moi ce que vous voulez, une ferme, un potager, ou des vignes, une île, un hôtel particulier? Venez, prenez-en possession. Mais je ne sais pas ce qu'ils trouvent à cette ville d'Istanbul, ils ne peuvent pas la quitter. Et nous ici nous nous morfondons de la nostalgie de leur absence. Et ton père et ta mère ? Où vivent-ils donc, mon fils ?

— Ils sont très très loin d'ici. Sur la montagne du Taurus, au plateau d'Uzun yayla.

— Quel dommage, mon enfant. Qu'y a-t-il donc de si intéressant dans cet endroit tout en longueur[1] ? Regardez donc cette maison… »

La maison était au bord de la mer, bâtie au milieu d'un grand jardin. Peinte en blanc, elle était à deux étages. Un escalier de chêne verni en colimaçon conduisait au second. De lourds rideaux bleus bordaient les fenêtres.

« Que la prospérité soit avec vous, votre maison est très belle, madame.

— Très belle ? Votre oncle le Khan trouve qu'elle n'est pas conforme à notre rang. La famille du Khan possédait des palais au Caucase. Très anciens, de cristal.

— Laisse tomber, ma tendre épouse, très drôle, tu n'oublies rien de ce que tu as entendu une fois. C'est du passé, tout ça, les caravansérails, les hammams, les palais… enfouis dans le passé.

— Passé ou pas, le palais était bien un palais de Khan. N'était-il pas à nous ? N'avons-nous pas vécu là, mille ans ?

— Qui connaît donc les palais, la noblesse d'une descendance aujourd'hui ?

— Et alors ! Même si personne n'a vu ni ne connaît tout ça aujourd'hui, qu'est-ce que ça peut faire ? Le palais était bien notre palais. Nos enfants ne comprennent pas cela. Ils ne savent même pas qu'ils descendent d'un lignage de khans, ils n'y croient pas.

1. Le nom du plateau en question, Uzun yayla, signifie littéralement « le plateau qui s'étale tout en longueur ». Sens que la dame prend au pied de la lettre.

— Qu'ils l'ignorent donc ! s'écria Üzeyir Khan avec colère. Mon lignage de khan n'a pas besoin d'eux. Ils n'y croient pas ? Tant pis ! »

Il se tourna vers Poyraz Musa :

« Dis, mon fils, est-ce qu'on peut comparer les khans des aigles du Caucase au sultan ottoman ou aux chahs d'Iran ?

— Quand les khans du Caucase étaient des khans dans ce bas-monde, les sultans ottomans, les chahs d'Iran ou les tsars de Russie n'étaient que des bergers de troupeaux de chèvre, Dame bonne mère. Que les gens ignorent nos origines et qui nous sommes, qu'est-ce que cela change ?

— Mes enfants me manquent, mon fils. Le Khan ton oncle ne veut pas aller à Istanbul, eux de leur côté ne viennent pas ici. Je ne sais plus à quel saint me vouer. Eux se moquent des khans et des sultans. Ici peu de gens savent qui est Üzeyir Khan. Comment veux-tu que les gens d'Istanbul le sachent ?

— Qu'ils ne sachent donc pas ! s'écria Üzeyir Khan. Peu importe qu'ils l'ignorent, le khan et notre rang n'ont pas besoin d'eux. Vois donc l'aiglon qui est notre hôte, il s'est dit "Notre Khan !" et il est venu vers moi.

— Qu'il soit le bienvenu, il nous apporte la joie, dit l'épouse avec entrain.

— Je te le répète toujours, Dame mon épouse. Mes sujets me sont plus précieux que mes enfants.

— Ne dis pas cela, Khan, ne parle pas comme cela. Les enfants, c'est autre chose ; les enfants, c'est notre poumon.

— Nos sujets ont une place à part, femme, vois donc, ma tendre épouse, ce qui se passe lorsqu'on n'a plus ses sujets. On devient comme je le suis maintenant. À vivoter dans des endroits comme ici.

— Je t'en prie, Khan, je t'en prie. Le ruisseau trouve toujours le chemin du lac. Vous êtes bien le Khan de l'humanité.

— Quoi qu'il en soit, les enfants, ce sont les enfants. Je n'arrête pas de penser à eux. J'en ai le cœur qui s'embrase.

— Mon cœur à moi s'embrase lui aussi quand je pense à notre rang de Khan et à nos palais.

— Moi aussi, dit l'épouse. Moi aussi ! Comment un khan spolié de son titre pourrait-il oublier les jours où il régnait?

— Laisse, femme, dit Üzeyir Khan en lissant ses grosses moustaches, les khans c'est bien mais il faut d'abord l'homme dans l'homme. »

La femme descendit au rez-de-chaussée, quelques instants après on entendit des bruits de vaisselle et de casserole venant d'en bas.

« Tu bois, mon fils?

— Oui, un petit peu, monsieur.

— Il n'y a pas d'"un petit peu", fiston, quand il faut boire il faut boire en hommes !

— Buvons en hommes, Messire mon Khan ! »

Jusqu'à la tombée de la nuit ils évoquèrent les vieux jours, la majesté du Caucase. Üzeyir Khan récita tous les khans de son ascendance, sans en oublier un seul, ni leur nom ni leur renommée, tous leurs hauts faits et leurs aventures, leur bravoure hors pair : un par un et jusqu'au septième siècle avant Jésus-Christ. Il connaissait par cœur le savoir-faire de tous ses ancêtres, la manière dont ils ceignaient leur épée, leur allure, la couleur de leurs yeux, leur nez en bec d'aigle, leurs chevaux, les races de leurs chevaux... Tout, dans le moindre détail et un par un.

Poyraz Musa n'en revenait pas. Sa conviction qu'il descendait d'un lignage noble de khans n'en était plus une, c'était de la foi. Comment comprendre sinon qu'à lui seul un homme puisse connaître tant de choses et distiller tous ces savoirs?

« L'histoire du Caucase se confond avec celle de l'Humanité.

« Qui est donc celui qui a volé le feu aux dieux pour en faire cadeau aux hommes? C'est un Méditerranéen. Qu'ont fait les dieux quand ils ont compris que le voleur du feu en avait fait cadeau aux hommes? Ils étaient ivres de colère et ils ont puni le voleur du feu. Et qu'ont-ils fait pour le punir? Ils l'ont pris pour l'emmener sur une des aiguilles de la cime la plus haute du mont Qâf qui transperçait le ciel et dont les cristaux étaient acérés comme des rasoirs. Ils l'ont attaché là avec des chaînes très lourdes. Tous les matins les aigles venaient pour lui arracher un morceau de poumon et ils repartaient. Et puis un jour les gens du Caucase ont eu vent de l'affaire. Ils n'ont pas accepté que les dieux soient si cruels vis-à-vis d'un homme. Mais que pouvaient-ils faire? Comment libérer l'homme prisonnier de la plus haute cime de cette montagne qu'on ne pouvait même pas escalader ni descendre? Les sages, les savants, les khans, les beys, les khodja, les imams et les prêtres se sont réunis pour trouver une issue. Ils ont réfléchi énormément. Mais la montagne était inaccessible tant elle était haute; à ce jour, jamais le pas d'un homme n'avait foulé le sol de la cime. Que faire?

« Que faire? Comment faire? Ils veulent libérer des mains des dieux et de ces aigles qui lui mangent les poumons ce fils de l'homme qui leur a fait le don du feu, le plus voleur des hommes, ce maître absolu de tous les voleurs.

« Tout compte fait ils décidèrent de construire une route. Tout ce que le Caucase comptait de forgerons se mit au travail pour confectionner des centaines et des milliers de barres à mine pour casser les rochers. Tout le peuple du Caucase de sept à soixante-dix-sept ans se répandit dans la montagne. Cette lutte entre la montagne et les hommes dura des années mais un beau jour le chemin atteignit la cime. Le voleur du feu les vit. Il avait la peau toute brûlée par le soleil, couleur de cuivre. Son torse était barbouillé de sang; son sang avait teint le rocher de rouge. Sa barbe avait poussé et lui descendait au thorax. Lorsque les hommes arrivèrent auprès de lui, ses gros yeux bleus, d'un bleu limpide se noyèrent de larmes de joie. "Je savais, dit-il, je connais le genre humain, je savais que quoi qu'il advienne, un jour ou l'autre, ils allaient me délivrer." Il chantait de joie. Les dieux furieux ne furent pas étonnés. Les dieux savaient qu'un jour ou l'autre le fils de l'homme allait délivrer le voleur du feu.

« Et les hommes défirent les chaînes du voleur du feu, ils le descendirent de la montagne, dans la plaine. Cette nuit-là sur toutes les cimes des montagnes, dans les plaines et sur la mer, sur toutes les eaux et sur toute la terre on fit le feu. Toute la surface de la terre devint lumière, quarante jours et quarante nuits durant...

« C'est ainsi, mon enfant, les gens du Caucase sont comme ça. Nos ancêtres ont libéré d'un supplice qui devait durer jusqu'à la fin des temps cette personne qui avait fait le plus beau des dons à l'humanité. Tous les historiens l'ont écrit dans le détail. »

Au fur et à mesure qu'Üzeyir Khan parlait, l'admiration de Poyraz Musa augmentait à grands pas. Ses yeux fascinés et agrandis ne pouvaient quitter les mouvements de la bouche du conteur.

« Les gens du Caucase s'étaient révoltés même contre les dieux. C'est du jour où ils avaient oublié cet instinct de révolte qu'ils étaient devenus des esclaves, dispersés aux quatre coins du monde. C'est ainsi que leur khan était devenu un obscur officier d'état civil dans une bourgade vieillotte de nulle part.

« Vois donc où en est le peuple qui délivra des dieux le voleur du feu. »

On posa d'abord sur la table la carafe à raki en verre de Venise bleuté. Une fleur bleue s'ouvrit au milieu de la table. Poyraz Musa était plein d'une joie qu'il avait du mal à contenir. On apporta ensuite les verres à raki. Puis la table s'orna de feta, de yaourt épaissi, de noix pilées, de hoummous, de poulet tcherkesse[1]. D'autres plats du Caucase mirent la touche finale à la table dressée.

1. Poulet bouilli avec une sauce à la noix et à la crème.

« À table, fiston. Avec ou sans eau[1] ?

— Sans eau, mon seigneur le Khan. »

Üzeyir Khan était tout heureux d'être avec ce jeune homme convaincu de ses qualités et de son rang de khan. Avec empressement il remplit les verres à raki et à eau.

« *Haydaaa*[2] pour l'honneur du Caucase !

— Pour le Caucase !

— Tu es le premier Tcherkesse à être venu ici après moi. Honneur à toi !

— Je baise vos mains, Khan Üzeyir ! »

Ils portèrent le toast.

L'épouse revint et se mit à table.

« Khan bien-aimé, remplis-moi mon verre aussi.

— Ton désir est un ordre. Ma femme sait boire dans les règles de l'art lorsque les circonstances sont fastes comme ici.

— Tais-toi donc, on pourrait t'entendre. Cette bourgade est très bigote, les hommes boivent à leur aise mais lorsqu'il s'agit des femmes c'est la fin du monde on dirait ! Allez, santé ! Ce voleur ou je ne sais qui : À sa santé ! Tu sais bien, tu en parlais tout à l'heure, les oiseaux qui mangeaient tout, ou je ne sais trop quoi : À leur santé, donc !

— À la santé du voleur ! » dit Khan Üzeyir en riant à gorge déployée. Il débordait de bonheur, dans son visage, dans ses yeux, dans ses mains, de pied en cap. « En l'honneur du Caucase et de ses neiges gris-blanc. »

La joie du khan, communicative, avait gagné Musa et l'épouse elle-même.

1. Le raki est un marc de raisin dans lequel on fait macérer de l'anis. Cet alcool qui titre quelque cinquante degrés se boit soit comme le pastis, mélangé d'eau, soit avec le verre d'eau à côté, donc « sans eau » façon de faire des « vrais » hommes.

2. « Allons-y ! En avant ! Hourra ! » : cri d'encouragement employé aussi bien pour les gens que pour les bêtes de trait (ou même pour les choses : pour un démarrage un trombe).

Le khan était lancé à bride abattue, il avait perdu toute sa réserve, il parlait sans s'arrêter. Le voyant dans cet état, sa femme en fut un peu irritée. Il parlait tellement qu'il en arrivait à inventer des choses. Pourtant, ils avaient tout vécu, tous les deux ensemble, sans être séparés une seule fois. Mais lui enjolivait tout, exagérait tout, ne retenait que le bon côté des choses; au point de tout inventer. La preuve, cette larve d'Abdülvehab, il trouvait le moyen de le porter aux nues. Et pourtant, il le détestait autant que le diable. Mais lors de jours comme celui-ci, le verre de raki aidant, il se persuadait lui-même qu'Abdülvehab était un saint homme. Il parvenait même à en convaincre quelques-uns. Il ne trouvait pas de mots non plus pour vanter les beautés de cette minable bicoque. Et pourtant, c'était une petite maison, mignonne, certes, propre... mais c'est tout. Alors qu'au détour d'une phrase elle devenait le palais de cristal de ses ancêtres au Tchétchénistan. Encore, se disait-elle, nouée par l'inquiétude, il va encore remettre ça avec la maison et Abdülvehab Bey. Heureusement qu'il avait trouvé en ce jeune homme un admirateur à sa convenance.

« Il traîne beaucoup de ragots bien vilains dans la bourgade sur Abdülvehab Bey, les gens passent leur temps à fouiller dans sa vie comme le cardeur bat la laine. Ils le fourrent dans le cul des clébards. Soi-disant il aurait acquis trois grandes fermes, cinq demeures comme des palais. Il aurait fait construire un *yalı* pour chacun de ses enfants sur le Bosphore. Mensonges que tout cela, mon bon monsieur. Tout faux! Au contraire, tout le monde par ici est devenu propriétaire d'une maison grâce à lui mais lui-même ne s'est même pas offert une cabane. Tout ce qui existait comme maisons, oliveraies, vignes et potagers, jusqu'au dernier lopin en friche dans la contrée, abandonnés par les Grecs, il a tout redistribué aux réfugiés démunis de tout. Et le khan des Tchétchènes chassé de ses terres par ses ennemis, condamné à la solitude et à la pauvreté de cette bourgade oubliée de tous ? Et qui donc a rendu le Khan Üzeyir des Tchétchènes propriétaire d'une demeure, qui plus est les pieds dans l'eau, belle comme un palais ? Qui donc l'a rendu propriétaire, en payant de surcroît toutes les dépenses et les frais de sa poche ? Eh bien, c'est Abdülvehab Bey, cet homme si humble et si modeste. Lui, c'est un grand personnage, un homme saint que la vie s'est acharnée à spolier. Si tu tends l'oreille aux maudits racontars de cette bourgade, tu entendras que chaque personne qui a affaire à lui, il la rançonnerait, qui d'une à cinq livres d'or, qui de dix... cent et plus de cent. Il extorquerait selon son bon plaisir. Même ceux qui lui disent bonjour lui devraient quelque chose. C'est ainsi qu'il aurait amassé des jarres remplies d'or à ras bord. Pauvre Abdülvehab Bey ! Le pauvre ! Ce ne sont que de la cruauté et des calomnies ! La vérité est qu'il serait capable de vendre sa décoration en or au ruban vermeil de médaillé de la guerre d'Indépendance pour se payer un verre de raki ! Je le dis comme je le pense : c'est grâce à lui que dans cette contrée tout un chacun a pu être propriétaire d'une maison ou d'un patrimoine. C'est vrai que parfois il s'amuse à réclamer de l'argent à des réfugiés un peu jeunes et élégants mais c'est une blague. Il le rend aussitôt ! C'est un blagueur. Lui, il interdit à tous, de l'employé du cadastre au maire lui-même, d'accepter le moindre sou en pot-de-vin. Comment le fait-il ? Non pas par la force ou la contrainte ; il fixe les gens droit dans les yeux et cela suffit à les ensorceler. Ce n'est pas un homme, c'est un ange, un magicien ! Nul ne peut accepter de pot-de-vin en sa présence. Ceux qui le font sont pétrifiés ! Connaître Abdülvehab Bey de près et ne pas avoir d'admiration pour lui, ce n'est pas possible. Juste dans les contreforts du Caucase se dressent les palais de cristal des khans tchétchènes. Adossés aux majestueux sommets du Caucase. De nuit et au point du jour, il paraît que ces palais déserts... résonnent des bruits d'épées et de lances qui se croisent. Et puis, il paraît que des milliers de cavaliers tchétchènes défilent devant son palais, en contrebas dans la plaine, en faisant briller de tous leurs feux les harnachements en argent niellé de leurs chevaux pies, et en faisant flamboyer leur sabre au clair. Une fois devant le palais, ces cavaliers mettent pied à terre, posent leur front au sol pour saluer les khans tchétchènes qui règnent depuis cinq mille ans. Puis ils lancent leurs montures à bride abattue pour filer de la plaine vers les cimes aux rochers mauves ; leur ombre s'évanouit dans le bleu de la montagne. Eh bien, cela durera jusqu'au jour où les khans tchétchènes reviendront en leur palais, jusqu'au jour de l'Apocalypse, tous les printemps, jusqu'à ce qu'il n'y ait plus de printemps ! Mais l'épouse du Khan Üzeyir, ses enfants n'y croient pas. Tant pis s'ils n'y croient point ! Ils n'ont qu'à aller un jour au Caucase ; ils verront de leurs yeux des milliers de Tchétchènes au *kalpak* noir, le front à terre devant le palais, au moment même où ils se prosternent.

« L'Ottoman [1] n'a pas su prendre soin de nous. Parce que l'Ottoman était pourri. Il n'a pas traité les khans tchétchènes selon leurs grades et qualités. Comme dans mon cas par exemple. Il ne nous a pas donné des villages, des demeures, des fermes. Et pourtant, les khans tchétchènes n'ont pas ménagé leur générosité vis-à-vis de l'Ottoman. Il s'est corrompu, l'Ottoman. Ça a pourri, c'est tombé comme une pomme bouffée par les vers tombe de sa branche. D'un coup d'un seul, Mustafa Kemal a abattu par la racine cet immense platane asséché, rongé par les vers, vidé ! »

Il prit un air inquiet, regarda à droite et à gauche et baissa le ton de sa voix.

1. En turc, le terme « ottoman », employé au singulier, a une connotation de puissance hostile, inaccessible et discrétionnaire.

« C'est cet immense platane, rongé de l'intérieur, pourri et renversé d'une pichenette que Mustafa Kemal Pacha veut faire reverdir en recollant les morceaux de l'arbre mort. Il est plein de bonne volonté mais peut-on faire reverdir un platane mort et en mille morceaux ? Pauvre Mustafa Kemal Pacha, c'est un homme bon. »

L'épouse :

« Tais-toi donc, Üzeyir Khan, ne prononce plus ces paroles. Tout le monde sait bien qu'on ne fait pas reverdir un arbre réduit en miettes. Mustafa Kemal Pacha peut s'acharner tant qu'il peut. Dommage, c'est un homme bien. Tais-toi, tais-toi donc, Üzeyir Khan, que la masse pourrie du platane mort ne nous écrase pas ! » dit-elle avec un soupir venu des profondeurs.

Quelle que soit l'aventure de sa vie passée, qu'un homme jeune, intelligent, qui a de l'allure et qui plus est un homme du Daghestan du Caucase, décide de s'enfermer, et tout seul, dans cette île donne la preuve de son esprit de sacrifice. Il y en a qui disent qu'un fantôme hante l'île. À cause de ce fantôme il y en a qui ne croisent même pas dans les parages. Il paraît que les Grecs qui ont quitté l'île étaient tellement contents de se libérer du fantôme que quand ils ont reçu l'ordre de départ ils ont fait la fête trois jours et trois nuits en dansant aux sons des clochettes et des cymbales. Qu'ils aillent en enfer s'ils ont menti mais quand ils dansaient le sirtaki pour exprimer leur joie, il paraît que le fantôme s'est mêlé à la compagnie et que lui aussi a battu le sol au rythme du sirtaki pendant trois jours et trois nuits.

Mais, de toute façon, Üzeyir Khan ne laissera pas son compatriote tout seul. Il fera l'impossible pour repeupler cette île. L'exode n'a pas pris fin encore ; ils viennent de partout, du Caucase, des Balkans, des îles de la mer Égée, du Kurdistan, de la Mésopotamie, de la Syrie. C'est un flot incessant.

« Que peuvent faire les réfugiés sur cette île ? Pas de champ à labourer, pas d'eau. Il y a quelques vignes, quelques potagers, quelques pêchers, et puis c'est tout. Comment ces Grecs ont-ils pu vivre sur cette île mille cinq cents, deux mille, trois mille ans durant?

— Moi aussi, je parviendrai à y vivre, Üzeyir Khan mon Maître. Nous aussi, nous y vivrons.

— Dans ce cas il faudra que tu veilles à ton ravitaillement : le manger, le boire, l'eau... Mais comment es-tu venu ici, depuis l'île?

— J'ai une petite barque, toute neuve, longue de neuf archines.

— Combien de jours as-tu mis pour venir jusqu'ici?

— Un jour et demi, en ramant nuit et jour.

— Oh! ça ne va pas. Demain je te présenterai au capitaine Kadri. Il a un bateau tout neuf. Le moteur est tout neuf lui aussi. Il te mettra dans l'île en quelques heures. Tu sais, maintenant qu'il a fait de toi un propriétaire, Abdülvehab Bey doit être fou de joie. Chaque fois qu'il rend quelqu'un propriétaire de sa maison il est fou de joie. Demain j'irai voir le capitaine Kadri avec toi, puis tu iras faire les courses avec le capitaine Kadri. Lui, il sait qui vend quoi et dans quelle boutique. Tu sais pêcher?

— Je sais.

— Où donc tu as appris, dans quelle mer?

— En Méditerranée, à Dörtyol, Alexandrette, Payas, Mersin; j'y ai habité quelque temps.

— C'est bien. Pour la pêche par ici, quelles sont les espèces, on les pêche à quelle profondeur, quelles mailles de filet, quel type, Kadri te racontera tout ça. Allons, on se lève de table, demain il faudra qu'on se réveille de bonne heure. Il faut trouver le capitaine. Bonne nuit! »

Üzeyir Khan le conduisit à sa chambre. Sa femme, une fois le lit fait, était partie se coucher. Elle dormait depuis belle lurette.

« Bon sommeil ! »

Poyraz Musa se déshabilla tout de suite. Il tombait de sommeil. Il sortit la bourse de sa poche et la mit sous son oreiller. Il s'endormit tout de suite.

Quand il se réveilla le jour était en train de se lever. Il s'habilla, se lava la figure avec un savon rose tout parfumé qu'aucune main n'avait touché avant lui. Il alla aux toilettes; cela faisait des années qu'il n'avait pas vu des toilettes aussi propres qui brillaient de partout. Üzeyir Khan vint à sa rencontre, visiblement content, tout en sourires. Il lui versa de l'eau de Cologne dans les mains. Au beau milieu de la table de la salle à manger trônait un samovar qui brillait de tout son or et d'où jaillissaient des vapeurs. Ils prirent place. Le khan :

« Dame Zübeyde, appela-t-il, nous sommes prêts.

— Je viens. »

La table était dressée avec du miel, du beurre, des olives et toutes sortes de fromages. Ils prirent leur petit déjeuner sans se presser. Pour lui marquer son respect, Poyraz Musa baisa la main de la dame à deux reprises. À ce jour il n'avait jamais rencontré une femme avec tant de raffinement impérial, avec une autorité presque virile. Eh bien, les épouses de khan sont donc de cette trempe, se dit-il.

Ce matin, le visage d'Üzeyir Khan était lumineux. Il ne parlait pas mais, perdu dans ses pensées, les changements de son visage montraient que tout se bousculait dans sa tête.

« À quoi penses-tu, le Khan mon grand frère ?

— Je pense à toi, Poyraz mon fils. Que vas-tu faire là-bas, tout seul dans cette île habitée par les esprits ?... Tu mourras de solitude.

— Je suis déterminé à persévérer, le Khan mon grand frère.

— Que le Tout-Puissant te donne force et énergie. Ainsi donc le cheval pie de race libéré de son entrave quand il passait devant notre palais, il s'arrêtait pile, il baissait le front vers la terre et sa crinière balayait le sol. Depuis ce jour-là, tous les chevaux de race font de la sorte, paraît-il, leurs crinières caressant la terre.

— Pour sûr, les plus beaux chevaux de race du monde viennent du Caucase. Ce sont les Caucasiens qui ont domestiqué le cheval. »

Le petit déjeuner terminé, ils burent leur café en aspirant la mousse avec bruit. Dame Zübeyde avait revêtu une robe verte qu'elle avait ornée d'une broche de diamants assez grosse. Elle parcourait le salon dans tous les sens la mine joyeuse et tout en sourires. Üzeyir Khan l'observait avec admiration, suivant de près chacun de ses gestes.

Ils se levèrent. Poyraz Musa baisa à nouveau la main de son hôtesse.

« Sois béni mon fils. Que Dieu transforme en or tout ce que tu touches. Sache que tu seras toujours le bienvenu. Cette maison est la tienne. Viens quand tu voudras et tu pourras rester tant que tu le voudras. Le Khan t'a beaucoup apprécié, il te considère comme son fils. "Qui sait, dit-il quand il parle de toi, tout ce qu'il a pu endurer à son jeune âge"; il te plaint beaucoup. Pars dans la joie, mon enfant, n'oublie pas que tu as une maison ici même. Ne nous oublie pas. »

Poyraz Musa baisa à nouveau la main de la dame et la porta à son front à trois reprises.

Ils quittèrent la cour, ils prirent le chemin de la petite anse. Juste avant l'accès à l'anse, ils arrivèrent dans un café tout en verrières du côté de la mer et dont la peinture verte était écaillée par-ci par-là. Ils y entrèrent accompagnés du vent marin. Dedans on ne voyait rien tant la fumée des cigarettes était épaisse. À l'arrivée du directeur de l'état civil, les présents se levèrent en un instant, comme s'ils étaient assis sur un ressort. Une odeur de café agréable et dense régnait dans la pièce.

« Je vous en prie, Bey ! »

Üzeyir Khan repéra le capitaine Kadri qu'il cherchait. Lui aussi attendait debout comme les autres, en signe de respect.

« Capitaine Kadri, viens, c'est toi que nous cherchions. »

Kadri vint auprès d'eux en fendant littéralement la fumée épaisse des cigarettes et l'odeur palpable du café.

« Üzeyir Khan, puis-je vous offrir un café ? »

Un vieux barbu :

« Le café que fait Hasib vient de La Mecque. Son parfum ne quitte pas le palais du buveur pendant une semaine, dit-il en touchant le bras du khan.

— Bien prenons-en un sans sucre », dit le khan, et il prit place à une table couverte d'une nappe verte. Les présents déplacèrent leur chaise pour former un cercle autour. Que c'est drôle, pensa Poyraz Musa. Tout le monde traite Üzeyir Khan comme s'il était un khan pour de vrai. Il s'en faut de peu pour que les gens ne se prosternent devant lui comme ces chevaux du Caucase qui caressent le sol de leur crinière. Si celui qui était entré dans ce café avait été pacha ou gouverneur ou ministre, ou qui ce se soit, il n'aurait pas été accueilli avec autant de respect venu du cœur qu'Üzeyir Khan l'a été. Il y a donc un mystère dans le fait d'être de haut lignage. Les gens le sentent; qu'il soit loin, à quarante jours de route, ils reniflent ce mystère. Même moi qui m'amusais au début avec les boniments d'Üzeyir Khan, ne suis-je pas tombé dans sa magie pour me laisser emporter? Moi qui m'apprêtais à rigoler avec ses histoires de khan et à le faire marcher, n'ai-je pas avalé l'hameçon et la cuillère avec?

Ils burent leur café en silence. Droit comme un I, le khan lissa ses grosses moustaches et se leva. Les gens du café se levèrent d'un seul coup avec un bruit de chaises. Tous trois quittèrent le bistrot.

« Dis donc, capitaine Kadri, ce Poyraz Musa que tu vois est notre fils, comme toi. Tu le conduiras aujourd'hui à l'île de Mirmingi.

— À vos ordres, Bey ! »

Dans la bourgade, ils savaient bien qu'il était un khan, mais pour ne pas l'offenser en lui rappelant son état, ils préféraient l'appeler « Bey ».

« Allez, restez en bonne santé ! »

Poyraz enlaça le khan. Il le tint un moment entre ses bras. Dès qu'il le quitta ses yeux se remplirent de larmes. Il fit quelques pas et se retourna.

Chapitre 2

« Je tiens les nouvelles de source sûre, déclara Barba[1] Spiros. C'est le trésorier Abdülvehab Bey qui me l'a dit. L'information est sous le sceau du secret. Ce que m'a dit le trésorier-payeur, c'est qu'il vaut mieux que l'information ne soit connue que de nous autres, dans notre propre intérêt.

— Quelle information ? Quelles nouvelles ? firent quelques voix impatientes dans la foule. Quelles nouvelles ?

— La nouvelle de l'échange de populations.

— Qu'est-ce que ça veut dire, ça ?

— Cela veut dire qu'il y aura l'échange.

— Quoi ? Quoi donc ?

— Il y aura l'échange. Le gouvernement grec et notre gouvernement ont signé un accord, selon lequel il paraît que nous allons partir d'ici pour aller en Grèce et que les Turcs de Grèce vont venir ici.

— Est-ce qu'on nous a demandé si on voulait aller en Grèce ?

— Qu'est-ce qu'on va foutre en Grèce ?

— Cet Abdülvehab Bey est un peu bizarre, non ?

— C'est un cinglé !

— La guerre est finie, tout est fini.

1. En grec, « Tonton » (pour « Oncle »).

— N'est-ce pas que partout c'est un champ de roses, maintenant ?

— Mais, moi aussi, je l'ai dit à Abdülvehab Bey, le directeur du Trésor, je lui ai dit : "Qu'est-ce que nous avons à faire en Grèce ? Nous sommes très contents dans notre île."

— Nous sommes contents, s'enfla un murmure, d'une seule voix.

— Abdülvehab Bey est un homme bon. Il nous a communiqué l'information en primeur pour que nous puissions vendre nos biens à bon prix. Sinon, le jour où la nouvelle de l'échange sera connue, on ne nous donnera pas un sou. On aura tous nos biens sur les bras pour les abandonner ensuite à la rue et partir.

— Il ment, cet Abdülvehab.

— Il a ses propres plans en tête.

— Pourquoi le gouvernement nous exilerait en Grèce ? Lui avons-nous fait quelque mal ?

— Quel mal avons-nous fait au gouvernement ?

— Ce qu'il raconte, c'est une vaste tromperie.

— Non, c'est un homme bon. Pourquoi veux-tu que ses paroles soient une tromperie ? Quel intérêt il aurait de nous prévenir pour que nous soyons préparés ? Il ne va quand même pas acheter ce que nous vendrions !

— Peut-être qu'il achètera. »

La petite place sous les platanes s'emplissait au fur et à mesure que la nouvelle se répandait. Tout ce que l'île comptait de vieillards, de malades et d'éclopés s'était réuni en un instant sous les platanes.

« Regardez-moi, écoutez-moi bien ! Abdülvehab Bey est un homme d'une grande qualité. Je lui ai dit, à lui : "Abdülvehab, mon Bey, tu le sais, toi aussi, depuis combien de temps nous sommes sur cette île. Tu le sais et tout le monde le sait. Depuis quand c'est notre île, dis-le à ces gens." Lui, cet homme de bien, a eu un sourire amer, et tout en essayant de sourire, il a eu les yeux noyés de larmes. Il a hésité un moment puis il m'a dit : "Vous autres, ça fait au moins trois mille ans que vous êtes sur cette île. — Moi, lui ai-je dit, je ne le savais pas." Il a eu un long soupir. "Sache-le donc, Barba Spiros ! C'est bien dommage, trois mille ans !" a-t-il fait en hochant la tête. Abdülvehab Bey est un homme très bien ; il a subi beaucoup de spoliations. Il a subi beaucoup d'iniquités. Il devait être nommé gouverneur, ils l'ont barré parce que c'était un homme intègre. C'est un homme tellement bon que c'est parce qu'il ne pourrait faire de mal à personne qu'ils n'en ont pas voulu comme gouverneur. Il m'a dit, lui, à moi, les yeux noyés de larmes : "Dommage, quel dommage ! quel gâchis ! Et dire que c'est à moi de vous notifier bientôt que vous allez partir d'ici." Je lui ai dit : "Pourquoi tu te fais du mal ? qu'est-ce que c'est cette histoire de notifier ?" Il m'a dit : "C'est moi qui dois vous annoncer officiellement le jour où vous devrez partir d'ici. Préparez-vous, mes amis, les îliens. Au bout de trois mille ans, voilà une fin. — Mais quel est notre péché pour que ce soit la fin ? Dans combien de temps nous partirons pour l'exil ? lui ai-je demandé. — Nous n'avons pas encore reçu d'ordres d'Ankara, m'a-t-il dit. — *Inch'allah* ils ne viendront jamais", je lui ai dit. Son visage est devenu tout blême, ses lèvres tremblaient. Il m'a dit : "Vous savez que je vous aime beaucoup ; c'est une grande injustice qu'on commet envers vous ! Le cœur de l'homme ne peut s'en faire une raison. Où est-ce que vous allez aller en laissant votre île depuis trois mille ans ? *Inch'allah* que cette notification ne vienne jamais par ici. Mais, et c'est dommage, elle viendra. Et même si elle ne venait pas, prenez vos précautions : vendez tout ce que vous avez pour le transformer en argent. Manquer d'argent en terre d'exil, c'est bien dur !"

— Mensonges ! » s'écria Giordanis Güzeloghlou. C'était un gars très grand, surmonté d'un long cou et le visage tout plissé, avec des yeux verts. C'était un blagueur invétéré. Jamais on ne l'avait vu se mettre en colère. Il était toujours tout sourires. Même au front, aux Dardanelles, il était parti comme à la fête, il avait étonné tout le monde en entonnant sa chanson paillarde qui faisait pisser de rire tous ceux qui l'entendaient. Il tenait ce don de son lignage. Il faisait partie de ces gens qui étaient sur terre pour faire rire tout le monde et les rendre heureux. Il était rentré des Dardanelles en y ayant laissé un pied. Il avait composé des chansons sur son pied manquant. Il avait composé toute une épopée sur son pied qui fonçait, tel un boulet, sur l'armada anglaise.

« Mensonge ! Mensonge ! Mensonge ! » s'écria-t-il de toute sa voix. Personne n'avait jamais vu Giordanis auparavant aussi en détresse, aussi en colère. Il avait le visage blême, comme si tout son sang l'avait quitté, comme un mort. La foule fut parcourue d'un tressaillement, de pied en cap, en entendant sa voix tellement en détresse, tellement en colère. Ils eurent tous peur. Ce fut un silence intense. C'est Lena Papazoghlou qui rompit le silence de mort.

« Mensonge ! Mensonge ! Mensonge ! Qu'est-ce donc que la Grèce aurait à faire de nous autres ?

— Elle va nous tresser en couronne de fleurs et se la mettre sur la tête, Lena !

— Et toi, elle va te mobiliser comme soldat et te nommer sergent plus tard !

— Il paraît qu'elle va te donner un palais à Athènes !

— Il paraît qu'elle va te marier au roi de Grèce !

— Que je vous sale pour que vous ne pourrissiez point[1], lança-t-elle en rigolant.

1. La formulation turque est : « *Tuzlayim da kokmayin* ». Le salage était le procédé le plus courant de conservation des produits frais fragiles (viande, beurre… et surtout le poisson). L'expression est employée à l'intention de personnes et attitudes aussi prétentieuses que fragiles, imbéciles, naïves, etc. Équivalent de : « Et puis quoi encore ! Arrêtez vos bêtises ! » etc.

— Rigolez, rigolez, jouez donc. Ne croyez surtout pas le Barba Spiros. Le jour venu je verrai vos minois. »

Lena était une femme âgée, menue, pliée en deux, les yeux en amande et les pommettes saillantes. Dans sa jeunesse elle avait été d'une beauté ravageuse. Sa beauté était connue non seulement dans tout l'archipel, les villages côtiers, les bourgades et chez les Grecs, mais aussi chez les Turcs. On ne comptait plus ceux qui, pris de passion pour elle, avaient fini par tout quitter; ceux qui avaient élu domicile chez leur copain pêcheur ne serait-ce que pour l'approcher, ceux qui ne mangeaient ni ne buvaient plus, des Grecs fortunés, des beys turcs. Quant à Lena, elle n'avait eu d'yeux que pour Giordanis Gözükaraoghlu. « Cet homme, directeur ou je ne sais quoi, il s'est payé la tête de notre Spiros pour lui faire peur. Qu'est-ce qu'il a dit cet homme? Que nous habitons cette île depuis trois mille ans. Et où étions-nous donc il y a trois mille ans? Nous sommes descendus ici, tombés du ciel? Ou bien sommes-nous venus d'Athènes? Qui nous aurait emmenés ici? Eh bien, celui qui nous a emmenés ici, il faudra le retrouver pour qu'il nous ramène là d'où nous sommes venus. Pas vrai, Spiros? Cet homme, ce directeur, Pacha ou je ne sais quoi, il t'a fait une blague. Qu'est-ce que j'ai en Grèce? Est-ce que quelqu'un nous a demandé si on voulait aller en Grèce? Le bon Dieu nous a créés ici, sur cette île, Spiros, mon bon crétin. Qui irait donc dans ces terres de l'étranger, demande-leur donc, Spiros? Sont-ils devenus dingues pour nous envoyer en Grèce, pourquoi, quelle raison, comment? De quel droit? Quelqu'un doué de raison abandonne-t-il son île pour s'en aller ailleurs, quand bien même cet ailleurs serait un paradis? »

Elle parlait le turc très bien : « Entends-moi bien, Mustafa Kemal Pacha, je ne le crois pas mais, si ces gens-là commettent une folie, je viendrai te prendre par le col et je ne te lâcherai pas. Sais-tu qui je suis? Je suis la mère d'Aleko, de Thannassis, de Petros, de Milto qui étaient auprès de toi aux Dardanelles pour balancer des obus pile dans les cheminées des navires de guerre anglais et les couler. Ils ne sont pas revenus encore. Ils sont auprès de toi, ils sont devenus sûrement des officiers. Il paraît que tu aimes tes officiers. Il paraît que tu les aimes tellement comme tes fils que tu ne me les renvoies plus. Tant pis s'ils ne sont pas de retour puisqu'ils sont auprès de toi en gloire. Tu en prendras sûrement soin ! »

Elle s'avança vers Spiros, lui prit le bras et le balança.

« Écoute bien, Barba, dit-elle affectueusement, écoute-moi. N'aie absolument pas peur. Si ce que tu dis se réalise, j'irai moi-même auprès de Mustafa Kemal Pacha, je lui dirai tout. Je sais qu'il sera furieux contre ceux qui répandent ces racontars. Et puis... je reverrai mes fils. »

Elle se tourna vers l'assemblée :

« Vous avez entendu ce que je viens de dire ? Mustafa Kemal Pacha qui était le compagnon de mes fils aux Dardanelles est devenu le Pacha des pachas, comprenez-vous ? »

Elle se tut. Elle était fatiguée, elle partit s'adosser au tronc du platane, elle croisa ses mains sur ses seins en les passant sous sa robe. Il faisait très froid.

Pendant un certain temps la foule garda un silence de mort. Tout le monde était tellement secoué par l'état de Lena qu'une pichenette les aurait fait pleurer.

« Ce que je voudrais vous dire, vendez vos biens et tout de suite. Plus tard personne ne vous les achètera. Soyez raisonnables, ne vous entêtez pas. Cet homme a voulu nous faire du bien. C'est imminent. Demain on nous chassera d'ici. Vendez ce que vous avez !

— C'est toi l'acheteur, Spiros ?

— Cesse de faire le malin. L'heure n'est plus à la blague. Nous allons partir d'ici.

— Nous ne partirons pas ! gronda la foule avec détermination.

— Comme vous voulez, dit Spiros, demain j'embarquerai tout ce que je possède dans un bateau et j'irai le vendre !

— Que la fortune du marché soit avec toi Spiros !

— *Inch'allah*, tu les vendras cher et tu deviendras riche !

— Et avec cet argent, à Athènes...

— Je vendrai tout ce qui est à la maison : les tapis, les kilims, les fauteuils, les malles, les filets de pêche, le bateau.

— Tu vendras le bateau aussi ?

— Je le vendrai aussi. Vous savez comme j'y tiens, comme à la prunelle de mes yeux. Pour me payer ce bateau je me suis privé de tout pendant des années ; je n'ai pas bu, je me suis même arrêté de fumer. Combien j'ai dû travailler pour avoir ce bateau ; regardez donc mes mains. » Il présenta ses paumes à la foule : « Mais regardez-moi donc, ce que j'ai sur moi, même un chien n'en voudrait pas !

— C'est vrai, ricanèrent-ils.

— Eh bien, ce bateau que j'ai fait construire en travaillant, en me privant de manger, je le vendrai demain.

— Ne le vends pas !

— Mon bateau, la prunelle de mes yeux... Regardez-le. » Il se tourna vers la mer : « Regardez-le donc, comme il est beau, on dirait un cygne. Comment sacrifier un tel bateau ? »

Sa voix était pleine de chagrin. Sa détresse avait fini par impressionner les présents.

« Regardez ce bateau, regardez comme il est fait pour cette mer. Regardez comme il est chez lui sur cette mer. Eh bien, ça, je le vendrai s'il y a un acheteur demain. Je vais étrangler mon propre enfant, de mes mains. Que faire ? Que Dieu les maudisse. Quelles fautes avons-nous commises pour qu'ils nous séparent de notre patrie ? Même si je vivais en exil le temps que j'ai vécu, pourrais-je me faire construire une coque comme celle-ci une seconde fois ?

— Tu ne pourras pas le faire. »

De son index il désigna sa maison peinte tout en blanc sur le front de mer.

« Vous savez tous comment j'ai trimé pour faire construire cette maison. Pour mettre le jardin dans son état d'aujourd'hui, j'en ai fait des allers et retours au continent en ramenant chaque fois de la terre plein le bateau. J'avais le dos couvert de blessures à force de transborder des sacs pleins de terre à ras bord. Regardez mon jardin : n'ai-je pas rapporté des plants, des arbres, des espèces des quatre coins pour en faire un jardin de paradis ? N'est-ce pas un coin du paradis ce jardin ? Qui sait qui va occuper cette maison ? Ils vont saccager les portes et les fenêtres. Qui sait comment ils vont arracher les arbres et les fleurs de mon jardin ? »

Quelques voix pleines de tristesse :

« Tu n'as qu'à ne pas partir !

— Regardez bien cette île. Y en a-t-il une pareille de par le monde ? Ils me tueraient que je ne quitterais pas mon île. Ah ! si on pouvait ne pas partir. Ah ! si la nouvelle était fausse ! Si c'est le cas je vous régalerai tous trois jours et trois nuits avec du vin et de la *mastika*[1], avec agneaux et moutons, avec du miel et des pâtisseries. »

Une voix enjouée vint d'un peu plus loin. Il n'y avait plus personne dans les maisons. Tout le monde était assemblé sur la place des platanes.

« Tu vas le faire, Barba Spiros !

— N'y a-t-il pas eu d'autres nouvelles de mauvais augure auparavant ?

— Ne nous a-t-on pas dit : vous allez évacuer l'île, quand Izmir se vidait ?

— Est-ce que quelqu'un est venu nous chercher noise ici ?

1. Marc de raisin (45°) dans lequel on fait macérer du lentisque et d'autres herbes ; sorte de raki, ou d'ouzo (à l'anis).

— S'ils nous renvoient, qui va leur faire un vin comme celui-ci ?

— Et ces miels aux rayons pleins d'alvéoles perlées ?

— Et ces figues grosses comme mon poing ?

— Ces raisins couleur d'ambre ?

— Ces poissons frétillants ?

— Les rougets, les espadons, les thons, les baudroies, les saint-pierre, les merluchons et les bonites ?

— N'aie pas peur du tout, Barba Spiros ! »

Sans transition, ce fut la foire sur la place. Tout le monde racontait un truc. On invoqua les noms de presque toutes les espèces de poissons de la mer. Les noms des bateaux de l'île, les noms des espèces d'oiseaux de l'île qu'on vendait en ville s'ajoutèrent à l'énumération des poissons. On n'oublia pas non plus le nom de ceux qui étaient partis à la bataille des Dardanelles et n'étaient pas revenus, ni celui des quatre fils de Lena tombés au front. On invoqua aussi ceux qui étaient tombés à la bataille du canal de Suez, au front russe à l'est, et ceux qui étaient restés en Mésopotamie. Et ceux qui avaient été embrigadés dans les Brigades spéciales « Main-d'œuvre[1] ».

La voix d'un homme âgé mais costaud fit taire la cacophonie.

« Où as-tu caché ta jambe, Giordanis Güzeloghlou ? Qu'as-tu fait de ta jambe ? Ne vas-tu pas attendre que ta jambe revienne des Dardanelles ? Et toi, Barba Spiros, ne vas-tu pas attendre tes trois frères ici ? Ils se battent encore aux

1. Il s'agit des brigades dites « Amele Taburu » (Brigades de main-d'œuvre) que le gouvernement avait organisées pour y enrôler les « non-musulmans », en application du nouvel ordre constitutionnel qui ne les exemptait plus du service militaire, et pour les éloigner des lignes de front, de crainte que les non-musulmans pactisent avec l'ennemi. Il s'agissait d'une mesure dans la logique de déportation des Arméniens, en 1915, et qui finira en génocide.

Dardanelles. Ils finiront la guerre bientôt. Ne vas-tu pas attendre leur retour ? Ne vont-ils pas revenir dans leur île ? Que feront-ils s'ils trouvent une île sans âme qui vive ? »

La rumeur de la foule se tut d'un seul coup ; écrasée. On entendait le silence ; pas une respiration.

Lena quitta lentement le platane, vint auprès de Spiros, le prit par le bras.

« Allons-nous-en, Spiros, ne vends rien. Tu sais, les Turcs ont un dicton. Tu sais ce qu'ils disent ? » Elle le dit en turc : « Bien des choses adviennent avant même que le soleil se lève[1]. »

« Bien des choses adviennent avant même que le soleil se lève », répéta Barba Spiros en criant. La foule s'y mit à son tour, qui en turc, qui en grec. « Bien des choses adviennent avant même que le soleil se lève. »

Ils se séparèrent en silence.

Ce jour-là et les jours suivants un silence incroyable régna dans le village. On aurait entendu une mouche voler. Personne ne se montra dans les rues, entre deux portes de voisins, sous les platanes, près des barques et des bateaux. On aurait dit que l'île s'était déjà vidée. De temps en temps on entendait le chant d'un coq, suivi du braiment de l'unique âne de l'île ; il était relayé par les aboiements des chiens. Même les visites entre voisins n'avaient plus lieu. Chacun s'était replié dans un coin retiré de sa maison, en un sombre deuil. Peut-être même que les hommes s'étaient passé des brassards noirs, et que les femmes s'étaient mises tout en noir du deuil. Ils pleuraient la mort de leur île. Mais, malgré tout, ils s'entêtaient à ne pas croire la nouvelle de ce demeuré

1. « *Gün doğmadan neler doğar.* » Littéralement : « Bien des choses naissent avant même que le soleil naisse » (le soleil ne se lève pas mais « naît », en turc). Le sens général de l'expression est : « Il ne faut jamais perdre l'espoir, un événement inattendu peut toujours tout changer. »

de Spiros. La fausse nouvelle avait suffi à les mettre dans cet état. Et si la nouvelle était vraie?

Le deuil des îliens dura jusqu'à ce que Kavlakzade Hadji Remzi Efendi vienne au village. Lorsque le bateau de Kavlakzade Hadji Remzi accosta au quai de l'embarcadère et qu'il mit pied à terre avec deux de ses hommes, tout le village accourut aux fenêtres. Rien qu'à voir Hadji Remzi, ils en eurent la nausée. Si, des années après, le Hadji se pointait dans l'île, pour sûr, ça n'annonçait rien de bon. Ils suivaient Hadji de leurs regards. Lui devant, ses hommes derrière, ils traversèrent la place sous les trois platanes et arrivèrent tout droit devant la maison de Périclès Karagüloghlou. Périclès les accueillit le visage blême et les mains tremblantes. Il les introduisit. Hadji Remzi s'affala confortablement dans le fauteuil de velours mauve, tout neuf, de Périclès. Ses hommes, tout intimidés, prirent place sur le coin du canapé de velours mauve. Périclès se mit en face et planta ses yeux dans ceux de Hadji Remzi. Il attendit. Hadji Remzi paraissait triste. Il avait sa barbe poivre et sel en désordre et il n'y avait pas moyen de tirer quelque chose de son regard vide. Jusqu'à l'arrivée des cafés on ne parla que de la pluie et du beau temps. Une odeur agréable de café emplit d'abord la pièce, puis une fille bien habillée, avec beaucoup d'allure, entra avec un plateau d'argent ouvragé, posa les cafés sur des petites tables basses de noyer ornées de nacre et quitta la pièce.

« Je suis très dépité, dit Hadji Remzi en se penchant pour prendre sa tasse de café. Je suis très chagriné depuis que j'ai entendu la nouvelle. » Après avoir bu une gorgée bruyante de son café, il poursuivit avec sa voix attristée : « Il y a longtemps que je voulais venir chez toi pour présenter mes condoléances, mais pour mon malheur je ne peux pas abandonner ma boutique, même un instant. Sinon je serais venu depuis longtemps pour t'exprimer ma sympathie. Heureusement mon fils que tu aimes bien, qui poursuit ses études au lycée français d'Izmir – il te baise les mains –, est revenu; je lui ai laissé la garde de la boutique et c'est ainsi que j'ai pu venir te rendre visite. Mes condoléances!

— Je ne comprends pas, dit Périclès. Pourquoi ces condoléances et ces vœux. Heureusement il n'y a rien de mal dans notre famille. Quoi qu'il en soit vous êtes venus en pensant à moi et c'est l'intention qui compte. Pas de choses à regretter, ni décès chez nous.

— Tu veux dire que tu n'es pas au courant?

— Je ne serais pas au courant de quoi?»

Le cœur de Périclès Karagüloghlou s'était déjà crispé en entendant Hadji lui formuler des paroles de condoléances.

Hadji Remzi se tut, pencha la tête. Sa barbe, longue, était remontée sur son menton. Son visage s'assombrit; son front se plissa.

« Comment te dire ça, dit-il. Tu n'as donc pas entendu la nouvelle. Et ça m'est difficile de te l'annoncer, moi, personnellement.»

Ceux qui étaient assis en face et qui n'avaient pas dit un mot jusque-là firent: «Difficile, difficile!» en hochant la tête.

« Difficile, très difficile, répéta Hadji Remzi. Tu es mon ami le plus cher. Tu m'es plus proche que mon propre frère. On a grandi ensemble, on a vécu ensemble. Nous étions frères d'armes contre les Russes à Sarıkamış. C'est avec toi que nous avons enterré quatre-vingt-dix mille soldats dans les neiges des monts Allahüekber. Moi... te le dire... ma langue tournerait dans ma bouche mais elle s'enflerait... comment te le dire. Cela fait des jours que le bourg résonne de cette nouvelle, de la nouvelle qu'on va vous envoyer en Grèce. Abdülvehab Bey, le directeur du Trésor, a déjà mis vos maisons aux enchères. Parce que les Turcs qui viennent de Grèce auraient dit: "Nous ne voulons pas d'îles, même si cette île était le paradis sur la terre!" Personne ne veut acheter une maison dans cette île. Même si on les donnait gratuitement personne ne veut s'installer ici. Vous n'avez donc pas entendu la nouvelle ?

— Nous l'avons bien entendue, mais personne n'y a cru, dit Périclès. Comment pourrions-nous y croire… nous avons qui et quoi en Grèce… ? Nous n'avons même pas vu la Grèce.

— Vous n'y avez personne. Ici, c'est votre terre, votre patrie. La première fois, je n'y ai pas cru non plus. Après je me suis renseigné à Ankara. Tiens, regarde ce qui est écrit. » Il présenta un télégramme à Périclès. Périclès ne le prit pas. Il n'avait plus la force de soulever la main.

« Ce n'est pas la peine, fit-il. Cela veut dire que Barba Spiros nous a dit la vérité et que personne n'y a cru. »

Il avait le visage comme celui d'un mort.

« Que pouvons-nous faire, Périclès, mon ami, que faire ?

— Il aurait mieux valu, lorsque j'étais enseveli sous la neige dans cette montagne, que je ne sois pas sauvé. Plutôt que de subir cette infamie, mieux aurait valu geler sur pied, ensemble avec ces quatre-vingt-dix mille soldats ! »

Il se tut. Il n'ouvrit plus la bouche jusqu'à ce que Hadji Remzi s'en aille.

« Oui, Périclès, pas un de ces quatre-vingt-dix mille n'eut la vie sauve. Dieu nous a seulement sauvés, toi et moi. Il a mis sur la route de notre destin ces quatre femmes kurdes. Ces femmes nous ont traînés sur la neige jusque chez elles et c'est lorsque nous eûmes ouvert les yeux et qu'elles nous donnèrent du lait bouilli que nous eûmes la vie sauve. Qu'est-ce que nous étions contents d'être revenus de la mort ! Comment pourrai-je oublier ces jours-là, Périclès ? »

Le front de Sarıkamış, des milliers de soldats bouffés par les poux, les cavaliers gelés, pétrifiés sur pied, sur leurs chevaux, leur arrivée à Erzurum après des jours d'errance de village en village, de là leur transfert à Sivas et puis… Hadji Remzi ne s'arrêtait plus.

« Après tout ce que nous avons enduré ensemble, Périclès, mon ami, est-ce qu'on va te priver de ta patrie maintenant? Pour te sauver, j'en ai parlé avec des hommes politiques, le gouverneur, le commandant militaire de la place, avec tout le monde. Je leur ai dit : "Voilà qui est Périclès comme personnage, ne l'envoyons pas en Grèce s'il ne le désire pas. Il a enduré le pire pour cette patrie", leur ai-je dit. J'ai raconté dans le détail tout ce que nous avons subi comme épreuves. J'y ai mis tellement de cœur que le commandant de la place militaire, ce grand général, s'est mis à pleurer. Je me suis adressé partout. Il n'y a aucun moyen, m'a-t-on dit. Tous les habitants des îles sont concernés par le traité d'échange. Je leur ai dit : "Je vais m'adresser à Ankara." On m'a répondu : "Là non plus tu n'obtiendras rien, le traité entre les deux États a déjà été ratifié." »

Périclès s'était recroquevillé au fond de son fauteuil, cet homme de haute stature s'était fait tout petit, en boule.

« Je me suis dit qu'il fallait faire quelque chose pour éviter le pire, j'ai pris ces amis auprès de moi pour te proposer d'acheter ton bateau, ces fauteuils, ces beaux tapis, ton service de table doré venu d'Italie... tout ça et le reste. Il vaut mieux que nous les achetions nous, plutôt que ça parte bradé on ne sait où, pour que tu ne sois pas spolié. Je te le répète, je suis venu auprès de toi à la fois pour te faire mes condoléances et pour que tes biens ne soient pas bradés. Qu'en dis-tu, Périclès? »

Il n'arrêtait pas de parler, argumentant sur la valeur du patrimoine. Pas un mot chez Périclès. La pierre aurait parlé mais pas lui.

« Regarde-moi bien, Périclès, mon ami. Toi et moi, nous sommes frères pour la vie. Je me suis dit : Il faut que je fasse le bien pour mon frère. Que son patrimoine ne soit pas parti en pure perte. Ce serait un péché. Tu sais bien que pour les biens de ceux qu'on envoie en exil, même pour leur or, on donne le prix d'un âne mort. Partout ici, sur la côte, dans les bourgs, dans les villages, les gens ont su qu'on vous déportait. À mon avis il y a belle lurette qu'ils se sont entendus, ils n'achèteront pas vos biens. S'il te plaît, mon frère, dis-moi quelque chose, que tes biens si précieux, tes objets si beaux que tu n'osais même pas toucher ni regarder ne partent pas à vil prix ! Que tes biens ne profitent pas de surcroît aux mains de ceux qui vous exilent. Que ceux qui vous exilent en des terres étrangères ne se vautrent pas dans ces fauteuils. Dieu voudrait-il cela ? Regarde donc ce velours, on dirait de la soie. Regarde ce tapis, c'est un jardin de paradis. Et ton bateau qui n'a pas son pareil ni sur la mer Noire ni en Méditerranée : la coque en châtaignier, engin de trente-six chevaux. Accepterais-tu que ton ennemi, celui qui t'humilie en te traitant de mécréant, qui t'exile sur les terres des mécréants s'approprie ton bateau et qu'il parade dessus ? Qu'il fende les flots avec, comme s'il labourait ton torse ? Dis-moi, tu n'accepterais pas une telle catastrophe ? »

Kavlakzade Hadji Remzi Bey devisa de beaucoup de choses mais en évoquant toujours : l'amitié, la fraternité, le pain et le sel partagés, le souvenir d'un café qui dure quarante ans… tout y est passé. Pas le moindre mot de la bouche de Périclès. Il était pétrifié là, dans son fauteuil. La colère de Hadji Remzi était bien à son comble. « Mais patience, n'obéis pas à la tentation de Satan, se disait-il. Le salut est toujours le prix de la patience ! » Il voulait tellement acheter le bateau qu'il en crevait d'envie. Il savait que dans deux ou trois jours l'autre finirait par comprendre ce qui arrivait et qu'il allait brader ce bateau merveilleux pour cinq sous à quelqu'un dont le sang ne les vaudrait pas, ces cinq sous.

« S'il te plaît ne t'entête pas, Périclès. Je jure devant Dieu que vous allez partir bientôt. Que Jésus-Christ vienne en personne, que la Vierge Marie notre mère vienne en personne, qu'ils aillent à Ankara pour intercéder en votre faveur, même eux ne pourront rien changer. Parle-moi, Périclès, à ton frère pour la vie, à ton ami pour la vie, dis quelque chose. Que je te baise les pieds et les mains, dis-moi quelque chose ! »

Il se leva, prit Périclès par le bras, la mâchoire serrée ; il était fou de colère :

« Parle ! Mais parle donc, homme de peu ! » Il avait la voix comme un sifflement de serpent. « Parle donc, espèce de *çorbacı*, mais parle donc, couille de porc pourri, mais parle donc, chien galeux. Parle donc, homme sans foi, fils d'un sans-foi. Parle donc, faux croyant, face d'hypocrite. Espèce de crétin, ils vous déportent, tu n'as pas encore compris ? Bientôt ils vont vous prendre par la queue comme des rats morts et ils vont vous chasser d'ici. Hein ! Toi le chien galeux, quand les Grecs sont arrivés ce n'est pas vous qui avez déserté notre armée pour vous enrôler dans l'armée grecque ? N'avez-vous pas incendié nos bourgs et nos villages ? N'avez-vous pas violé nos femmes et nos enfants ? »

Il repoussa violemment le bras de Périclès qu'il serrait, comme s'il voulait le casser. Il alla à la porte mais revint et se pencha sur Périclès en riant aux éclats :

« Ici c'est votre patrie depuis trois mille ans, hein ? Votre terre depuis trois mille ans, n'est-ce pas ? S'il en est ainsi, cela suffit maintenant, vous avez pris votre temps ; cela fait trois mille ans que vous corrompez ces terres ! »

S'arrêtant de rire, il commença à hurler de toute sa colère :

« Allez donc en enfer, partez d'ici... en enfer. C'est même bien peu ce qui vous tombe sur la tête ! Peu, bien peu ! »

Il criait tellement que tous ceux qui avaient entendu sa voix étaient sortis de chez eux pour voir ce qui se passait. La peur, l'abattement s'étaient emparés de l'île. En d'autres temps, si quelqu'un avait hurlé de la sorte, la place des platanes se serait emplie de monde jusqu'à l'entrée de l'embarcadère.

Il prit Périclès par les épaules et le fit se lever du fauteuil.

Il se pencha et lui dit tout bas à l'oreille : « Ouvre tes yeux, Périclès ! ordonna-t-il, la voix tranchante comme un rasoir Ouvre tes yeux, Périclès, et écoute-moi bien. Mais écoute-moi très bien. » Périclès ouvrit grand les yeux. « À la bonne heure ! Ce bateau est à moi. Tu ne peux le vendre à personne, et si tu le fais je te ferai mettre en taule. Tu me dois cent livres d'or. Si le bateau part d'ici, je ferai enlever ta fille et la confierai à dix gaillards dans la montagne. Notre amitié, notre fraternité, prend fin ici. C'est toi qui as choisi de le faire. Tu as compris, c'est toi qui achèves. Je te ferai même mettre en prison ; tu es un espion. »

Il baissa sa voix d'un cran :

« Tu n'as pas oublié, hein, Périclès, tu me dois cent livres d'or. J'ai en main la reconnaissance de dette qui vient du notaire. Si tu ne me rembourses pas ces cent livres sur-le-champ, je te ferai mettre en prison. Passe encore la Grèce, tu ne pourras même pas y voir le visage de l'enfer ; je t'y ferai tuer. »

Il tourna le dos à Périclès avec brutalité, se dirigea vers l'escalier. Tout en descendant les marches quatre à quatre, il répétait sans arrêt : « Celui qui tombe tout seul ne pleure pas, celui qui tombe tout seul ne pleure pas ! »

Il entra dans le bateau tout essoufflé :

« Ces gens-là ne méritent pas le bien ! Ils ne méritent pas le bien ! » cria-t-il.

Quand il embarqua, la place des platanes se remplit de monde en un instant.

Hadji Remzi se réjouit en voyant Barba Spiros au premier rang, sur la grève.

« Écoutez-moi, gens de l'Île-Fourmi, dit-il d'une voix de velours, caressante. Écoute-moi, Barba Spiros, mon ami, tu es un homme de raison. Bientôt vous allez partir d'ici. Vous êtes obligés de vendre vos biens. Vendez-les maintenant. J'achèterai. Venez à ma boutique à partir de demain. Vous ne perdrez pas. Emmenez-les vite. Il y a encore beaucoup de villages et d'îles qu'on exile comme vous. Si vous tardez, les marchés vont regorger de marchandises ; à ce moment-là vous les donneriez que personne ne les prendrait. Excusez-moi, je me suis fâché très fort contre Périclès. C'est mon copain de régiment. Dites-lui qu'il ne vende son bateau à personne. Je ne laisserai ce bateau à personne. Ne vous illusionnez pas non plus en vous disant : "Ils ne vont pas nous renvoyer." Au revoir. »

Le bateau démarra, partit d'abord à petite vitesse, puis accéléra. Jusqu'à ce qu'ils soient bien loin Hadji Remzi fit au revoir de la main à la foule pétrifiée de la place des platanes. Les gens s'agglutinèrent autour de Périclès qui était descendu de sa maison pour rejoindre la foule.

Périclès dit :

« Il est désormais certain que nous allons partir.

— De quoi avez-vous parlé avec Hadji Remzi ?

— De quoi avez-vous parlé ? »

Périclès rendit compte de tout ce dont ils avaient parlé sans y ajouter une virgule.

« Vous savez, comme le disent les Turcs : "Même Dieu n'a pas mérité ça !" » Et il continua à soliloquer en turc : « Dieu a-t-il mérité un tel affront ? Est-ce que la dignité humaine s'accommoderait de ça ? » Puis il continua en turc : « Sarıkamış c'est une zone forestière. L'armée était cantonnée au beau milieu de la forêt. Le matin au réveil nous nous sommes rendu compte que tout le corps d'armée était englouti sous la neige. On ne voyait plus rien : ni nos tentes gelées ni la forêt ; tout était sous le manteau de neige. C'est en faisant un trou dans la neige que nous avons pu sortir. Nous étions couverts de poux. Là-bas il y a des montagnes majestueuses qu'on appelle les monts Allahüekber[1]. Elles étaient

1. Déformation turque de l'arabe *Allah-u akbar* : Dieu est le plus grand.

couvertes de neige elles aussi. Nous nous sommes enfuis, les Russes à nos trousses. Notre armée est venue buter sur les monts Allahüekber. Au pied de la montagne mon bataillon s'est trouvé face à face avec les Russes, baïonnette contre baïonnette. Il ne restait plus personne de valide dans notre bataillon. Nous étions tous hors combat. En un instant la neige nous a engloutis. J'étais blessé mais je pensais que j'étais déjà mort. J'ai réalisé que j'étais encore en vie, blessé, je m'en suis rendu compte quand ma blessure a commencé à me faire souffrir. J'étais en train de geler. Je me suis dit : "Geler c'est la mort. Lève-toi, Périclès, si tu ne peux pas te lever, au bout c'est la mort". Je me suis ébroué de toutes mes forces, une fois, deux fois. Je voyais notre île devant mes yeux, couverte de fleurs dorées d'ici jusqu'à la colline. Les fleurs des pêchers et des cerisiers tombaient en pluie sur la mer. Elle s'est toute couverte de fleurs roses. Des églantiers étaient éclos partout sur l'île. La mer ondoyait comme si elle était lumière. J'étais sous l'emprise d'un rêve. Soudain la neige a repris, en tempête. J'entendais le chant d'un coq, des braiments d'âne. J'étais tout seul au beau milieu de cette tourmente. J'ai été jeté comme un fétu de paille par un coup de vent. Sous mes pieds je sentais des corps qui n'avaient pas encore refroidi. Je me débattais d'un côté contre la tourmente de neige, d'un autre contre la douleur de la blessure de mon bras dont le sang séchait, contre l'engourdissement de tout mon corps par le gel au point que j'en oubliais la douleur de mon bras; quand j'étais au seuil de me laisser mourir, quelqu'un sous la neige s'est agrippé à ma jambe, s'y est verrouillé pour ne pas me lâcher. J'essayais de me détacher de toutes mes forces mais la main ne me lâchait pas. Je me suis penché pour saisir le corps de l'autre je l'ai secoué et qu'ai-je vu? Notre Hadji Remzi. Il ne pouvait pas se tenir debout. Il était blessé aux jambes et à l'aine. J'ai couvert sa capote de la mienne pour qu'il ne gèle pas. Pendant quelque temps, à travers la neige qui n'avait pas cessé, je l'ai porté sur mon dos vers l'endroit d'où venaient les voix. Il n'arrêtait pas de perdre son sang. Je le sentais couler tout tiède sur mon dos et il gelait ensuite. Je n'arrêtais pas de crier : "Hadji Remzi, ne t'endors pas, Hadji, ne dors pas, si tu t'endors tu mourras !" Quand Hadji commençait à refroidir sur mon dos, je le descendais de là pour le secouer jusqu'à ce qu'il revienne à la vie. Et puis, je me souviens que nous nous sommes trouvés dans un endroit où je sentais un peu d'air chaud sur mon visage, et le parfum délicieux des bouses. Après, tout a été dans les ténèbres. Je me suis réveillé, une cheminée qui brûlait à grand feu...

— On connaît la suite, dit Thanassis Kotsiras. Toi, tu nous l'as racontée mille fois et Hadji Remzi deux mille fois. Nous la connaissons tous !

— Vous savez, aujourd'hui il m'a vraiment blessé. Cette amitié à la vie à la mort, depuis tant d'années. Il m'a vraiment blessé. Il m'a dit : "Eh bien cela fait trois mille ans que vous avez habité ici, ça suffit", m'a-t-il dit. "Allez en enfer", m'a-t-il dit. Et moi je n'ai pas pu lui dire : "Je m'en vais, restez en paix !" »

Il se retourna et partit vers sa maison. Ce Périclès, qui durant toute sa vie marchait droit comme un I qu'il fût malade ou souffrant, était plié en deux, marchait comme un bossu. Ses trois fils qui marchaient derrière lui étaient devenus bossus eux aussi.

Déjà en gravissant les marches Périclès lança :

« Allez, les enfants, préparez-vous, nous partons. Hadji Remzi m'a mis très en colère. Vivre dans un endroit en présence d'un tel être m'est insupportable. Tous les jours j'aurais honte d'être un être humain de son espèce. Même si Mustafa Kemal Pacha venait en personne me supplier, je ne pourrais pas rester ici une heure de plus. Passe encore les trois mille ans, même si cette terre était ma patrie depuis plus de dix mille ans, je ne pourrais plus rester ici. Cet homme a souillé mon cœur ! » Il dit « cet homme a souillé mon cœur » en turc.

Sa femme :

« Moi aussi j'ai entendu ce qu'a dit cet homme qui n'est plus un humain. Même si c'était depuis dix mille ans, il ne faut plus rester ici.

— Il ne faut plus rester », a dit l'aîné des fils, les autres acquiescèrent.

« En avant, faites vite, avant même le lever du jour, avant le chant du coq et avant que personne n'ait encore quitté son lit nous devons quitter l'île. »

Le père et les trois fils établirent les plans de route. Ils devaient partir très tôt. Aucun bateau n'était en mesure de courser le leur : qu'il s'agisse de ceux des pêcheurs, de l'administration ou de qui que ce soit. Le gouvernement n'allait tout de même pas envoyer une frégate à leur poursuite ! C'est-à-dire que personne n'était en mesure de les arraisonner dans ces mers.

Ils travaillèrent jusqu'au matin pour rassembler tout ce que leur maison contenait, puis ils transportèrent le tout au bateau pour le ranger en bon ordre. Ils inspectèrent les moindres recoins de la maison, jusqu'au grenier pour ne rien oublier. Tout était en ordre, il ne restait même plus une aiguille rouillée.

« Il reste les peintures, père !

— Nous allons les laisser.

— On peut les arracher.

— Non.

— Dégradons-les, grattons-les, détruisons-les !

— Il ne faut pas les laisser pour eux.

— Non !

— Dommage pour ces peintures, pour le regard ignoble de Hadji Remzi…

— Ces peintures sont aussi bien pour les regards des bons que pour les regards des mauvais. Qui oserait s'attaquer à ces peintures?

— Ils vont le faire, père! »

Les premières lueurs du matin éclairaient les peintures. Le reflet de la mer jouait aussi sur les lumières des peintures. Dans ce jeu de lumières, les fleurs peintes du mur avaient gagné des couleurs et paraissaient plus grandes. Quant à la mer, elle avait donné tout son bleu à cet univers. Les cygnes étaient assis sur leur queue, les ailes déployées, prêtes pour un envol.

« Père, ils vont s'installer dans cette maison, père! La première chose qu'ils vont faire ce sera de gratter ces peintures pour les effacer du mur. Ces peintures sont à nous, père, c'est aussi notre bon droit de les détruire.

— Ces peintures ne nous appartiennent pas. Ces tableaux appartiennent à celui qui les a peints, mon fils! Il ne les a pas peints pour qu'on les détruise. Il les a peints avec amour et enthousiasme pour qu'ils fleurissent comme ça jusqu'à la fin des temps.

— Ils vont les arracher!

— Pour l'artiste qui les a peints, ces tableaux demeureront jusqu'à l'apocalypse, ne seront pas détruits. Les vitraux, les peintures de l'église eux aussi sont l'œuvre de ce maître.

— Ils vont démolir aussi bien notre maison que l'église!

— Si cela se produit, fiston, les peintures du maître vont quitter l'endroit où elles se trouvent, elles vont s'envoler et quelque part dans le monde trouver des gens qui ont de la reconnaissance, et des maisons et des églises pour y reprendre leur place. »

Périclès s'approcha des peintures et se tint là, devant. Pour la première fois il rit à gorge déployée avec un bonheur enivrant.

« Elles vont s'envoler dans une contrée où les gens ont de la reconnaissance, un bienfait ! » Il prononça la phrase en turc.

« Allons-nous-en, les enfants », dit-il avec le sourire et d'une voix enjouée. Tout en descendant les marches : « Il y a de par le monde plein de gens de cœur aussi ! » répétait-il entre ses dents.

Ils mirent le moteur en marche. Pour ne pas faire de bruit ils le firent tourner au ralenti. L'engin était tout neuf, il faisait un bruit à peine perceptible. Arrivés au large de l'île, ils mirent les gaz. Ils atteignirent le cap où les fleurs des pêchers et des cerisiers se reflétaient dans l'eau. Ils ralentirent l'allure. La mer était étale, toute blanche. Toute cette blancheur était comme ornée des fleurs roses. Un ressac imperceptible mourait en ondes roses sur l'estran. De derrière les montagnes d'en face la lumière ourlait d'or le bord des nuages qui filaient sur la surface de la mer, scintillaient en un tourbillon d'acier rose, d'acier mauve, d'acier vert, d'orange intense.

Périclès Karagüloghlou vit son propre reflet sur l'eau, moiré d'innombrables paillettes.

« Vas-y, fiston ! fit-il d'une voix affectueuse, claire, douce et pleine d'espoir. Mets les gaz, mon fils. »

Alors que le soleil montait à l'horizon, l'île était encore visible dans un flou lointain. Elle s'effaça rapidement.

Une fois la grande île disparue de la vue, le fils dit :

« Père, tout ce que nous avions, nos ruches, les fleurs de notre jardin, la plus belle vigne de l'île qui était la nôtre, notre maison, notre île... tout est resté là-bas.

— Eh oui, c'est resté là-bas », fit Périclès Karagüloghlou.

C'est seulement en fin d'après-midi que les gens se rendirent compte que les Karagüloghlou avaient ramassé tous leurs biens de nuit, et qu'ils les avaient embarqués dans leur bateau pour filer. Les uns expliquaient les raisons de la fuite par la crainte que Hadji Remzi lui enlève sa fille pour la confier à dix gaillards, d'autres par la crainte que ses fils assassinent Hadji Remzi, ou encore par la peur de voir lui-même et toute sa famille, femme et enfants, mis en prison. Quelle qu'en soit la raison, qu'il soit parti sans prévenir personne n'a pas été jugé comme une bonne chose, tout le monde était un peu froissé. Sur ces entrefaites, Panos Valianos prit son bateau et fila au bourg. Que Périclès ait abandonné l'île ne fit qu'aggraver la douleur des îliens, ne leur laissant aucun espoir. Tout était clair désormais, limpide, évident.

Panos Valianos arriva au bourg plus tôt qu'il ne l'espérait. Il est vrai que son bateau était encore plus neuf que celui de Karagüloghlou. L'engin qu'il avait fait installer il y a trois mois était à peine rodé. Pour l'heure c'était le meilleur bateau de tous les pêcheurs du lieu. Le moteur était costaud, fiable et endurant : à tourner pendant dix heures d'affilée il ne chauffait même pas. Dès qu'il eut amarré son bateau il alla au bourg. Depuis la cale jusqu'au bourg, tout le monde l'arrêtait en chemin pour l'embrasser et dire : « Tu sais, Panosaki, nous sommes vraiment chagrinés ! On peut faire partir n'importe qui d'ici mais toi tu avais ta place à part sur toute la côte par ici. »

Il est vrai que parmi ces gens, qu'ils soient des Turcs, des Grecs, des Tcherkesses, des Géorgiens ou des Kurdes, il tenait une place à part. En premier lieu Panosaki était le meilleur pêcheur de toute la région. Il avait formé beaucoup d'autres pêcheurs qu'il avait traités comme ses propres fils, les avait transportés à l'hôpital quand ils étaient malades, les avait veillés comme s'il était leur propre père et mère. Il avait donné de l'argent à ceux qui n'en avaient pas, du travail aux sans-travail. Il avait tout fait pour que les amoureux soient unis. Personne dans la région ne lui avait non plus refusé la moindre chose. Enfants, adultes, filles, femmes, jeunes, vieux ne l'appelaient pas Panos mais Panosaki[1]. Il avait de grands yeux d'un bleu limpide. Qu'il s'agisse d'un oiseau, d'un ver ou d'une fourmi, de l'herbe ou d'une fleur ou d'un chardon, d'un gentil ou d'un voleur de grands chemins, pour tous ces grands yeux avaient un regard d'étonnement et d'affection. Son long cou, ses moustaches rousses longues et fournies, son nez aquilin inspiraient de la sympathie à tous ceux qui l'approchaient. Il se ceignait toujours les reins d'une bande de tissu rouge qu'ornait de part en part la longue chaîne en argent de sa montre-gousset. Il avait toujours un pantalon bouffant et un bonnet pointu façon mer Noire, et portait des bottes courtes. Qu'il vente ou qu'il pleuve, en ville ou à la campagne, en mer ou à terre, ses bottes étaient toujours impeccables. Il était chaleureux avec tout le monde et appelait tout le monde *kardaşimou*[2], en l'enlaçant affectueusement.

Depuis cinq jours, les paysans de la côte avaient entrepris une campagne de signatures pour que Panosaki ne parte pas, pour qu'on lui donne l'Île-Fourmi et qu'il y forme des pêcheurs. Tous ceux qui avaient eu connaissance de la pétition avaient signé, sans un refus de qui que ce soit. Peut-être pouvait-on faire partir tous les gens d'ici, mais Panosaki, non ! Il appartenait à ces mers, à ces côtes, à ces îles. On ne pouvait les concevoir sans Panosaki. Si Panosaki mourait ou s'il partait en Grèce, ces lieux seraient vides, déserts. La mer ne serait plus la mer, l'île ne serait plus l'île, les poissons ne seraient plus des poissons. Les poissons ne sauteraient plus hors de l'eau sous le soleil avec leurs reflets moirés de milliers de scintillements. La vie des gens changerait ; la vie n'aurait plus aucun goût.

1. Le suffixe grec *aki*, diminutif, ajouté au nom, produit une appellation affectueuse (Panosaki : le cher petit Panos).

2. Combinaison du mot turc *kardaş* (frère / sœur) avec le suffixe possessif grec *mou* (le mien).

La petite maison blanche de Kadri était entourée d'une petite orangeraie. Les oranges étaient très bonnes. Expert en tout, Panosaki en savait long aussi en matière de vergers ou de jardinage. Admirant les belles oranges du verger de Kadri, Panosaki était tellement ravi qu'il en oublia son chagrin. Il tira sur la corde placée à la droite de la porte d'entrée. La porte s'ouvrit aussitôt.

Ah ! *Panosakimou.* Ah ! mon Maître.

Holà, Kadrimou, holà, mon très cher ! Holà, mon fils le bel-homme. Depuis des jours on pensait à toi, on parlait de toi. Tout en parlant, elle se mit à courir vers la porte de la cour. La voyant courir, Kadri la suivit. Ils se retrouvèrent tous trois dehors, tous enlacés. La mère et le fils entourant Panosaki, ils rentrèrent à la maison. La mère fila tout droit à la cuisine pour faire un café rapide. L'odeur quasi enivrante du bon café emplit la pièce. Ils burent le café en silence avec des sourires.

La femme.

« Est-ce du jamais-vu, *Panosakimou*? A-t-on jamais vu ça? Ont-ils au moins la peur du Dieu et du Prophète, ces gens? Les gens que tu as formés comme pêcheurs et à qui tu as donné une barque ont acheté des bateaux maintenant, ils ont femme et enfants. Ils se sont tous réunis ici hier. Ils ont tous dit : "Si on envoie notre maître Panosaki en exil, en Grèce, ils n'ont qu'à nous faire partir nous aussi !" Qu'ont-ils dit d'autre, *Panosakimou*, je te le donne en mille. Ils ont dit : "Une fois les Grecs partis, on achètera l'île de Mirmingi pour l'offrir à Panosaki et on rebaptisera l'île en l'appelant Panosaki !"

— Voilà ce que nous avons décidé, Panosaki. Tout le bourg est en effervescence; pour dire : Si on fait partir Panosaki, nous partirons aussi.

— Femmes, jeunes filles, vieillards, tout le monde a signé. Vendredi ils partent en train à Ankara pour porter la pétition à Mustafa Kemal Pacha. »

Confiants à cent pour cent que Panos n'allait pas être renvoyé, mère et fils devisaient en riant, contents.

Dame Melek :

« Tu sais, *Panosakimou,* une fois qu'on aura acheté l'île pour toi, j'en ai parlé avec mon Kadri, quand il se mariera nous n'allons pas te laisser tout seul sur l'île, nous allons prendre la bru avec nous et nous viendrons auprès de toi. On achètera une maison dans l'île. Qu'en dis-tu, hein ? »

Deux perles de larmes vinrent se poser dans le creux des yeux de Panos. Une minute de plus, et il n'allait plus pouvoir se retenir. Il se leva d'un bond. « Lève-toi, Kadri, fit-il, on avait une affaire urgente, j'ai complètement oublié !

— Mais, notre Maître, mon fils, quelle urgence ? N'allez-vous pas rester à déjeuner ? Tu aimais bien mes plats, non ? »

Il baisa la main de la femme et fila vers la sortie. Une fois dehors il attendit Kadri. En chemin, tous ceux qui le voyaient l'arrêtaient. Maître Panos se mit à marcher comme s'il courait, laissant les gens, perplexes. Ils arrivèrent au port. Le maître alla tout droit vers son bateau et sauta dedans. « Viens donc, Kadri, fit-il, doucement, affectueusement. Viens t'asseoir. Je suis venu te voir, toi, aujourd'hui.

— Tu m'as honoré, mon Maître, tu es toujours le bienvenu !

— Kadri, quel âge avais-tu quand tu es venu travailler avec moi ?

— J'avais sept ans, Maître », il rit. « Je me rappelle, ma mère m'avait mené à toi comme on mène les gamins à l'école. "Sa chair est à toi et son os est à moi[1], *Panosakimou*", avait-elle dit, t'en souviens-tu, Maître ?

— Je n'ai pas oublié, *Kadrimou.* Je m'en souviens et je te vois comme si c'était hier.

1. Formule qui date des anciens Turcs (l'os est le principe du patrilignage, la chair est celui du matrilignage), elle est utilisée pour confier un enfant à un éducateur en lui disant : « Tu peux en faire ce que tu veux, l'autorité est à toi. »

— Tu m'avais enseigné d'abord les filets, ensuite les hameçons, les harpons, les cuillères et les lignes de fond. »

Il parlait comme s'il entonnait une litanie, avec un sourire amer.

« Je me souviens de tout, mon fils ; je n'ai rien oublié.

— Pour moi tu as été un frère aîné, un père, un ami et un frère de sang à la fois. Tous ceux que tu as formés te connaissent aussi comme tel. Nous avons juré, nous avons prêté serment, s'ils t'envoient en Grèce, nous allons venir avec toi, nous allons quitter ce pays.

— Écoute-moi bien maintenant. La première fois que tu as mis les pieds dans ce bateau, tu l'as arpenté de la poupe à la proue, reniflant tout comme un chat. Puis tu es venu te poser devant moi en disant : "Moi aussi j'aurai un bateau comme ça, moi aussi je serai un capitaine Panosaki." Depuis ce jour j'ai toujours voulu que tu aies un bateau comme celui-ci, et toi...

— Moi aussi je l'ai voulu, Panos, mon Maître !

— Eh bien, voilà que tu as un bateau comme celui-ci, capitaine Kadri. Ce bateau t'appartient. Quant à moi, je partirai en Grèce avec les gens de l'île. Dis à tes amis. Dis-leur : "Le maître le veut ainsi." Qu'ils n'aillent pas à Ankara. Ils me connaissent bien et ne me refuseront rien. Qu'ils n'aillent pas à Ankara.

— S'il te plaît, Maître, dit Kadri en s'emparant des mains de son maître. Ne nous abandonne pas ici pour partir en des terres étrangères, Maître. Ne nous achève pas, ne fais pas couler notre sang ! Que ferions-nous par ici sans toi. Je ne veux ni de ton bateau ni de rien. Si tu es ici, je te promets, Maître, je travaillerai tellement que je me ferai construire un bateau encore plus beau que le tien. Mais si tu t'en vas, je laisse tout tomber, la pêche et le reste ; je ne serai qu'un rien !

— Tais-toi, dit le maître en lui posant la main sur l'épaule dans un geste affectueux, tais-toi et écoute-moi bien. Prends ce papier, je te dis de prendre ce papier ! » Kadri prit le papier.

« Il est écrit sur ce papier que je t'ai vendu le bateau. Je l'ai fait enregistrer chez le notaire. Personne ne pourra prendre ce bateau de tes mains.

— Mon Maître, ne t'en va pas ! »

Pendant longtemps il supplia le maître. À la fin Panos s'écria :

« Mais tais-toi donc, sale gosse. Ça y est, tu te tais ? Mets ce papier dans ta poche ! »

Les mains tremblantes Kadri mit le papier dans la pochette que le maître lui avait offerte pour la fête.

« Écoute-moi, *Kadrimou*, mon fils. Je m'en vais maintenant. Si je ne me plais pas là-bas, je reviendrai et on travaillera ensemble en associés sur le bateau.

— Non, Maître, non, je ferai comme avant, j'aurai des parts. Cette fois-ci, tu me donneras trois parts sur dix.

— On fera moitié-moitié, pour le bateau et pour les gains... Bon, maintenant conduis-moi à l'île et reviens de suite, ta mère va commencer à se faire du souci. »

Alors que Kadri faisait démarrer le moteur, le maître se mit à l'abri du pont de proue. Il prit un grand sac de toile, le roula en oreiller et posa la tête dessus. Il commença à rêver des mers d'Athènes. Il avait amassé pas mal d'économies avec tous ces gars. Il était content d'avoir donné le bateau à Kadri, très content. Il y avait des années qu'il n'avait pas éprouvé une telle joie.

La nouvelle du don du bateau du capitaine Panos à Kadri fit le tour de l'île dès le lendemain. Les uns étaient en colère, d'autres en furent attristés.

« Il sait tout, lui. Ce n'est pas par hasard qu'on l'appelle Panos *Reis*[1]. Il connaît tout, le dessous de la mer comme le dessus.

1. Déformation turque de l'arabe *Raïs* : celui qui commande; par extension, désigne en turc les pachas, les grands capitaines réputés de la marine de guerre ottomane.

— Il a su qu'on allait nous faire partir.
— Kadri le marin l'aime beaucoup.
— Ils ont organisé une campagne de pétitions dans le bourg, pour lui. Mille signatures.
— Dix mille personnes.
— Il paraît qu'ils iront à Ankara voir Mustafa Kemal Pacha, et puis cette île…
— Il paraît qu'ils vont la lui donner en propriété, une fois que nous serons partis.
— Tout seul sur cette île…
— Panos l'habiterait tout seul.
— Kadri le marin l'aime beaucoup.
— Il a su avant tout le monde qu'on allait nous faire partir.
— Et si nous ne partons pas…
— Quand on saura que nous ne partirons pas…
— Il appellera Kadri…
— Lui dira : "Rends-moi mon bateau…"
— "Tu es encore mon équipier…"
— Et Kadri redeviendra le marin équipier comme avant.
— Panos sera encore le *Reis*.
— La pêcherie sera encore remplie de poissons.
— Ils sont capables de nourrir Istanbul et Izmir réunis en poissons.
— Panos *Reis* connaît son affaire. Tu ne trouveras pas une personne qui ne l'aime pas dans ces mers et sur la côte !
— Il a le poil du diable[1] !
— Quand il rit, son visage devient un jardin de roses.
— Il aime tout le monde et tout le monde l'aime.
— Il est le père de tout ce que la mer contient.
— Il en est le *Reis*.
— Des musulmans comme des chrétiens !

1. Quelqu'un à qui tout réussit, sans que l'on sache pourquoi, et que tout le monde aime.

— Ce n'est pas pour rien qu'on l'a appelé *Maître Panos.* Et si nous ne partions pas d'ici… ?

— Qu'est-ce qui se passerait hein ? Qu'est-ce qui se passerait ?

— Panos n'ira pas auprès de Kadri pour récupérer son bateau !

— Et si Kadri revenait pour dire : "Les nouvelles sont bonnes, Maître, vous ne partez plus, reprenez votre bateau" ?

— Il ne le reprendra pas !

— Même s'il le suppliait, lui baisait les pieds, il ne le reprendrait pas.

— Il nous a fait un mauvais coup, le Maître Panos. Il nous a brisé les reins. Maintenant tout le monde va mettre en vente tout ce qu'il possède.

— Et, puisqu'on ne partira pas…

— Au moins trois fois le prix.

— Quatre fois…

— Il le rachètera à dix fois son prix.

— Quand même, puisqu'il avait choisi de faire don de son bateau à Kadri, il aurait fallu le faire soit au moment où il partait, soit jusqu'à ce que…

— … qu'il soit sûr et certain que nous devons partir.

— Il n'a pas bien fait, là, Panos.

— C'est pour lui que tous les pêcheurs de la contrée se sont mobilisés : "Panos *Reis* ne doit pas partir !"

— Et qu'est-ce qu'il a dit Panos *Reis* ?

— Il a dit : "Savez-vous ce que disent les Turcs ?"

— "Une célébration de mariage où il y a le tout-venant n'est plus qu'une fête", il a dit.

— Mais pourquoi donc il a fait don de son bateau ? Il n'y avait aucune raison de bon sens ?

— Qu'est-ce qu'il a bien voulu signifier par là ?

— Il a voulu dire : "Moi aussi je partirai avec les gens de mon île, mes gens." »

La nouvelle du don du bateau, un vrai joyau, de Panos *Reis* se répandit en un instant dans tout le bourg et dans tous les villages. Du coup, la rumeur se répandit elle aussi que, quoi qu'on fasse, il ne resterait pas ici et qu'il allait partir en exil, de sa propre volonté, avec les autres gens de l'Île-Fourmi.

« Maître Panos nous en veut.

— Et qu'est-ce qu'il pouvait faire avec ce qui arrive ?

— Il n'a fait que le bien tout autour de lui.

— N'est-ce pas lui qui a formé tous les pêcheurs que compte cette mer ?

— Qu'est-ce qu'il pouvait bien faire, sinon nous en vouloir ?

— C'est un homme d'honneur, un brave !

— Un homme bon.

— Je n'oserais même pas prononcer le mot mécréant pour lui.

— Et lequel d'entre eux mériterait ça ? Aucun !

— Il s'est fâché.

— Ils se fâcheront tous.

— Si on nous avait fait ce qu'on est en train de faire on ne serait pas fâchés ? Ils se sont fâchés.

— Ça, ils se fâcheront !

— Eh bien, ils n'ont qu'à se fâcher s'ils en ont envie.

— Ça t'est facile de dire ça !

— Ah, ces jours-ci il faut avoir de l'argent...

— Pour quatre sous, des bateaux... des tapis... des kilims... Pour quatre sous... »

Aussitôt, tous ceux qui pouvaient compter sur un peu d'argent disponible, boutiquiers, commerçants, fonctionnaires, tout ce qu'on pouvait imaginer, investirent l'île, les villages, pour acheter tout ce qu'ils pouvaient pour quatre sous. Si un homme intelligent comme le Maître Panos avait fait don de son bateau au marin de son équipage, pourquoi les autres ne vendraient pas pour trois sous les choses qu'ils ne pourront pas emmener en Grèce avec eux.

Ceux qui voulaient faire des affaires à vil prix déchantèrent vite pour plonger dans un abîme de perplexité. Toutes leurs offres d'achat auprès des villageois et des îliens reçurent la même réponse : « Mais, bon Dieu de bon Dieu, pourquoi vendrions-nous nos biens ? » qu'ils disaient.

« Mais que pouvez-vous faire sinon vendre vos biens ? Vous n'allez quand même pas les emporter en Grèce avec vous ? Rien que le coût du transport serait plusieurs fois supérieur à la valeur de vos affaires.

— Qu'allez-vous faire sinon les vendre ? Vous n'allez quand même pas les balancer dans la mer ?

— Nous autres, nous ne partirons nulle part !

— Légendes que tout ça.

— Comment ça, légendes ? Tout le monde achète des fermes, des terres.

— Légendes, tout ça, ce n'est pas la première fois qu'on nous envoie en Grèce.

— Mais cette fois-ci vous allez partir !

— Nous ne partirons pas !

— Et même si on nous obligeait à partir, nous ne vendrons nos biens qu'un ou deux jours avant notre départ.

— Mais ce sera une braderie, alors ? Personne ne met d'argent dans le bien de quelqu'un qui part le lendemain.

— Eh bien, nous les offrirons en cadeaux à nos amis.

— Vous aller partir !

— Nous ne partirons pas !

— Panos *Reis* n'est pas un fou, tout de même !

— C'est même un fou furieux !

— De toute façon il avait déjà décidé de faire don de son bateau à Kadri. »

Une semaine passa avec ces palabres et tractations, les allers et retours des acheteurs dans les villages et les îles.

Les candidats à l'exil ne leur vendirent même pas un fétu de paille.

Du coup, ils arrêtèrent leurs allers et retours dans l'île. Même les pêcheurs évitaient les parages de l'île. On aurait dit que l'Île-Fourmi était devenue une île de lépreux. Qu'est-ce qui se passait donc? Pourquoi tout le monde avait rompu ses liens avec cette île?

Les premiers temps, les îliens eux aussi s'enfermèrent dans leurs maisons comme s'ils boudaient l'humanité entière. On n'entendait pas le moindre bruit. Tout le monde était dans une attente inquiète, dans une sorte de deuil. Ils attendaient une voix, une parole d'espoir. Au fur et à mesure que les jours passaient, cette attente s'amplifiait dans leur cœur. Ils finirent par sortir de chez eux, un, deux, par-ci par-là. Ils venaient s'asseoir sous les platanes et leurs regards se perdaient dans la mer. Le nombre de ceux qui venaient sous les platanes augmentait de jour en jour; ils s'asseyaient là en silence, fixant la mer, en attendant quelque chose qui viendrait de la mer. Tous les matins, au lever du jour, tous les habitants, enfants, jeunes, vieillards arrivaient sur la place et les regards scrutant la mer attendaient la personne qui en viendrait. Et comme personne ne se manifestait ils s'enfermaient un peu plus en eux-mêmes. Ils n'avaient même plus envie de quitter leur poste d'observation. Un beau jour lorsqu'ils aperçurent la silhouette d'un bateau au loin ils bougèrent de leur place, imperceptiblement, ils se jetèrent des regards furtifs. Au fur et à mesure que le bateau s'approchait les gens revenaient à eux-mêmes comme s'ils sortaient d'un endormissement; les visages s'éclairaient, dans leurs regards sombres il y avait quelques lueurs.

Le bateau se mit à quai. Deux gendarmes armés d'un fusil et un capitaine aux cheveux, moustaches et sourcils poivre et sel, boiteux, débarquèrent. Le visage du capitaine était d'un brun foncé, tout plissé. Il avait une expression tellement douloureuse qu'il semblait pouvoir à tout instant se mettre à pleurer.

« Qui est l'administrateur de cette île ? Il faut qu'il vienne tout de suite ! » La voix était aussi amère que le visage. Milto Angelou se présenta devant le capitaine, au garde-à-vous.

« À vos ordres, mon capitaine. Je suis Milto Angelou, sergent dans l'armée. C'est moi la personne que vous avez fait appeler.

— Maintenant, écoute-moi, sergent. »

Les sourcils du sergent, épais au point de lui couvrir les yeux, se soulevèrent, son front se plissa.

« À vos ordres, mon capitaine !

— À la bonne heure, sergent ! »

Milto bomba le torse un peu plus.

« Écoute-moi bien maintenant, sergent ! » Il promena son regard longuement sur la foule ; son visage rude devint triste. « Écoutez-moi bien, vous autres aussi. Je vais donner lecture. » La voix était encore plus triste que son visage.

Avec une voix pleurnicharde il lut le commandement en détachant bien les mots. Les présents avaient pitié de lui.

« Je vous ai lu le commandement que je tiens tel qu'il est. L'ordre vient du ministère de l'Intérieur. C'est tout. Avez-vous compris ? »

Ils regardaient le capitaine avec des regards vides, sans ciller, dans l'incompréhension totale. Ils se tinrent là, immobiles.

« Vous n'avez rien compris, n'est-ce pas ? » Silence. Le capitaine esquissa un sourire : « Vous n'avez pas compris, vous n'avez pas compris ! » dit-il. Il présenta le document qu'il tenait au sergent Milto. « Prends cela, il t'a été notifié à toi personnellement. »

Tous regardaient le capitaine comme s'ils n'étaient plus qu'une seule paire d'yeux ; ils l'écoutaient comme s'ils n'étaient qu'une seule oreille.

« C'est une nouvelle très triste, très chagrine, mais vous tenez l'ordre dans vos mains. Vous faites l'objet d'une mesure d'échange de populations. C'est-à-dire que vous allez partir d'ici pour la Grèce, pour vous y installer, et ceux qui sont là-bas viendront s'installer ici. C'est-à-dire, ce sera l'échange. Pour moi ça n'a pas de sens; mais pour ce qui vous concerne je pense que ce n'est pas bien de priver les gens de leurs terres de trois mille ans. Je ne suis pas le seul à le dire, le directeur du Trésor Abdülvehab Bey, médaille d'or de la guerre d'Indépendance, dit la même chose. Mais "*Tchi*[1]", quel moyen! nous n'y pouvons rien. Ce que je sais... (sa voix tremblait) c'est que l'être humain est un exilé et un émigrant dans ce monde. Seuls les oiseaux et ces pauvres humains sont de cette espèce de migrateurs. »

En prononçant les « pauvres humains » sa voix se cassa sérieusement. Il préféra s'arrêter.

« Aujourd'hui même, au plus tard demain, vous devez quitter cette île ! » La voix s'était durcie, tranchante comme un rasoir. « Si vous aviez eu quelqu'un d'autre que moi ici, aujourd'hui, il vous aurait transférés sans délai, je veux dire tout de suite, en dehors de l'île. Je vous donne jusqu'au 10 mai. »

Il se tourna vers Milto :

« Milto Angelou, viens par ici ! » Milto se mit face à lui, au garde-à-vous. Il fit un pas de plus et raidit encore plus son garde-à-vous.

« Tu as compris ?

— Affirmatif, j'ai compris, mon commandant !

— Nous reviendrons en mai, nous allons vous prendre d'ici pour vous transférer à Izmir. Faites vos préparatifs selon cet ordre.

1. L'expression défectueuse *Tchi*, tic de langage du capitaine, trahit son origine Azerî (caucasienne).

— Nous le ferons, mon commandant ! dit Milto avec le salut militaire et en claquant les talons.

— À la bonne heure, Milto, n'oublie jamais que tu es le fils d'une terre où l'on sort déjà en soldat du ventre de sa mère !

— Je n'oublierai pas ! répliqua Milto haut et clair, à la militaire. Je n'oublierai jamais que je suis né d'une mère, d'une terre de soldats !

— Que Dieu vous garde tous. Toi aussi, Milto... né soldat... la Terre !

— Né soldat !... cria le sergent Milto derrière lui, je suis né soldat, je mourrai soldat, mon capitaine. »

L'assemblée s'était détendue, comme libérée de cette angoisse qui lui écrasait les épaules. Tous se séparèrent en devisant, en plaisantant pour regagner leurs maisons.

Qui sait qui allait venir s'installer dans leurs maisons... Qui sait qui ? Plus de la moitié des îliens avait cette pensée en tête. Ils songèrent aussi à l'endroit où ils allaient partir. Serait-ce une île ? Une plaine ? La montagne ? Village ou bourg ? Une grande ville ? Est-ce qu'Athènes ressemblait à Konstantinoupolis ?

Cette nuit-là les gens de l'île firent beaucoup de rêves. Le lendemain personne ne se mit au travail. Même les pêcheurs restèrent à quai. Les enfants ne partirent pas chasser des oiseaux. Les femmes ne firent pas la cuisine. Nul n'avait envie de mettre la main à la pâte. Ils s'agglutinèrent tous sous les platanes pour faire lire au sergent Milto, au moins dix fois, le document remis par le capitaine. Ce n'était pas encore assez que le sergent Milto relise le document du gouvernement pour la énième fois. S'ils le lui avaient demandé, il aurait donné lecture cent fois, même cinq cents fois. Même s'il avait lu mille fois, ni lui-même ni l'auditoire n'auraient compris le moindre mot du texte. N'empêche, il donnait lecture.

Le deuxième jour, l'auditoire s'était étoffé. Presque toutes les femmes étaient venues sous les platanes. On avait apporté une chaise et une table pour Milto. Le sergent Milto lisait mieux aujourd'hui, en articulant bien, mot à mot. Femmes, enfants, vieillards écoutaient tous avec la plus grande attention comme s'ils avalaient ses paroles, sans ciller. Les femmes accompagnaient le rythme et les modulations de la voix du sergent en se balançant comme le font les femmes turkmènes pour les lamentations du deuil.

Le troisième et le quatrième jour, le public du sergent Milto augmenta encore. Plus personne ne restait dans les maisons. Bien qu'ils n'aient pas compris un traître mot de la notification du capitaine, la plupart des enfants, une bonne partie des femmes, une partie des hommes avaient appris le texte par cœur. Malgré cela ils l'écoutaient avec ferveur, ne perdaient aucune modulation de sa voix. Quant au sergent Milto, il nageait dans l'allégresse et le bonheur d'un grand conteur d'épopées qui aurait trouvé son public.

Nul ne réalisa combien de temps l'épopée du sergent Milto avait duré. Combien de temps les îliens l'avaient écouté. Un jour, au beau milieu de l'après-midi où les gens se faisaient encore bercer par la voix du sergent Milto qui semblait désormais venue du fond des âges, ils sursautèrent à la voix du vieux pêcheur Aleko Makris. Ils redressèrent la tête pour voir Aleko qui s'était mis debout, tout raide devant le sergent Milto. De sa voix forte et grave il disait : « Non, non et non il n'y a pas un seul mot qui dise : "Ils vont quitter leurs terres et leurs mers pour partir en émigration en Grèce." Qui d'entre vous a entendu ces choses-là dans la lecture du document qu'en fait le sergent Milto ? Le sergent Milto nous lit le document du capitaine avec talent. Dites-moi si dans le flot de belles paroles qui vous parvient de ce document vous avez entendu de tels mots ? »

D'abord inquiète, la foule se calma rapidement, elle se plongea dans d'intenses réflexions. Puis, ils dirent, tous en chœur : « Il n'y a pas toutes ces paroles dans le document.

— Cela fait des jours qu'on l'écoute.

— S'il y avait quelque chose on l'aurait su ; nous parlons tous le turc.

— Le sergent Milto cause le turc mieux que les Turcs eux-mêmes. Il est sergent-chef, lui. Il en a fait des guerres !

— Il parle l'arabe aussi !

— Il l'a appris au Yémen, quand il est devenu sergent.

— Il a fait neuf ans de service militaire !

— Lui, il connaît le turc mieux que le Pacha.

— Mieux que le gouverneur…

— … que le médecin…

— … que le sous-préfet.

— Dis voir, sergent Milto, c'est toi qui donnes lecture de ce papier.

— Quarante jours et quarante nuits. »

Ces fortes paroles, Angheliki les prononça en se plantant droit devant Milto.

« C'est toi qui as tout lu. Dis ! »

Le sergent Milto promena son regard sur la foule, puis sur le papier, encore une fois sur la foule puis sur le papier. Il plia le papier plusieurs fois et le mit dans la poche intérieure de sa veste. Il promena encore une fois son regard sur la foule ; ses yeux s'illuminèrent par moments, puis il sourit.

« Il n'y a rien *vre*[1] de paroles de ce genre, dit-il. Non *vre* j'ai appris ce papier par cœur et il n'y a rien qui ressemble à ces paroles ; ces paroles n'existent tout simplement pas ! »

Il se leva, tout raide, et partit chez lui. Dès qu'il ne fut plus

1. *Bre* en turc, prononcé *vre* en grec, est une affirmation impérative du genre : « Je vous dis moi que… ! »

là, une vraie cacophonie s'empara de la foule. Les discussions durèrent jusqu'à la tombée de la nuit.

À partir de ce jour on ne vit plus personne sur la place du village. Plus personne pour écouter Milto jusqu'au petit matin, plus personne pour paresser sous les platanes, personne non plus pour se blottir avec inquiétude dans les recoins sombres des maisons. Tout le monde vaquait à ses occupations : les pêcheurs étaient en mer, ceux qui avaient des vignes partirent sarcler les souches, ceux qui avaient des pêchers et des cerisiers dans leurs vergers renforçaient la terre au pied des arbres. Il plut trois jours et trois nuits. Personne ne fit le fainéant sous la pluie non plus : ils remplirent leurs citernes avec de l'eau de pluie.

Ils redoublèrent d'effort après la pluie. Ceux qui avaient des ruches s'occupèrent de leurs abeilles. Ils observèrent avec fierté et émerveillement leur envol de printemps au rythme de l'éveil des fleurs des pêchers ou des cerisiers, des églantiers ou des tulipes sauvages, les voyant se poser toutes sur cent fleurs en même temps pour repartir dans leur ballet. Ils revinrent à leur traditionnelle poissonnade d'avant la guerre. Jadis, les pêcheurs consacraient deux jours par semaine, le dimanche et le mercredi, à des sorties dont la marée était destinée à la fête du poisson des îliens. Les poissons pris pendant ces deux jours ne pouvaient être vendus. Chaque pêcheur apportait sa prise et les poissons s'amoncelaient sur les galets blancs. Les filles munies de couteaux effilés venaient écailler et vider les poissons puis les ranger dans des paniers d'osier.

Ces jours-là, au moment où les poissons se préparaient, les nattes étaient déjà disposées sous les platanes, les pains tout chauds et fumants sortis du four étaient posés près de la vaisselle de cuivre étamée. Une merveilleuse odeur de pain sorti du four imprégnait les lieux.

Le feu préparé au milieu de la place se réduit en braises.

Les braises du bois d'olivier ne font pas de cendres ; elles ne ressemblent pas aux braises d'autres bois. Celles-ci envoient leur rougeoiement bien loin en perçant les ténèbres. Leur éclat généreux illumine tout autour.

Les jeunes filles embrochent les poissons sur des tiges en bois d'olivier pour les griller sur les braises. Une délicieuse odeur de poisson grillé, qui ouvre un appétit d'ogre dès qu'on la sent, se répand sur l'île. Les anciens et les hommes d'âge moyen, assis en tailleur près de leur petit plateau étamé, prennent leurs pains chauds fendus au milieu et allongent leur cou tant qu'ils peuvent vers les braises pour attraper un poisson. Puis ils enlèvent les arêtes en prenant tout leur temps, placent le poisson à l'intérieur du pain et le mangent en se pourléchant les doigts, un filet d'huile soulignant la commissure des lèvres.

On ne buvait pas d'alcool lors de ces festins. Qui sait ? c'était peut-être une pratique propre aux gens de l'Île-Fourmi alors que les villages côtiers buvaient. De temps en temps des amis turcs prenaient part à ces agapes : ils s'en souvenaient pour le restant de leur vie et, où qu'ils se trouvent, décrivaient le festin avec l'enthousiasme d'avoir connu un moment d'exception.

Dans les villages grecs de la côte et dans ceux des îles, les repas étaient pris à table. Il y en avait aussi qui mangeaient autour d'un plateau posé par terre, comme les Turcs, peut-être pour faire comme eux. Les gens de l'Île-Fourmi prenaient leurs repas toujours à table, excepté lors de ces poissonnades du dimanche et du mercredi qui se déroulaient à la turque, à même le sol.

Lors de ces festins, les gens qui croisaient dans les parages de l'île sentaient tout de suite l'odeur du poisson grillé et mettaient le cap sur l'île. Qui qu'ils soient, même un étranger venu de nulle part, ils venaient s'asseoir pour le festin. Les premiers poissons grillés leur étaient réservés.

Le festin de ce soir-là fut plus imposant que ceux du passé. Personne n'évoqua les mots d'aller, de partir ou de rester. Ils parvinrent même à oublier qu'ils sortaient d'un sombre cauchemar.

Le lendemain d'un de ces jours mémorables on entendit un bruit et un chambardement qui s'enflait pour être perceptible de partout. Un vrai boucan d'enfer. Ceux qui devisaient sur les bancs au-dessous des platanes accoururent et tombèrent sur Aris Kondoghlou et Petros Politis, chacun armé d'un gros gourdin et qui se battaient sans ménagement. La tête, le visage et les mains en sang, ils se donnaient des coups comme pour tuer. Cinq ou six gars costauds essayaient bien de les séparer, difficilement, mais dès que les autres marquaient un arrêt, ils s'emparaient aussitôt de leur gourdin pour reprendre l'échange de coups de toutes leurs forces, cognant sur la tête, sur les épaules, là où ils pouvaient frapper.

À la fin, à bout de forces, ils ne purent même pas se relever des chaises sur lesquelles on tentait de les maintenir de force.

Aris Kondoghlou s'essuyait tant bien que mal avec son mouchoir le visage et les mains barbouillés de sang; Politis se tenait prostré, ne faisant même pas attention au sang qui dégoulinait de son front.

Tout en essayant de s'essuyer, Aris Kondoghlou criait :

« Insatiable cet homme! Il est insatiable! Jamais il n'en aura assez! Je me suis réveillé ce matin et que vois-je? Il a arraché ma clôture, pour avancer la limite de son jardin de trois pas dans le mien. C'est même plus que de trois pas. Ça fait quinze ans que son manège dure : il a commencé avec un empan, l'année d'après c'était une brasse : il va finir par faire main basse sur tout mon jardin! »

Il se redressa, couvert de sueur, sa sueur se mêlait au sang qui n'avait pas eu le temps de sécher.

« Quand je me suis levé ce matin, j'ai vu qu'il avait arraché ma clôture. Je suis descendu de la maison pour lui causer, et lui, au lieu de s'excuser, a commencé à me frapper avec ce gourdin. Il m'a blessé à la tête qui saignait. Eh bien, moi aussi j'ai pris un bâton. »

Il haussait le ton au fur et à mesure, les veines de son cou enflées comme des doigts. En un éclair il voulut repartir sur Politis mais ils purent le retenir.

« Je vais le tuer, je vais tuer ce chien ! Cela fait vingt ans qu'il pille mon jardin. Il n'en a jamais assez. Que la terre nourrisse ses yeux[1] ! il n'en aurait encore pas assez ! »

Petros se tenait prostré, la tête penchée vers le sol. Pas une fois il ne prononça un mot ni ne lui jeta un regard.

Les paysans quittèrent les lieux, tristes, leurs regards vers la terre. Ils renvoyèrent chacun chez soi, les jeunes comme les bagarreurs.

Et les oiseaux tant attendus arrivèrent. Aucun des aînés ne prêta attention aux migrateurs cette année. L'année dernière la majorité des hommes, une bonne partie des femmes et presque tous les gamins étaient partis à la chasse avec leurs filets et leurs lampes-tempête.

De fin avril à début mai, des milliers, des dizaines de milliers d'oiseaux migrateurs d'un grand nombre d'espèces viennent d'on ne sait où s'agglutiner dans le petit vallon entre les deux collines. La terre et le ciel se remplissent d'oiseaux. Toute l'île est envahie de leur chant qui couvre même le bruit des vagues de la mer en tempête. Les oliviers, les églantiers, les figuiers, les grenadiers, le tapis d'herbe et les fleurs de ce fond de vallon se couvrent d'oiseaux. On n'y voit plus que cette masse volante qui se transforme en un instant en un ouragan qui tournoie comme une boule de

1. Invective populaire turque : « Qu'il soit mort et enterré et que la terre remplisse les orbites des yeux de son cadavre. »

lumière jetant des éclairs dans leur ascension vers le ciel, qui redescend, traverse le fond du vallon en un instant pour piquer vers la mer et, une fois là, qui s'arrête pile en un amoncellement sur la grève, y laissant des cadavres et des blessés qui ne peuvent plus déployer les ailes, une masse que le ressac dépose sur le sable et les galets. De mémoire d'îlien, il en a toujours été ainsi. Quelle que soit l'ampleur de ce nuage d'oiseaux, qui s'abat comme une pluie de tempête, ce miracle n'étonne personne. En revanche, la palette de mille couleurs de ces oiseaux qui envahissent tout ensorcelle tout le monde, depuis toujours. Éveillés ou en sommeil, tout le monde fait des rêves en couleur. Tous s'imprègnent de couleurs jusqu'à la moelle, jusqu'aux veines les plus fines de leurs corps. Cette magie les transporte dans des mondes enivrants qui ne ressemblent en rien à celui qu'ils connaissent et où ils baignent dans un bonheur qui les rend fous de joie.

Lors de ces vagues de migrateurs, on installe des rets pour piéger les oiseaux. Ce sont des filets de pêche maillés très fin. Des centaines d'oiseaux tombent dans ces filets. Les jeunes filles et les femmes viennent les ramasser. De nuit c'est tout le village qui s'y déplace, avec des lampes-tempête. Les jeux de lumière se mêlent aux reflets des ramages. Munis de longues branches d'olivier les gens tapent sur les oiseaux pris dans les rets. Des centaines, des milliers d'oiseaux sont amassés là, sans vie. Au petit matin, les jeunes filles descendent sur la grève avec leurs sacs remplis d'oiseaux. Par sacs entiers elles nettoient ces bêtes toutes petites, comme le doigt de la main, dont les entrailles sont jetées aux chats qui, alignés pas loin, comme des soldats de garde, attendent leur part. Ceux qui sont les plus heureux dans cette affaire sont bien les chats : ils en ont marre de manger du poisson toute l'année.

On allumait les feux sous les platanes ; on y plaçait de grands chaudrons et on y cuisinait du riz pilaf à la viande d'oiseaux. Tous les gens de l'île auraient juré sur la Bible que nulle part au monde on n'aurait trouvé un pilaf aussi délicieux.

Les agapes duraient trois jours. À la fin, les îliens réalisaient que les oiseaux partaient en ayant perdu les trois quarts de la vague qui s'était posée là. Ce massacre d'oiseaux trois jours durant sur l'île n'est pourtant pas exceptionnel. Quand les vagues d'oiseaux migrateurs s'abattent en un lieu, ils subissent aussi ce rituel cruel, comme dans nombre de contrées du Taurus, par exemple.

Durant les événements survenus dans l'île, les enfants devenaient comme invisibles. On ne les voyait nulle part : ni parmi les gens des assemblées, ni sur la grève, ni du côté des moulins à vent, ni dans le petit vallon, ni dans les jardins ; dans les maisons non plus. Ou bien les enfants étaient partout mais les adultes ne les remarquaient plus dans le tohu-bohu ambiant. Peut-être qu'ils s'étaient emparés d'une barque ou d'un chalutier, se disant : En avant pour l'autre bout du monde ! Ils avaient pu aussi, après le départ du capitaine, se réfugier dans une grotte, dans un abri, dans un tunnel, dans le palais du Roi des rois de l'Empire des elfes, dans une autre île, au mont Ida… ou finalement dans un pays magique connu d'eux seuls.

L'apparition soudaine des enfants, comme venus du néant avec une longue branche d'olivier à la main et les filets de chasse sur l'épaule, quinze à vingt gamins traînant des filets plus grands, leurs rires et leurs chamailleries se mêlant aux cris des oiseaux rappelèrent aux adultes la réalité de leur existence. Mais cette année, à l'exception du pope, les adultes ne prirent pas part à la grande battue. Les garçons et les filles firent mieux que les adultes pour tendre les rets et pour placer les lampes-tempête. Ils attrapèrent tant d'oiseaux qu'il leur fallut des sacs de farine pour les transporter au bord de la mer. Ils installèrent les chaudrons pour cuisiner eux-mêmes le pilaf à l'oiseau. Ils festoyèrent jusqu'à satiété, mais, là encore, les adultes se tinrent à l'écart, sauf le pope. Les enfants ne les avaient pas invités non plus.

Les oiseaux partis, les enfants furent à nouveau invisibles ; peut-être avaient-ils rejoint le pays d'« il était une fois ».

Le temps passa très vite et le mois de mai arriva en un clin d'œil. Tous les potagers et les vergers étaient amendés ; on avait planté de nouveaux pommiers, oliviers, cerisiers et pêchers. Les pieds des rosiers et des autres arbres furent bêchés et renforcés avec de la terre fraîche. Les barques et les chalutiers furent carénés et radoubés, les filets réparés. Les tuiles des maisons furent réparées, remplacées et agencées à nouveau. Les canalisations furent drainées et réparées. Tout était en ordre et à sa place. C'est dès avril que fut entamée la campagne de pêche. Il y avait tant d'espadons qu'on aurait dit, en voyant la crête de leurs nageoires affleurant la surface lumineuse de la mer, qu'ils y dormaient en en investissant toute la surface. Les chalutiers qui revenaient en fin d'après-midi étaient remplis à ras bord d'espadons de cinquante, de soixante-dix, de cent *okka*[1]. Même les gros bateaux qui devaient les porter sur le continent ne suffisaient pas à la tâche ; ils devaient faire plusieurs allers et retours. L'argent de la pêche coulait à flots vers l'Île-Fourmi. Jamais auparavant la mer n'avait été aussi généreuse avec les îliens. Les pêcheurs étaient fous de joie.

Nul ne se rendit compte, au milieu de cette agitation, et de ce travail harassant, que leur heure était venue, même passée, jusqu'à ce que le capitaine débarque de nouveau à la tête d'un peloton de douze gendarmes. Tout le monde

1. Mesure ottomane de poids variant selon les contrées de l'Empire. Une ocque : environ un kilo et demi.

fut glacé. On aurait pu prendre un poignard et les blesser tous, un par un, pas une goutte de sang n'aurait coulé. Derrière le capitaine et son escouade, ce fut au tour des boutiquiers et des gros commerçants, des riches fermiers, des notables fortunés de la bourgade de débarquer. Chacun avait l'intention d'acheter ce dont il estimait avoir besoin. Ils se répandirent dans le village. Ils entraient dans la première maison venue pour palper longuement les tapis, les kilims, les peintures accrochées aux murs ou les fauteuils. S'ils les trouvaient à leur goût, ils s'enquéraient du prix.

Ils recevaient tous la même réponse :

« Nous n'avons rien, même pas un brin de fétu de paille à vous vendre !

— Qu'allez-vous faire de tout ça? Vous voyez bien que vous allez partir. Vous n'allez quand même pas les jeter à la mer?

— Nous allons revenir ! »

Certains des acheteurs avaient la dent dure et leur disaient : « Vous allez revenir, mes couilles ! », d'autres leur riaient au nez, d'autres se désolaient.

« Mes couilles, vous allez revenir ! Non, en fait vous avez raison : nous avons déjà entamé les préparatifs pour vous accueillir à votre retour avec des arcs de triomphe fleuris !

— Nous vous accueillerons en festoyant, avec vingt et un coups de canon !

— Nous allons revenir !

— Si vous laissez partir votre chance aujourd'hui, demain il n'y aura personne pour vous les prendre même si c'est gratuit. Vous les balancerez à la mer.

— Nous ne les jetterons pas à la mer. Nous avons des amis et connaissances en ville. C'est à eux que nous confierons nos biens.

— Vous ne reviendrez pas. Vous êtes échangés. Ceux qui sont échangés ne peuvent jamais revenir.

— Vendez-nous tout ça. Ce serait vraiment dommage

pour vous. Ne gâchez pas ces belles choses. Vos amis vendront vos biens dès que vous aurez tourné le dos.

— Qu'ils vendent s'ils en ont envie. Que cela profite à nos amis. Entre nous il y a la fidélité née il y a des années avec le partage du sel et de la farine. Que nos biens leur restent. Le sel... la farine... » C'étaient les mots de la fin des îliens : « Le partage... du sel et de la farine... il y a des années... Que ça leur profite... Comme le lait bénit qu'ils ont tété de leurs mères ! »

La plupart des acheteurs rentrèrent bredouilles. À l'exception de quelques-uns qui avaient des liens d'amitié avec certains îliens et avaient pu acquérir quelques fauteuils, des tapis de Kula, de Yağcı Bedir ou de Sparte ; quelques icônes anciennes, bien ouvragées, des assiettes de porcelaine à fleurs, des abat-jour de verre en boules bleues et roses ornées de roses. Parmi ceux qui étaient rentrés bredouilles la perplexité régnait : certains ne trouvaient pas de mots pour injurier ces *Roums*[1]. D'autres ne savaient plus qu'en penser ; certains étaient inquiets et angoissés de ce qui se passait ; d'autres se perdaient en conjectures, disant que tout cela c'était des affaires de gouvernements, qu'on n'y comprendrait jamais rien et qu'il était tout à fait possible que ces gens reviennent un jour. Tout ce petit monde déçu, dépité rembarqua et mit le cap sur le continent et la bourgade.

Le capitaine et l'escouade en poste derrière lui n'eurent pas un regard pour la colonne d'acheteurs déçus en route pour le retour. Ils étaient restés là, à l'embarcadère, hiératiques, à observer avec un certain détachement méprisant le manège des acheteurs, leur précipitation, leur avidité, leurs flagorneries, leur obséquiosité, leur hargne injurieuse.

1. Grecs de l'Empire ottoman : Romains. *Romios,* en grec, par opposition à *Ellines* : Hellènes, en référence à l'ascendance antique. Cette appellation est à l'origine du mot *Roumi* dans le parler colonial français.

Ils restèrent là, quelque temps, regardant leurs godillots. Puis ce fut le signal du capitaine, de la main droite : l'escouade fit marche arrière. Ils embarquèrent tous dans leur bateau et s'en furent sans un seul regard derrière eux.

Après l'épisode des acheteurs, les îliens qui avaient achevé leurs travaux de printemps prirent leurs quartiers sur la place des platanes. Ils s'asseyaient là dès les premières lueurs du jour, en rangs d'oignons, ils fixaient le lointain et attendaient que le futur advienne. Le soir venu ils allumaient leurs grands feux sous les platanes et grillaient les poissons toujours plus nombreux ramenés par les pêcheurs. Leurs agapes majestueuses perduraient et toute l'île fleurait bon le fumet du poisson grillé.

Un après-midi, alors que la place exhalait encore l'odeur délicieuse du poisson grillé, le capitaine débarqua, suivi de son escouade de douze gendarmes. Les îliens qui étaient installés sur des nattes allèrent à leur rencontre, hommes, femmes et enfants. Ils firent asseoir le capitaine à une place de choix et lui offrirent dans un grand plat d'argent des poissons grillés et une bouteille de mastika. Plus il buvait, plus le capitaine s'enthousiasmait, et plus il s'enthousiasmait, plus il buvait. D'une voix ferme, sincère et convaincante, il disait : « Vous allez revenir ! » Il continuait : « Comme le dit Abdülvehab Bey, vous allez revenir sur vos terres qui sont à vous depuis trois mille ans et sur vos mers depuis dix mille ans. Abdülvehab Bey est un homme bon. Il a été décoré de la médaille d'or de la guerre d'Indépendance avec son ruban rouge. Lui que tout désignait pour un poste de gouverneur, on l'a coincé dans un poste de trésorier-payeur local. C'est un haut personnage dont on a dénié les droits et les qualités. Partez sans crainte et dans la joie, mes chers amis. Il est certain que vous allez revenir et cela très prochainement. J'y tiens d'autant plus que le vénérable Abdülvehab Bey a eu la bonté de me vendre une petite ferme, messieurs mes amis. Je serai bientôt retraité et je resterai dans la bourgade. Quand vous reviendrez on vivra comme des frères. Suis-je votre ami ?

— Tu es notre ami, tu es notre ami, notre ami !

— Alors, je bois à votre santé ! Les biens que vous ne pourrez pas transporter en Grèce, vous pourrez les déposer chez moi. Grâces soient rendues à Dieu, Abdülvehab Bey m'a fait la faveur insigne de me vendre une maison assez vaste. C'est un grand héros. Il est l'ami de tous les grands à Ankara. Üzeyir Khan aussi a dit que vous alliez revenir. Lui, c'est un grand khan qui a trouvé refuge chez nous. Ses ancêtres possédaient des palais de cristal dans le Caucase. En fait, lui, il se cache dans cette bourgade. Sa charge de directeur de l'état civil est un prétexte. Je suis votre ami. Oui, les objets de valeur que vous ne pourrez pas emmener en Grèce, l'or et l'argent, ce n'est pas la peine de les enterrer. Vous pouvez les laisser en dépôt dans ma grande maison. Vous pouvez me confier vos icônes sacrées et vos tapis. Quand vous serez de retour, vous les retrouverez intacts, là où vous les aurez posés. Parce que vous êtes mes amis. Santé ! »

Il leva son verre aussi haut qu'il le put : « En votre honneur ! Honneur à vous ! Nous allons poursuivre les agapes comme celles d'aujourd'hui tant que nous serons en vie ! Santé !

— *Inch'allah, Inch'allah !*

— Le jour de votre retour nous nous retrouverons encore ici même, sous ces platanes et nous festoierons trois jours et trois nuits !

— Quarante jours et quarante nuits !

— Je suis votre ami, ne l'oubliez jamais. À votre retour le vin, le raki, la mastika, l'ouzo couleront à flots ici.

— Ça coulera ! » dirent-ils.

Le temps jusqu'au jour de leur départ passa très vite, oublié dans les poissonnades de tous les soirs, et les discours sincères et pleins d'affection du capitaine. Les îliens ne laissèrent pas le capitaine seul avec son verre. Pouvait-on laisser un convive de cette qualité, sincère et à la parole d'or, boire tout seul ? Tout ce que le village comptait de fûts remplis d'un vin à la robe aux reflets violets fut apporté sous les platanes. Le raki, la mastika, l'ouzo passèrent par bouteilles entières. Ils dégottèrent des bouteilles de vodka russe achetées aux navires avant la guerre et qu'ils gardaient pour une occasion qui en vaille la peine.

Après cette nuit mémorable, tous les villageois, hommes et femmes, arpentèrent l'île avec le capitaine et ses gendarmes, arbre par arbre, fleur par fleur, caressant tout, herbe, pierre ou motte de terre, reniflant tout comme l'aurait fait un chat. Le dimanche l'église était pleine à craquer. Une partie de la foule ne put entrer. Le pope dit les prières habituelles mais jamais à ce jour il n'avait chanté les cantiques aussi bien ni avec une voix aussi touchante. Les cantiques repris à l'unisson par l'assistance créaient une ambiance telle que même le capitaine, un musulman convaincu, se mit à pleurer.

Le jour du départ, alors que la mer était encore blanche du jour qui se lève, les îliens attendaient sous les platanes, avec leurs maigres biens devant eux, l'arrivée des bateaux amis pour leur transfert. Au lever du jour, on entendit le bruit de moteur des bateaux, et les navires apparurent ensuite. Ce n'était pas quelques ou une dizaine d'embarcations mais une vraie flottille de pêche. C'étaient tous de vieux amis pêcheurs. Tous les pêcheurs des villages turkmènes de la côte, ceux de la bourgade qui avaient entendu dire qu'on envoyait leurs amis en exil étaient accourus. Chacun était aussi triste que s'il y avait un deuil dans sa propre maison. Les lèvres serrées ils ne prononçaient pas un mot. Plusieurs avaient les yeux pleins de larmes. L'amitié née de l'intimité de la mer est quelque chose de spécifique. C'est une amitié dès le début heureuse et qui ne s'oublie pas jusqu'à la fin des temps.

Sans perdre un instant, ils prirent place dans les embarcations. Les engins se mirent en marche presque au même moment. Le bruit des moteurs emplit la mer. Et les îliens de l'Île-Fourmi se tenaient aux barres des bastingages, leurs regards fixés sur l'île qui s'éloignait, et qu'ils ne purent détourner jusqu'à ce que l'île s'estompe derrière la brume avant de s'effacer complètement.

Chapitre 3

Dès que les bateaux eurent quitté l'île, Vassilis Atoynatanoghlou courut vers la grève. Il se tint sous les platanes et se mit à guetter ceux qui partaient. Les embarcations étaient pleines de gens, à ras bord. Ils avaient tous le regard tourné vers l'île, où ils étaient nés et où ils avaient grandi.

Jusqu'à une heure avant le signal du départ, les gendarmes avaient fouillé les maisons une par une, pour s'assurer qu'il n'y restait plus personne. Lors d'un de ces passages, Vassilis avait été à deux doigts de se faire prendre.

Une fois les bateaux perdus de vue, Vassilis revint sur la place des platanes et s'affala sur le large banc de bois sous l'un des arbres. Tous les gens de l'île étaient partis sans résister, comme des agneaux. Comment quelqu'un pouvait-il quitter la terre où il était né et avait grandi, qui était une part de lui-même, sa mer, son jardin, ses oliviers plantés de ses mains, ses pêchers et ses cerisiers, sans résister, sans un mot, comme un agneau, sans même laisser paraître l'amertume de son cœur ? Peut-être qu'ils ne souffraient pas ? Peut-être qu'au fond d'eux-mêmes il y avait une joie secrète qu'ils ne voulaient pas laisser paraître ? Aller dans un pays nouveau, vers des gens que l'on ne connaît pas, pour des mers nouvelles, vers des pêcheurs que l'on ne connaît pas, pour n'entendre que le grec comme langue… qui sait… ?

peut-être que c'étaient des choses qu'ils avaient toujours désirées. Mais, quoi qu'il en soit, arracher quelqu'un à sa terre, n'est-ce pas lui causer la même douleur que de lui arracher le cœur. Tous les matins, en ouvrant l'œil, Vassilis voulut voir ces deux collines jumelles en face et les ailes des trois moulins ensemble. Il voulut toujours entendre le murmure du petit ressac sur la grève. Vassilis savait très bien que nulle part ailleurs on ne pourrait trouver une mer comme la sienne, qui savait se faire sereine, soyeuse. Vassilis voulut toujours que la mer soit laiteuse avant le lever du jour, moirée de mille couleurs aux premières lueurs du jour, qu'elle ait cette indicible odeur de marée enivrante aux premières risées du matin. C'était vital pour lui, qu'au tout début du printemps, lorsque le soleil éclaire les pentes des collines jumelles, que les premières fleurs jaunes embaument partout de leur parfum safran, que les fleurs de cerisier, de pêcher et les églantiers éclosent, encore nimbés de la rosée matinale se reflétant dans la mer, que l'onde se fasse rose elle aussi. Aucun argument, même aucun de ceux qu'aurait avancé, Vassilis, ne suffisait à expliquer ce qui s'était passé.

Il y avait ce pope, ce salopard de pope, qui avait pourtant donné sa parole. Il avait dit : «Je ne peux pas me séparer de mon île, plutôt mourir.» Tu parles, il avait été le premier à sauter dans le bateau du départ. Et Stelios, qui n'avait pas son rival dans la pêche à l'espadon, il avait juré de rester sur l'île, lui aussi. Ils allaient ensemble se cacher dans l'Île-Grosset, en face. «Je suis la parole que je donne», avait dit Stavros. Il avait même juré ça en turc. C'était un maître de la turlutte et du harpon. Il n'avait pas son pareil pour réparer les engins qui n'avaient plus d'âge. Il les remettait à neuf; ils tournaient avec la régularité d'une montre. Lui aussi n'avait pas tenu parole. Et Anghelos : «Plutôt mourir que de ne pas respecter la parole donnée»? Il savait toujours tout de la mer : prendre tel poisson, tel mois, à tel endroit de la mer et à telle profondeur. Il tressait les plus beaux casiers à langouste. À l'odeur de tripes, de tête de chèvre ou de mouton, la langouste ne résistait plus. Elle fonçait sur le casier, se jetait dedans. Lui seul savait comment s'y prendre. Ils étaient tous partis, dans les premiers rangs, en sachant parfaitement que Vassilis les avait à l'œil. Ils s'étaient tirés comme des malpropres, sans même avoir honte. Bande de chiens! Qui pouvait nous trouver dans notre cache de l'Île-Grosset? Nous aurions pu parfaitement nous y installer : il y a des grottes grandes comme des palais là-bas. Avec nos quatre barques à moteur, qui aurait pu nous retrouver? Ils nous auraient oubliés avec le temps, et nous, nous aurions pu filer à Istanbul, nous fondre dans la foule. On aurait effacé notre trace dans la mêlée actuelle et nous serions revenus dans notre île. Bande de trouillards, ils se sont enfuis, ils sont partis!

Et qu'est-ce qu'il avait dit Stavros? Il m'avait dit : «Pourquoi restes-tu ici alors que tout le monde s'en va?» C'était clair, à ses questions, qu'en fin de compte il ferait ce qu'il avait fait.

Moi je n'ai personne sur qui veiller... Je ne vais même pas sur la tombe de ma mère. Mon père n'a pas de tombeau. Il a été tué par les Russes je ne sais à quelle guerre. Nous avons juste reçu sa plaque d'identification. Il paraît que ma mère a pleuré sans arrêt. Elle ne s'en est jamais remise et est tombée malade. La maladie ne l'a plus lâchée et elle est décédée il y a sept mois. Je ne sais pas non plus où se trouve le tombeau de mon grand-père. Ni avant la mort de ma mère ni après, je n'ai été au cimetière. Je n'aime pas les cimetières.

Je n'ai personne sur qui veiller. Quand elle est partie, elle était presque une enfant. Elle avait les cheveux tout frisés, les yeux bleus. Une fille tout en sourires, toute douce; elle avait dix, douze ans. Peut-on appeler ça « l'amour » ? Elle a dit : « Je reviendrai, quoi qu'il arrive, je reviendrai même au bout de cent ans », avait-elle dit. Comment une fillette de cet âge aurait pu savoir ce que cent ans veut dire ? Elle a dû l'entendre de sa sœur. Tout le monde sur l'île sait ce que sa sœur a dit à Manolis. Sa sœur a tenu parole, elle est revenue, et toute seule. Je le sais, Aliki aussi reviendra. Quoi ? Elle aurait pris de l'âge et serait devenue une vraie femme maintenant ? Ce crétin de Stavros ! Bien sûr qu'elle aura grandi. Elle serait déjà mariée, depuis longtemps ? Est-ce que je me suis marié, moi, pour qu'elle se marie, elle aussi ? Pourquoi donc serait-elle mariée ? Pourquoi sa sœur ne s'est-elle pas mariée ? Si elle veut revenir, elle saura me retrouver aussi bien en Grèce qu'à l'autre bout du monde. Comment ça ? Comment me retrouverait-elle ? Athènes est une très grande ville et la Grèce est un grand pays. Comment feraitelle pour me retrouver là-bas ? Anghelos, partez donc mon petit. Je n'espère même plus Aliki et je ne vais pas sur la tombe de mon grand-père. Je suis une partie de cette île, je ne peux pas partir. Je ne peux pas vivre loin de mon île, ce n'est pas possible. Ne me croyez pas, je m'en fous, allez au dernier recoin de l'enfer. Si je reste ici ils vont me tuer ? Partez et allez vivre. Stelios, toi, tu te tais ! N'est-ce pas toi qui m'as mis dans la tête l'idée que nous devions rester sur notre île, quoi qu'il advienne ? Pourquoi tu te tais maintenant ? Toi aussi tu es comme les autres, « lapin, crotte de lapin[1] » ? N'est-ce pas toi qui avais dit : « S'ils veulent nous tuer ils n'ont qu'à venir, mais nous ne quitterons pas notre île » ? Pourquoi te tais-tu maintenant ? N'est-ce pas toi qui demandais comment nous allions trouver de l'eau sur l'Île-

1. L'expression turque « comme une crotte de lapin, cela ne sent pas et cela ne salit pas » désigne un comportement pusillanime, celui de quelqu'un « qui ne se mouille pas ».

Grosset? N'est-ce pas toi qui nous as mis dans le crâne l'idée que nous allions tuer le premier qui mettrait le pied sur notre île? N'en avons-nous pas fait le serment en jurant sur la Bible, toi et moi? N'est-ce pas toi qui as dit par la suite : « Tuer une seule personne ne suffirait pas, c'est notre bon droit d'en tuer trois » ? Que fais-tu maintenant en abandonnant notre île, et pour aller où? Tu renies ta parole; c'est bien ça? N'as-tu jamais tué un homme? Crois-tu que j'en ai tué pour ma part? Je n'ai même pas égratigné une fourmi dans ma vie. Vous, vous avez passé votre temps à tuer les oiseaux tout petits qui venaient sur l'île pour les manger avec vos parents. Dites, ai-je jamais tué un oiseau, un être vivant? En fait j'aurais voulu ne pas tuer même les poissons, parce que ce sont des êtres vivants, si j'avais eu d'autres ressources pour vivre. Je suis un pêcheur, le bon Dieu m'a voulu comme pêcheur, et a mis ma part de fortune dans le poisson. Allez-vous-en, allez en enfer. Moi, une fois que j'aurai tué le premier homme qui mettra les pieds sur l'île je prendrai ma barque et je m'en irai. N'avons-nous pas porté serment sur la Bible? Quoi? Venir avec vous? Que disent les Turcs? Ils disent : « Qu'Allah efface ce qu'il a écrit[1]. » Je vais le tuer, je vengerai notre île.

Allons donc, bande de crétins, vous croyez que ceux qui partent reviendront tous au bout de six mois? N'avez-vous donc rien entendu de cette immense guerre? Les villages incendiés, les hommes qu'on a tués, mis en pièces? Même dans notre île, vingt garçons ne se sont-ils pas enrôlés dans l'armée grecque? Où a-t-on jamais vu qu'un gouvernement laisse revenir ceux qu'il a chassés? S'il allait les faire revenir

1. Les musulmans croient que chaque être humain qui naît porte sur son front le texte de ce qu'Allah lui a donné comme destin. Lui seul peut lire le lieu et l'heure de ce destin. C'est dans cette logique que ceux qui se destinent au martyre ceignent leur front d'un bandeau avec les sourates du Coran.

pourquoi les aurait-il expulsés ? Tous les gens de l'île qui sont partis ont cru qu'ils allaient revenir. Comment ne pas y croire pour supporter la douleur de l'arrachement à leur île ? Moi ? Moi ? Moi-même comment je supporte cette souffrance ? Le premier homme qui mettra le pied sur l'île, je le tuerai même si c'est mon propre père ! Peut-être que ce sont eux qui vont me prendre et qu'ils me tueront. Qu'ils me tuent ! Vous autres, partez donc ! Allez en enfer ! « Attends Aliki ici ! » me dis-tu, Stelios, est-ce bien ça, toi l'homme qui porte une panse à la place du cœur, heureusement que tu m'as parlé ; c'était donc la dernière chose que tu avais à me dire !

Il les vit s'éloigner et disparaître. Le soleil était sur la crête de la colline de l'ouest. Alors que les exilés descendaient les pentes douces de la colline, Vassilis épaula son fusil Mauser, il engagea la cartouche. C'était un tireur d'élite. Ces trois-là, dit-il, et il visa. Ses mains tremblaient. « Je ne peux pas ! Je ne pourrai pas ! » marmonna-t-il. Il posa son fusil sur des fleurs jaunes tout écloses qu'une nuée d'abeilles était en train de butiner. Il se leva et descendit vers la grève. Ceux qui étaient sur les bateaux avaient tous le visage tourné vers l'île qu'ils contemplaient une dernière fois. Il crut le voir ainsi. Quand les bateaux disparurent, il se blottit là, sur place, sur l'amas de roseaux. Comme un chat, il s'étira longuement. L'île était devenue toute déserte. On aurait dit que depuis sa création personne n'était passé par là. Il sentit un tel vide en lui qu'il regretta un instant de n'être pas parti avec les autres. Il se redressa. « C'est maintenant qu'il est temps de partir, pensa-t-il. Il faut prendre la barque. » Sa barque avait un moteur anglais de quinze chevaux. Il aurait pu facilement les rattraper avant même qu'ils aient pu atteindre la côte. Il chassa cette pensée de sa tête, même si ce ne fut pas facile. Il se rassit. Qu'allait-il pouvoir faire sur cette île, maintenant qu'il y était tout seul ? Jusqu'à ce jour, il ne s'était senti tout seul qu'en mer. Non, une fois il avait échoué dans l'Île-Grosset lors d'une grande tempête. Il avait eu juste la chance de trouver un abri dans une petite anse où il était resté tout seul quelques jours, le temps que le calme revienne, mais il en avait vraiment bavé. Il se leva d'un bond; les ailes des moulins tournaient. Il courut vers le moulin du milieu. Les ailes tournaient lentement en grinçant, comme fatiguées et prêtes à s'arrêter dans peu de temps. D'une branche à côté de lui il arracha une fleur d'églantier et commença à la mâchouiller. Son haleine avait une odeur fugace de rose. Les goélands avaient quitté leurs nids et tournoyaient autour des ailes du moulin mêlant leurs cris aux grincements des ailes. Le parfum de rose dans sa bouche l'avait sorti de son état somnambulique. Il avait reçu l'évacuation de l'île comme un coup de massue sur la tête. Il pénétra dans le moulin, il examina les grosses meules comme s'il était un maître minotier. Il monta au second étage. Un foulard de jeune fille, en soie rose et finement brodé, avec un liseré de paillettes était étendu là, triste, en attendant le retour de celle qui reviendrait le récupérer.

Il s'installa dans l'encoignure de la fenêtre. Fixa du regard le foulard brodé. Dans sa tête, il passa en revue tous les jeunes garçons et les jeunes filles du village. Qui pouvaient-ils être ceux qui s'étaient aimés dessus? Il assortit des couples et les imagina s'aimer ici. Il les fit tous s'aimer mais ne parvint pas à imaginer à qui pouvait appartenir ce foulard. Il était revenu à lui et avait fini par oublier la solitude qui lui bourdonnait dans les oreilles.

Il courut vers l'autre moulin. Ses ailes tournaient elles aussi. Sur le plancher du second étage un foulard de soie verte avec un liseré de paillettes était étendu, froissé, trempé de la sueur des corps mêlés. Avant d'arriver au troisième moulin il avait fait faire l'amour à plusieurs garçons du village avec quelques jeunes filles. Hariklia, une beauté brune de vingt ans, était de loin la plus belle du village. Il lui fit l'amour comme un déchaîné. La rumeur disait que Hariklia n'avait pas laissé un jeune homme dans le village qui ne se fût réfugié dans son giron. Il n'aurait jamais pensé qu'elle faisait l'amour avec autant de cœur et de désir. Il se désola de n'avoir même pas couché une seule fois avec Hariklia. S'il prenait sa barque tout de suite, il pourrait rejoindre les îliens sur la côte et faire l'impossible pour coucher avec Hariklia. Quand il arriva au troisième moulin il était encore en train de faire l'amour avec Hariklia. Il ouvrit la porte du moulin d'un coup de pied. À l'intérieur il aperçut plusieurs sacs remplis à ras bord. Il ne s'y arrêta pas et fonça au second étage. Il vit qu'il n'y avait là ni foulard de soie brodé de paillettes, ni quoi que ce soit. Il repartit à toute vitesse au moulin de l'ouest. Il fallait être là avant tout le monde pour prendre le foulard de soie verte brodé avec son liseré de paillettes. Il arriva à temps, monta les marches à toute vitesse en les faisant grincer. Le foulard vert avait disparu. Très en colère, il courut vers le premier moulin. Le foulard rose y était, posé là, au milieu, ses plis et ses paillettes dans l'attente de sa propriétaire aux gros seins bruns qui allait venir tantôt. Il sentit un parfum de femme en sueur. Il avait le tournis. Il s'assit sur le rebord de la fenêtre et balança ses jambes. Il entendit un petit bruit au pied de l'escalier, il ouvrit les yeux : Aliki était plantée là devant ses yeux. Elle avait su qu'il allait rester seul et avait pris le bateau en Amérique. Dès qu'il la vit, il l'enlaça. Aliki l'attendait depuis si longtemps. Ils s'aimèrent sur le plancher, roulant leurs corps enlacés dans tous les coins. Le foulard rose exhalait un parfum intense de jeune fille, ça le rendait fou. Chaque fois que la fragrance s'exhalait Vassilis devenait encore plus déchaîné de désir. Sur le plancher, c'était une fois la petite Aliki aux cheveux blonds crépus, une autre fois Hariklia toute nue qui rejoignaient ses bras, son corps.

Il retourna sur la grève. Il s'assit à sa place habituelle, sur les amas de joncs coupés et rangés. La mer était vide, sans même une risée, tout en solitude. Il n'avait jamais vu la mer comme ça, ce vide absolu. Sa propre solitude s'enflait en lui-même. Il aurait fallu qu'à cet instant ses amis soient auprès de lui. « À nous quatre nous aurions pu transformer cette île en paradis sur terre. Tous nous aurions pu prendre femme, nous aurions eu des enfants, puis des petits-enfants... L'île aurait été la plus belle île du monde. Les plus belles figues, pommes, pêches, olives auraient élu domicile ici. L'Île-Fourmi était déjà connue des anciens. On aurait magnifié sa renommée. » Dès que la fille qu'il devait épouser lui venait à l'esprit, c'était toujours l'image d'Aliki qu'il avait devant les yeux. Aliki lui avait-elle dit une seule fois : « Je reviendrai » ? Lui avait-elle adressé la parole une seule fois ? Lui, un orphelin ? Aliki était la fille d'un *çorbacı*, gros marchand de vins, de tissus et d'olives. Et puis son père... Il avait des navires gros comme des mastodontes. Aliki était montée sur un de ces mastodontes et s'en était allée. Juste avant son départ, lorsque leurs routes s'étaient croisées sur le chemin de l'embarcadère, son regard avait trouvé le sien une seule fois. Elle l'avait regardé avec un sourire et son minois était devenu tout rose. Stavros, Anghelos, Stelios se demandaient tous ensemble : Est-ce possible qu'une fille qui ne soit pas rongée par le *karasevda*[1] regarde un garçon comme ça et qu'elle ne sourie pas ? « Bien sûr qu'elle sourit ! » Chaque fois que son regard croisait le mien elle souriait comme ça. « Cela veut dire que de tout temps elle te vouait la *passion noire.* Il disait la « passion noire » en turc. N'aie crainte, elle reviendra, Aliki. Elle aussi, comme Hariklia, elle viendra se jeter dans tes bras. Mais vous n'y êtes pas du tout ! Elle a grandi maintenant, en Amérique. Passe encore moi, mais

1. Littéralement : « passion noire » ; par extension « passion aveugle » et « amour fou ».

elle a dû même oublier l'île. Et alors? Pourquoi restes-tu dans cette île si Aliki ne revient pas? Pour rien! Rien du tout! Cette île est la nôtre, non? Pourquoi l'abandonner et partir? Et vous, pourquoi restez-vous?

Ils s'étaient tous tus. Et c'est bien ce silence qui avait mis le doute dans le cœur de Vassilis. « Quelles que soient les circonstances et les raisons, je préfère mourir, plutôt que de partir d'ici ! » Partez, bande de chiens! Partez donc! Vous allez revenir bientôt. Cette île sera pleine de gens. Avant même que vous mettiez pied à terre je dirai à mes hommes : « Allez donc, bande de chiens, allez donc! Cherchez-vous d'autres niches. Je vous avais pourtant prévenus! » À la guerre, il s'était trouvé dans des steppes sans début ni fin. Ils s'étaient réfugiés dans un village engoncé entre des rochers tout pointus. Il n'y avait pas un seul arbre alentour. Ni une herbe ni une fleur. Juste des rochers escarpés, violets, tranchants comme un rasoir. Des gens à moitié nus, tous pieds nus, sortaient des grottes du massif rocheux. Ils avaient mis les soldats à l'abri dans une vaste grotte. Au beau milieu il y avait un grand feu, on ne voyait pas à travers la fumée. Ils avaient posé un grand chaudron sur le feu et donnaient la soupe aux soldats. Il n'y avait ni matelas ni couchage. Chacun dormait sur des bouts de tapis de feutre ou de sac en toile de jute. Eh bien, en Grèce, au pied du mont Olympe, il y a plein de coins comme ça. Quand ils se sont aperçus que les Grecs les avaient installés là, ils ont fait un chambard d'enfer, mais que faire? Plutôt mourir que revenir ici. Leur nouvelle patrie ce seront les rochers de l'Olympe où même l'herbe ne pousse pas. Mais les îliens, même si on les installe au paradis, ils ne pourront y survivre. Sans voir la mer, les collines, les moulins à vent. Là-bas, ils succomberont tous de la malaria. Ceux qui ont pu garder quelques sous en poche ont acheté des chèvres avec ce fric. Ils sont devenus des bergers de chèvres dans une contrée où l'herbe ne pousse pas sous leurs pieds.

Ces rochers escarpés ont vite fait de ronger au bout de quelques jours leurs godasses. Ils sont restés nu-pieds. Anghelos, Stavros, Stelios n'ont pas pu résister ; après de longues aventures ils sont revenus dans l'île. « Allez-y, allez-y donc bande de chiots, allez-y les souriceaux ! Pas de place pour vous sur cette île ! »

Quelques minutes plus tard Vassilis eut pitié d'eux. Il se leva, comme pour les appeler. Mais les embarcations étaient déjà au loin, hors de vue. « S'ils reviennent, je les reprendrai, se dit-il. Forcément, ils reviendront. On a bien besoin d'eux sur l'île. Ce sont tous des maîtres dans leur métier. »

Il ne s'était pas rendu compte du temps qu'il avait passé sur cet amas de joncs, de tout ce qu'il avait pensé et de tous les projets fous qu'il avait brassés. Il se leva, la tête vide. Il se dirigea tout droit vers la première maison au bout de la rue. Il ouvrit la porte, descendit au cellier. Quatre sacs de kilim pleins se trouvaient là, appuyés contre le mur. Il ouvrit un tonneau qui suintait de l'huile. Il était plein d'olives. Faisant face à la porte, posées à même le sol au pied du mur, luisaient des dames-jeannes remplies d'huile d'olive. Des figues, du poisson salé et séché, du maïs, des poivrons, des courgettes desséchées, des sacs remplis de provisions de toutes sortes étaient rangés en bon ordre sur des rayonnages. « Ce Thanassis Kotsiras a laissé de quoi nourrir les gens pour mille ans », pensa Vassilis en rigolant ; il en était content. Thanassis était un type bien. D'après lui, jamais le travail de l'homme ne devait être gaspillé. « Que d'efforts, disait-il, avant que l'huile d'olive devienne ce qu'elle est ! Tu vas d'abord piquer le plant qui deviendra l'olivier. Tu vas le soigner pendant des années. Tu vas amender tous les ans les pieds des arbres ; les aérer. Tu vas greffer les oliviers sauvages ; pour que la greffe tienne il faudra que tu sois un vrai homme de l'art, un homme d'expérience. Tu sauteras de joie jusqu'au ciel quand tu verras que la greffe a tenu. Puis…

tu attendras de longues années pour que ton olivier donne des olives. Tu auras deux, trois fruits à la septième année. Ça, c'est ton premier plaisir, ton premier amour. Tu ne mangeras pas ces olives; tu les garderas comme des reliques. Les années suivantes tu auras vingt, trente olives d'un noir luisant grosses comme mon pouce. Par la suite, si ton arbre est sain, ses fruits seront charnus et innombrables. Les fruits de l'arbre jeune sont grands et bien brillants. Le fruit des arbres vieux sont tout petits et fripés. Un arbre jeune, parvenu à maturité, qui donne ses fruits, on dirait qu'il s'enfle de plaisir en voyant l'homme. Ses feuilles se déploient comme des jeux de lumière et bruissent. Et le blé, le riz, les figues, les grenades, les pommes, les cerises et les pêches : que de labeur pour les avoir. On devrait y penser chaque fois : à chaque olive que l'on touche, à chaque grain de riz ou de blé, que de sueur au front il a fallu, que d'efforts. » Vassilis n'en croyait pas ses yeux que les bocaux fleuris rangés sur l'étagère supérieure soient pleins de miel encore dans ses rayons de cire blanche. Ce Thanassis Kotsiras était fou ou quoi, de partir en abandonnant tous ces pots de miel? « Comme le disent les Turcs : "Ma mère m'a mis au monde sûrement une nuit de veille de Mevlut[1]" », pensa Vassilis. Sa joie lui fit oublier ses copains partis en l'abandonnant, le foulard rose à paillettes du moulin qui sentait si bon la poitrine de jeune fille, l'amour qu'il avait fait à Hariklia puis à Aliki... Qu'il avait failli perdre la tête dans une crise de désir fou, la peur d'être tué, et d'avoir à tuer le premier qui mettrait le pied sur l'île. Vassilis poussa un grand soupir. On pouvait peut-être faire déguerpir tout le monde de cette île, mais si une seule personne avait dû y rester,

1. La veille de la nuit d'ascension du Prophète : deux jours d'intense piété populaire chez les Turcs. L'expression se dit d'une personne qui a beaucoup de chance.

ç'aurait été Thanassis Kotsiras, le roi de la générosité dans ce bas monde… Un autre que Vassilis aurait pensé que Thanassis avait pu mettre du poison dans le miel. Mais quand on connaissait Thanassis, on savait que même dans sa situation il aurait bu le poison lui-même plutôt que d'empoisonner les autres. Tout content, il ferma la porte du cellier puis condamna la porte principale de la maison tant bien que mal. Il partit en courant à la grotte au nord de l'île. Tout ce qu'il possédait, sa barque, son argent, son fusil Mauser, son pistolet, ses filets, ses hameçons, sa gaffe, son ravitaillement… il n'y manquait rien. Personne ne connaissait cette grotte secrète, mis à part quelques îliens. Un monolithe haut et large veiné de rouge en masquait l'entrée. Outre le monolithe, tout un maquis de mûres sauvages et de ronces cachaient la grotte à tous les regards. Les barques de petite taille trouvaient place facilement dans cette grotte, mais pas celles de la taille de la barque de Vassilis. Il lui avait fallu faire beaucoup d'acrobaties pour y remiser sa barque, mais il avait maintenant à réaliser un véritable exploit pour la sortir de là.

Il avait calé sa barque toute neuve sur le sable de la grotte ; il avait étalé son couchage sur les galets qui en tapissaient le fond. Mais il était difficile de se coucher à cet endroit. À la pointe ouest de l'île il y avait la demeure à trois étages de Démétrios, pareille à un palais. Il pouvait y venir de nuit et dormir sur la véranda sur la mer pour partir avant le lever du jour. Il prit son couchage et une des miches qu'il stockait depuis des jours, et il fila chez Démétrios le *çorbacı*. La porte de la demeure était grande ouverte. Comme une flèche, il monta sur la véranda qui donnait sur la mer, y étala son couchage. Il descendit à l'étage inférieur, visita toutes les pièces ; puis il examina les autres étages, minutieusement. La maison avait été complètement vidée, il ne put y trouver le moindre objet. Ces *çorbacı* avaient constitué un ensemble d'une quinzaine de maisons ici. La maison de chacun était une riche demeure. Il y a bien des mois, ils étaient partis d'ici sans avoir rien dit à personne, sans un au revoir. Nul ne savait où ils étaient partis; on avait perdu leur trace.

Il avait faim. «J'irai à la pêche demain», pensa-t-il. Il alla sous les platanes. Il entra dans la maison de Thanassis, il alla au cellier et prit un des pots de miel. Il ressortit, s'assit sur le canapé. Avec son poignard il prit une part de rayon de miel bien pleine et en tartina sa tranche de pain. Le miel avait un arrière-goût de fleur de cerisier.

Quand il eut fini de manger, il alla à la fontaine et but l'eau dans ses paumes. Il partit tout droit à la grotte. Il prit le fusil de sa planque, se ceignit de ses cartouchières. Elles étaient pleines. Le fusil était chargé lui aussi, de même que son pistolet Nagant. La cartouchière du pistolet qu'il avait à la ceinture était pleine elle aussi. Il l'avait récupéré sur un brigand tcherkesse de Düzce qu'il avait eu à arrêter pendant son service militaire. Les cartouchières étaient serties d'or. Il prit tout ce qu'il y avait dans la barque. Il laissa juste la barque et les bidons de carburant placés sur les galets. Il longea la mer, en marchant sur le sable pour arriver chez Démétrios le *çorbacı*. Il alla à la véranda en montant les marches quatre à quatre. Son édredon était couvert de soie verte, brodé. Sa taie d'oreiller était en batiste brodée de roses. Elle sentait la violette. Son matelas de coton avait été traité il y a peu chez le cardeur : il était bien épais et moelleux. Il se déshabilla rapidement et se mit au lit. L'extrême tension des journées passées, la fatigue, le foulard rose aux paillettes qui sentait le sein de jeune fille et qui l'avait rendu fou de désir l'avaient épuisé; il s'endormit aussitôt qu'il eut posé la tête sur l'oreiller.

Le ciel commençait à peine à blanchir, il fut réveillé par le long chant d'un coq. Il descendit au rez-de-chaussée. Il voyait la mer qui commençait dès la pointe de ses pieds.

Des vaguelettes venaient mourir sur le sable de l'estran. Il remonta à la véranda. De son sac à provisions il tira une demi-miche, trois tranches de fromage de brebis, trois figues sèches. Il passa à la cuisine. Il eut envie d'une tasse de thé : il n'y avait pas de théière. Il chercha partout : ni une tasse à café, ni même une petite casserole de cuivre. D'ailleurs, à supposer qu'il ait pu en trouver une, qu'est-ce que ça aurait pu changer ? Il n'y avait ni thé ni sucre. Il se dit en rigolant : « Ah, toi le crétin. Ah, le crétin de Vassilis. Si, mon petit père, tu as choisi d'être l'hôte des *çorbacı*, et de les honorer de ta présence, tu n'as pas fini d'avoir des surprises. Attends, au moins ce matin, si au lieu de te réveiller dans la demeure de ce porc de *çorbacı* et de te trouver tout minable devant le monde et la société, se dit-il en turc, tu t'étais réveillé chez Thanassis le bienheureux, tu aurais fait un vrai petit déjeuner avec du thé, du sucre, du miel et des pâtisseries ! *Vre*, Vassilis, as-tu jamais vu qu'un bien vienne du côté de ces *çorbacı* ? Avant même qu'on ait rien senti de cet affaire d'échange, pendant que nous étions tous en train de dormir, ne se sont-ils pas envolés du nid avec un tout petit bruit d'aile, sans que personne s'aperçoive de quoi que ce soit ? Crois-tu que de leur vivant ils aient jamais eu l'envie de caresser, ne serait-ce que de leurs yeux, une fleur bleue poussée dans un petit recoin de la nature ? Peux-tu les imaginer dans la joie, jusqu'à la moelle, de se sentir aussi bleus que cette fleur ? Crois-tu qu'au moins une fois ils aient eu envie de respirer à pleins poumons cette odeur de terre après la pluie, de s'étonner d'être si heureux de voir le soleil se lever, la jeune pousse qui sort de la terre, ce bouton de fleur qui hésite encore à éclore, d'entendre le rire fou d'un enfant ? Crois-tu qu'ils aient éprouvé cette reconnaissance d'être en vie, de se dire : "Heureusement que nous sommes venus au monde" ? Penses-tu qu'ils puissent se fondre dans la magie de cette mer encore blanche au lever du jour avec le petit vent frisquet comme au jour de la création et se perdre dans ce miracle ? »

Il termina son petit déjeuner et descendit. D'ici, la mer avait changé d'aspect et avait pris sa face moirée. Tout content d'être au milieu de ces mille couleurs, il marchait sur les galets de la plage pour arriver aux trois platanes. Il alla tout droit à la porte de Barba Thanassis qu'il se mit à caresser. « Sacré Barba Thanassis ! Eh oui ! » soupira-t-il ; ses yeux se remplirent de larmes. Il s'assit un moment sur le petit monticule de terre devant la roselière. Il entendait le bruit du vent dans les roseaux violets derrière lui, les branches des platanes baignaient dans une lumière aux reflets violets eux aussi, sous l'effet de la lumière moirée venue de la mer. Jamais le monde n'avait paru aussi beau à Vassilis. « Ne seraient-ce pas les hommes qui, au fond, salissent notre monde et le défigurent ? » pensa-t-il. Il eut comme un frémissement d'inquiétude venu du fond de son être. Il regarda la mer avec sa lumière merveilleuse. « Non, non et non ! Ce n'est pas possible ! Si on enlève l'homme et son regard chaud sur le monde, celui-ci ne sera pas aussi intime avec nous. Si le regard de l'homme ne caresse pas, ne fait pas montre d'affection, notre monde ne sera pas beau comme il l'est aujourd'hui. Toutes ces fragrances, c'est parce qu'elles nous enivrent qu'elles embaument le monde ; ces étoiles, c'est parce que les gens les regardent qu'elles brillent. C'est pour le plaisir des hommes que les mers se parent de ces reflets moirés. Et c'est dans ce monde merveilleux que les hommes continuent à se tuer les uns les autres, sans même avoir honte pour cette terre fertile, pour cette fleur qui éclôt dans une folie de couleurs et de parfums, pour la lumière de l'aube, pour les gens qui s'aiment et qui s'embrassent, pour leurs joies et pour leurs passions amoureuses. J'ai vu beaucoup de gens tués, beaucoup de bras, de jambes arrachés, des corps sanglants déchiquetés que les chiens se battaient pour dévorer. J'en ai vu des morts gelés, figés comme de la pierre, debout, les yeux exorbités. J'ai entendu les gémissements d'agonie de centaines de gens... et comment ils s'arrêtent tout d'un coup. Et puis, et puis... comment leurs yeux crèvent.

« Est-ce possible de ne pas penser à tout ça devant tant de beauté ? Barba Thanassis avait connu beaucoup de guerres, de morts, de tortures, de cruauté, beaucoup de gens affamés. Dès qu'il voyait la beauté, une fleur qui éclôt, un lever du jour, le frémissement d'une feuille, le rire de quelqu'un à gorge déployée, il se couvrait le visage de ses mains ; de honte. »

Il se leva, prit le chemin de la colline. Il dut lutter contre lui-même pour ne pas pénétrer dans le moulin, mais il ne quitta pas le lieu non plus. Il tourna en rond autour du moulin. Là-bas, à l'intérieur, ce foulard de soie rose qui brillait des feux de ses paillettes exhalait cette fragrance intense de sein de jeune fille. Ce parfum le rendait ivre de désir. Il refit un tour de plus autour du moulin, plus vite cette fois. Il reprit son ascension. Arrivé au sommet il était à bout de souffle. Il promena son regard tout autour. Le creux de vallon tout en bas était tapissé de fleurs jaunes et rejoignait la mer comme une coulée de lumière. Au loin, aux quatre orients, la mer était calme. En face, l'Île-Grosset baignait dans une lumière mauve. Les goélands avaient déployé leurs ailes, toutes grandes, au vent des hauteurs, se tenant quasi immobiles en l'air comme des milans. Les pêchers, les cerisiers avaient teint les couleurs du ciel avec leur débauche de fleurs roses. Une intense couleur rose flottait dans l'air ; le foulard à paillettes ondoyait comme un drapeau, l'intense parfum de femme se mêlait à ceux des pêchers et des cerisiers, du fleuve de fleurs jaunes qui coulait en bas vers la mer. La mer s'étalait au loin, vide de tout, silencieuse avec ses jeux de lumière.

Une mer si vide, est-ce bien encore la mer? S'il y avait eu là, maintenant, un voilier aux voiles déchirées et sales, des bateaux de pêche, un navire passant avec le grondement sourd de ses moteurs, blanc comme un cygne, là, d'accord, on aurait pu dire alors que c'était la mer. S'il y avait eu un enfant sur cette île, si les enfants d'en bas dans le petit vallon avaient posé leurs rets cruels pour attraper les oiseaux, si les jeunes filles et les femmes étaient parties à la cueillette de champignons, s'il y avait eu un homme âgé qui se baissant et se redressant péniblement avait taillé ses rosiers, si un autre homme avait calfaté son bateau, si un autre avait repeint sa barque, là les bruits des gens se seraient mêlés aux chants des oiseaux, à d'autres bruits pour emplir le monde. Et si maintenant les grenadiers donnaient leurs grandes fleurs écarlates, grandes ouvertes, d'un bout à l'autre de l'île, que des serpents noirs, violets, bleu foncé tachetés de tout petits points blancs… sans personne, rien n'a du goût. « *Vre*, Vassilis, Dame Ève notre mère, et le Sieur Adam notre père ont dû quitter le paradis avant tout parce qu'il n'y avait personne d'autre qu'eux sur la place, grommela-t-il. *Vre*, fiston, hier un, aujourd'hui deux… si les gens commencent déjà à te manquer tu es foutu, mon fils! Et puis, une vie entière ici sans personne, comment tu vas faire? » Il eut un tressaillement. « Il y aura plein de monde, cette île sera pleine de monde très prochainement », se dit-il. « Mais non, elle ne le sera pas! » grogna-t-il avec rage. « Personne! Parce que le premier qui mettra le pied sur cette île je le tuerai! »

Il descendit de la colline en prenant son temps. La mer restait inchangée, les goélands ne bougeaient même pas leurs ailes. Ma parole, ce sont des milans, ces bestioles, les goélands sont toujours agités, ils ne peuvent pas se tenir comme ça sans bouger leurs ailes pendant longtemps. Ou alors c'est une autre famille de mouettes, pensa Vassilis.

Il revint devant le moulin. Il ne voulait surtout pas y entrer, mais le souffle tiède du vent fit passer encore cette fragrance intense de parfum de femme. Il courut au moulin, monta les marches à toute vitesse, s'arrêta net à la dernière. Le foulard rose était là, au beau milieu, exhalant encore plus le parfum de sein de jeune fille, scintillant de toutes ses paillettes, comme gonflé par le vent. Il en eut le tournis. Il s'appuya sur le poteau à côté de lui ; il s'en était fallu de peu pour qu'il dégringolât les marches et tombât sur les grosses meules en bas. Il avait encore le tournis quand il sortit. Il respira longuement. Tout en marchant, il plongea à nouveau dans un monde de merveilles. La mer, toute vide de tout à l'heure, devint comme s'il y avait foule. Vassilis n'en croyait pas ses propres yeux. L'intense parfum de sein, de femme, de foulard pailleté gonflé par le vent s'effaça d'un coup. Là, en face, une barque s'avançait vers l'île ; la lumière du soleil jouait sur l'eau qui filait le long des rames. Vassilis fut rempli de joie, de pied en cap. Le monde fut encore plus fleuri, encore plus lumineux. Il eut envie d'embrasser le rameur, qui qu'il puisse être. Aussitôt il se rappela qu'il allait canarder le premier venu. Il avait les jambes qui flanchaient. Il s'assit sur place. Il ne pouvait pas détourner son regard des rames et de leur mouvement régulier. Sa joie se mua très rapidement en colère. Son cœur battait la chamade. Il sauta dans le fossé. Une pierre plate posée sur le rebord le cachait des regards venant du côté de la mer. Personne ne pouvait le voir.

Jusqu'à ce que l'homme parvienne devant l'embarcadère, Vassilis ne cessa de balancer : « Je l'embrasse ou j'appuie sur la détente ? » grommelait-il. « Mais je vais tuer le premier qui mettra le pied sur l'île, je l'ai juré sur la Bible, reprenait-il. Rien à faire, je dois tuer. »

Il s'y était préparé depuis longtemps. Il allait tuer le premier venu, le porter sur son dos jusqu'au cimetière. Il y avait beaucoup de tombes inoccupées au cimetière. Il allait l'enterrer dans la tombe d'un *çorbacı*, récupérer une croix sur la tombe d'un autre *çorbacı* pour la dresser sur la sépulture du nouveau venu. Puis, il allait laisser partir la barque de l'intrus vers le large. Les courants la pousseraient vers la côte.

Le rameur retira les rames. La barque, sur son erre, vint atterrir sur les galets. L'homme monta sur l'embarcadère. Il se tenait là, immobile, promenant son regard sur les maisons. Vassilis le mit en joue, régla la hausse. Juste au-dessus du cœur. L'homme ne bougeait pas du tout. Il se tenait tout droit, les mains derrière le dos. Vassilis lâcha la gâchette. « Ces fusils ne permettent pas de viser juste pour tuer à cette distance. Même si je l'atteins, il ne sera que blessé... un homme blessé... Je m'approche un peu plus. » Au moment où il se faisait ces réflexions, l'homme se retourna, largua l'amarre de la barque, sauta dedans et commença à ramer. Il mit cap à l'est. « Il rame très bien, le bonhomme, se dit Vassilis. Ce doit être un pêcheur ; et même un pêcheur aguerri. Seuls les pêcheurs rament aussi bien. Je me couperais les mains si les rames avaient de l'écume en sortant de la baille. » Voyant l'homme partir, une joie intense l'envahit à nouveau. Il se leva et respira un bon coup. Soudain la barque vira vers la côte et l'homme poursuivit sa route en longeant la rive. Vassilis était comme ensorcelé ; il commença à le suivre en douce, en marchant à travers les roselières, les ronces et les roches.

Le rameur suivait une route très précise : ni une brasse d'écart vers le large, ni une brasse vers la côte, les yeux scrutant celle-ci.

Vassilis fit le tour de l'île derrière le rameur. Ce ne fut pas une mince affaire. Pour éviter d'être repéré il tomba maintes fois dans les ronces et les broussailles, maintes fois il s'écorcha les jambes sur les rochers tranchants comme un rasoir. Le tour complet effectué, Vassilis avait les bras et les jambes en sang. En arrivant à l'embarcadère il descendit dans la roselière. Peu de temps après, le rameur passa devant lui et reprit sa route vers l'est. « Nom de nom, il est cinglé ou quoi, ce maquereau ? » se dit Vassilis, et il épaula. « Du moment qu'il ne débarque pas sur l'île je n'en ai rien à foutre, reprit-il. Il n'a qu'à tourner en rond comme un abruti pendant quarante jours et quarante nuits. Comme ça je n'aurai même pas à le tuer, il crèvera tout seul à force de ramer ! »

Il passa par le petit vallon aux oiseaux, prenant soin de se cacher, pour monter sur la colline. Même s'il ne se cachait pas, quand il était dans ce vallon, nul ne pouvait l'apercevoir ; ni de la mer, ni d'ailleurs. De là, on voyait très bien le rameur qui accéléra pour doubler le cap. Quelle que soit l'allure il n'arrêtait pas de scruter la côte. « Il cherche quelque chose cet homme, pensa Vassilis. Mais que peut-on chercher en tournant comme ça autour de l'île, que peut-on donc y trouver ? »

Le rameur vint tout près de la grotte et s'y arrêta. « Il l'a trouvée ! pensa Vassilis. Et s'il pénètre dans la grotte, il y trouvera les bidons d'essence. Alors là, je suis cuit ! S'il découvre la barque il saura qu'il y a quelqu'un ici. Ils passeront toute l'île au peigne fin et tu auras beau te planquer dans la tombe de ton père, ils t'y trouveront. Alors là ! Ils te mettront en pièces, ou bien en prison, ou encore ils t'expédieront en Grèce ! » Le regret d'être resté vint, tel un poison, s'installer dans son cœur. Il se leva pour armer son fusil avec précipitation. Il renonça à mettre l'homme en joue. « Trop loin ! » se dit-il. Alors qu'il descendait de la colline en courant, il vit avec plaisir que l'homme se remettait à ramer et à s'éloigner de la grotte. Il s'affala sur place. Il y resta un moment puis se redressa en prenant appui sur une main. Il recommença son observation. Soudain, la barque prit de la vitesse, la proue redressée, il entendit le bruit du moteur.

À la hauteur des maisons des *çorbacı*, le bruit cessa. La barque, sur son erre, fut tirée sur le sable. L'homme descendit. Il paraissait plutôt grand. Il marcha vers les maisons, il disparut dans une des cours. Vassilis s'inquiéta : « Et s'il découvre mon couchage et les provisions... Et s'il comprend qu'il y a quelqu'un sur l'île et que du coup il s'en va ? Il est forcé de passer par l'embarcadère, pensa-t-il. Et s'il n'y retournait pas ? Bah ! tant pis s'il m'échappe, ainsi soit-il. De toute façon il y en aura un autre », se dit-il avec espoir.

Il descendit à l'embarcadère, se cacha dans le fossé d'où émergeaient des roseaux. Il vit tout près de lui une boule de narcisses éclos, aux yeux jaunes. Il sentit monter vers lui le parfum intense des fleurs. « Heureusement que je ne me suis pas assis dessus. Ce serait tellement beau si Aliki revenait, de prendre ce bouquet de narcisses et de le lui offrir au débarcadère. Le bouquet embaumerait tout le débarcadère comme il le fait maintenant dans la roselière ! » se dit-il.

Le parfum des narcisses l'avait emporté bien loin. Il voyait encore Aliki dans ses douze ans. Il ne se rappelait pas l'avoir vue auparavant. Ses grands yeux bleus au regard d'enfant, ses poignets si menus, ses jambes hâlées par le soleil, ses cheveux bouclés blond-roux... « On dit que son père est devenu très riche, mais il l'était déjà au temps où il était ici ; il avait des navires, on ne sait plus combien... On raconte qu'il a acheté une île tout entière en Grèce. Trois fois plus grande que l'Île-Fourmi et que, d'après le mari de Hariklia, le pêcheur, lui aussi, avait quitté l'île au même moment que les *çorbacı*. Aliki a fait de très bonnes études, elle les a terminées à l'école la plus importante d'Amérique. Ah, si j'avais son adresse, je lui écrirais une belle lettre soignée et tout. On ne sait jamais... Ces gens-là sont imprévisibles. Peut-être que ?... »

Vassilis était plongé dans une profonde rêverie, emporté dans un paradis où il perdait la tête avec le parfum du foulard rose pailleté, et dans la mêlée des corps, le sien, Aliki et Hariklia tous ensemble. Quoi qu'il fît, il n'y pouvait rien : dès que son corps et celui d'Aliki commençaient à s'emmêler, l'autre s'immisçait dans le tourbillon avec son corps luisant, brûlant de fièvre. Le parfum de femme de ce foulard rose. « Le narcisse lui aussi a un parfum de femme. Parmi toutes les fleurs, le narcisse c'est une femme en fait ! Dans l'obscurité de la nuit, tu le confondrais avec une femme. »

Le clapotis des rames dans l'eau le fit sortir de sa rêverie. Il se leva immédiatement, le doigt sur la gâchette. Par chance, il n'avait pas tiré par inadvertance. L'homme ramait à faible allure, il s'arrêta devant l'embarcadère. Il se leva et vint s'agripper à un bout des planches du ponton de l'embarcadère. La barque le berçait doucement. Il resta un instant comme ça, se laissant balancer, tout en regardant les maisons du front de mer. Vassilis veillait, le doigt sur la gâchette. À un moment donné il retira le doigt et se mit à prier et à se signer pour que l'homme ne débarque pas. Le Très-Haut reçut-il les prières de Vassilis ? L'homme lâcha le ponton pour s'occuper du moteur de la barque. « Pourvu qu'il démarre ! » pria Vassilis. L'homme passa beaucoup de temps dessus mais sans succès. Puis, tout d'un coup, il démarra. L'homme partit sans un regard pour l'île. Vassilis quitta sa cachette de la roselière en prenant bien soin de ne pas écraser les narcisses. Il ne sentait même pas sa faim. Il était épuisé ; il avait mal partout comme si on l'avait battu. Il rejoignit directement son lit. Il entendit encore un moment le bruit du moteur qui s'éloignait, puis plus rien.

Le matin au réveil, il avait encore le corps tout douloureux. Qu'allait-il faire aujourd'hui ? Il y avait à faire, certainement, mais quoi au juste ? Il se leva, descendit dans la salle de bains et se lava la figure. Il eut envie de prendre un bain mais se ravisa : « Je prendrai un bain un autre jour. Et puis je trouverai peut-être un récipient pour faire chauffer de l'eau dans une des maisons. Après.» Il aiguisa son rasoir sur son cuir, essaya de faire mousser le savon à barbe avec de l'eau froide. La barbe restait dure sur la peau. Il se rasa en se faisant bien du mal avec le feu du rasoir. Il se passa quelques gouttes d'une eau de Cologne qu'un ami lui avait envoyée d'Izmir. Il eut une légère sensation de fraîcheur. Du coup il se rappela ce qu'il avait conscience d'avoir oublié : il devait aller à la pêche aujourd'hui. Sauf que c'était plus facile à dire qu'à faire : comment allait-il extraire la barque qu'il avait eu tant de mal à faire entrer dans la grotte. «Ça sortira comme c'est entré», se dit-il en rigolant. Il parvint à la grotte en passant par le moulin à vent. Devant le moulin, une force irrépressible l'attira vers l'intérieur. Il eut beaucoup de mal à y résister. Le foulard rose brillait de toutes ses paillettes là-bas, posé sur la meule violette. Une fois, Vassilis était assis sous un grenadier en fleur. Il y en avait tellement de ces fleurs écarlates que les branches croulaient et se cassaient sous leur poids, les abeilles, les guêpes, les bourdons et toutes sortes d'abeilles pullulaient sur les fleurs; ils montaient sur les arbres et en descendaient comme d'épais nuages. Vassilis était adossé à l'arbre. Se tournant vers sa droite il vit Aliki. Son visage était une immense paire d'yeux bleus. Elle le dévisageait avec un regard clair, ses yeux brillants pleins d'admiration et d'amour. Dès qu'il réalisa qu'il était avec elle, Vassilis se releva d'un bond.

Chaque fois que Vassilis se laissait emporter dans ses pensées, il se remémorait des choses aussi bien vécues que rêvées. Il alla dans la grotte. Contrairement à ce qu'il craignait, il n'eut pas beaucoup de mal à en extraire la barque. Il vérifia les bidons d'essence; ils étaient pleins. Les lignes montées étaient elles aussi à leur place. Il ne mit pas le moteur en marche, il empoigna les rames. Il mit le cap à l'est, vers l'Île-Grosset. Sur la pointe est, la terre, les rochers, les arbres, tout était masqué par les fleurs roses des pêchers et des cerisiers. Devant lui, l'île n'était qu'un massif de fleurs jaunes, violettes, bleues, rouges. Les fleurs embaumaient l'air tous parfums mêlés et qui se mélangeaient à l'odeur de la mer.

Il mouilla sa ligne à un mille au large de la pointe est, sûr de lui. Il se rappelait avoir pris dans le temps beaucoup de daurades roses à cet endroit même. Il en avait pris tout plein mais s'était bien gardé de signaler à qui que ce soit son coin de fond rocheux à daurades. Il connaissait l'emplacement avec une telle certitude qu'il ne s'était même pas donné la peine de fixer le repère en triangulation par amers. Un après-midi, il marchait à travers les oliveraies en montant depuis le fond de vallon. Il entendit un petit bruit de branches cassées. Il se retourna, il vit Aliki. Le voyant se retourner Aliki s'enfuit, elle se cacha derrière un olivier dont le tronc était plus gros que le cercle qu'auraient fait deux hommes se tenant par la main. Vassilis attendit, Aliki ne se montra pas. Vassilis marcha. Il sentit que la jeune fille marchait derrière lui. Il se retourna subitement au bout de quelques pas. Aliki ne put s'enfuir, elle resta là, immobile. Vassilis la regarda de la tête aux pieds. Elle avait grandi, ses lèvres étaient devenues plus féminines, elle respirait très fort. Ils se tinrent là face à face, les yeux dans les yeux, sans ciller. Vassilis sentit au tréfonds de lui-même un flot tout chaud d'amour. S'il ne s'était pas retenu, il se serait jeté sur la jeune fille. Mais : « Tu es fou Vassilis, ce n'est pas possible, ce n'est qu'une enfant ! » se dit-il. Il se retourna et se mit à marcher comme s'il courait. Il le sentait, Aliki venait derrière lui, en courant. Il ne se retourna pas jusqu'à ce qu'il rejoigne la mer. Là, alors qu'il défaisait l'amarre de sa barque frappée au tronc d'un lentisque, il vit Aliki, à côté, se tenant immobile sous un autre lentisque. Il avait bien senti qu'elle l'avait poursuivi, mais il fut surpris quand même de la voir si triste, le visage rougi et les yeux enflés. Le temps qu'il se décide à aller vers elle, elle s'était enfuie et elle avait disparu. Un poisson toucha la ligne, pas assez pour avoir mordu à l'hameçon. Vassilis n'y prêta pas attention. Aliki reviendrait-elle un jour ? Qui sait ? Peut-être qu'elle a même oublié l'île ? Les oliviers, les maisons blanchies à la chaux, ces fleurs jaunes qui tapissent les pentes des collines, la mer violette aux reflets moirés… tout, depuis belle lurette… Le poisson fit une deuxième touche, Vassilis ferra la ligne d'un coup sec ; une grosse daurade rose étincela au soleil. Il retira l'hameçon avec ses doigts habiles et mit le poisson dans le vivier au fond de la barque. « Celui-là me suffira pour aujourd'hui », se dit-il. Puis il se ravisa pensant qu'il en faudrait quelques-uns encore pour le repas du soir, d'autant plus que le pain s'était desséché comme une galette de marin, dure comme la pierre. Il se pencha pour observer la daurade qui nageait au fond du vivier, toute seule. Elle allait et venait comme si de rien n'était, en reniflant les parois du vivier. À peine la ligne redescendue, un poisson fit quelques touches timides. Vassilis ne réagit pas. S'il avait été un pêcheur sans expérience il aurait ferré tout de suite. Il attendit. Une jeune fille qui a étudié en Amérique… elle a même oublié le grec, peut-être ? Peut-être qu'elle a même oublié son nom ? Comment s'appelait cette île ? Dans quel pays, dans quelle mer était-elle ? Peut-être qu'elle posera ces questions à ses parents et sa mère poussera un long soupir de tristesse pour toute réponse. Le poisson goûta à nouveau. On peut reconnaître certains poissons rien qu'à leur façon de goûter, mais le plus clair c'est lorsque la daurade rose mord à l'hameçon. Les serrans tirent la ligne de toutes leurs forces ; une fois que la bonite est ferrée c'est toute une affaire de l'amener à bord. Tout d'un coup il pensa à l'île : « Et si quelqu'un débarque dans l'île en mon absence ? Et s'il s'y installe ? Et s'il y met le feu ? Avec les maisons en bois tout sera consumé avant midi. Putain de poisson, qu'est-ce qui t'arrive ? tu ne goûtes plus ? Mords donc, eh, poisson de malheur, crétin d'abruti ! Pourquoi fais-tu des manières, sinon je te laisse ici et je me tire ! Qui sait ce qui s'est passé le temps que j'ai été ici ? Qui sait ce qu'ils ont fait à l'île, qui est venu, qui est parti le temps que je pêche ? » Il ferra le poisson avec une grande jubilation. Une daurade royale aussi grande que la daurade rose qu'il avait tirée en premier frétillait au bout de la ligne tout en scintillements. Une fois l'hameçon enlevé la ligne partit aussitôt à la baille ; dans la minute qui suivit, un poisson mordit. « Nom de nom, ça pullule », se dit Vassilis. Cette fois-ci c'était un serran. Au moment où il allait renvoyer la ligne il se retint : « Qui va manger tout ça ? soupira-t-il, ces poissons me feront bien trois jours. La daurade rose est pour ce midi, la grise pour le soir, le troisième est pour le petit déjeuner demain… C'est bon ? »

Il mit le moteur en marche. Il était tout excité. Il n'arrêtait pas de surveiller l'île du regard. Comme si on allait lui prendre l'île de là où elle était pour la transporter au beau milieu des sept mers[1].

Vassilis s'impatientait de plus en plus, le bateau accélérait en proportion. En un clin d'œil il arriva à l'embarcadère, arrêta l'engin. Il rama jusqu'à la grève. Comme il n'avait pas pensé à changer l'eau du vivier du bateau, les poissons étaient à moitié morts. Il sauta sur le ponton, frappa l'amarre sur une bitte, puis il courut au moulin et monta en toute hâte au second étage. Il poussa un grand soupir de satisfaction. Le foulard était là, éclos comme une grande fleur rose, illuminant les murs de son éclat. La veille du départ de sa famille, Aliki disparut. Ils la cherchèrent jusqu'au petit matin, sans résultat. Personne n'eut l'idée qu'elle était partie avec Vassilis. Lui il quittait à peine l'adolescence. Trois jours et trois nuits durant Vassilis supplia Aliki de

1. Les mers mythiques des *Mille et Une Nuits*.

partir avec ses parents. Elle ne l'écoutait nullement. Elle pleurait et gémissait, elle criait, elle ravageait tout alentour. À la fin, c'est Vassilis qui s'enfuit. Il prit sa barque et partit à l'Île-Grosset. Quand il revint, il vit qu'ils étaient partis. Il n'osa interroger personne sur ce qui s'était passé : s'ils avaient retrouvé Aliki, où, comment, dans quel état? Il aurait mieux fait peut-être de l'enlever. En cinq ou six ans elle serait devenue une grande jeune fille et ils se seraient mariés. Les gens auraient cru qu'elle était morte, noyée, son cadavre emporté par les courants, au loin vers la côte. Eux seraient partis sur une autre île, il l'aurait présentée comme sa sœur. Ce foulard appartenait à Aliki. N'en avait-elle pas un pareil sur la tête quand ils se virent pour la dernière fois? «Non elle n'en avait pas! s'écria Vassilis. Pas du tout!» Il fit un pas vers le foulard, se pencha pour le voir de tout près, ne le toucha pas. «Il est tout fripé, ce foulard! pensa-t-il. C'est le foulard d'une fille qui n'a pas arrêté de faire l'amour, qui a beaucoup sué. Sa sueur embaume encore le moulin.» Que lui avait dit Aliki? «"Attends-moi ici. Attends-moi jusqu'au jour de l'Apocalypse. Même si j'ai cent ans, je reviendrai. Si je meurs, on t'annoncera ma mort!" Sinon, pourquoi resterais-je tout seul sur cette île? Pour tirer sur le premier homme qui y mettra le pied? Ou bien pour veiller sur les os de mon père et de mon grand-père qui sont déjà devenus de la terre? Aliki reviendra! Si elle a dit : "Je reviendrai", elle reviendra. C'est une fille qui est un vrai mec. Aliki m'aime de la noire passion!»

Il fit un feu avec des branches d'olivier séchées. Le temps que les braises se forment il nettoya le poisson. Sorti d'on ne sait où, un matou orange arriva; il se frotta contre les jambes de Vassilis. Vassilis n'avait pas envie que le matou s'arrête et lui ne s'arrêtait pas. Vassilis avait longuement attendu la bête à qui la présence humaine avait manqué et qui n'arrêtait pas de se frotter à lui.

Il se pencha pour caresser le chat, qui leva la tête et lui renvoya un regard plein d'affection et d'amitié.

« *Vre*, mon pote, dit Vassilis. Je suis de cette île. Je suis né ici, j'y ai grandi. Toi aussi tu es d'ici. Cela fait des jours que tous les deux on est ici. Pourquoi n'as-tu pas cherché à me trouver alors que tu viens là à l'odeur du poisson ? »

Encouragé, le chat modula quelques miaulements.

« Attends, mon pote ! Je fais don de mon petit déjeuner à votre auguste personne. Si j'avais su ton existence j'aurais pris quelques poissons pour toi aussi. Quoi qu'il en soit, puisque tu es venu, quelle qu'en soit la raison, tu es le bienvenu. »

Il partagea le serran en quatre et le mit un peu à l'écart du feu, sala les daurades avec le sel qu'il avait pris chez Thanassis et les posa sur les braises.

D'un bond le chat sauta sur le serran, il prit une des parts qu'il alla manger un peu plus loin au pied du platane. Il revint pour avoir une deuxième part.

La fumée des poissons grillés montait et embaumait l'alentour. Vassilis vit le chat qui, à sa droite, fixait du regard les braises.

« Pourquoi donc n'as-tu pas émigré, mon pote ? Je suppose que tu n'étais pas le seul chat de cette île ? Les autres ont dû embarquer en catimini avant les gens, d'autres encore ont dû être emportés avec leur maisonnée. Il y a aussi un chien qui aboie dans cette île. Nous n'avons pas encore eu l'honneur d'être présentés. Il y a un coq qui se met à chanter à l'aurore : nous n'avons pas eu l'honneur de faire connaissance. À mon sens, notre ami a peur de moi, en pensant que je peux l'attraper et le passer à la casserole. Il ne sait certainement pas qu'un pêcheur comme moi préférerait mourir de faim plutôt que de couper la tête d'un coq fier et brave qui a démontré qu'il n'avait pas eu la lâcheté de quitter l'île. »

Tout en retournant les poissons sur la braise, il caressait le chat dans le sens du poil. Le chat avait oublié les poissons alentour ; il ronronnait.

Vassilis était dans un état qui était pire que celui du chat à la vision des poissons. Leur fumet lui tordait l'estomac, tellement il avait faim. Il était à deux doigts de récupérer les poissons sur la braise et de les manger tout crus. Un vrai pêcheur ne mange pas du poisson à moitié cuit ; il le mange bien grillé, ou tout cru. Caresser le chat lui mit du baume au cœur. Il patienta jusqu'à ce que le poisson soit bien grillé, il l'enleva prestement de la braise. Les restes de graisse de poisson dégageaient une odeur tellement délicieuse qu'il en avait le tournis de plaisir.

Du poisson qu'il avait mis sur son assiette de cuivre étamé, il prenait une grosse part pour lui-même et donnait l'autre au chat qui, à peine sa part posée sur les galets, l'attrapait pour l'emporter au pied du platane, les pattes de derrière frétillant de plaisir. Il revenait vite pour fixer du regard les morceaux de poisson, puis la main de Vassilis, puis sa bouche, puis de nouveau sa main, et ses yeux s'agrandissaient de plus en plus.

Ils mangèrent leur poisson sans en laisser une miette. Vassilis partit chez Thanassis pour y prendre un pain de savon ; il se lava les mains et la bouche en le faisant bien mousser. Il se sécha avec une serviette de chez Thanassis.

Il marcha lentement en regardant les fleurs, les abeilles grosses comme des oiseaux qui étaient dessus, avec le dessous de leurs ailes d'un rouge écarlate qu'il n'avait jamais vu auparavant, ni sur une fleur, ni sur un autre insecte, ni sur un kilim ou un tapis. Il marchait en regardant des papillons tout noirs, des fleurs qu'il n'avait jamais remarquées sur l'île. Vassilis trouvait cela curieux : cela voulait dire qu'il ne connaissait pas à fond l'île sur laquelle il était né et avait grandi. Il n'y avait jamais remarqué de tels fleurs, insectes, papillons, oiseaux, abeilles. «Jusqu'à présent je ne regardais que la mer», pensa-t-il. Où se trouvait donc ce papillon noir, le dessous des ailes tout rouge? Et ce papillon noir-mauve posé sur l'églantier, qui se tient là, les ailes jointes aux reflets rougeoyants? Il n'y a pas de nom pour ce rouge-là; mets-toi devant et tu te laisseras envahir de couleur, de douceur et de plaisir. Regarde ce rouge sans arrêt, le rouge deviendra mille rouges, la douceur deviendra des milliers de douceurs, le plaisir sera mille. Monte sur les ailes de ce rouge et laisse-toi emporter au-dessus de la mer.»

Porté par une rêverie rouge Vassilis arriva devant la maison et s'arrêta. Il se souvint de ces maisons telles qu'elles étaient peu de temps auparavant. «Nom de nom! se dit-il, dans quel monde on vit. Tu es, un jour, et le lendemain tu n'es plus rien!» Perdu dans ses pensées, il sentit une forme toute douce se frotter contre ses jambes. Retrouvant le chat, son cœur s'emplit de joie et de clarté. Il se pencha pour le caresser. C'était donc que le chat l'avait suivi depuis l'embarcadère et il ne s'en était même pas aperçu. C'est bien des manières de chats. S'ils en ont envie, ils prennent place sur ton épaule, marchent avec toi et tu ne soupçonnes même pas leur existence.

Il eut sommeil après avoir englouti son poisson, presque à dormir debout. Il monta à l'étage de la véranda, se déshabilla et se mit sous l'édredon. Les quatre fenêtres étaient toutes grandes ouvertes; l'odeur de résine de la colline voisine envahissait la pièce. Le chat vint s'installer sur l'édredon et commença à ronronner. Il ronronnait si fort que cela couvrait le bruit de la mer.

Le matin, au réveil, il alla récupérer son sac de miches de pain. Elles étaient toutes desséchées. Il alla à l'embarcadère, fit un petit feu pour son thé. Les olives de Thanassis n'avaient pas leurs pareilles, chacune était grosse comme un pruneau. Il fit griller son pain sur la braise. Le pain était aussi sec qu'une biscotte. Le chat avait les yeux braqués sur chaque mouvement de sa bouche. Il lui jeta une olive. Le chat l'attrapa au vol, il joua un instant avec, sur les galets, puis s'assit sur son cul et la boulotta. Vassilis lui balança une autre olive, le chat opéra comme auparavant. À la cinquième olive le chat s'avoua vaincu : l'olive resta parmi les galets. Le chat s'éloigna un tout petit peu, puis il fixa d'un regard admiratif les yeux de Vassilis.

Vassilis nettoya son verre à thé, la théière et les ramassa avec son sac de miches de pain. Il remisa le tout chez Thanassis. Il se dirigea vers l'endroit où il avait tiré sa barque. Il prit grand soin de ne pas passer près du moulin.

Il mit le moteur en marche. Avant même qu'il ait mis le pied à bord, le chat avait sauté dans la barque et avait élu domicile près de Vassilis. Il mit le cap sur l'Île-Grosset à nouveau. À un mille et demi, il s'arrêta à un endroit pas loin de celui d'hier. Les lignes étaient déjà prêtes. Il les mit immédiatement à la baille. À peine les lignes étaient-elles descendues qu'il fallut déjà les ferrer. Une grosse daurade rose se balançait au bout de la ligne en lançant des éclats de soleil. Le chat, pour sa part, admirait ce miracle avec des yeux grands ouverts d'ensorcelé et se pourléchait les babines. Ils prirent pas mal de poissons ce jour-là aussi. Il y en avait non seulement pour le midi mais pour le soir et même pour le lendemain. Craignant que d'aucuns aient pu débarquer, Vassilis mit les gaz et arriva à l'embarcadère. Sans traîner, il alla chez Thanassis pour mettre les poissons dans une grande casserole, puis la couvrir. Il rigola de la crainte qu'il eut que d'autres chats puissent venir lui manger ses poissons. Sur cette île, vierge du pas de l'homme... Le chat orange baguenaudait à ses pieds en se frottant à ses basques, il miaulait en réclamant sa part. « Attends ! dit Vassilis. Attends donc, fiston ! Allons d'abord sur cette colline pour faire le point : qui est venu sur l'île, qui en est parti, qui a eu la vie sauve de mon fusil, ou bien qui s'est planqué quelque part. Voyons voir, d'abord. »

Il prit le chemin de la colline en passant par l'oliveraie, puis par la pinède et par le lit du torrent desséché. Arrivé au sommet il vit tout un tas d'oiseaux qui piaillaient sur les églantiers blancs. Comme un éclair le chat orange se jeta sur les oiseaux ; ils eurent juste le temps de s'envoler.

Jusqu'à ce que le soleil monte au midi, Vassilis, assis sur une grosse frise de marbre ouvragé, devant les églantiers, scruta le moindre recoin de l'île, la moindre petite anse. Le reflet du soleil sur la mer était éblouissant : aucun mouvement, personne à l'horizon ni nulle part. Il n'y avait même pas une tache sur la mer. Pas de goélands non plus. Où ces goélands auraient pu partir ? L'île était abandonnée de tout et de tous. Mis à part ce pauvre Vassilis et ce pauvre chat.

Il redescendit par le même chemin. À peine arrivé en bas, le chat se mit à faire un boucan d'enfer. Avec de grands miaulements, il se frottait tantôt aux mollets de Vassilis, tantôt à la porte en bois de la maison de Thanassis.

« Attends ! attends donc, mon pote, dit Vassilis. Attends, je te dis ! Moi aussi j'ai faim. Je sais, tu as beaucoup marché et toi aussi tu as faim. Attends ! Laisse-moi allumer le feu, le temps de nettoyer les poissons pour toi aussi… Attends ! Le temps que je les nettoie, va faire un tour pour voir s'il y a du monde. Si en plus on tombe dans un guet-apens, là on est cuits. Toi, tu peux t'enfuir et te cacher, moi, ou bien je tue, ou bien je suis tué. »

Il fit griller les poissons. Le chat, dès qu'il fut rassasié, partit se recroqueviller sous le saule pleureur d'à côté et s'endormit.

Par la suite, Vassilis et le chat partaient pêcher tous les jours au lever du soleil, et revenaient au plus tard au coucher du soleil, toujours avec l'angoisse de savoir si quelqu'un était arrivé dans l'île. Ils voyaient qu'il n'y avait pas d'allées et venues. Vassilis respirait un grand coup, de soulagement. Certains jours il prenait des poissons en quantité suffisante pour deux jours ; il ne partait pas en mer le lendemain. Il s'asseyait sur son banc de marbre sur la colline et attendait du lever au coucher du soleil le bateau ou la barque qui devait venir de la mer. Il en oubliait de manger. La mer était toute vide : ni ombre ni mouvement.

À la fin, les choses étaient devenues telles qu'à peine parti en mer Vassilis revenait aussitôt. Parfois il mouillait la ligne plusieurs fois de suite, sans appât ; parfois il jetait tout le poisson pris devant le chat. Il lui arrivait aussi de ramasser ses lignes avant même d'avoir pris le moindre menu fretin pour revenir dare-dare dans l'île. Ces jours-là, s'il n'oubliait pas de manger, il avalait quelques olives avec un peu de pain et reprenait le chemin de la colline où il tournait en rond en scrutant l'horizon de l'est à l'ouest. Le soir tombé, il redescendait à l'embarcadère pour s'asseoir sur un banc de bois, la tête entre ses mains, perdu dans ses pensées.

Certaines nuits il s'endormait là en caressant le chat.

« Toi aussi, tu attends qu'Aliki dont tu n'as pas pris la main comme moi, dont tu n'as pas croisé le regard de ses yeux bleus revienne d'Amérique, hein ! Pas vrai ? »

Tout en parlant, il plaignait de tout son cœur ce chat solitaire, le caressait de toute son affection. Le chat béat de plaisir sous les caresses ronronnait de plus en plus fort, s'étirait, se mettait sur le dos, jouait avec la main qui le caressait, lui léchait les doigts, venait se réfugier dans son giron.

« Tout le monde est parti, même les chats ont trouvé le moyen de trouver place dans les bateaux, et pourquoi tu n'as pas sauté dans un bateau plutôt que de rester tout seul ? Peut-être qu'il n'y avait pas d'autre chat que toi sur l'île ? »

Vassilis essaya de se rappeler, il n'avait pas le souvenir d'un groupe de chats. C'était peut-être vrai qu'il n'y avait pas d'autres chats sur l'île ? Enfant, il avait eu lui-même un chat bariolé. Il se le rappelait comme si c'était hier. Alors, pourquoi cette absence de souvenirs sur les autres chats?

« Peu importe, Chat, heureusement que tu es venu et que tu me tiens compagnie. Et ton Aliki à toi, elle reviendra quand? Ton Aliki elle aussi est partie en Amérique encore enfant? Alors? Alors, pourquoi donc que tu es resté sur l'île? Juste parce que tu en avais envie? Parce que tu avais peur de te retrouver ailleurs que sur ton île et que tu savais qu'une fois ailleurs les chiens, les lions et les tigres t'auraient déchiqueté. Crois-tu qu'on t'enverra à la guerre si tu mets le pied en dehors de l'île? Que les obus vont péter au-dessus de ta tête? Que trois obus vont tomber ensemble sur la tranchée où tu es pour t'ensevelir; que tu ne pourras pas respirer pendant trois jours et trois nuits? Quand on te tirera de sous la terre, tu verras Hassan d'Erzouroum à tes côtés, les yeux exorbités, et qui marche comme le font les aveugles. Même l'hôpital sera infesté de poux. Tout ton corps sera ravagé par les poux, pas vrai? Des soldats tout jeunets vont tomber mangés par les poux. Tu vas ramasser les poux par terre par pelletées entières, qu'il faudra brûler en les aspergeant de kérosène, hein? Ce que je te raconte là, le monde entier l'a entendu, toi aussi, pas vrai? C'est parce que tu as su tout ça, que tu as eu peur, que tu es resté sur l'île, pas vrai? Peut-être que tu te dis que la guerre continue, qu'ils ne peuvent pas arrêter la guerre avec la mentalité qu'ils ont. Que cette créature, la plus pitoyable parmi les créatures, crétine au point de ne pas savoir qu'elle est la créature la plus crétine de la création, vile au point d'attenter à sa vie propre comme à celle de ses semblables, imbécile fille d'un imbécile, est cette créature, minable au point qu'elle ne peut réaliser que notre terre est un paradis, que ce qu'elle mange et boit, le soleil qui se lève, l'eau qui coule, le vent qui souffle, le nuage du ciel, la pluie qui tombe, la fleur qui éclôt, les fruits qui mûrissent, les bourgeons, la graine qui œuvre sous la terre, l'oiseau dans le ciel, l'abeille dans sa ruche, l'innombrable nuance des couleurs sont des miracles. Cette créature effrayante va encore faire la guerre, brûler les forêts, démolir des villes qu'elle a mis des centaines, des milliers d'années à bâtir. Elle va voler la lumière des yeux de ses semblables. Toi, Chat, l'avisé, c'est pour ça que tu n'as pas quitté l'île, pas vrai ? Puisqu'il en est ainsi, nous allons tuer le premier qui mettra le pied sur l'île, pas vrai ? »

Le chat se redressa, s'étira, sauta du banc et partit sous le saule pleureur. Il gratta le sol un bon moment et s'installa pour crotter, le corps tout tendu, l'œil tout rond. Il recouvrit le tout avec soin, s'allongea et se lécha.

Le matin, le chat fut le premier à se réveiller. Vassilis mit le moteur en marche. « De toute façon nul ne viendra dans cette île ; Dieu lui-même l'a oubliée ! Eh bien qu'ils ne viennent pas ; s'ils viennent qu'ils aillent en enfer. Eh oui, mon chat, est-ce un problème si je ne peux tuer au moins un de ces crétins ? Pas du tout ! Tous les jours, toutes les heures, toutes les minutes ces bêtes rampantes – qu'ils baisent les pieds des bêtes rampantes – s'entre-tuent. Que tu en tues un, mille ou bien un million qu'est-ce que ça peut changer ? Toi aussi tu es resté sur l'île pour tuer le premier chat qui débarquera. Que tu tues ou non, c'est du pareil au même ; l'être humain, cette machine à tuer, tue tout ce qui lui tombe sous la main : l'oiseau dans le ciel, le poisson dans la mer, et s'il ne trouve rien à tuer, il se tue lui-même. Viens, on s'en va d'ici. Où que nous allions, ils vont nous tuer. Tu penses que je suis un crétin, que c'est ici encore qu'on est le plus en sécurité ? »

Et Vassilis était parti, ils étaient maintenant dans les parages de l'Île-Grosset. Ç'aurait été bien de remonter un rouget grondin d'un kilo et demi, avec des nageoires grandes comme des ailes, toutes les couleurs et les lumières de la mer se reflétant dans ses yeux… En mangeant le grondin on peut sentir tous les parfums de la mer, on devient la mer soi-même. «Admettons, nous tuons le poisson pour le manger, mais quelle est la faute de l'oiseau dans le ciel?»

« Pourquoi es-tu resté ici, Chat? Si tu allais en ville, dans un village, avec ta façon de te pourlécher les babines, de toute façon on te donnerait ta bouchée.»

Il prépara sa ligne avec soin, la mouilla et attendit. Il fallut longtemps avant qu'un poisson morde avec force. La ligne partait, entraînée par le poisson. Vassilis ferra; un loup de grande taille qui se débattait bondit hors de l'eau, puis retomba en nageant avec la ligne. Il fallut beaucoup d'habileté pour le remonter à bord. Les loups de cette taille ont beaucoup de goût mais ils sont assez voraces; si on se laisse prendre un doigt ils ne peuvent pas l'arracher mais le blessent sérieusement.

Il remouilla la ligne, c'était encore un loup. Le loup au court-bouillon est plus goûteux que le rouget grondin aux nageoires rouges et aux grands yeux, mais le court-bouillon de loup n'a pas le goût de la mer comme l'autre. Cela dit, le loup a un goût inimitable au printemps, en mai.

Vassilis travailla jusqu'à midi. Il partagea un des loups en quatre et en donna au chat. La queue tremblante de plaisir, la bête mangea son loup, vint s'allonger sur le pont arrière et se pourlécha. Ils regagnèrent l'île à petite vitesse. Vassilis était pensif.

Il savait préparer de très bons courts-bouillons. Il s'en était fait une petite réputation auprès des pêcheurs de l'île et même auprès de ceux de la côte. Il ne manquait pas de se vanter de ce savoir-faire.

Il nettoya les poissons avec soin. Il regretta de ne pas avoir des tomates fraîches, mais chez Thanassis le bienheureux il y avait de la purée de tomates et de poivrons, du concentré de jus de grenade et même des oignons rouges. Les oignons du jardin de Thanassis le bienheureux étaient déjà sortis de terre, ils seraient bons à manger dans quelques jours. Les laitues étaient déjà bien formées, bonnes à manger. Une bonne salade aux piments verts, au jus de grenade et aux oignons rouges était indispensable avec un court-bouillon de loup. Et là, même les dieux seraient admiratifs.

« As-tu jamais vu Sarıkamış, Chat? La galerie des glaces de son marché? As-tu vu ces images de navires qui sombrent dans la mer? Heureusement que tu n'as rien vu. As-tu vu ces cadavres déchiquetés, sur lesquels on marche, qui sont entassés comme des collines, qui emplissent les tranchées, les fosses communes et les fonds de vallées, qui étouffent les gens de leur odeur pestilentielle?

« Celui qui n'a pas connu la bataille de Sarıkamış n'a rien vu au monde, n'a pas vécu. La galerie des glaces au marché d'Erzurum... Toi, Chat, dormeur sans souci qui aimes t'étirer, as-tu jamais vu les choses qui se sont passées sur les montagnes Allahüekber? La neige haute a la taille d'un homme, deux fois la taille d'un homme dans laquelle survivent des soldats pieds nus, le pantalon déchiré, sans veste, leur corps couvert de poux, et qui ne peuvent même pas se gratter avec leurs mains gelées. As-tu vu ces obus russes qui allumaient de leur feu les montagnes enneigées devenues des prisons pour la troupe? Ce mélange de neige, de bras, de jambes et du sang qui tombe du ciel? Et ces dizaines de milliers de soldats saisis par le gel, le vent et les tempêtes de neige sur les cimes des monts Allahüekber, pétrifiés des cils aux sourcils qui te regardent avec leurs yeux vitreux, morts? Si tu n'as pas vu tout cela, c'est que tu n'as rien vu du tout. Si tu n'as pas vu tout ça, Chat, pourquoi n'embarques-tu pas pour la côte en face? Si tu n'as pas vu tout ça, tu ne devrais pas avoir honte de regarder les humains dans les yeux. Si tu veux, je te dépose sur la côte. Tu débarques, et tu te frottes contre les mollets du premier homme que tu crois en être un, avec chaleur et affection. Il aimera sûrement ça... La guerre des Balkans, les Dardanelles, Sarıkamış, les brigades de main-d'œuvre[1], est-ce que tu as vécu tout ça en l'espace de quelques années, Chat? Es-tu resté affamé des jours durant, assoiffé des jours durant, à finir par boire de l'eau croupie? Sais-tu que des centaines de soldats de la brigade de main-d'œuvre sont morts en ramassant les cadavres pourris, déchiquetés sous les tirs d'obus qui grondaient? Si tu n'en as pas entendu causer, si tu n'as pas vu, dis-toi bien que tu n'as rien entendu ni vu dans ce bas monde. Si tu étais un être humain, crois-tu que tu aurais le front d'aller au-devant des gens et de les regarder dans les yeux?

« Attends, Chat, attends-moi que je te fasse mon court-bouillon de loup; tu finiras par bouffer même tes doigts, tellement ce sera bon! C'est comme ça que les Turcs disent pour dire à quel point un plat est grandiose. »

Trois jours durant il se posta sur la colline sans descendre. La colline embaumait de toutes sortes de fragrances enivrantes, au gré des vents. Alors qu'il était né sur cette île, il n'avait jamais senti ces fragrances, ni vu le moiré de la mer en arrivant sur la grève au lever du jour, ni les fleurs qui envahissaient l'île de leur tourbillon de couleurs. Même le souffle du vent était bleu. Vassilis pensait à cette merveille de beauté en même temps qu'à la vie et à la mort, aux guerres, aux massacres, aux tortures et à la faim. Éperdu de douleur et d'enthousiasme à la fois, ses ailes se détruisaient et il se trouvait plus bas que terre.

Au bout des trois jours il aperçut au petit matin une barque qui venait de l'est vers l'embarcadère. Le cœur de Vassilis battit la chamade, il se leva plein de joie. Il tremblait de joie. Il allait descendre en courant, embrasser la personne, la choyer au milieu d'un ouragan de joie. Le chat continuait de frôler ses mollets en douceur. Il regarda le chat, plus

1. Voir note p. 82.

orangé que de coutume, et la barque qui s'approchait. Il revint en arrière, s'assit sur son banc de marbre. La barque avait une allure tellement lente, les mouvements des rames étaient tellement lourds que Vassilis pensa un instant que l'homme de la barque était à l'agonie. Le rameur était à deux doigts de s'endormir, et la barque, emportée par les courants, allait s'échouer sur la côte. C'est bien malgré lui qu'il entreprit quand même de descendre. Il longea le fond du vallon et avança à découvert. Il n'était pas en état de se demander s'il prenait ou non des risques en se montrant! Il y avait une vraie tempête dans sa tête et cela le mettait en colère. Il se connaissait assez bien : il était sûr de se monter la tête jusqu'à ce qu'il arrive en bas. Il descendrait d'une balle au beau milieu du front ce pauvre personnage mort de fatigue et de sommeil.

Son regard ne quittait plus le rameur. Le rythme des rames s'était bien ralenti, au point qu'à un moment donné les rames traînaient le long de la barque comme si elles étaient à bout de forces. Puis elles se levèrent en l'air, comme suspendues un moment et retombèrent sur l'eau en douceur.

Lorsque la barque fut plus près, l'homme qui était dedans se redressa, et promena son regard sombre de fatigue et d'épuisement sur les maisons et les platanes. Il eut un sourire. La barque se balançait doucement au gré du ressac, l'homme en suivait le mouvement, vacillait, se redressait quand il était près de tomber.

Sans hâte, avec un grand sang-froid, mais déterminé, Vassili descendit dans la fosse couverte de ronces de la roselière. Il plaça le canon de son fusil sur une souche de roseaux. La visée, la hausse, la cible au beau milieu du front… Ses mains tremblantes n'obéissaient plus. L'homme se balançait au rythme de sa barque. S'il n'avait pas retiré son doigt de la gâchette, ce doigt tremblotant se serait crispé. La balle serait partie, comme envolée.

L'homme qui chancelait dans la barque au rythme de la vague revint à lui, son visage s'éclaira, il se mit à rire tout seul. L'homme se rassit dans la barque et se mit à ramer avec un sourire maintenant rayonnant de joie. Il ne ressemblait plus en rien au rameur de tout à l'heure qu'on aurait dit moribond. La barque, les rames, l'homme fonçaient vers la grève dans un commun élan de joie. Vassilis aussi s'était laissé gagner par cette joie et cet entrain si communicatifs. Il se sentait léger et se laissait envahir par la joie. Le chat vint se poser sur son épaule et se mit à lui lécher le cou. Vassilis lâcha le fusil, fit descendre le chat de son épaule, le posa devant lui et le caressa. À sa gauche, des narcisses éclos en boules exhalaient leur parfum enivrant au soleil de printemps. Le ronron du chat sous les caresses était tel qu'on aurait pu l'entendre à quinze ou vingt pas. Les narcisses, le chat, le peuplier argenté dont les feuilles frémissaient au petit souffle du vent, Vassilis, la barque qui venait comme une flèche, le rameur, ils étaient tous pris dans l'ivresse d'un miracle partagé.

La barque monta à toute vitesse sur les galets de la grève. L'homme sauta à terre. Il se tint un instant immobile sur les galets, comme étonné de se voir là, puis fit quelques pas vers les platanes qu'il admira, l'air heureux. Vassilis pensa que, là, à cet instant, l'homme devait être probablement l'homme le plus heureux du monde. Il y avait des années qu'il n'avait pas vu quelqu'un avec une telle expression de bonheur : il riait. Seuls les enfants rient comme ça, à gorge déployée, le rire plein la bouche.

Après avoir admiré les platanes pendant un moment, l'homme se tourna vers les maisons. Il entra dans la première et en ressortit aussitôt. Il arpenta la rangée des maisons à plusieurs reprises, puis disparut vers l'intérieur du village.

Vassilis était resté là, avec son fusil, son chat, ses narcisses, immobile. Il revint à lui au bout d'un moment; l'homme n'avait pas réapparu. Il quitta sa cachette dans la roselière et courut vers la colline en passant par le fond de la vallée. Se planquant derrière un rocher pointu, il scruta les ruelles du village. Personne. Il était intrigué. Cet homme était un djinn ou le diable pour disparaître alors qu'il était encore devant lui il y a un instant. Il descendit du côté du moulin puis fila vers l'est, jusqu'à la pointe de l'île, il revint, ne resta pas longtemps à côté du rocher pointu et retourna à sa cachette dans la roselière. Il prit son fusil et, le chat sur lui, s'adossa à la touffe épaisse de racines de roseaux. Quoi qu'il advienne, cet homme était bien obligé de revenir à sa barque. Au fur et à mesure que le jour avançait le parfum des narcisses devenait plus puissant et plus enivrant.

Vassilis sursauta au bruit de pas, empoigna son fusil le doigt sur la gâchette et mit en joue. Il aurait certainement tiré d'instinct s'il n'avait pas vu le visage fatigué, épuisé, douloureux de l'homme. Ses mains tremblèrent, le fusil manqua de tomber par terre. Il le serra entre ses mains. Ses jambes titubaient. Il s'affala là où il était assis. Le chat vint s'asseoir sur ses jambes. Il se mit à ronronner. Le parfum des narcisses envahissait tout alentour. «Il s'en est fallu de peu que je tue le bonhomme, soupira Vassilis. *Vre*, mon pote! Attends un peu, d'accord, tu as fait le serment de le tuer mais faut-il que ce soit aujourd'hui même? Attends un peu. Regarde donc, il est déjà presque mort de fatigue, il est fini, épuisé. Un homme digne de ce nom peut-il tuer quelqu'un dans cet état? À la guerre, si les gens pouvaient apercevoir le visage fatigué, usé, plein de renoncement des gens, jamais au monde ils n'oseraient tirer une cartouche. Battez-vous à la baïonnette, justement pour cette raison : quelqu'un qui a connu l'engagement à la baïonnette ne l'oubliera jamais, il ne pourra plus être heureux; il ne s'en relèvera pas; il restera blessé à vie. Il n'est pas facile pour un homme de tuer son semblable en le regardant droit dans les yeux. C'est même plus difficile que de se donner la mort. »

L'homme alla à sa barque. Son visage paraissait de plus en plus douloureux, fatigué, rembruni. Il était douleur des pieds à la tête. Qui sait quelles souffrances avaient creusé ce visage ? Seuls les gens qui ont enduré des souffrances sans fin peuvent avoir une telle expression. Mais soudain, alors que tout est douleur dans leur expression, ils se mettent à rire à gorge déployée comme s'ils n'avaient jamais croisé la souffrance sur le chemin de leur vie.

L'homme s'agrippa à la proue de la barque de toutes ses forces pour la remonter un peu plus sur les galets. Il ne put même pas la bouger d'un pouce. Il se redressa, regarda vers le village avec des yeux vides. Il essaya une deuxième fois. Sans plus de résultat. Il entra dans la maison la plus proche, ressortit, revint à la barque pour enlever un matelas enveloppé dans un épais tissu de lin. Le matelas ne bougeait pas. L'homme s'y agrippa à nouveau ; son visage était tendu, il avait les veines du cou toutes gonflées. Il dégagea le matelas. Il avait les jambes qui ployaient, mais l'homme épuisé parvint jusqu'à la maison. Il balança le tout à l'intérieur et ne ressortit plus.

Vassilis attendit jusqu'en début d'après-midi, puis s'en alla.

Il ne put fermer l'œil de la nuit. Il se leva avant le lever du jour, il s'habilla, puis regarda du côté de l'embarcadère. Il n'y avait personne en vue. « Peu importe, dit Vassilis, l'oiseau est entré dans la cage. S'il est arrivé ici avec sa barque, ses coffres et ses malles, c'est pour s'installer. Qu'est-ce que ça peut faire, qu'il vive quelques jours de plus. Il n'a plus rien à perdre... Le pauvre, qui sait ? c'est peut-être quelqu'un qui a enduré les pires souffrances, puis est venu se réfugier dans cette île déserte. Peut-être que c'est un fugitif. Un brigand, un assassin, un politique ? Il a des yeux bleus limpides, on aurait dit les yeux innocents d'un enfant.

Il regarde autour de lui avec affection et admiration. Peut-on tuer un homme pareil ? Oui, on peut le tuer. S'il ne doit pas être tué pourquoi est-il donc venu dans cette île, justement ? N'y avait-il pas une autre île dans le monde ? La vérité, c'est que cet homme est venu sur cette île pour se faire tuer. Ce n'est quand même pas parce qu'il savait que je ne pouvais pas tuer cet homme aux yeux bleus limpides, au regard d'enfant et qui a l'air de découvrir le monde dans l'émerveillement et l'admiration ? Ou que je n'allais pas le tuer parce qu'il avait connu toute la douleur du monde et qu'il n'avait eu que l'embarras du choix entre diverses morts possibles ? Il y avait pourtant bien des gens comme lui, qui regardaient le monde avec amour et émerveillement, parmi les centaines de milliers de morts entassés en monticules sur la montagne d'Allahüekber, qui gisaient sur le sol à Sarıkamış, à Dumlupınar. Ils les ont tués. Tous. Il est fatigué aujourd'hui. Il ressortira sûrement demain. » Il prit son chat dans ses bras et marcha, tout pensif, vers le quartier des *çorbacı*. Que pouvait faire Vassilis ? L'autre était venu, tout seul comme un grand, se faire tuer. Vassilis l'avait promis à ses copains, il avait juré sur la Bible. Eh bien, cet homme aux yeux bleus limpides avec un regard d'enfant était tombé dans ses filets, que pouvait-il faire, Vassilis ?

Au mieux, à cet homme qui avait l'air d'avoir beaucoup enduré, au regard clair, on pouvait accorder un sursis de quelques jours, mais que faire de plus ? Il se mit dans une rage folle, si l'homme lui était tombé entre les mains à cet instant il l'aurait tué tout de suite. Il était tellement en colère, qu'il se dit : « Finalement il doit être en train de dormir à l'intérieur de la maison en ce moment, tu entres... une balle... » Soudain il eut un sentiment de mépris pour lui-même. « Qu'est-ce qui t'arrive. *Vre*, Vassili, tu en es à vouloir tuer un homme dans son sommeil ? »

Il prit son chat dans ses bras, il s'éloigna précipitamment

de l'embarcadère, pour aller au quartier des *çorbacı*. Comment donc appelait-on ce quartier ? Le cap Mirmingi[1]. D'où sont venues toutes ces fourmis ? Il rigola. Mais il n'arrivait pas à effacer de ses pensées l'homme disparu, au visage rieur et tout en douleur à la fois, le visage de qui avait dû choisir sa mort parmi tout un choix de morts. « Il va mourir, je n'y peux rien ; tel était son destin. On ne peut rien contre le destin. »

Il alla à la grotte, il mangea sur le pouce quelques olives et un bout de fromage. Il revint au cap Mirmingi, il monta à l'étage, verrouilla la porte, il prit son fusil avec lui et entra dans le lit. Il ne trouvait pas le sommeil. Il était tellement tendu que ses muscles lui faisaient mal ; il avait mal partout comme s'il avait transporté des pierres des journées durant. Il n'arrêtait pas de faire des sauts de carpe dans son lit. Il se réveilla avant le lever du jour, il aiguisa son rasoir et se fit mousser le visage. Il se rasa rapidement, descendit et prit la route de l'embarcadère. Arrivé à la hauteur de l'oliveraie, il aperçut la barque s'éloignant de l'île. « Malheur, je l'ai laissé s'échapper, il s'échappe ! » s'écria-t-il. À toute vitesse il courut à l'embarcadère, s'arrêta net sur l'estran, il épaula et mit l'homme en joue. Il était bien loin, le meilleur des tireurs n'aurait rien pu faire à cette distance. « Je l'ai laissé s'échapper, il s'est échappé ! » répéta-t-il comme un gémissement. Son fusil tomba à côté sans qu'il réagisse.

Vassilis resta sur l'estran, raide, immobile. La barque s'éloigna et disparut. Il était encore là comme pétrifié, comme si tout son sang avait quitté son corps.

Sorti d'on ne sait où, le chat vint se frotter sur ses mollets en miaulant. Vassilis revint à lui au contact de la chaleur et de la douceur du chat. Il scruta la mer en tout sens. Elle était vide de toute présence.

1. Le cap de la Fourmi, en patois grec local.

Chapitre 4

Lorsqu'il perdit de vue Poyraz Musa, Vassilis baissa les bras. Il regardait la mer vide de tout, sans vague.

Quand il reprit ses esprits, assez longtemps après, il remarqua que le soleil était bien avancé vers l'horizon. Il chancela. Quelque chose en lui s'était engourdi, s'en était allé. Il se sentait vidé. Il promena son regard sur les ailes des moulins. De celui de l'est venait un grincement à peine perceptible. Des figuiers sauvages avaient envahi les frondaisons de celui du milieu. Ces vacheries de figuiers sauvages poussent chaque fois qu'ils trouvent un mur à l'abandon, une ruine. Ils poussent même sur de la rocaille. Il y a aussi une plante qui pousse comme du chiendent, aux petites fleurs jaunes et comme de l'émail, elle pousse même sur du marbre poli.

Le chat, à ses pieds, miaula. Un obus, en flammes, passa au-dessus de sa tête. Si rapidement que Vassilis n'eut que le temps d'en entendre le souffle, sans pouvoir bouger. Le feu du canon explosa dans les tranchées un peu plus loin. Des bras, des jambes, des corps, du sang et de la terre tombèrent du ciel, comme la pluie, pendant un moment. On entendit des cris et des hurlements qui ne durèrent pas. Il suait de toute l'eau de son corps. Une autre charge de canon en feu passa au-dessus de sa tête et explosa avec un fracas terrifiant un peu plus loin. Des flammes montaient de la terre. Des rafales de feu de la canonnade continuaient à passer par-dessus lui, les cris et le feu se mêlaient. Puis tout devint ténèbres. Vassilis s'était jeté à terre depuis belle lurette. Quand il ouvrit les yeux, il vit la plaine immense sous la neige. La forêt de sapins flambait un peu plus loin. On aurait dit que les flammes faisaient avancer la forêt devant elles. La neige était maculée du sang des morts déchiquetés. Le soleil sans nuages illuminait le spectacle. Le sang, le soleil, l'incendie, les gémissements... Vassilis était incapable d'esquisser un mouvement. Il essayait de sortir de sous la terre qui l'ensevelissait mais n'y parvenait pas. Il entendit la voix d'Ali de Manisa, de sa section. Il en fut content. Deux mains empoignèrent les siennes, le tirèrent hors de terre. Il eut juste le temps d'apercevoir Ali, avant de le perdre de nouveau de vue dans les ténèbres. Avec le retour du soleil, Ali, les cadavres sanguinolents étendus sur la neige réapparurent. Il réentendit la voix d'Ali, ils s'embrassèrent. Main dans la main ils marchèrent vers la forêt en feu. Quand ils eurent atteint la lisière de la forêt, les obus en feu de la canonnade repassèrent au-dessus de leur tête. La forêt brûlait, des cris jaillissaient du feu, comme des pleurs d'enfant. Les gémissements emplirent tout alentour. Tout retomba dans les ténèbres.

Vassilis entendit le murmure de la mer, faiblement. Il se frotta les yeux. Le chat était auprès de lui, en train de ronronner. Il se leva, prit le chat dans ses bras, regarda alentour, et arriva au moulin du milieu. Il monta l'escalier et reprit sa place dans l'encoignure de la fenêtre. Le foulard vert était toujours là, fripé. Il ferma les yeux... Il songeait à Aliki... Mais, ni Aliki ni Hariklia n'étaient là devant ses yeux. Ils ne s'embrassèrent ni ne firent l'amour. Il ne se passa rien. Il ouvrit les yeux. Le foulard vert avait perdu de son éclat, il était tout fripé. Il quitta le moulin en courant. Il marqua un arrêt devant la porte. Il avait beau regarder à droite et à gauche, l'île était vide. On n'entendait pas le moindre bruit, nulle part. Tout s'effaça en un instant : la mer en contrebas, l'oliveraie du fond de vallon, la pinède au-dessus, la colline à flanc rocheux à côté, le moulin dont les ailes tournaient lentement, la terre sous ses pieds, tout s'effaça.

Il revint à l'intérieur du moulin en courant. Il grimpa les marches quatre à quatre, reprit sa place dans l'encoignure de la fenêtre et fixa du regard le foulard. Comme s'il s'approchait d'une souris, avec un mouvement tendu, le chat s'approcha du foulard et se mit à le renifler par un bout, les moustaches tremblantes. Vassilis avait les narines qui frémissaient. Lui aussi sentit le parfum du sein de jeune fille en sueur et en fut aussitôt enivré. Le foulard, comme gonflé par un souffle, se fripa à nouveau et perdit de son éclat. Le chat tourna le dos à ce parfum évanescent et prit place dans un coin. Il renifla longuement le plancher, ses moustaches frémirent à nouveau. Là-haut, dans un angle du plafond un nid d'hirondelles fait d'une boue verdâtre était vide. Les hirondelles étaient de retour depuis longtemps mais on ne sait pour quelle raison, elles n'avaient pas encore occupé le nid. Les yeux braqués sur le nid, le chat attendait en se pourléchant les babines.

Vassilis sauta sur le plancher et se ramassa un peu brutalement, le plancher grinça. Le chat miaula et sortit, les ailes du moulin grinçaient plus que d'habitude. Le chat revint frôler ses pieds, tout doux. Au fur et à mesure qu'il le frôlait Vassilis retrouvait ses esprits. Il aperçut, un peu plus loin, une fleur éclose d'un rose foncé, toute seule sur une branche. Il y alla et sentit la fleur sans la toucher. Lui qui aimait tant respirer le parfum des fleurs ne connaissait pas cette fleur-là. Bien que né sur cette île qu'il connaissait dans ses moindres recoins, d'est en ouest et du nord au sud, il n'avait jamais senti de fleur avec une telle fragrance et dont les reflets de velours caressaient à ce point le regard.

Il s'allongea sous la fleur et regarda le ciel. Il était si loin et s'éloignait encore de lui, comme s'il allait disparaître, et qu'il n'allait plus rester qu'un nuage blanc de beau temps, telle une boule toute bleue qui affolerait le cœur, ferait bouillir le sang et se dissoudrait dans le sang de celui qui la regarderait.

Soudain il bondit. Il courut vers sa barque. Il défit l'amarre pour aller chercher quelques appâts. Il regarda alentour pour voir si le chat était dans les parages. Il y avait belle lurette qu'il avait pris sa place dans la barque et se pourléchait avec un plaisir manifeste. Il se sentit tout content. Il sauta dans la barque et mit le moteur en marche. Il démarra du premier coup. Il mit le cap au sud. La mer était calme. Le soleil était déjà chaud. « La mer sent le printemps aussi, remarqua-t-il. Au printemps, c'est surtout la mer qui sent le printemps. » Il caressa le chat qui fit trois culbutes de joie. Puis il étira ses pattes avant et arrière de toutes ses forces, à se couper en deux par le milieu. Il se redressa et se pourlécha. Comme ce n'était pas assez, il se mit à lécher la main de Vassilis qui se laissa faire avec plaisir.

Il se souvint qu'il avait oublié les appâts et fit demi-tour. Il avançait à très faible allure, en longeant la côte. Il attrapa une aiguillette qu'il nettoya pour en lever des bouts de filets qu'il fixa sur les hameçons. Il mouilla les lignes à une profondeur de quelque cinq brasses et il fit une première touche. Le poisson avait mordu tellement fort et se débattait à tel point qu'il faillit casser la ligne. Vassilis comprit que c'était un serran. Il ferra tout en douceur et embarqua le poisson. Il était plus gros qu'il ne l'avait estimé. Il le plaça dans le vivier. Le chat, plein d'espoir, tourna un moment autour du vivier. Vassilis le caressa en disant : « Un peu de patience, camarade, le troisième poisson est pour toi ! »

Le troisième ne tarda pas. Il était encore plus gros que le précédent. Vassilis le nettoya, le mit en pièces et jeta la plus grande vers le chat. Celui-ci vint, en reniflant tout autour, se frotter longuement contre les mains de Vassilis, puis repartit vers sa part de poisson les moustaches toutes frétillantes. Il ne mit pas longtemps pour avaler son bout de poisson. Admiratif, Vassilis lui donna la seconde part que le chat ne tarda pas à faire disparaître. Quand il eut tout fini, il alla se lover sur le sac en toile de jute du pont arrière. Il ferma les yeux sur le monde extérieur.

Le soleil était à peine couché ; ils regagnèrent l'île. Vassilis fit un grand feu dont les flammes montaient presque jusqu'aux premières branches basses des platanes. Elles devaient être visibles de bien loin. « Ça m'est bien égal, dit Vassilis, comme ça, quelqu'un viendra dans l'île, je le tuerai et je serai libéré de cette torture. Mais, tu parles, la mer est déserte, pas âme qui vive. Si quelqu'un arrivait à cet instant… (il caressa son fusil), ah, si quelqu'un arrivait… » Il l'aurait eu dans le mille, au milieu du front. Il eut un sursaut de joie. De toute façon, cet homme qui était parti reviendrait un jour ou l'autre, ses affaires étaient sûrement remisées dans une des maisons.

Il partagea les poissons grillés avec le chat. Le pain était rassis. Il décida de retrouver les affaires de l'autre dès le lendemain. Il n'alla pas dormir dans la demeure du *çorbacı*, il resta à l'embarcadère. Il prit quelques sacs en toile de jute de la barque et s'endormit sur un des bancs de la place. Le vide en lui-même l'avait épuisé : il s'endormit aussitôt.

Il se réveilla de bonne heure. Il alla à la maison où Musa avait déposé ses affaires personnelles. La porte n'était pas fermée à clef, il entra. Le rez-de-chaussée était vaste : une grande cuisine à gauche, une pièce attenante, deux autres pièces en face et une grande cheminée faite avec du marbre du mont Ida, tout ornée et toute neuve. Il n'ouvrit pas les chambres et prit l'escalier central. La disposition à l'étage était sur le même modèle qu'au rez-de-chaussée : un vaste salon, deux pièces de chaque côté, et encore une grande cheminée en marbre, agrémentée de frises en bois sculpté. Un matelas était étendu près de la cheminée. Le lit de cet homme. Juste à côté, une paire d'espadrilles, et sur l'oreiller une serviette bleue, qui n'avait probablement jamais servi. Le matelas était aussi mince que l'édredon bleu qui le couvrait. « Cet homme aime le bleu », se dit-il. Vassilis admira longuement le coffret en bois de noyer déposé au pied du couchage. Il était orné de motifs sculptés sur le couvercle et sur le devant... Il se souvint qu'il avait vu un coffret semblable à Payas, dans l'hôtel particulier d'un bey turkmène. Ils sont toujours munis de serrures à sonnette. À côté du coffret un panier d'osier était posé, tressé avec des brins de couleurs différentes. Il était plein.

Vassilis resta un bon moment sans bouger. Il ne pouvait penser à rien ; les figures, les sculptures, les dessins du coffret, de la cheminée, du panier d'osier se chevauchaient dans sa tête.

L'ordre vint : « Baïonnettes au canon ! » Les rafales de la canonnade sifflaient au-dessus de leurs têtes et les bombes tombaient dans la forêt plus loin. Les gerbes de terre soulevées par les bombes tombaient en pluie jusqu'à eux. Ils mirent la baïonnette au canon et quittèrent les tranchées dans un grand nuage de poussière. L'odeur de la poudre régnait partout. On ne voyait pas devant soi. On entendait des gémissements, des bruits d'os fracassés à travers ce brouillard. Combien de temps cette bataille au corps à corps avait pu durer ? Nul ne s'en rendait compte. Lorsque le nuage de poussière se leva Vassilis appuya sur son épaule qui lui faisait mal. La baïonnette l'avait traversée de part en part. Il ne pouvait pas oublier le regard du soldat qui l'avait plantée. Il courait vers lui la baïonnette au clair, à deux ou trois brasses de lui. Il avait les yeux verts en sang, exorbités de terreur, épuisés, en folie. Tout le visage était tendu ; ce n'était plus une figure mais le visage même de la peur. Lorsqu'ils se trouvèrent face à face, le soldat éperdu s'affola encore plus. Il voulut se retourner et s'enfuir, il ne le put pas, il se tordait là devant lui. Avec un grand sang-froid Vassilis l'observait comme si de rien n'était. C'est à ce moment-là que le visage du soldat s'éclaira, une lueur illumina ses yeux exorbités. Vassilis vit la baïonnette folle foncer sur lui. Il fut saisi d'une peur terrible qui le faisait trembler. Quand il sentit son épaule droite, le thorax et le bras s'engourdir, il planta sa baïonnette de toutes ses forces dans le corps de l'homme au visage affolé. Il se rappelait qu'ils étaient tombés tous les deux sur la neige. Il ouvrit les yeux sous une tente énorme. Un médecin souriant, à la blouse maculée de sang, était penché sur lui. « Ce n'est rien, dit le médecin. Toi non plus, tu n'as pas pu tuer celui qui t'a blessé. Lui aussi il sera sauvé, ou restera infirme. »

Des jours passèrent. C'était une journée claire, les reflets du soleil sur la neige éblouissaient le monde. Le champ de bataille était une grande plaine. Au loin se dressait la montagne majestueuse couverte de neige et dont les cimes disparaissaient dans les nuages, à l'autre bout s'étalait une forêt immense sous un manteau de neige. La plaine était jonchée de cadavres par dizaines de milliers, des corps qu'on n'avait même pas pu ramasser.

« Si ce n'est pas aujourd'hui, c'est demain qu'il reviendra, cet homme. Je vais le tuer. Je ne l'ai pas invité avec une lettre au cachet de cire rouge quand même ? Qu'est-ce qu'il a à faire sur cette île ? Qui l'a invité ici ? Dès qu'il arrivera, dès qu'il mettra pied à terre, dès qu'il posera le pied sur les galets ; au beau milieu du front ! »

Il redescendit l'escalier en proie à une grande colère. C'est surtout lorsqu'il se rappelait les batailles, les massacres que la colère lui montait à la tête.

On les avait emmenés dans une plaine où la bataille

faisait rage. Ils étaient cent cinquante soldats chargés de ramasser les cadavres et de les convoyer au piémont de la montagne en face, au loin. La bataille durait depuis des jours et les cadavres étaient déjà putréfiés. Avant même les abords de la plaine, une odeur de mort et de cadavre frappait les visages comme un coup de poing. Certains soldats s'écroulaient sur place, vaincus par l'odeur pestilentielle. Ni les coups de crosse ni la peur de la mort ne parvenaient à les remettre debout. Ceux qui, par instinct de survie, parvenaient à se redresser s'écroulaient morts, quelques pas plus loin.

Vassilis résista, pas une fois l'odeur pestilentielle qui lui frappait le visage comme un coup de canon n'eut raison de lui. Il savait que s'il tombait il ne se relèverait plus. Ils finirent par arriver sur le champ de bataille, auprès des cadavres qui tapissaient la plaine sur toute sa surface. Le capitaine qui les commandait, la bouche couverte d'un mouchoir, ordonna : « En avant, marche ! En avant, marche ! Chaque soldat prendra un cadavre pour le porter jusqu'au flanc de la colline en face ! En avant, marche ! »

Les soldats partirent. Chacun endossa un cadavre. La plupart d'entre eux s'écroulèrent en cours de chemin, face contre terre.

Le cadavre que Vassilis portait sur le dos était mangé par les vers. Il les voyait pulluler dans les blessures du cou et du thorax. Il enleva la veste à un cadavre par terre, il en enveloppa le sien. Il trébucha bien en cours de chemin, à plusieurs reprises, mais il endura. Le cadavre puait tellement qu'il sentait ses propres poumons comme si on les arrachait. Il fit l'impossible pour transporter le cadavre jusqu'à la colline, il le jeta dans une vaste fosse commune creusée par les soldats. Il y eut un souffle de vent qui lui sécha la sueur, qui atténua un peu l'odeur du cadavre sur lui. Il alla se reposer sur l'autre versant de la colline. C'était plein d'autres soldats qui s'étaient agglutinés là pour fuir l'odeur qui les imprégnait.

Presque une compagnie entière. Il y avait même parmi eux un commandant au visage blême, épuisé, qui tenait un gros gourdin à la main. Vassilis se laissa tomber comme une masse à l'abri d'un rocher. Il se réveilla vite sous les coups de gourdin des sergents, qui tombaient comme la pluie. Tout le monde était debout, sous la garde de soldats le doigt sur la gâchette.

Il se rappelait quasiment tout de ses nombreuses années de service militaire, mais plus rien de la période qui suivit ce jour. Combien de jours il transporta les cadavres de la plaine à la colline et repartit en chercher d'autres dans une mer d'odeurs pestilentielles, comment cette épreuve prit fin, où ils furent transférés par la suite, il ne se rappelait plus rien du tout. Le seul souvenir qui lui restait gravé dans la mémoire c'était son premier cadavre au thorax plein de vers, le commandant, les sergents le gourdin à la main qu'ils cassaient sur le dos des soldats, ce commandant au regard vide, comme un mort vivant, qui avait même perdu l'odorat.

« Je le tuerai d'une seule balle au milieu du front, cet homme. Qu'il ose venir seulement ! Je prendrai son cadavre, son cadavre putride sur mon dos et le transporterai au cimetière. Tant pis même si son odeur pestilentielle se répand à la surface des sept mers ! »

Arrivé à l'embarcadère, il baguenauda à droite à gauche. Il alla à la pointe. Il revint caresser chacun des troncs des trois platanes. Il alla à la roselière. « Ces roseaux mauves montent en graine vers septembre, se rappela-t-il. C'est tellement joli, leurs fleurs. » Il poursuivit vers le fond du vallon, traversa l'oliveraie. Il s'arrêta aux arbres très vieux, tout noueux, dont le tronc ne pouvait être entouré par deux hommes faisant le cercle de leurs bras. Il avait grandi dans cette oliveraie. Lui-même avait onze oliviers, hérités de son père. Il pouvait s'estimer riche. D'autant que ses pieds d'olivier étaient jeunes et féconds. Il s'étonna de n'avoir pas remarqué à ce jour ces troncs de mille ans. Surtout que ces olives avaient une grande réputation dans la contrée, qu'elles étaient un motif de fierté pour l'île.

De la partie haute de l'oliveraie il jeta un coup d'œil à la mer. Il vit s'avancer un bateau de pêche. C'était le premier bateau qu'il apercevait dans ces parages depuis bien des jours. Il fut tout content. Il courut à droite, à gauche, puis vers les vieux oliviers. Il caressa les gros troncs noueux avec affection. Il plaignit les branches mortes. Le chat se tenait à ses pieds, il n'avait de cesse de se frotter à ses basques. Lui aussi était tout content. Il prit le chat dans ses bras, il le caressait avec un vrai plaisir, il frottait son pelage tout doux contre son visage, tout en regardant s'approcher l'embarcation. À vive allure, le bateau était arrivé près de l'île. À qui pouvait-il bien appartenir ? Il connaissait tous les pêcheurs des environs et leurs bateaux. Tout en essayant de deviner l'identité du bateau et de son propriétaire, il se demandait comment il pourrait leur réserver un accueil digne de ce nom. Tous les pêcheurs du coin aimaient bien la bouteille, et dans la cave de Thanassis il y avait des bouteilles de vin qui n'avaient jamais entendu le chant du coq[1]. Il avait aperçu également quelques bouteilles de raki, de mastika et d'ouzo. Avec les provisions de la maison Thanassis, il pensait pouvoir dignement les recevoir. Et si le pêcheur emmenait sur l'île des migrants qui voulaient s'y installer ? Mais comment tuer les intrus dès leur arrivée au vu et au su du pêcheur ? Admettons qu'il faille aussi tuer le pêcheur, où s'enfuir dans ce cas ? Où se cacher ? Où qu'il aille, les pêcheurs le retrouveraient et le mettraient en pièces. Tuer le pêcheur avec les autres ? Mais quel était le tort du pêcheur ?

1. Une « table à boire » à la turque commence au coucher du soleil. « Ne pas avoir entendu le chant du coq » signifie qu'on a tout « éclusé » dans la nuit.

L'inquiétude et les hésitations qui s'emparaient de lui eurent vite fait de l'assombrir puis d'emporter toute sa joie. Tout se vida dans sa tête ; il en avait le tournis. Il sentit qu'il s'engourdissait de la tête aux pieds. Il déposa le chat par terre. Lui aussi avait l'air de bouder. La joie l'avait abandonné lui aussi. Il se mit à l'ombre d'un des oliviers sans âge et se lécha.

Il reprit le chat et courut à la maison du *çorbacı*. La cartouchière était sous son matelas. Il croisa deux cartouchières sur son thorax. Il prit son fusil. En descendant les marches il réalisa que le chat n'était pas monté dans la chambre avec lui. Il en fut déçu. Lorsqu'il descendit dans la cour, le chat accourut venant de la porte donnant sur l'extérieur, il commença à se frotter à ses basques. Vassilis retrouva sa bonne humeur. En s'avançant sur le flanc de la colline il revit le bateau. C'était une coque peinte en bleu, et qui marchait bien. Vu le profil, la construction portait la marque des chantiers de la mer Noire. Il appartenait sûrement à Ali Osman. Il avait acheté ce bateau trois ans plus tôt à un des pêcheurs grecs de la côte qui avait eu maille à partir avec les paysans de la contrée. D'après la rumeur, Ali Osman et le pêcheur grec faisaient de la contrebande en associés. Personne ne sut jamais sur quoi portait leur trafic. On ne savait pas non plus où le pêcheur grec avait trouvé refuge : à Chios ou ailleurs ? Certains Grecs faisaient courir la rumeur qu'il faisait du trafic d'armes pour l'armée de Mustapha Kemal Pacha. Si c'était vrai, comment aurait-il pu trouver refuge à Chios ou en Grèce ? Il attendit un moment à flanc de colline. Il ne quitta pas le bateau des yeux comme s'il risquait de disparaître, de s'effacer. L'étrave ornée de sa gerbe d'écume, le bateau s'approcha de l'île. Vassilis courut à l'embarcadère. Il entra dans la maison de Thanassis mais en ressortit aussitôt. L'endroit n'était pas sûr. Parce qu'une fois débarqués, la première porte que les immigrants allaient ouvrir serait bien celle de la maison Thanassis. Il se chercha une autre planque et la choisit très vite : derrière la roselière il y avait une petite colline sur laquelle se dressaient les colonnes de marbre encore debout et des chapiteaux d'une ruine. L'ensemble était resté au milieu d'une oliveraie ancienne. De là on voyait tout sur la mer comme sur la paume de sa main. Il se mit derrière une des colonnes. Il arma son fusil, vérifia sa cartouchière, il dégaina son pistolet dont l'acier envoya des reflets moirés sous le soleil. Vassilis pensa avec plaisir que la mer avait ces mêmes reflets, mais sans le soleil. C'est avant le lever du jour, quand on regarde la mer du haut d'une colline ou assis sur des galets, qu'on peut voir ce moiré de mille couleurs, et que la mer étincelle.

Le bateau vint se placer tout près de l'embarcadère comme s'il allait accoster, puis repartit. Il était chargé de filets mouillés. Il ne put apercevoir personne. Tandis que le bateau s'éloignait il accourut sur la grève et se planta là, figé, en essayant de se hausser sur la pointe des pieds sur les galets. Il s'écroula sur place quand ses jambes commencèrent à flancher. Il resta là, le menton sur les genoux; jusqu'à ce qu'il entende un bruit de moteur : il se redressa d'un bond et aperçut un bateau de pêche peint en orange qui venait droit vers l'île. Il s'emballa de joie plus que la fois précédente. Cette fois-ci, c'est sûr, le bateau allait accoster. Sinon pourquoi venir vers l'île à toute allure. Il remonta à sa planque, y déposa son fusil, ses cartouchières et son pistolet et revint à l'embarcadère au bout du ponton. Le bateau marqua un arrêt à un demi-mille de la côte. Vassilis criait : « Venez, venez, venez ! Il y a un homme sur cette île, c'est moi, Atoynatanoghlou, c'est moi, le pêcheur Vassilis ! »

Cette fois-ci la déception fut vraiment rude. C'était comme s'il fumait de colère. Abattu, il repartit sur la petite colline et s'assit à côté de son fusil. « Là, nous sommes vraiment seuls sur cette île déserte. Qu'est-ce qu'on va devenir ? Qui peut venir dans cette île, au bout du monde ? Merde ! »

Se remémorer la guerre, revivre ces jours terribles le calmait un peu. Il couvrit de toutes les insultes qu'il connaissait la guerre elle-même et les fauteurs de guerre. La première personne à avoir maudit les fauteurs de guerre, il l'avait rencontrée à Sarıkamış. C'était un commandant médecin. Du matin au soir il opérait les blessés et n'arrêtait pas de balancer des jurons. La deuxième, c'était un lieutenant couvert de blessures sur tout le corps et qui ensuite, chaque fois qu'il rencontrait un survivant de la guerre, même ceux qu'il ne connaissait pas vraiment, enchaînait les insultes contre la guerre, contre ceux qui l'avaient inventée, contre les fauteurs de guerre et toute leur descendance. Ce n'étaient pas des êtres humains, ces salauds, ni même des animaux. Même les animaux rampants étaient meilleurs qu'eux, même les vers qui pullulent dans les cadavres.

Il s'assit sur le chapiteau de marbre, regarda la mer. Qu'adviendrait-il maintenant? De l'est, vers l'île, la mer prenait toutes les nuances d'un camaïeu de bleu. « Ces poissons pris dans les filets, dans les paniers, ceux qui se débattent au bout de nos hameçons... De quel droit nous détruisons tant de vies? »

Au loin, du côté de l'une des bandes du camaïeu de bleu vers l'horizon, un autre bateau de pêche apparut. À cette distance on ne distinguait pas la couleur. Vassilis devint fou de joie. Ce bateau-là viendrait sûrement sur l'île. Cent pour cent sûr! Il courut à l'embarcadère et reprit sa place. La mer était calme. Un souffle de vent léger, tiède, chargé de parfums d'herbe, de fleurs, de roseaux et de mer embaumait l'air. Vassilis avait allongé son cou et attendait que le bateau arrive le plus vite possible sur l'île. Il devint visible presque sans transition. C'était une coque ventrue peinte en violet avec des bandes blanches. Son moteur devait être bien vieux vu le boucan qui s'entendait de si loin.

« Ce bateau s'arrêtera à l'île! marmonna Vassilis. Comme

le disent les Turcs : “Nul ne peut s’accaparer la part que le destin réserve à autrui”. Deux bateaux sont passés à proximité ; ils ne se sont pas arrêtés. Celui-ci viendra accoster, et moi, j’offrirai le vin de chez Thanassis, qui n’a pas son équivalent, même en Amérique, à ses occupants. »

Le bateau s’approchait et Vassilis le guettait, le cou allongé vers la mer. Quand il fut tout près, on put distinguer un homme à la barbe blanche et deux jeunes aux moustaches rousses tombantes. Ils s’arrêtèrent juste devant l’embarcadère. Ils discutèrent un bon moment, en gesticulant des bras et des mains pour savoir s’ils allaient accoster ou jeter l’ancre en forain devant le ponton. Le cœur de Vassilis battait la chamade. Une fois ils avaient l’air de se décider à débarquer, Vassilis devenait fou de joie. Une autre fois ils faisaient comme s’ils allaient appareiller, Vassilis sombrait dans un profond désespoir. Tous les trois scrutaient l’île de toutes parts. À la fin, brisant le cœur de Vassilis, ils mirent en marche leur moteur qui faisait un bruit d’enfer et repartirent. Voyant cela, Vassilis se laissa choir sur les planches du ponton. Il avait la bouche toute desséchée mais n’avait même pas la force de se lever pour aller à la fontaine.

Un autre bateau apparut au loin. Il était à peine perceptible dans la brume, mais Vassilis vit tout de suite que c’était un chalutier.

Il s’approcha de l’île lui aussi. Ses occupants nettoyaient leurs filets. Ils passèrent leur chemin sans même un regard pour l’île. Vassilis était vraiment défait, désespéré. Cette île ne méritait pas ça quand même : quand elle était habitée, pas une barque, un bateau ou un navire n’aurait passé son chemin sans y faire une halte.

Le cadavre qu’il portait sur son dos puait effroyablement. Il avait fini par s’habituer à cette odeur, mais sa propre nuque, son dos, ses cheveux, ses pieds étaient imprégnés de l’odeur de charogne. Tout puait : la terre, les rochers, la montagne enneigée en face, les fleurs jaunes, les fleurs de pavot, les herbes, les arbres, les oiseaux qui volent, les serpents qui filent, tout.

Devant l'embarcadère, des bateaux, des navires brillant des feux de toutes leurs lumières, des barques illuminées défilaient : des barques, des bateaux, des navires se suivaient sur un flot de lumière. Vassilis courait, son cadavre sur le dos, en empestant les mers, les montagnes, les cours d'eau qu'il traversait. Les villages, les bourgades, les villes, les îles couraient çà et là, les yeux exorbités, à cause de l'odeur, comme poursuivis par des monstres. La canonnade, le feu tombaient avec un bruit d'enfer, à faire trembler la terre, les cris et les gémissements emplissaient le monde. Le souffle du vent était pestilentiel.

Et les chalutiers sortaient des ténèbres toutes lumières dehors, ils les éteignaient une fois arrivés à hauteur de l'île et les rallumaient une fois l'île dépassée.

Vassilis ne put compter combien de bateaux avaient défilé devant lui. Vers le petit jour il se recroquevilla sur un des bancs de l'embarcadère et s'endormit.

Quand il ouvrit les yeux, le soleil était haut comme trois peupliers et chauffait très fort. Il avait des douleurs partout; surtout quand il esquissait un mouvement. Il s'allongea sur le dos. Le ciel était lointain, d'un gris-bleu brumeux.

Il se souvint de tous les bateaux qui l'un après l'autre avaient croisé devant l'île, sans qu'un seul d'entre eux s'y arrêtât. Ces gens qui étaient à deux pas n'avaient même pas regardé une seule fois du côté de l'île. « Ils ont honte ! Ils ont honte de cette île vidée de ses gens ! Moi, pensa-t-il, ai-je pu oser un regard, de honte, quand je passais à côté des cadavres de soldats grecs, à l'intérieur de ce champ de cadavres ? L'être humain est imprévisible, il y a parfois des gens à qui il reste un minimum d'humanité. Au fond de chacun, même ce minimum de respect de l'humain peut se réveiller. Voilà, c'est cette honte qui les empêche de venir dans cette île, et même d'y jeter un regard quand ils passent devant. Ceux qui n'osent pas porter leur regard sur ceux qu'ils viennent de tuer par milliers dans les champs de bataille, ceux qui ne peuvent même pas ramasser les cadavres qui gisent côte à côte, les uns sur les autres, pour leur donner une sépulture, ce sont pourtant eux, ces héros porteurs d'idéaux, qui les ont tués. Même les soldats des armées victorieuses qui traversaient ces champs jonchés de cadavres ne pouvaient se regarder en face.

« Ai-je raison ? se demanda Vassilis. Si je pensais juste, aurais-je eu cette idée fixe de tuer le premier qui mettrait le pied sur l'île ? Aurais-je pu dire une fois que j'aurais tué : "Peu m'importe le reste" ? »

Une grande peur s'empara de lui. Il traversa des ténèbres épaisses comme des murs. Son dos s'était couvert d'escarres à force de transporter des corps en putréfaction, qui tombaient en lambeaux.

« Je vais le tuer, cet homme. Je vais dépecer son corps et je vais étaler les morceaux sur les rochers en haut. Je vais le laisser pourrir là. »

Le champ de bataille était à la lisière d'un marécage. Du ciel, il pleuvait du feu. La plaine, les tranchées étaient jonchées de cadavres gonflés, entassés les uns sur les autres. L'air, le ciel, les champs de narcisses, les coquelicots, des champs entiers de menthe sauvage, de lavande étaient submergés par l'odeur de cadavres en putréfaction. Beaucoup de soldats étaient morts en enterrant des morts, de l'odeur des morts. Cette fois-ci Jésus s'était associé à la Vierge Marie pour protéger Vassilis.

« Je vais le tuer ! »

Il se redressa lentement. Le soleil l'avait mis en sueur. La faim lui tordait l'estomac mais il ne se sentait pas capable d'avaler un morceau. Il alla à sa barque, il prit la mer, sans se demander cette fois-ci : « Et si cet homme vient et s'installe dans l'île ? » Quoi qu'il arrive, il allait tuer cet homme. Peut-être juste avant qu'il passe de vie à trépas, ou quand il serait à l'agonie, il le régalerait d'un repas de loup grillé.

Il longeait la côte à petite allure en observant les alevins qui s'éparpillaient à droite et à gauche. En un instant des milliers d'alevins s'agglutinaient et, au mouvement de la moindre vaguelette en surface, partaient en tous sens.

Il fit le tour de l'île en regardant les poissons, les crabes qui s'intéressaient aux mouvements des rames, les abeilles qui s'étaient posées sur l'eau. Puis il mit le cap vers l'ouest.

Les petits papillons violets, jaunes, orangés du marécage couvraient les corps qui gisaient et formaient des taches violettes, jaunes, orangées sur les cadavres.

« Un loup ! se dit-il à haute voix. Pas vrai, mon pote ? Toi aussi tu as envie d'un loup. Pas vrai, mon frère ? Alors attends ! On va se faire un festin de loup comme... » Il eut envie de boire un coup d'ouzo. Puis de le boire avec cet homme. Il eut honte. Il arrêta là sa rêverie.

Vassilis connaissait les moindres rochers à poissons d'en bas. Il connaissait les anfractuosités à loups aussi. Si un pêcheur découvrant les lieux avait dû commencer à apprendre tout cela, il lui aurait fallu attendre au moins vingt-cinq ans pour trouver ces nids à poissons, ces recoins où ils pullulent. Il s'éloigna pas mal de l'île, jusqu'à ce que celle-ci paraisse floue derrière une brume couleur cendre. Vassilis consulta sa planche de triangulation par amers. Il était arrivé au pâturage de posidonies des loups. Avram Reis, le patron de pêche arménien, disait toujours « mon pâturage » au sujet de ces lieux assez exceptionnels. Il était très âgé maintenant, Avram Reis. Il arrivait dans ces parages ici, venant de la mer Noire, d'Istanbul, et il enlevait les plus beaux poissons et en grand nombre. Lui il entendait même la langue de la mer, il comprenait son langage. On disait même qu'il parlait avec les poissons. Il mouilla la ligne. Vassilis ne comprenait peut-être pas le langage de la mer ni celui des poissons, mais son savoir-faire était parmi les meilleurs des pêcheurs du cru. Il tenait la ligne appâtée sans faire trop de mouvements. Le loup est un poisson très agile, rapide et vorace. Les novices ne parviennent pas à en attraper. Et quand ils arrivent à en prendre, au minimum ils se blessent quelque part et saignent. Les dents du loup sont pointues, coupent comme de l'acier. Sa ligne à la baille, Vassilis attendit longtemps. Un poisson fit une touche très forte mais se retira. Il reprit quelques touches pour repartir. À la fin, Vassilis ferra avec force et sentit que l'hameçon était pris entre des mâchoires fortes comme un étau. La ligne se tendit au point de casser. Vassilis lâcha un brin puis ferra de nouveau. La bête se débattait tellement hors de l'eau qu'il eut beaucoup de mal à l'embarquer. Il prit le sac en toile de jute pour saisir le poisson mais il donna un coup qui faillit lui casser le bras. La bête tomba au fond de la barque. Le chat était assis tout près du poisson en train de se débattre : il avait poussé sa tête vers lui, les yeux grands ouverts, étonné, apeuré, aux aguets, ayant bien préparé sa position pour anticiper les soubresauts du loup, prêt à déguerpir, n'osant même pas le renifler. Le guet du chat dura jusqu'à ce que Vassilis parvienne à placer le loup dans le vivier. Au contact de l'eau du vivier le poisson se débattit encore mais il était épuisé. Il frétilla de la queue pendant un bon moment quand même.

Cette année la mer était bizarre. Il y avait du poisson en abondance. Depuis qu'il était dans le métier il n'avait jamais fait de telles prises en si peu de temps. La mer était en fête.

Il remonta sa ligne. « Allons-y, mon pote ! » fit-il au chat, il lui gratta le dos de la tête à la queue. « Allons-y, mon ami, partons. Arrivons à temps, avant que d'autres nous aient piqué notre île et l'aient emportée, à temps pour griller nos poissons. Si tu veux, buvons un coup du vin de Barba

Thanassis, pour que l'âme de Barba Thanassis qui est en Grèce soit en fête. Lui, il voulait que pas une goutte de l'effort de l'homme ne soit gaspillée. Et nous, nous n'en gaspillerons pas une seule goutte. »

Le chat suivait le soliloque en le regardant dans les yeux et avec intérêt et affection.

Ils avaient très faim à leur retour dans l'île.

Après le repas ils partirent à l'oliveraie. Vassilis fermait ses yeux pour ne pas voir la mer. Des bateaux de toutes les tailles et de toutes les couleurs défilaient devant l'île. Il ne put résister longtemps. Il rouvrit les yeux. Le chat s'était endormi à ses pieds. Dès qu'il se leva pour marcher, le chat se réveilla et se mit à le suivre. Plutôt que de descendre vers la mer Vassilis partit vers le fond du vallon en partie couvert de mûriers sauvages. Il se rappela que jadis il y venait avec sa mère, en automne, tôt le matin, pour cueillir des mûres sauvages grosses comme des pouces. Sa mère était plus habile à cueillir des mûres que des olives. Vassilis aimait tant les mûres, et il en mangeait tant qu'il avait toujours les mains et le visage barbouillés de noir.

Les mûriers sauvages étaient couverts de fleurs violettes. Des papillons noirs gros comme une main d'enfant étaient posés de-ci de-là. Les uns battaient de l'aile, d'autres avaient les ailes jointes et se tenaient immobiles, d'autres voletaient par groupes. On voyait le dessous rouge velouté de leurs ailes chaque fois que par vagues ils allaient vers la mer, puis revenaient sur les mûriers.

Il y avait aussi des insectes tout verts avec une carapace dure qu'il n'avait jamais vus auparavant. Des fourmis jaunes avaient élu domicile sur le tronc d'un peuplier argenté qu'elles couvraient presque entièrement. Des milliers de coccinelles s'étaient mises sous des chardons. Vassilis se pencha, prit une poignée de coccinelles pour les lancer en l'air. Une ou deux seulement s'envolèrent, le reste tomba à terre.

Il n'avait jamais vu autant de coccinelles réunies. Il découvrait l'île où pourtant il était né et avait grandi. Désormais, la moindre herbe, fleur, racine, feuille, vague, couleur; le moindre galet, la moindre roche attirait son regard. Partout il tombait sur un oiseau ou une abeille qu'il n'avait jamais vus, ce qui le plongeait dans des abîmes de perplexité. Dire qu'il y avait tant d'espèces d'abeilles et que personne ne les connaissait. Un peu plus loin il aperçut les huppes. Il en avait déjà vu un certain nombre, mais qui n'avaient pas la taille de celles-ci. Elles avaient des crêtes toutes hautes avec des couleurs chatoyantes. Elles, qui craignent tant l'homme, vinrent à trois pas de lui, comme si elles allaient se poser sur ses épaules. Sans les effaroucher, il alla auprès des ruches. Elles étaient intactes. Il en ouvrit une en se couvrant le visage avec sa veste, les rayons de cire toute blanche étaient pleins. Il referma la ruche. Il aimait particulièrement quand les jeunes abeilles quittaient la ruche au moment de la reproduction. Elles s'agglutinaient par vagues aux branches en frémissant de myriades de mouvements d'ailes en attendant que l'apiculteur les place en ruche.

Ce jour-là Vassilis passa tout son temps à se perdre dans les couleurs, les frémissements, dans les bleus et dans les lumières. Rarement il avait été aussi heureux. Il en oublia de manger, et oublia même l'homme qu'il attendait. Sentir le bonheur si intimement, prendre plaisir à ce point à la vie après tant de guerres, tant d'agonies, tant d'hommes devenus de la pourriture… « Heureusement que je ne suis pas mort, et que j'ai pu connaître ce jour », pensa Vassilis requinqué par une joie indicible. Il ne pensa plus aux batailles, ni à l'homme qui allait venir. Tapi à ses pieds le chat ronronnait à l'envi, lui aussi tout heureux. Même les huppes semblaient tout heureuses d'approcher l'homme, au point de se poser sur son épaule.

Vivre ce jour, après tant d'années de malheur, relevait du miracle.

Il se retourna une ou deux fois dans son lit. Il flottait dans une magie bleue. Il s'endormit. Le chat ronronnait.

Il se leva tôt le matin et accourut à l'oliveraie. Il vit une toile d'araignée qui s'étendait d'une ronce à l'autre. Une bête grosse comme le pouce avait pris sa place au milieu de la toile. Vassilis eut peur en la voyant. Il savait que les araignées rouges étaient très venimeuses. Sa piqûre était pire qu'une morsure de vipère, la victime, morte, devenait comme pétrifiée. Les gens de l'île craignaient par-dessus tout ces araignées rouges. La rosée matinale perlait sur la toile qui avait emprisonné toutes sortes de mouches. Trois mouches s'y débattaient encore. Il partit prestement. Ce matin l'oliveraie était tendue de toiles d'araignée. Toutes les toiles n'étaient pas occupées par des araignées rouges. Un peu plus loin il tomba sur des ruches de guêpes. Il les craignait depuis toujours. Quand la piqûre n'était pas mortelle la victime pouvait gonfler comme un âne. Intelligentes, ces guêpes approchent leur victime sans bruit, la piquent et s'enfuient, à la différence des abeilles qui payent de leur vie l'abandon de leur aiguillon chez leur victime. Néanmoins, les guêpes sont des créatures splendides par leurs couleurs : on y trouve le rouge velouté du dessous des papillons noirs, en plus brillant, agrémenté de cercles jaunes et violets à la queue. Leurs ailes moirées et leurs grands yeux frémissent au soleil.

Ce jour-là il parcourut l'île en tous sens, toute la journée. Il tombait en admiration devant tout ce qu'il avait le sentiment de découvrir. Vers le coucher du soleil il fit une petite sortie de pêche, sur la côte, à l'épervier. Il prit même un rouget grondin. Ça tombait bien pour faire une soupe. Il revint sur la plage, fit un feu avec des branches mortes d'olivier et y mit la casserole qu'il gardait toujours dans sa barque. Il entra dans le jardin potager d'une des maisons du front de mer pour récupérer quelques oignons et du persil. Ah, s'il avait eu quelques tomates… Et la maison

Thanassis ! Il partit y chercher quelques conserves de tomates et de piments.

Il ajouta trois autres sortes de poissons à sa tambouille.

Il s'installa avec son chat. Il lui avait réservé les petits poissons, les plus beaux de sa prise. Il en mangea tant que, le ventre plein, il s'endormit aussitôt sur place.

Vassilis le prit dans ses bras pour le transporter jusqu'à la maison.

Il n'avait pas envie de quitter le lit ce matin. Il se retournait sans cesse dans le lit, sans trouver la paix. Il finit par en sortir, descendit à l'étage. Il se mit de la mousse à raser avec de l'eau froide. Le savon sentait très bon. Il aiguisa son rasoir en prenant son temps et se rasa de près. Ah, s'il avait eu de l'eau de Cologne. L'homme qui avait déposé son coffre avait une bouteille venue d'une bonne maison dans ses affaires, mais il n'allait quand même pas se parfumer avec les affaires personnelles de celui qu'il allait tuer !

Toutes les maisons du village étaient en flammes. Elles étaient en bois. Les vieux, les malades qui avaient de la peine à se tenir debout, les enfants, les jeunes filles toutes belles, les jeunes gars avec à peine une ombre de moustache sortaient des maisons comme des bêtes traquées, et une fois dehors tombaient sous les rafales. Ceux qui parvenaient à y échapper se réfugiaient à l'intérieur des maisons en feu, pour ressortir aussitôt : rafales, retour... maisons. Ceux qui étaient grillés dedans... Ceux qui agonisaient longuement dehors et finissaient tout raides.

Il en avait vu des villages incendiés comme ça, Vassilis. Certains soldats ne tiraient pas sur ceux qui fuyaient des maisons en flammes. De loin, le capitaine les repérait. Il accourait, collait son pistolet sur la tête du soldat et tirait. S'il n'était pas mort il continuait à tirer comme un fou sur ces hommes aux sept vies, contemplait avec dégoût des cervelles éclatées qui barbouillaient le sol, puis il allait achever la besogne sur d'autres soldats. Malgré tout, beaucoup de soldats ne tiraient pas sur les fuyards.

Aujourd'hui Vassilis se sentait tout drôle : il réalisait qu'il avait vu tant de batailles, tant de massacres, tous ces gens qui fuyaient les maisons en feu, tout ce qu'il avait toujours voulu oublier, comme il avait décidé d'effacer de sa mémoire ce front de l'est avec ces mots par milliers mangés par les poux. Il n'avait pas réussi. Il avait décidé de ne plus croire aucun des survivants du front de l'est.

Aujourd'hui même cet homme qu'il attendait ressemblait à ce capitaine qui faisait éclater la cervelle des soldats qui ne tiraient pas sur les rescapés des maisons en feu. Il allait le tuer même s'il ne lui ressemblait pas mais le fait qu'il lui ressemble était une très bonne chose. Il serait plus aisé de le tuer.

C'est bien le capitaine, cet homme. Il est difficile que deux hommes puissent se ressembler à ce point. Lui, il a mérité la mort mille fois. Si ce n'est pas lui, que vient-il faire dans cette île déserte ? Pourquoi un capitaine viendrait dans une île du bout du monde, tout seul de surcroît? De plus, il a la taille de l'autre, ses moustaches rousses sont celles de l'autre, ce visage fin, ces lèvres épaisses, ce nez busqué ce n'est pas à lui tout ça? N'est-ce pas un crime que de lui accorder la vie ne serait-ce que la durée d'un clin d'œil?

Il s'assit au pied d'un des vieux troncs d'olivier. Un petit souffle de vent venant d'en bas apportait des senteurs marines. Il pensa qu'il avait eu tort de se remémorer tous ces incendies, tous ces gens mangés par les poux et le typhus. Il ne se sentait pas bien. Il avait le sentiment de n'avoir jamais existé.

Il mit son fusil devant lui, le démonta et le graissa. Il graissa également son pistolet. Il engagea les cartouches puis les retira, à plusieurs reprises. Il en eut assez. Il descendit à l'embarcadère et se lava la figure à la fontaine. Il alla à la maison de l'homme et examina son coffre à plusieurs reprises. Il repartit à l'oliveraie. Il détruisit trois toiles d'araignées de suite, puis s'attaqua à un nid de guêpes qu'il boucha avec de l'herbe fraîche. Des guêpes revinrent, tournèrent autour du nid et repartirent. Elles revinrent en nombre en faisant entendre le bruit de leurs ailes. Au fur et à mesure que le tourbillon devenait dense et bruyant on sentait la colère des guêpes aux yeux rouges. Un autre groupe s'était réuni sur la tête de Vassilis et tournoyait. S'il n'avait pas eu le réflexe de se lever et de se protéger le visage, les piqûres des guêpes l'auraient gonflé comme une outre ou envoyé dans l'autre monde.

Alors qu'il fuyait l'essaim en furie en courant vers l'embarcadère, Vassilis aperçut un chalutier qui venait d'en face. Il s'arrêta pile. Est-ce que ce chalutier venait sur l'île ? Était-ce un copain, le pêcheur ? Tous les pêcheurs des parages ne sont-ils pas des copains ?

Si c'était un ami, il y avait le vin de Thanassis. Ils pouvaient griller des poissons sur des braises de branches d'olivier, boire du vin à la robe violette tasse après tasse. Qui pouvait donc venir ? Forcément c'était un copain pêcheur à qui il manquait un peu. Il était loin de penser que personne ne savait qu'il était resté sur l'île.

Il alla porter son fusil à la roselière, le plaça devant les narcisses. Il posa ses cartouchières dessus. Il revint à l'embarcadère et prit place au bout du ponton. Le bateau s'approchait. Ce bateau… ce bateau… c'était une coque qu'il reconnaissait bien, mais à qui pouvait-il bien appartenir ?

Le bateau vint à un demi-mille de la côte. C'est le bateau de qui ? Le chat lui aussi avait vu le bateau et faisait des huit entre ses jambes. Vassilis faisait les cent pas sur les planches du ponton. Il crut reconnaître « cet homme » sur la proue du bateau. Mais il n'arrivait pas à identifier le propriétaire du bateau. Il courut se planquer à la roselière. Il entendit le bruit de la coque contre les planches du ponton. « Pas très doué, le capitaine ! » pensa-t-il. Debout, il guettait ceux qui allaient débarquer sur le ponton. « Cet homme » fut le premier à mettre pied à terre. Il promenait son regard sur l'île, sur les maisons, sur les platanes, sur les moulins, sur les collines. Le capitaine qui venait d'amarrer son bateau le rejoignit. Il le reconnut immédiatement. C'était *Tayfa*[1] Kadri. Jadis il avait même travaillé avec Vassilis. C'était un homme amical et bon. Il parlait le grec comme un Grec. Le passager, « l'homme », ressemblait au capitaine comme deux gouttes d'eau. Si ce n'était pas lui, c'était son frère. Même son frère ne pouvait lui ressembler à ce point. C'était donc bien le capitaine. Heureusement, ici, sur cette île, il pourrait venger tant de gens. Qu'est-ce qu'il était bien mis le capitaine ! La chaîne en or de sa montre gousset était grosse comme un doigt : il allait d'une poche de son gilet à l'autre, du côté opposé. Ses bottes à soufflet bien cirées, son *kalpak* en astrakan, sa chemise de soie avec des boutons de nacre, son pochoir rouge... Il avait bien réussi à quitter les oripeaux militaires. Sans importance ! Ces habits élégants seront son linceul ! Personne ne devra porter ces vêtements qui ont été au contact du corps de ce monstre. Il faudra brûler tout, pour que sa monstruosité ne contamine personne. Il se pencha, caressa son fusil. Il l'épaula, visa, régla la hausse ; pour le beau milieu du front. Le doigt sur la détente. « Et Kadri ? pensa-t-il. Il a une mère. Les gens de l'île aimaient cet enfant unique comme leur propre enfant. Une fois l'homme descendu ne faudrait-il pas tuer Kadri aussi ? »

Kadri et l'homme étaient en grande discussion, ils gesticulaient sur le ponton. Au bout d'un moment, l'homme alla à la maison où il avait dormi. Il s'arrêta un instant devant

1. Matelot, équipage, un « sans-grade », par opposition à *Reis* : patron, capitaine.

la porte d'entrée principale et admira le bâtiment, le jardin, il disparut à l'intérieur. Il ressortit après avoir changé de vêtements. « C'est bien le capitaine ! dit Vassilis. Sans aucun doute ! Il pourrait se mettre tout nu, ce serait encore le capitaine, cet homme. » Je le tuerai demain. Pour sûr, le gouvernement lui a donné cette île en propriété en récompense pour tous les hommes qu'il a tués, pour les villages qu'il a fait incendier, pour les cervelles qu'il a fait éclater ! »

Vassilis quitta la roselière pour l'oliveraie. Il s'adossa au tronc d'un vieil arbre, s'assit en tailleur; mit son fusil sur ses genoux. Son fusil Mauser était tout neuf, il n'avait presque jamais servi.

De sa place il voyait l'embarcadère dans le moindre détail. Tayfa Kadri sortait de la cale des coffres, des paniers, des fauteuils, des tapis, des récipients et d'autres objets qu'il ne pouvait pas bien apercevoir, pour les donner au capitaine. Vassilis n'évoquait plus l'homme qu'en l'appelant « le capitaine », et à chaque évocation du nom sa colère augmentait. Le capitaine rangeait les objets sur les planches du ponton. Il avait acheté tellement de choses que le ponton en était couvert.

Vassilis s'étonnait de voir tant d'objets réunis. Le capitaine avait acheté une glace sur pied qui était aussi haute qu'un homme. Le reflet du soleil dedans illuminait le vieux tronc d'olivier. L'arbre tout noueux et difforme se parait de lumière.

Sur le visage de l'homme un sourire imperceptible se dessinait, un soupçon de bonheur... Cela voulait dire que le capitaine était heureux d'avoir acquis cette île. Vassilis se souvenait, il voyait la scène comme si c'était hier. Quand il faisait éclater les crânes des soldats et répandait leur cervelle sur le sol, le capitaine avait ce sourire-là, il avait cette expression de bonheur dans les yeux.

Ils transportèrent le matériel de l'embarcadère à la maison. Cela dura jusqu'au soir.

Chapitre 5

Vassilis s'en voulait d'avoir eu peur et de ne pas les avoir tués tous les deux. Tout en grommelant il partit vers la colline par le chemin de l'oliveraie. Le chat le suivait mais visiblement sans manifester d'intérêt particulier pour l'alentour. Pourtant, ils étaient au milieu d'un tourbillon de papillons. Il en aperçut un aux grandes ailes pailletées d'un bleu velouté qui donnait une sensation de sérénité. Il connaissait aussi le gros papillon jaune-orange : quand il était enfant il passait des heures à l'observer sur une fleur d'églantier, les ailes au repos et se laissait emporter dans des rêveries de mondes couleur orange.

Les soldats en débandade entrèrent dans le village. Ils étaient blessés, maculés de sang. Ils grelottaient de froid, avaient de la peine à marcher. Rassemblés autour de la fontaine au milieu du village, des femmes, des jeunes filles, des enfants regardaient avec des yeux vides ces soldats épuisés, pieds nus, couverts de poux. Le capitaine ordonna : « Genou à terre ! En joue ! Feu ! » Personne ne mit le genou à terre. Ils n'en avaient même plus la force. Les gens qui s'étaient réunis autour de la fontaine avaient déguerpi au premier ordre du capitaine. Celui-ci continuait à hurler ses ordres comme si de rien n'était. Quelques soldats parvinrent à mettre un genou à terre ; le capitaine désigna la fontaine.

« Feu ! » Quelques balles firent des éclats sur la pierre de la fontaine, d'autres partirent dans la nature. À chacun de ses commandements le capitaine tirait lui-même sur la fontaine, puis les mains sur les hanches riait comme un fou. « Feu ! Feu ! Feu ! »

« Déposez les malades que vous transportez devant la fontaine ! »

Chacun déposa sur la neige le blessé ou le malade qu'il avait porté sur son dos.

« Allez dans les maisons. Amenez ici tous les gens qui s'y trouvent ! »

Les soldats se dispersèrent à l'intérieur du village. Les maisons étaient toutes vides. Le capitaine était ivre de rage. Il avait les veines du cou gonflées, les yeux exorbités. Un vieil homme à la longue barbe blanche vint vers eux en disant : « Soyez les bienvenus, mes enfants... » Il n'eut pas le temps d'achever. Le pistolet du capitaine tira trois coups. Le vieil homme tomba d'abord sur les genoux puis s'écroula sur le côté.

« Prenez les malades sur le dos. Laissez les morts ici, au milieu de ce village de lâches ! Des musulmans ? Des hommes, ça ? Dès qu'ils ont vu les soldats arriver, ils se sont enfuis dans la montagne pour ne pas avoir à donner un verre d'eau, un quignon de pain. Nous allons les tuer, tous ! Tous ceux que nous trouverons sur notre chemin. Ce ne sont pas des êtres humains. Ce ne sont pas des musulmans. Toute la nourriture, ils la planquent dans des grottes dans la montagne. Leur bétail aussi est dans les grottes. Eux aussi. Voyez dans quel état nous sommes, voyez ce qu'ils nous font ! »

Beaucoup de cadavres restèrent devant la fontaine. D'autres soldats en débandade les suivaient. Nombre d'entre eux restaient au bord du chemin, morts d'épuisement. Les moustaches saisies par le givre, le capitaine était devenu fou.

Trois molosses de bergers vinrent à leur rencontre en aboyant. Le capitaine les tua tous les trois en leur tirant une balle dans la gueule. Ils agonisèrent en convulsant et en poussant des hurlements de douleur. Les soldats jetaient des regards furtifs sur ces chiens à l'agonie, les cervelles éclatées, et couverts de sang, qui finissaient avec d'ultimes tremblements des pattes.

Du côté de la fontaine, un des soldats laissés pour morts se redressa : « Ne me laissez pas ici, mon capitaine ! » dit-il et il s'étala sur le sol.

« Qui a laissé cet homme ? » hurla le capitaine avec ce qui lui restait de force.

Un soldat, boiteux et squelettique quitta les rangs : « C'est moi, mon capitaine, dit-il d'une voix à peine audible, il était mort, mais il a ressuscité. Comment pouvais-je savoir ?

— Arrête-toi, soldat ! »

À nouveau le capitaine avait les yeux exorbités, les veines du cou gonflées. Il dégaina son pistolet, il prit par le bras le soldat qui s'était mis à trois pas devant les rangs, le conduisit au milieu, visa et lui tira une balle au milieu du front. Le soldat était déjà mort debout, avant même qu'il ne tirât. Il s'écroula.

« Vassilis, ce capitaine est bien celui de là-bas. Ce capitaine tuait des hommes sans ciller. Pas seulement les hommes, il tuait tout vivant qu'il rencontrait.

« Ce capitaine, c'est bien lui. Même si je ne peux pas le jurer, il faut que je tue ce capitaine. Des gens comme ça doivent mourir. Cet homme n'est plus un être humain, c'est un monstre buveur de sang. »

Jusqu'au coucher du soleil il promena le capitaine dans toutes les batailles. Tous ceux qu'ils avaient tués : les *Yézidis*[1],

1. Groupe religieux de la Mésopotamie que les musulmans appellent les « adorateurs de Satan ».

des cerfs, des Arabes, des Kurdes l'avaient été sur ordre du capitaine. D'après lui, toute personne rencontrée était un fuyard de l'armée ; toute personne armée était un brigand qu'il fallait tuer en récupérant ses armes et ses munitions. Il haïssait le monde entier, les Ottomans, les Turcs. Il lui fallait tuer toute personne qu'il rencontrait. Il tuait tout vivant.

Des troupeaux de cerfs vivaient dans la plaine de Mésopotamie. Un jour ils en rencontrèrent un. Avant même que les cerfs aient pu bouger la tête, le capitaine cria : « Feu ! » Les bêtes se débattaient par terre, à l'agonie. Les balles trouvaient aussi ceux qui avaient pu prendre la fuite, ils mouraient sur le sable en tremblant de tous leurs membres.

« Le capitaine » était bien ce capitaine cruel. Il n'avait même pas le droit de respirer l'air dans ce bas monde. C'était un égard du Tout-Puissant que sa mort vienne des mains de Vassilis. « C'est formidable ! Demain à la première heure, je le tuerai, et comme il faut ! se dit-il avec joie. Mon beau chat ! fit-il en caressant le chat qui faisait des huit entre ses jambes. Heureusement qu'il ne t'a pas vu. Il t'aurait trucidé tout de suite. Il est l'ennemi de tout ce qui vit. Toi, moi, tout ce qui vient à sa rencontre… Quoi ? Il vient ici ? » Il s'inquiéta. Il entra dans la grotte, il ressortit, il y retourna pour y prendre quelques galettes de pain. Il avait très faim. Le chat avait faim lui aussi. Le pauvre, depuis ce matin il était derrière lui, sans boire ni manger. Que pouvait-il faire ? Sa barque était devant les maisons du quartier des *çorbacı*, il la récupéra ; il souquait lentement, sans bruit. La lune était nouvelle et une lumière à peine perceptible tombait sur la mer. À chaque mouvement des avirons une traînée de lumière qu'on eût dit faite de paillettes d'or étincelait sur le plat des avirons. Il n'avait jamais vu la mer aussi lumineuse de la phosphorescence des planctons semblables à des paillettes d'or en fusion. « Le monde change, pensa-t-il, je me demande si ce n'est pas ma mort qui approche. Il paraît qu'aux derniers instants d'une vie le monde paraît encore plus beau que le paradis. » Il avait tout oublié, il se laissait emporter par le scintillement de l'eau au fil de ses avirons. Il revint à lui avec le bruit d'un poisson qui fit un saut hors de l'eau, et avec le miaulement du chat. Il se précipita sur ses lignes, mouilla une cuiller à turlutte, mit le moteur en marche. Il était très silencieux, on ne l'aurait entendu de nulle part. Il avait laissé filer une centaine de brasses de ligne. Elle s'alourdit et bougea. Vassilis ferra : c'était un serran assez gros. Il le nettoya, en fit plusieurs morceaux mais le chat était impatient. Il avala le premier morceau du premier coup; sa gloutonnerie se calma avec les morceaux suivants.

Vassilis n'avait pas faim. Il rangea sa ligne et prit le chemin du retour. La barque filait sans bruit.

Il monta les marches en courant mais les redescendit aussitôt; il remisa la barque dans la grotte sans trop de difficultés. Il prit le chat dans ses bras et revint à la maison. Il n'arrêtait pas de se retourner dans son lit. Il avait entendu parler d'un émir arabe du désert qui tuait les Yézidis. Avec des centaines de ses sbires il avait attaqué les Yézidis. Ils avaient embroché sur leurs baïonnettes des enfants en bas âge, et ceux qui étaient dans le ventre des femmes enceintes, qu'ils lacéraient. Il avait fait tuer tous les gens d'une tribu de Yézidis. Ils avaient tué même leurs chiens et leurs chats, avaient razzié leurs troupeaux et leurs dromadaires, puis ils étaient partis vers les montagnes Abdülaziz. D'autres Yézidis qui s'étaient réfugiés dans les montagnes y étaient massacrés par les musulmans du cru. Cet homme ressemblait beaucoup à cet émir de la tribu arabe. Tout à fait lui. Ils étaient tombés sur une bande de brigands au pied du mont Mourad. Leur chef aussi ressemblait beaucoup à cet homme. Son portrait tout craché.

Vassilis se montait tellement la tête, il s'était tellement mis en colère qu'il avait peur de voir son cœur éclater. Il quitta le lit. Il se ceignit de ses cartouchières, prit son pistolet, son fusil et courut à l'embarcadère. Il allait mettre le feu à la maison et lorsque l'homme s'enfuirait de la maison en flammes, il le tuerait là, juste devant la porte.

Il revint dans la grotte, prit l'un des bidons d'essence, vint s'asseoir sur le banc de bois sous les platanes. Il posa le bidon d'essence devant lui. Dès qu'il eut quelque répit, sa colère s'évanouit. Pour se donner du courage il essaya de se rappeler à quel point ce capitaine avait fait du mal à ses semblables, les avait torturés et de se convaincre qu'un seul de ces crimes justifierait sa mise à mort. À dix reprises il alla devant la porte de la maison, sous ses fenêtres, mais il ne parvint pas à se décider à les arroser d'essence pour y mettre le feu. Il finit par s'invectiver lui-même en se disant : « Toi aussi tu commences à perdre le sens de l'humain. Où a-t-on vu qu'on puisse tuer un homme dans son sommeil ? »

Il était content de s'être rappelé à l'ordre. Il prit le chat, le bidon d'essence, revint dans la demeure du *çorbacı*. Il monta à toute vitesse l'escalier plongé dans l'obscurité, se déshabilla, entra dans le couchage. Ils étaient très fatigués tous les deux. Ils s'endormirent aussitôt.

Les roseaux se balançaient doucement au vent léger. Les ronces des mûriers sauvages avaient sauté le fossé pour envahir l'autre versant. Les tamaris aux branches d'un vert soutenu avaient envahi l'espace des roseaux. L'ensemble était devenu une sorte de jungle où poussaient toutes sortes d'herbes, de la marjolaine. La saignée qui courait jusqu'au ravin un peu plus loin était couverte de narcisses sur lesquels voletaient des papillons bleus, blancs, d'un rouge velouté sous les ailes. Vassilis n'était vraiment pas d'humeur à voir tout ça. Avec son cœur qui battait à tout rompre, il guettait l'homme qui allait sortir. Il le tuerait à n'importe quel prix. Il était prêt à se faire tuer lui-même une fois sa tâche accomplie. Tout au début, quand il prenait place dans la roselière dès le lever du jour il arrivait à garder son sang-froid. Mais, avec le temps, il perdait de plus en plus le contrôle de lui-même, et se laissait aller. Un tremblement incontrôlable s'emparait de tout son corps. Il avait même du mal à tenir son fusil correctement. Si l'homme était apparu à l'instant, non seulement il n'aurait pas pu le descendre, mais il n'aurait pas pu faire mouche sur le tronc de l'énorme platane devant lui. Cela faisait un moment qu'il essayait de se ressaisir ; et plus il faisait des efforts, plus il avait la sensation de se vider de son sang. Il avait les mains qui tremblaient et le reste suivait.

Et pourtant il en avait vu des engagements au corps à corps lors des batailles, les obus qui tombaient tout près de lui faisaient pleuvoir des membres désarticulés, arrachés, des têtes sans tronc, comme une pluie de sang, et jamais il ne s'était senti comme aujourd'hui. Il lui était arrivé de s'extraire, tout ensanglanté, du beau milieu d'une colline de cadavres au point que ceux qui l'avaient vu avaient cru voir un homme de sang. Mais là, il avait foncé à la rivière voisine pour se jeter à l'eau. Ici, maintenant, il ne pouvait même pas esquisser un mouvement. Il songea à renoncer à tuer l'homme. Il répéta à voix haute : « Je ne veux plus, je ne veux plus le tuer ! » Il resta dans le même état fébrile. S'il avait pu se lever, avoir la force de marcher, il ne serait pas resté un instant de plus sur place. Il répétait sans cesse : « Non, je ne le tuerai pas, je ne lui ferai rien, je ne vais pas mettre le feu à sa maison non plus ! » Mais pourquoi l'homme était-il si en retard ? « Un homme digne de ce nom dort-il autant ? Le soleil s'est levé et il est haut comme trois peupliers ! Un homme laisse-t-il le soleil se lever sur lui, alors qu'il est au lit ? » Il reprit : « Qui sait ce qu'il a pu endurer, le pauvre, à combien de batailles il a pu survivre, quels malheurs il a dû subir pour qu'il soit épuisé comme il est et qu'il dorme jusqu'à des heures impossibles ? »

Au fur et à mesure, sa veine de bonté et de charité reprenait le dessus. Cela le requinquait, il sentit de nouveau le sang couler dans ses veines. Ses mains cessèrent de trembler. Il se leva puis se rassit. Assis sur l'herbe, le chat le regardait comme étonné, avec un soupçon de mépris dans l'œil. Il caressa le chat.

« Tu sais, Chat, s'il est vrai que ce qui fait de nous des humains est l'amour d'autrui et que le bon Dieu l'a voulu ainsi, je dirais qu'il y a plus : c'est la pitié. C'est ça qui rend l'homme humain et l'amour d'autrui ce qu'il est. Pas vrai, mon ami ? » fit-il avec emphase.

« Tu peux tout faire, mais jamais tu ne toucheras à la corde sensible de la pitié. Je peux tuer cet homme sans ciller, mais si ma corde sensible vibre un instant je ne peux même pas tuer une mouche. Ceux qui ont connu la guerre ont cette corde tellement tendue que toute leur humanité est venue se mettre là. »

Il s'installa un peu mieux. Le chat l'observait avec intérêt, sans bouger. On aurait dit qu'il souriait carrément. Vassilis rit de bon cœur : « Qu'est donc devenue, mon cher Vassilis, ta fameuse veine de la pitié que tu plaçais au-dessus de tout pour faire de toi un vrai homme ? » À cet instant la porte s'ouvrit, l'homme sortit, se tint sur les marches, s'étira, regarda la mer et se frotta les yeux. Vassilis se crispa, le doigt sur la gâchette. En marchant vers la fontaine, le visage douloureux, fripé de l'homme se détendit, il regarda le soleil, cilla, sourit avec un sentiment de bien-être qui se dégageait de tout son corps. L'expression de bonheur de son visage, son sourire gagnèrent Vassilis aussi, de même que le chat. Tout heureux, l'homme vint près de la fontaine et posa le savon sur le rebord. Il retroussa ses manches, prit le savon rose et se lava le visage et le cou avec plein de mousse. Il se sécha avec la serviette qu'il avait coincée dans sa ceinture, puis l'accrocha à une branche.

Tout en sourire, Vassilis se leva, prit son fusil en bandoulière et son chat, et rejoignit la colline en passant par le fond du vallon. Il vit une petite fumée monter du côté des platanes. L'homme faisait son thé, et tout à l'heure il préparerait son petit déjeuner. Vassilis rentra chez lui, il fit bouillir de l'eau pour son thé, mangea des olives, puis revint à la colline. Il s'assit à l'abri des ronces aux fleurs jaunes et s'adossa sur un tronc de pin parasol couché. De là on voyait le moindre mouvement de l'homme en bas.

Du dessous des platanes, la fumée qui montait cessa. Peu après l'homme quitta la place pour aller à la roselière, puis disparut, il pouvait être dedans. Il en ressortit au bout d'un bon moment pour descendre à la mer. Il baguenauda sous les tamaris qui bordaient la grève. Vu l'époque, les tamaris n'étaient pas en fleur, il n'avaient même pas bourgeonné. Il prenait son temps sous les tamaris. Il se penchait, se redressait, disparaissait puis était de nouveau visible. Vassilis, aux aguets, suivait le moindre de ses mouvements en retenant son souffle.

L'homme passa tout son temps, jusqu'en fin de matinée, à faire les cent pas entre les tamaris et la roselière, se penchant comme s'il cherchait quelque chose par terre. Puis il partit vers le moulin en courant. Il y resta un bon moment. Pendant ce temps-là Vassilis était dans tous ses états. Il s'en voulait à mort de n'avoir pas tué l'homme ce matin. « Ahh ! tête d'âne ! se dit-il en turc. Ahh ! la tête d'âne que je suis ! » Il se frappa la tête. « S'il ose toucher le foulard d'Aliki, je le mettrai en pièces et j'étendrai ses débris sur les rochers ! Il fera le repas des serpents et des scolopendres. Ahh ! tête d'âne ! C'est le capitaine, lui ! Et comment ! C'est bien celui qui tuait d'une balle dans la tête les soldats qui tombaient morts de ne plus pouvoir porter sur leur dos les cadavres putréfiés, en lambeaux, mangés par les vers, même après leur mort ! Qui avait exécuté des centaines de soldats. N'est-ce pas lui qui tirait un miroir de sa poche et qui se mirait longuement chaque fois qu'il venait de tuer une personne ou un bébé yézidi ? Pas de pitié, le laisser vivre reviendrait à nier l'être humain ! »

Quand l'homme ressortit du moulin, Vassilis se sentit comme délivré d'un lourd fardeau. « J'espère qu'il n'a pas porté la main sur le foulard ! Sinon... » Il se leva pour aller au moulin. L'homme se tenait encore là, pensif. Il se rassit, en colère. C'était tout juste si cet homme de belle prestance n'allait pas coucher avec Hariklia. Il ne pouvait quand même pas laisser faire ça ! Qui sait ? Peut-être que c'était déjà fait ? Il devint fou de jalousie. Comme s'il ne suffisait pas que les gens soient expulsés de leur île, cette homme viendrait renifler le foulard d'Aliki. Il coucherait avec Hariklia de surcroît ! Cette homme méritait la mort mille fois. « Il sera tué ! » dit-il, apaisé. Cet homme allait mourir. Sûrement.

Après avoir passé un bon moment devant le moulin, perdu dans ses pensées, l'homme prit le chemin du fond du vallon. Il marchait penché, comme s'il cherchait quelque chose par terre. « Il me piste, cet homme, pensa Vassilis. Putain de sa mère ! C'est un vrai pisteur, ce salaud. Comme un bon chien de chasse il renifle tout, sans rien laisser de côté. » Il se prépara. Il prit la position du tireur couché sur le chapiteau de marbre, en joue, la hausse... Il ne tira pas. « À cette distance je ne l'aurai pas », dit-il en soupirant. Comme s'il avait eu le pressentiment de quelque chose, l'homme s'arrêta près d'un vieil olivier. Il le connaissait très bien cet arbre, Vassilis, il était connu même dans toute la contrée.

L'homme examina toute feuille, écorce, tronc et fente alentour, puis repartit vers le versant ouest de la pinède.

Dès qu'il disparut, Vassilis fonça au moulin. Il monta les marches à toute vitesse. Le foulard rose était là, à sa place. Ses moindres plis, Vassilis les avait gravés dans sa mémoire. S'il avait rencontré l'homme à l'instant, il l'aurait embrassé.

Une fois dehors, il vit l'homme sur la colline. Il se tenait tout raide, là, au bord du petit précipice sur l'autre versant de la colline. Il avait dû remarquer la présence de Vassilis, car il s'éclipsa tout de suite. Vassilis, quant à lui, fila vers le fond du vallon, et de là, à travers la pinède, il arriva près des ruches. On entendait le bourdonnement des abeilles. Il pénétra sous la voûte d'un amas de ronces aux fleurs jaunes pour s'y cacher et tout observer dans le détail. À sa surprise l'homme réapparut au bas du précipice. Il avait dégainé son pistolet. Tout était clair : l'un des deux allait tuer l'autre. L'homme revint au moulin; il tourna autour en cherchant quelque chose, il pénétra dans le moulin et ressortit aussitôt. Il regarda longuement les ailes du moulin qui tournaient lentement en grinçant, puis il entra dans le fond du vallon. Vassilis le perdit de vue un moment, puis le revit du côté des platanes. Il apparaissait et disparaissait juste après. On aurait dit un cormoran. Depuis son enfance Vassilis était passé maître pour deviner à quel endroit pouvait ressortir un cormoran qui avait plongé. Il essayait de deviner où l'homme ressortirait. Après les dernières maisons il y avait un platane haut comme un peuplier. À peine Vassilis avait-il parié qu'il allait réapparaître juste sous ce platane que l'homme réapparut là, à sa grande satisfaction. L'homme entra dans le verger, passa à travers les pêchers et les cerisiers et vint dans le cimetière. Les mains sur le visage il se mit à prier. « C'est drôle que des musulmans disent leur prière dans un cimetière chrétien », se dit Vassilis. Il n'avait jamais vu une chose pareille. Il pensa que peut-être l'homme n'était pas musulman, mais sans conviction. L'homme continuait à lever ses mains vers le ciel puis se couvrait le visage. C'était bien la manière de prier des musulmans, tout de même!

L'homme se promena dans le cimetière, puis sans s'arrêter aux fleurs ni aux arbres il traversa la pinède et disparut.

Vassilis avait mal au cou à force de vouloir le suivre à la

trace. « Va en enfer, bonhomme ! dit-il. Si ce n'est pas aujourd'hui, c'est demain que je te tuerai. Moi, je pars à la pêche. Reste seul sur cette île en essayant de me trouver. Crève ! Renifle tout ce que tu trouves si le cœur t'en dit : arbres, terre, insectes, papillons, taupes, fourmis et nids d'oiseau. Crève de faim. De toute manière si ce n'est pas demain c'est après-demain que je te tuerai. Je t'enterrerai dans la tombe avec la croix devant laquelle tu priais ! »

Il était vexé. Sans plus regarder le visage de l'homme il se retourna, alla chercher sa barque et empoigna les avirons. À quelques centaines de mètres de la plage il mit le moteur en marche. Au bout d'un mille il stoppa ; il prépara sa ligne. La mer regorgeait de poissons. À quinze brasses de fond, il se dit : « C'est bon. » À peine l'avait-il dit qu'une touche brutale vint de la ligne. Vassilis pensa que ce devait être un gros loup. Tout en remontant la ligne il causait au chat : « Bon début, camarade. Mais ne commence pas à te pourlécher, celui-ci ira tout droit au vivier. Quelle que soit sa grosseur, le troisième poisson sera ta part de chance, en entier. »

Après le quatrième poisson Vassilis mit le moteur en marche, cap sur l'Île-Grosset. Il croisa dans les parages de l'île à petite allure. Les rochers de la côte sud étaient tout rouges et scintillaient au soleil. Il mouilla l'ancre juste en face. Son regard se perdit dans les jeux de lumière sur les rochers. Aux derniers rayons du soleil un éclair écarlate fondit sur le bleu tendre de la mer et ressortit quelque part sur la côte au pied de la montagne perdue derrière la brume. Tout en courant sur la surface de la mer cette lumière rouge semblait suspendue dans le bleu.

Au retour, il rangea sa barque facilement dans la grotte. Il plaça ses poissons dans un panier d'osier. Ils étaient encore en vie et se débattaient. Il prit le chat dans ses bras et revint au quartier des riches demeures. Il se mit à l'arrière des maisons. Il fit du feu. Dans ces maisons il restait un peu de bois sec. Il n'eut pas de mal à faire démarrer le feu. Il nettoya les poissons rapidement au bord de l'eau. « Encore du poisson ! se dit-il. Il me poussera des nageoires à force d'en manger ! » Les braises du bois d'olivier étaient bien rouges. Une intense odeur de poisson grillé se répandit alentour. D'habitude, ces fumées embaumaient jusqu'à l'autre bout de l'île et donnaient faim à tout le monde. « L'homme à l'embarcadère a sûrement senti le fumet, pensa-t-il. Il doit crever de faim. Peut-être qu'il est déjà parti à la recherche de l'endroit d'où il vient. Et s'il a le nez sensible il nous trouvera ici rien qu'en suivant l'odeur. » Il prit son fusil en main et se mit à guetter le chemin d'où l'homme pouvait venir. Il l'abattrait d'une seule balle, sans que l'autre ait le temps de réaliser.

Les volutes de fumée continuèrent d'embaumer l'alentour, les poissons furent grillés, les parts du chat tiédirent sur la pierre avant qu'il les avale. Ils étaient rassasiés. Vassilis prit son fusil, s'allongea dans l'herbe. Le chat s'installa à côté. Les oreilles aux aguets, ils attendaient l'homme qui allait suivre la trace du fumet. Il ne vint pas. « Ce n'est quand même pas possible que quelqu'un qui hume l'odeur du poisson grillé sur des braises ardentes reste là sans chercher à savoir d'où vient tout ça », pensa Vassilis. Peut-être que l'homme n'était plus sur l'île. Il attendait et se mit en colère. Ce capitaine était bien le capitaine du front de guerre. C'est lui qui mettait le feu aux maisons, aux mosquées, aux églises où il enfermait les villageois. Il y mettait le feu avec acharnement et ceux qui y étaient enfermés se consumaient avec une terrible odeur de chair brûlée. Tous les ordres, c'était ce capitaine-là qui les donnait. Le capitaine d'ici était bien celui de là-bas. Mais son destin était désormais entre ses mains, sur cette île déserte. Il n'allait pas le tuer tout de suite. Il allait le capturer, pour l'emmener dans la cour d'une des demeures isolées du quartier, au milieu d'une grande cour. Il l'attacherait à un poteau pour le fusiller en tirant par les fenêtres, par les portes et derrière les colonnes de la demeure. Le capitaine allait mourir en spectateur de sa propre exécution. Il n'entendrait pas ses cris et ses supplications.

Les braises s'assombrirent, le vent emporta le fumet du poisson grillé au loin. Il était presque minuit. Ils traversaient des villages. Ils étaient tous incendiés, les toits en terre battue étaient effondrés. En cours de route ils eurent l'idée de pousser une ou deux portes, la puanteur des cadavres était telle qu'ils faillirent s'écrouler morts sur place. On sentait l'odeur des villages incendiés à une demi-heure de route.

De la frontière russe jusqu'en aval de l'Euphrate, les villages n'étaient pas incendiés. Ils se nourrirent de la viande des chevaux, des ânes et des dromadaires qui s'étaient enfuis dans la montagne. Les villages qui n'avaient pas connu le feu semblaient avoir subi le passage des sauterelles. Ils pillèrent, ils tuèrent ceux qui avaient résisté et ceux qui ne l'avaient pas fait. C'était encore le capitaine. Un jour, vers midi, ils arrivèrent à un bourg en feu. Les chiens et les chats couraient en tous sens. Puis ce furent des femmes, des enfants, des vieillards et des jeunes gens qui arrivèrent. On avait creusé des tranchées à l'extérieur du village. Le capitaine cria : « En avant, marche, vers les tranchées ! » Ils s'étaient déjà débarrassés des cadavres et des blessés qu'ils portaient sur le dos pour avoir la vie sauve lors de l'attaque d'une bande de brigands au passage d'un col. Le capitaine en voulait au monde entier des humiliations qu'il avait subies. « Feu ! Feu ! Feu ! » hurlait-il. Les soldats tirèrent. Ils étaient comme des somnambules, ils tiraient dans tous les sens sur les femmes, les enfants et les vieillards. Ceux qui avaient pu s'échapper fuyaient à toute vitesse vers le bourg. Des tranchées du bourg, des tirs de riposte commencèrent à venir.

Le capitaine, droit comme un I, courait d'une tranchée à l'autre. Vers la fin de l'après-midi les morts s'amoncelaient des deux côtés. Le capitaine donna l'ordre de cesser le feu. Tout s'arrêta net des deux côtés.

« Rendez-vous ! Quittez les tranchées ! Jetez vos armes. Ceux qui obéissent auront la vie sauve ! »

Ils obéirent.

« En arrière vers le bourg ! Marche ! »

Ils partirent vers le bourg, mais se retournèrent pour voir si le capitaine n'allait pas donner l'ordre de tirer.

« Nous ne tirons pas dans le dos, même pas sur un ennemi ! »

Le capitaine, calme et serein : « Allez me récupérer toutes les armes et les munitions, vous me les ramenez ici ! »

Le sergent, tout enthousiaste cria : « Mon capitaine, les tranchées sont pleines de sacs de provisions et de gourdes remplies d'eau.

— Ramenez le tout ! »

Depuis leur arrivée sur le site, les appels du muezzin à la prière, les cloches qui sonnaient à toute volée n'avaient pas cessé. On entendait des explosions terribles, la terre tremblait, les flammes des incendies montaient au ciel.

Avec un grand sourire de satisfaction le capitaine dit :

« Allons-nous-en. Allons-nous-en, mes frères, ces gens méritent mille fois ce qui leur arrive. Allons-nous-en, mes frères, marchons jusqu'à ce que nous trouvions un village, un bourg ou une ville qui ne brûle pas. Ceux qui ne brûlent pas, nous y mettrons le feu ! »

Lui aussi avait accroché une gourde d'eau de récupération en bandoulière. Les soldats avaient du mal à transporter les sacs de provisions.

« Il doit y avoir une forêt plus loin, nous y passerons la nuit. »

Les soldats, ravis, pressèrent le pas.

« Si ce capitaine n'est pas l'autre, je me couperai les bras et les jambes et je me jetterai à la mer! » D'un pas rapide il arriva à l'embarcadère. Il fut content de voir la barque du capitaine à l'amarre. Il n'était donc pas parti. Dans ce cas, pourquoi n'était-il pas venu à l'odeur du poisson grillé? Soit il dormait, soit il avait peur de sortir la nuit. Des gens comme lui qui ont connu la guerre sont, contrairement à ce que l'on croit, des vrais trouillards qui ont peur même d'une fourmi. Vassilis sourit : « Le héros le plus grand, le plus courageux est un héros mort! Si les hommes n'étaient pas si peureux, craignant même l'oiseau du ciel et leur propre ombre, auraient-ils des raisons de magnifier la bravoure et le courage, de porter au pinacle ceux qu'ils considèrent comme des héros à l'égal de leurs divinités? Combien de fois les gens les plus trouillards se sont-ils montrés comme des parangons du courage pour l'adulation des foules?

« Cette personne trouillarde qui n'ose pas quitter sa maison de nuit, l'homme qui brûlait des gens et qui leur écorchait la peau, n'est-ce pas le capitaine? Et moi, ne suis-je pas l'imbécile au courage de moineau qui n'ose pas le tuer alors qu'il est entre mes mains, alors que j'ai vu tous les crimes qu'il a commis sans pouvoir prononcer un mot de protestation, qu'il a été le premier à mettre le pied sur le sol de l'île, alors qu'il a fait main basse sur l'île sans débourser un centime? Si je n'avais pas été à la guerre, si je n'avais pas vécu au milieu de tant de sang, de feu, de morts, aurais-je été un homme plus craintif qu'un lapin, à courir derrière cet homme depuis des jours, les mains tremblantes et le vide en moi? Alors… peur de sortir la nuit… C'est différent », grommela-t-il. Jamais plus il ne serait l'homme de ce temps-là. Ceux qui ont connu la guerre comme ceux qui ne l'ont pas connue ne seraient plus jamais comme avant.

Il se réveilla en fin de matinée. Il avait du mal à quitter son lit; il avait mal partout. « Qu'est-ce que ça peut faire, au fond, qu'il vive encore quelques jours, le capitaine. Monstre de cruauté ! Sale chien ! » Il serra les dents si fort que les mâchoires lui firent mal.

Juste un peu après midi, il sortit du lit en traînant. Il était très serein. Il aiguisa son rasoir en prenant son temps et se rasa de près. Il prit son fusil, regarda autour de lui, le chat vint se frotter contre ses mollets. Il pensa faire un repas mais il se dit qu'il valait mieux finir le boulot pour manger tranquillement. Il se sentait tout mollasson aujourd'hui. Tout en marchant à pas lents il vérifia son fusil. Il avait ceint ses cartouchières, le pistolet était lui aussi en place. Du fond du vallon il arriva à un poste d'observation d'où on voyait tout l'embarcadère. On ne voyait pas la barque du capitaine. Pendant un moment il ne comprit pas la raison de cette absence, mais sans y attacher trop d'importance il entreprit de quitter son poste d'observation. Mais il s'arrêta net ! La barque du capitaine ?... Il scruta la mer dans tous les sens : rien. Il arriva au fond du vallon en prenant soin de ne pas se mettre à découvert. De là jusqu'à la mer c'était une forêt de tamaris, même nez à nez, ils n'auraient pas pu se voir. Des tamaris il passa à la roselière d'où on voyait les deux pointes de l'île. La mer était vide. On ne voyait même pas de goélands ni de cormorans.

Vassilis se mit à guetter la maison en attendant que le capitaine en sorte. Le chat fit de même. L'attente fut très longue et vaine. Personne à l'horizon... Encore une fois l'oiseau avait quitté son nid. « Advienne que pourra ! » fit Vassilis, qui s'ébroua et prit son fusil. La balle était engagée. Avec une colère infinie il avança vers la maison. Il poussa la porte. Elle n'était pas fermée à clef. Il entra. Après un examen rapide des lieux, il monta au second. Le lit était à droite : un matelas épais posé sur un sommier avec des dorures. Le couchage était composé d'un traversin couvert de batiste aux bords brodés et d'un édredon bleu brodé, de bonne facture. Le bleu de l'édredon se reflétait sur le mur blanc.

Trois portraits ornaient le mur opposé : le premier était une photo d'un homme dans la quarantaine, aux moustaches tombantes, au regard dur et au visage peu amène. Le deuxième portrait était celui d'une femme au regard serein, doux et affectueux. Le troisième était celui du capitaine : lui aussi avait des moustaches tombantes et le même regard de rapace que l'homme du premier portrait. Vassilis examina longuement le premier portrait et revint sur celui du capitaine. Plus il le regardait plus il se sentait tout drôle, la peur s'emparait de lui. Il eut un frémissement. S'il n'avait été sous l'emprise d'une telle curiosité, il aurait tourné le dos au portrait et se serait enfui.

Des tapis de grande valeur étaient posés au sol. Jadis il en avait vu de semblables, chacun une merveille en soi, dans la demeure d'un bey kurde, en Anatolie. C'est le lieutenant avec qui ils s'étaient rendus dans cette résidence qui le lui avait expliqué. Les tapis d'ici rappelaient ceux du bey kurde par leurs éclats dorés. Trois coffres en bois de noyer étaient alignés contre le mur d'en face. Leur couvercle et leur façade étaient sculptés avec des figures d'églantiers, de cerfs élancés, de grues cendrées aux ailes déployées. Vassilis était dévoré par l'envie d'ouvrir les coffres. Il alla au premier coffre à gauche, il posa le genou droit à terre et essaya de soulever le couvercle. Le coffre était verrouillé. Il esquissa un sourire : d'où qu'elles viennent, de la Chine ou du Kurdistan, ou bien même du Frengistân[1], les serrures ne pouvaient avoir de secrets pour le Maître Vassilis. Il tira de sa poche un trousseau de clefs, de crochets, de baguettes d'acier de toutes tailles. Avec une grande assurance il choisit

1. Terme archaïsant et générique pour désigner l'Occident chrétien, formé du radical *Freng* : Franc et du suffixe indo-européen *stân* : pays de. *Frengistân* : pays des Francs. *Yunanistân* : pays des Ioniens c'est-à-dire la Grèce.

une sorte de tournevis pas plus long que son doigt et l'introduisit dans la serrure. Elle fit trois coups de drelin drelin et s'ouvrit. Une intense odeur de pommes sauvages se répandit du coffre. Vassilis connaissait bien ce parfum. Ces pommes-là, on les trouvait sur le mont Ida, de l'autre côté de la mer. Le coffre contenait des chemises de batiste, une cravate, deux costumes bleu marine, des chaussures et des gilets. Il les examina un par un puis les replia et les rangea. Il referma la serrure. Il n'eut pas de mal non plus à ouvrir le second coffre. Il contenait une foule de bourses et de sacs de toutes tailles et de toutes couleurs, brodés, tissés ainsi que des coffrets. Il s'assit en tailleur. On trouvait de tout dans ces boîtes, mais lorsqu'il ouvrit une bourse de soie et qu'il en vida le contenu, une grande quantité de pièces d'or roulèrent sur le tapis. Il les compta avec soin, à plusieurs reprises comme s'il faisait sa propre comptabilité. Il n'en croyait pas ses yeux et recompta le tout. Cet homme était riche, très riche. D'une autre bourse rouge il tira trois montres gousset en or massif. La chaîne en or de chacune aurait rempli le creux de deux mains. Il n'avait pas tellement le cœur à ouvrir le troisième coffre mais lorsqu'il le fit son étonnement ne cessa point. Il contenait un grand nombre de bourses brodées et pailletées remplies de colliers en or, de perles, de bracelets, de boucles d'oreille et de broches. Vassilis referma le troisième coffre. Il descendit les marches d'un pas chaloupé et partit à l'embarcadère. Il s'assit sur un des bancs de la place des platanes. Il ne parvenait pas à s'expliquer pourquoi cet homme sanguinaire était venu se réfugier sur cette île avec un véritable trésor. Le livret d'identité et les titres de propriété qui étaient dans le coffre paraissaient aussi bizarres. Cet homme si riche avait juste acheté la maison où il était installé et le moulin du milieu sur la colline. Il y avait également trois *kalpaks* en astrakan pur dans le coffre : un noir, un marron, un blanc cassé tirant sur le bleu. Cet homme aurait pu acheter l'île et avoir un titre de propriété non seulement avec dix pièces d'or, mais avec un seul de ses *kalpaks.* Et puis il avait une médaille d'or.

« Je sais, dit Vassilis en riant. Je le sais parce que je l'ai vue de mes propres yeux. Cet homme a sûrement pillé la demeure d'un cheikh ou d'un *agha*[1] ou d'un bey yézidi, d'un bey kurde, tcherkesse, arabe, arménien ou grec. Ce capitaine a pillé des villages entiers, je le sais, de mes yeux je l'ai vu ! » Subitement il eut un sursaut de conscience : « Mais non, mais non ! mon ami, la situation de notre capitaine était bien pire que la nôtre. Comme nous il crevait de faim. Lorsque nous sommes parvenus à Tatvan, sur le bord du lac de Van, il s'est effondré sur place. Nous avons voulu l'aider, il était mort.

« Ce capitaine n'est pas l'autre. Oui, mais d'où il tire tout cet argent ? » Le sergent fouilla dans les poches du capitaine : un mouchoir brodé du portrait d'une jeune fille, trois pièces d'argent et puis c'est tout.

« Mais ce capitaine va mourir. Tout cet or, tout ce trésor... Jamais je n'ai volé, pensa Vassilis. Tue cet homme, parce qu'il a mis le pied sur cette île, prends son trésor et cours ! Je ne le prendrai pas. J'enfouirai le trésor sous les rochers rouges. Et les chercheurs de trésor ? »

Il se leva pour aller au bout du ponton de l'embarcadère suivi par le chat. Le chat faisait triste mine. « Qu'est-ce qu'il a ce chat ? s'inquiéta Vassilis. Eux aussi ? »

Il avait faim, mais pas envie de manger. De là où il était, on pouvait voir le panorama de l'est au sud et jusqu'à l'ouest. Des petites risées parcouraient la mer, avec un plein soleil et des reflets éblouissants. Très loin, derrière la brume de chaleur la vague silhouette d'un navire se laissait deviner.

1. Dans la notabilité turque, titre de rang inférieur à bey qui désigne généralement un chef de village ou de fraction de tribu, un latifundiaire.

Du ponton il passa sur la grève, il écoutait le bruit de ses pas sur les galets. Il marcha vers la pointe de l'est, traversa le verger des pêchers et des cerisiers. Un souffle léger venu du sud était chargé d'un parfum de fleur qu'il ne connaissait pas. Tout d'un coup, il se sentit tout léger. « Pourquoi penser à la guerre et à la mort un jour pareil ? pensa-t-il. Il y a eu tant de morts à la guerre... Tuer un capitaine ? La belle affaire ! Si je le tuais et si je prenais son argent et si j'allais vers des contrées inconnues... Quoi ? Je vais tuer un homme pour lui piquer son argent ? Honte à moi, homme indigne de ce nom ! »

Quand il eut fini son tour de l'île et qu'il revint à l'embarcadère, le soir tombait. Il aperçut une barque qui venait vers l'île. Son cœur se mit à battre la chamade : c'était la barque du capitaine. Comme paralysé il se tenait là, sans pouvoir faire un geste, ni quitter les lieux. Il avait les yeux braqués sur la barque.

« *Aman*[1] *!* s'écria-t-il en turc. *Aman !* Il s'approche ! *Aman !* il va me voir ! » Il se retourna d'un bond et rentra dans la roselière. Il reprit sa place, son fusil et visa l'embarcadère. « En plein milieu de son front... Tout ce qu'il a pu amasser avec tant de soin, les pièces d'or qui emplissent les bourses brodées et pleines de perles, ça va bien lui être utile au cimetière chrétien de l'Île-Fourmi ! »

Cette fois-ci, c'était décidé, il allait le tuer. Il n'était plus sujet à des tremblements de tout son être ni à l'effondrement de tout son corps. Il n'y avait même plus lieu de penser aux horreurs de la guerre, ni aux crimes du capitaine. Une légère pression sur la détente et puis c'est tout ! Au plaisir, le capitaine aux moustaches rousses ! En disant cela,

1. À l'origine, terme religieux qui signifie accorder la grâce au nom de Dieu. Cf. « Donner l'aman. » Dans l'usage courant en turc, cri d'alerte : Hou là ! Pitié ! Attention ! (Se prononce *amane.*)

la colère s'empara de lui, il se mit à trembler de tous ses membres. Il se leva puis se rassit, tourna en rond comme un lion en cage, se rassit. «Je ne pourrais convaincre personne, ni moi-même que je n'ai pas tué cet homme pour son fric. Qu'est-ce que je vais foutre maintenant?… »

Alors qu'il se morfondait de colère dans sa cachette de la roselière, il entendit le bruit des avirons. «Ah c'est bon! se dit-il. Cette fois-ci c'est bon! » Il vit la barque tirée sur le sable de la grève jusqu'à la moitié de sa coque. L'homme sauta de l'embarcation, se retourna pour remettre les avirons en place. Il prit un panier. Fusil à l'épaule, en joue, la cible, la hausse : Vassilis visa le plein milieu du front. L'homme semblait heureux, il se tenait à côté de sa barque, avec l'air d'être bien dans sa peau. Il admirait avec un sourire de satisfaction les poissons qu'il avait pris et mis dans un panier. Bonheur communicatif : Vassilis regarda le chat avec un grand sourire; il sembla le lui rendre. Vassilis posa le fusil et prit le chat dans ses bras. À travers son chemin sous les tamaris et les mûriers sauvages et l'oliveraie il alla à la grotte. Il dégagea sa barque et partit en mer. Se sentir là n'avait fait que magnifier l'état de bonheur dans lequel il s'était mis. Il se sentait comme allégé, comme un oiseau qui volait sans ses ailes. Le fond rocheux où il mouilla sa ligne, peu de gens de l'île ou de l'extérieur savaient le repérer. Il y avait toujours pris beaucoup de poissons, presque à sa guise. Il s'y mit en attendant avec confiance l'arrivée des poissons. Il n'y eut pas la moindre touche, pas un poisson ne vint goûter. Avoir faim, lui-même et le chat, à cause de ce salaud de type!… Le capitaine? Lui? L'image des bourses de soie et de velours brodées de pierres précieuses, remplies de pièces d'or lui revint. Il eut pitié de lui.

Longtemps après, à la première touche il fut aussi excité que le jour où il avait pris son premier poisson. Il ferra dans la précipitation. Un loup énorme se débattait au bout de la ligne, faisait des cabrioles, tendait la ligne au point de la casser, scintillait de toutes les couleurs au soleil.

Il plut dans la nuit, la mer tonnait. Le vent, déchaîné faisait craquer les arbres avec un bruit encore plus fort que celui de la mer. Cela faisait longtemps que le capitaine cherchait à débusquer Vassilis dont il avait senti la présence. Même dans les ténèbres de cette nuit et sous la pluie torrentielle, il était là, avec sa lampe-tempête, à fouiller partout entre l'embarcadère et la place des platanes. Toute la journée il l'avait cherché, toutes affaires cessantes et jusqu'à épuisement, fouillant toute l'île, le moindre talus, la moindre anfractuosité. Il scrutait tout autour de lui avec des yeux grands ouverts de hibou apeuré. Parfois il se cachait derrière un tronc ou un talus ou des ronces et, de là, pistolet au poing, il guettait tout alentour. Vassilis aussi se planquait quelque part, ne le quittant pas des yeux. Vassilis avait bien compris désormais, à voir le comportement de l'autre toujours aux aguets, à la manière dont il scrutait tout autour à tout instant que l'autre avait deviné son existence depuis le premier jour. Il l'avait aperçu dans ses déplacements furtifs, et, sûrement vu courir vers lui. S'il ne s'était pas caché dans la roselière, il s'en serait fallu de peu qu'ils se trouvent nez à nez. Ce jour-là il avait fouillé l'île dans ses moindres recoins, jusqu'aux nids des oiseaux à la recherche de sa trace. Il ne quittait l'île que rarement, juste pour pêcher et revenir rapidement.

Il quittait son lit aux aurores, il ne se rasait même pas, se contentant de se rafraîchir la figure à la fontaine, ne prenait pas de petit déjeuner et se lançait dans l'île avec sur le visage une expression d'enfer, fouillait le moindre trou à rat. Ne trouvant rien, son visage se rembrunissait, sa barbe et ses moustaches rousses prenaient un aspect terne, ses lèvres se serraient. Fou de colère, il parcourait l'île en courant, trébuchant sur les ronces et les racines, les mains et le visage en sang. Parfois, dans sa fougue, il fonçait dans l'eau jusqu'aux genoux.

À voir son visage d'enfer, la folie ravageuse avec laquelle il menait sa traque, Vassilis devenait ivre de rage lui aussi, puis, le doigt sur la détente, au moment de tirer, le sentiment de vide intérieur et les tremblements s'emparaient de lui.

D'autres jours, « le capitaine » se transformait en « cet homme » : il changeait du tout au tout, son visage s'illuminait, un sourire de bien-être s'installait sur ses lèvres et, ces jours-là, son regard caressait tout ce qu'il voyait : oiseau, papillon, tout. Comme lui, ces jours-là, Vassilis partageait ce bonheur d'être et remettait au lendemain l'exécution du capitaine, à un moment où, de nouveau, son regard d'enfer marquerait son visage.

Toute la nuit il ressassait les crimes et le côté sanguinaire du capitaine, et il arrivait à un point où même si le capitaine avait été son propre père ou son frère il n'aurait pas hésité à l'exécuter. Mais, au matin, ou bien le sentiment de vide s'emparait de lui, le rendant incapable de tirer, ou bien l'autre avait le visage des beaux jours et Vassilis se laissait gagner par sa joie de vivre.

Après avoir tout fouillé dans l'île, une semaine durant, l'homme entreprit de fouiller les maisons une par une. Chaque fois il en ressortait, le pistolet au poing, avec son regard enragé.

Vassilis remballa son couchage de la véranda et s'installa dans la grotte. Il commença à passer la nuit dans sa barque.

Chaque fois que l'autre entrait dans une maison, la colère de Vassilis le rendait fou de rage : les crimes que le capitaine avait commis à l'encontre de ses soldats, des villageois dont on incendiait les maisons, de tout être vivant croisé ne faisaient que croître et s'aggraver, son visage d'enfer devenait tel qu'on ne pouvait même plus le regarder.

« Ça y est ! s'écria Vassilis. Cette fois-ci c'est bon ! Peu importe si je n'arrive pas à tirer au dernier moment. Je ne vais pas le tuer dans son sommeil non plus. Je vais mettre le feu sous la porte de la maison et sous les fenêtres un jour de vent du nord. Avec ce vent-là, la maison en bois s'allumera comme un brasier. Quand les flammes auront encerclé la maison, le capitaine se réveillera, il courra en tous sens comme un poulet à qui on a coupé la tête. Et s'il saute par la fenêtre ? » Il réfléchit un instant : « Eh bien je le descendrai ! C'est bon. Cette affaire est désormais réglée ! »

Du coup il était devenu tranquille. Tous les matins il embarquait le chat, du sel et des galettes de marin et partait à l'Île-Grosset. Il arrivait à prendre des poissons en nombre suffisant pour leur repas, il tirait sa barque sur le sable d'une des criques de l'île. Il y faisait un petit feu de bois pour griller les poissons, puis, rassasié, il s'allongeait dans un coin abrité pour une bonne sieste au soleil de printemps. Il attendait que se lève un vent du nord en tempête.

Le bidon d'essence était prêt devant l'entrée de la grotte. Mais, pas plus de vent du nord que de tempête, c'était même la pétole sur toute la surface de la mer. On aurait dit que jamais un souffle de vent n'était passé dans les parages. Vassilis enrageait : « Nom de nom ! jamais je ne pourrai tuer ce cruel buveur de sang. Même Dieu est de son côté. Pas le moindre souffle. Le vent a oublié l'adresse du coin, on dirait ! Même les ailes des moulins se sont arrêtées. Mais attends, ça va se lever un jour. Ce sera un vent tel qu'il cassera les branches des arbres, il déracinera même ces vieux platanes. »

Et le samedi après-midi la tempête se leva. La mer monta jusqu'au pied des platanes. Le capitaine parvint tout juste à tirer sa barque jusqu'au devant des maisons. Vassilis baignait dans la joie. Mais… « Et si le feu emporte toutes les maisons ? Et si la maison de Thanassis brûle aussi, avec ce qu'il y a dedans ?… Un seul un grain de blé vaut cent gouttes de la sueur du front ! Eh bien, tant pis, qu'elle brûle aussi ! » maugréa Vassilis, décidé à risquer le tout pour le tout.

La nuit tombée, Vassilis courut à la grotte pour récupérer le bidon d'essence, l'amena à la roselière. Il défit la capsule avec un tournevis. L'odeur d'essence se répandit dans la nuit.

Le vent se renforçait de plus en plus, à minuit passé, la lumière du capitaine était encore allumée. Vassilis décida d'attendre.

Il s'était endormi. Un bruit le fit sursauter. Il regarda dehors ; il était presque midi. Le bruit venait du bateau d'Ali Osman Reis. Lui et son équipage étaient sur le ponton de l'embarcadère et regardaient tout autour. Le capitaine sortit de chez lui et vint à leur rencontre. Il salua Ali Osman Reis avec un sourire.

« Soyez le bienvenu, je m'appelle Poyraz Musa, je viens d'acquérir la maison d'où je sors et le moulin qui est sur la colline.

— Que cela vous profite et porte chance !

— Je vous remercie, vous êtes les toutes premières personnes à venir sur cette île, que même le bon Dieu a dû oublier. »

Vassilis entendait le nom du capitaine pour la première fois.

Toute la journée il resta coincé dans la roselière. Le chat s'agitait pour aller auprès des nouveaux venus et Vassilis se donnait un mal fou pour le retenir. Si Poyraz Musa voyait le chat il comprendrait tout. Il savait déjà que quelqu'un vivait ici ; s'il voyait un chat bien nourri en plus…

Poyraz Musa avait la parole facile, mais ne se livrait jamais. Il ne parlait pratiquement pas de lui-même. Avec beaucoup d'animation et de présence, il racontait les malheurs de la guerre, le mal que l'homme fait à ses semblables, les contrées qu'il avait visitées, qu'il avait entendu parler de cette île pour la première fois par un ami qui avait été blessé aux Dardanelles et hospitalisé ici, que cet ami lui avait décrit l'île comme un paradis sur terre et que c'est ça qui l'avait décidé à s'y installer, qu'il avait bradé tout ce qu'il possédait pour venir ici mais que la déception avait été à la mesure du rêve étant donné que l'île était vide de ses habitants, qu'un lieu sans ses gens ne valait pas tripette quelles que soient ses beautés naturelles, que la solitude est dure à vivre, que vivre en solitaire dans un endroit paradisiaque n'est pas possible, même si le lieu est plus beau que mille paradis réunis.

« Ne crains rien, disait Ali Osman Reis, un endroit comme ici, un jardin de paradis, ne restera pas vide. »

Ils firent griller leurs poissons sur le feu sous le platane. Après les avoir mangés accompagnés de miches de pain larges comme des roues ils s'étendirent sur les bancs pour une bonne sieste. Réveillés en fin d'après-midi ils se lavèrent le visage à l'eau de la fontaine. Des centaines d'étourneaux étaient posés sur les platanes, leurs piailleries étaient assourdissantes.

« Je vais te montrer cet hôpital, Poyraz Musa, dit Ali Osman Reis. Pendant la guerre des Dardanelles, l'église et l'école des jeunes filles, un peu plus loin, ont été transformées en hôpital. Au fur et à mesure que les blessés affluaient les maisons, puis les tentes aussi sont devenues des hôpitaux. L'île entière est devenue un hôpital pour tout dire. Viens, je vais te faire visiter l'église. »

Ils partirent ensemble vers l'église. Elle était très belle, claire. La lumière, la senteur et le bruit de la mer emplissaient tout le lieu.

Ils repartirent. En cours de route, quand il arrivait à placer un mot dans le flot de paroles de Poyraz Musa, Ali Osman racontait dans quel état les Grecs avaient quitté l'île. Il semblait profondément touché et affligé par leur exil forcé.

« Comment ne pas être attristé, catastrophé ? Comment

ne pas mourir de chagrin ? Tous, tant que nous sommes, nous étions aussi malheureux que nos amis pêcheurs. La plupart d'entre eux étaient des amis et des connaissances. Nous avions partagé le sel et le pain avec eux pendant des années. Nous étions tous présents pour leur souhaiter bonne chance le jour de leur départ. Avant que les bateaux grecs soient à quai, il n'y avait pas beaucoup de tristesse ni de chagrin en nous. Dans nos têtes c'est comme s'ils partaient pour un voyage de quelques jours. Nous étions sûrs de les revoir. Quand ils ont embarqué, il y a eu un silence de mort. »

C'était sa troisième version de l'histoire depuis l'arrivée d'Ali Osman Reis. À chaque récit sa voix s'enrouait, ses yeux s'emplissaient de larmes. Il marquait un arrêt puis reprenait son récit.

« Les vieux, ceux d'âge moyen étaient courbés comme cassés en deux et ne pouvaient même pas se tenir debout, ils chancelaient. Ils étaient là sur le pont comme figés, le visage exsangue. Les jeunes filles et les femmes pleuraient. Puis, toujours en silence, ils ont commencé à descendre des bateaux pour y remonter peu après. Ils ne regardaient personne en face, ni sur le quai ni sur le pont. Il y avait là le Giannis Reis, un copain d'enfance. Il connaissait par cœur tous les cailloux de sous la mer, quel poisson se planquait sous quel caillou, quel poisson venait à combien de brasses de profondeur, lui le savait. C'est de lui que nous avons tous appris la mer. Lui ne croyait pas en Dieu mais en la mer. Il y en a qui connaissent le langage des oiseaux, des papillons, des fourmis, de la terre, de l'arbre et de la fleur, de la pluie et de la lumière. Kara Giannis connaissait le langage de tous les poissons. Nous nous sommes embrassés au moins dix fois avec lui sur le quai. Après les embrassades et les accolades il remontait sur le bateau pour en redescendre aussitôt. On se regardait puis il repartait en courant. C'était comme s'il attendait que quelqu'un lui dise : “Arrête-toi, Giannis, ne t’en va pas!” Jusqu’au départ du bateau, personne n’osait croire qu’ils allaient partir. Nous non plus, sur le quai, nous n’osions pas y croire. Lorsque le bateau a largué les amarres ils se sont tous agglutinés sur le pont supérieur, ils étaient là, immobiles, le regard fixé sur la terre qu’ils quittaient.»

Après avoir narré par le menu les mille et un tours de main de son maître Kara Giannis Reis, Ali Osman Reis se leva :

« Tu es le bienvenu, Poyraz Musa, mon frère... Si tu as besoin de quoi que ce soit, n’hésite pas une seconde. Que ton île t’apporte bonheur et bienfaits!

— Merci, Ali Osman Reis, vous êtes ici chez vous.»

Jusqu’à ce que le bateau disparaisse de sa vue, Poyraz Musa se tint au bout du ponton à les regarder partir; puis il rentra chez lui. Vassilis attendit longtemps.

La nuit vint sans que Poyraz Musa ait quitté la maison.

Le vent du nord violent, qui était tombé dans la nuit, reprit vers midi et se renforça encore dans l’après-midi. Vassilis reprit le chat dans ses bras et quitta la roselière. Il avait faim mais la situation du chat était bien pire. Dès qu’il avait senti l’odeur du poisson grillé il avait tout fait pour s’enfuir. Vassilis l’en avait empêché, mais le chat l’avait griffé partout sur les mains et le visage. Comme il voulait miauler, Vassilis lui avait fermé la gueule avec son mouchoir jusqu’à ce que le chat arrête de se débattre à moitié évanoui. Il en était tout retourné, à deux doigts de pleurer. Il fallait lui donner à manger maintenant. Il laissa le bidon d’essence dans la roselière. Il comptait revenir dans la nuit pour arroser la maison. Il y aurait sûrement assez pour nourrir le chat avec les restes des poissons grillés. Il se demanda comment il allait trouver des morceaux de poisson dans la nuit noire, mais il fut tout content de voir les braises briller comme des yeux de chat dans l’obscurité. Il pensa laisser le chat trouver tout seul sa pitance pendant que lui chercherait à récupérer les restes. Il déposa le chat à côté des braises et se mit à souffler dessus. Ravivées, elles diffusèrent un peu plus de lumière ; il en profita pour récupérer quelques restes semi-grillés, et un peu plus loin des arêtes encore couvertes de chair. Le chat s'était débrouillé de son côté et mangeait avec grand appétit.

Comme le chat faisait moins de bruit, et alors que lui-même avait disposé tout un tas de morceaux de récupération sur le banc, Vassilis entendit grincer la porte de la maison de Poyraz Musa. La silhouette descendit les marches et vint vers lui. Vassilis ramassa le chat et la nourriture pour pénétrer immédiatement dans la roselière et pour rejoindre de là le fond du vallon et sa cachette dans l'oliveraie, à l'ombre du vieux tronc. Il entendit les bruits de pas de Poyraz Musa qui partit de la roselière vers les ronces de mûriers sauvages. Il dut trébucher sur des racines puisqu'on entendit le bruit mat d'une masse qui tombe, puis un juron : « Ouille ! Putain de sa mère ! » Il se releva et reprit sa marche. Retenant son souffle, Vassilis guettait les bruits de pas : sur l'herbe, puis sur le sable et les galets. Vassilis se redressa. Il voyait l'ombre comme une partie mouvante des ténèbres. On n'entendait plus les bruits de pas à cause du bruit des vagues de la mer en tempête. Il se rassit, s'adossa au tronc de l'arbre et se mit à guetter les bruits de la nuit. Pendant un bon moment on n'entendit plus les bruits de pas. Il était tendu, fatigué de son attente et en colère. Il entendit le ronronnement du chat qui, installé à ses pieds, avait achevé d'engloutir avec appétit ses morceaux de poisson. L'air rasséréné du chat le calma, il en oublia même un moment de penser à Poyraz Musa.

Tandis qu'il caressait le chat il entendit distinctement des bruits de pas sur les galets, malgré le bruit des rouleaux qui se brisaient sur la grève. Puis plus rien. Poyraz Musa a dû passer du côté de la plage de sable, estima Vassilis qui l'appelait désormais par son nom, au lieu de parler du « capitaine ».

Le chat ronronnait et Vassilis était perdu dans ses pensées. Soudain il entendit des bruits de pas à trois pas de lui. Il sentit même un souffle chaud derrière le tronc de l'olivier. Il crut que son cœur s'était arrêté. Il eut juste le temps de dégainer son pistolet et de le pointer vers l'ombre. Un oiseau bondit à grand bruit de battements d'aile ; son bruit couvrit même la rumeur de la mer. L'ombre dut avoir une belle frousse car elle quitta les lieux à toute vitesse à travers les tamaris, en haletant très fort, au point qu'on l'entendit depuis l'olivier.

Un bon moment après minuit on n'entendait plus aucun bruit de pas. Vassilis prit son chat qui continuait de ronronner et fila sans bruit vers la colline, à travers le fond du vallon. Il voyait Poyraz Musa en contrebas, la lampe-tempête au poing et fouillant tous azimuts : les tamaris, les ronces, la roselière, jusqu'à la colline. Chaque fois que des oiseaux, dérangés dans la nuit bondissaient de peur devant lui en s'enfuyant à grand bruit de battements d'ailes, Poyraz Musa, surpris, trébuchait, tombait. Peut-être parce que l'herbe amortissait les chocs, sa lampe-tempête ne se cassait ni ne s'éteignait.

Poyraz Musa poursuivit ses recherches jusqu'à l'aube. Au lever du jour, il éteignit sa lampe et continua sa marche vers l'est; il examina le moindre recoin en faisant le tour de l'île, puis, épuisé, il rentra chez lui.

Vassilis quitta sa cachette. Il avait tous ses membres engourdis. Avec une grande prudence, après avoir examiné tous les trous, talus de ronces et anfractuosités dans les rochers, il regagna la véranda de la résidence. Le lit n'y était plus. Il fut très ému de voir cette chambre vide, il sentit la solitude et l'isolement au tréfonds de son être. Il redescendit en courant, se retourna pour voir si le chat le suivait. Il n'y était pas. Il récupéra son couchage dans la grotte et revint en courant. Le chat dormait à sa place habituelle. Il déroula son couchage à côté de lui et posa le chat dessus. Il fit quelques allers et retours à la grotte pour récupérer tout son matériel. Il n'y restait plus que l'essence et la barque. « Qu'il vienne ici et il verra à qui il aura affaire, ce capitaine ! » disait-il dans ses moments de colère.

Le chat continuait à dormir profondément ; il le posa sur l'oreiller.

Il se réveilla très tôt. Il tira un pain sec comme de la pierre de son sac et alla à la grotte. Il tira la barque. Avant de mettre le moteur en marche il examina tout alentour. La tempête de la nuit était tombée, mais les crêtes des vagues moutonnaient encore. La barque était chahutée. Il pensa que le coup de vent pouvait reprendre dans l'après-midi et qu'il valait mieux regagner l'Île-Grosset en face. Il y avait de l'eau et de la verdure dans l'île. Elle était formée autour de deux pitons de silex escarpés qui la séparaient en deux, avec dans la partie médiane une petite plaine verdoyante avec plein d'arbres. L'île n'était guère fréquentée que par les pêcheurs, les pirates et contrebandiers de tout acabit. Très petite, elle n'aurait pas pu faire vivre plus de deux, trois familles. Il y avait là des chèvres étonnantes avec un poil blanc tirant sur le bleuté. Personne ne savait ni par qui ni quand ces bêtes avaient été introduites et laissées là. Il y avait également des lièvres, des renards et des serpents assez longs aux taches bleu et blanc. Lefteris Reis avait prétendu qu'il y avait rencontré un rapace de couleur rouge cuivré. Il avait tendu des rets et des pièges jusqu'au nid du rapace, mis en œuvre toutes ses ruses et son savoir-faire d'oiseleur mais n'avait jamais pu mettre la main sur cet oiseau comme du vif-argent. Le rapace était un peu plus gros qu'un faucon. Au soleil, quand il était en vol ou en train de se poser, son plumage étincelait comme un éclair rouge. Dans toutes les îles de l'archipel il y avait bien toutes sortes d'oiseaux mais ici seul le rapace régnait en maître. Les oiseaux migrateurs, qui se posent partout, évitaient l'île.

Vassilis mit le moteur en marche et le cap sur l'île. La crête des vagues blanchissait. Ce n'est pas de bonne augure, estima-t-il, mais en cas de tempête il pensait pouvoir trouver abri dans une des criques de sable.

Aux abords de l'île, la hauteur des vagues avait bien augmenté et le vent avait forci. À deux encablures de la côte, il arrêta le moteur et mouilla l'ancre. Il disposa ses lignes et en quelques heures il prit bien plus de poissons que nécessaire. La tempête se leva soudainement. Vassilis, qui connaissait bien la mer, ses vents et ses tempêtes depuis son enfance, était toujours étonné et perplexe devant la soudaineté des coups de vent dans les parages. Les vagues étaient tellement hautes que si le moteur n'avait pas démarré du premier coup la barque à la dérive aurait été drossée sur l'un des récifs de la côte. Dans la barque ballottée comme une coquille de noix, le chat sortit, apeuré, de son sommeil profond. Paniqué par le bruit des vagues qui se brisaient sur les rochers, le chat cherchait un endroit où se réfugier. Il se cacha sous le pont avant et se recroquevilla dans un coin en jetant des regards de panique à chaque mouvement de roulis. Porté par un rouleau, la barque s'échoua bien loin sur le sable, jusqu'au pied des oliviers. Vassilis respira un bon coup de satisfaction en voyant sa barque intacte. Il alla chercher le chat, toujours recroquevillé. Il le posa sur le sable. Le chat ne bougea pas d'un pouce : il observait avec inquiétude les rouleaux qui faisaient un bruit d'enfer en se brisant sur les rochers. Il finit par se réfugier au pied d'un arbre mais ne quittait pas Vassilis des yeux.

Vassilis prit les poissons du vivier et alla les nettoyer dans l'eau d'un petit bassin naturel alimenté par la source qui venait de la colline toute proche. Il posa un grand morceau sur une pierre plate devant le chat. Toujours apeuré, celui-ci n'eut même pas le cœur à renifler le poisson, alors que, comme Vassilis, il n'avait pas mangé depuis la veille.

Vassilis ramassa du bois mort et fit du feu. Il disposa les poissons sur la braise. En mer, c'était la tourmente : les vagues montaient hautes comme des arbres et se brisaient sur les récifs avec un grondement de tonnerre.

En attendant que les poissons soient cuits, Vassilis alla s'occuper de la barque qu'il tira plus en avant vers la terre et frappa deux amarres sur le tronc d'un gros olivier. L'odeur appétissante de poisson grillé se répandait tout autour. Derrière les pitons rocheux commençait la petite plaine couverte de mille fleurs. À l'abri des pitons, on ne sentait plus la tempête.

Avec le temps, le chat revint à lui-même. Il s'étira longuement, fit un brin de toilette et, négligeant le poisson sur la pierre plate, il vint auprès de Vassilis. Il grimpa d'abord sur lui, puis redescendit pour lui tourner autour en se frottant à ses jambes. De temps en temps il jetait des regards furtifs aux vagues qui se brisaient sur les rochers. À chaque fois il avait le poil qui se hérissait, il cherchait à se réfugier dans un coin, se pourléchait et pour finir venait retrouver les bras de Vassilis.

Il mouilla les tranches de pain dures comme de la pierre qu'il avait découpées et les fit griller sur les braises. Les poissons grillés disposés sur la pierre plate, une fois qu'ils furent cuits, il les partagea avec le chat.

Après le repas, il s'adossa à un tronc d'arbre et ferma les yeux. Le chat vint se recroqueviller tout près de lui.

Quand ils se réveillèrent, la journée était déjà bien avancée. Le soleil était sur le point de redescendre sur l'horizon. Le chat, aux aguets, regardait en direction des rochers. Vassilis aussi regarda vers cette direction. Tout au sommet de la colline il y avait trois chèvres aux cornes élancés, au ventre blanc et au pelage bleuté, accompagnées de leurs chevreaux.

Ravi du spectacle, Vassilis commença à escalader les

rochers pour s'approcher des chèvres. Il n'était presque pas essoufflé quand il arriva au sommet. De là on avait une vue panoramique sur l'île, et la mer semblait plus déchaînée. Les vagues en furie aux crêtes moutonnées se brisaient sur la côte aux récifs de silex rouge, marron, blanc de la toute petite île, à en faire trembler le sol, comme si elles poussaient tout devant elles : roches, montagnes, plaines... Vassilis, qui en avait pourtant vu, des tempêtes, et pour qui la mer était un lieu de vie, était bouleversé par le spectacle, au point d'en détourner son regard. Il admirait les rochers qui baignaient dans un halo d'embruns, et au-delà les plaines toutes petites et verdoyantes, parsemées d'arbres aux branches énormes. Du côté des rochers d'en face il compta onze chèvres bleutées et sept chevreaux... Il redescendit; une fois dans la plaine, il s'arrêta pour reprendre son souffle. La petite plaine était couverte de fleurs au long col, rouges, bleues, orange, aux couleurs brillantes. Il poussa un grand soupir de regret, venu du fond de son âme. Ahh! Ahh! Il aurait pu construire une petite maison dans cette plaine, mettre les chèvres à l'enclos; il aurait pu cueillir les olives et presser son huile. Une vigne plantée par là... Il aurait pu avoir de quoi faire vivre non pas une seule maisonnée, mais au moins cinq familles.

Et si Aliki rentrait d'Amérique... « Ta gueule! Vassilis le demeuré! grommela-t-il. Pourquoi et comment Aliki viendrait-elle par ici, espèce de fou? Aliki a dû oublier non seulement l'île mais aussi la Turquie, et même si elle est née ici, toi le débile! pourquoi veux-tu qu'elle se souvienne de toi? Elle a dû devenir une belle femme... Elle aurait eu ici de beaux enfants; filles et garçons. Ils auraient été élevés au lait de chèvre, au raisin, à la viande de chèvre, à l'huile d'olive. Des enfants qui auraient grandi dans ces conditions auraient eu une tête bien faite aussi. Eh bien, mon bon con de Vassilis, avec quel argent tu vas leur payer des études dans la grande ville ? Mais tu ne réfléchis donc jamais, mon couillon ? Tu n'as qu'à pêcher des poissons. Ces mers sont pleines d'espadons. Les serrans, les loups, les thons, les rougets, ça pullule. Rien qu'au printemps les espadons te rapporteraient cent cinquante livres turques ; peut-être même deux cent cinquante. Un an, deux ans, trois ans... En dix ans d'économies tu paierais les études des enfants non seulement à Istanbul mais peut-être même à Athènes ou à Paris. »

Il descendit des rochers avec prudence. Les récifs étaient tranchants comme un rasoir ; il s'était écorché les mains à plusieurs endroits et ça saignait. Il s'assit sous l'arbre aux grosses branches qu'il avait vu de là-haut, il s'y adossa, il essuya le sang de ses mains sur l'herbe et se fit des pansements avec des feuilles. « Quant on pense à cette plaine dont la terre paraît très bonne, à ces énormes fleurs et à ces oliviers dont les feuilles sont grandes, on peut dire qu'on peut s'y installer avec quelques copains. Mais pourquoi donc personne ne s'est jamais installé ici ? » Vassilis était perdu dans ses pensées ; il envisagea mille et une raisons. Il conclut que la raison ne pouvait être que la peur de la solitude et de l'isolement.

Plus il pensait et plus l'île embellissait à ses yeux. Il pensa à Poyraz Musa. « Voilà une île tout indiquée pour cet homme. Il se marierait, s'installerait ici, ferait des enfants. » Rien qu'en prononçant « il ferait des enfants », il effaça l'homme de ses pensées et de ses visions.

Il revint à d'autres visions. Il pensa aux montagnes d'Allahüekber avec leur linceul de neige, à leur descente de la montagne, aux milliers de soldats d'un corps d'armée gelés sur pied, pétrifiés sur les flancs de la montagne, à l'abri des rochers. Quoi qu'il fasse ces visions d'horreur ne s'effaçaient pas de son souvenir. Et leur arrivée au mont Ararat ? Chaque jour, des soldats qui mouraient par centaines, vaincus par le typhus. Et les déserts de Mésopotamie où une poignée de survivants de la grande armée ottomane crevaient de la malaria? Chaque fois que ces images lui revenaient en mémoire Vassilis mourait de honte en pensant qu'ayant vu tout cela on ne pouvait plus regarder un autre être humain dans les yeux; non seulement les humains, mais l'oiseau dans le ciel, une fourmi ou un insecte. Il redressa la tête : les chèvres au poil blanc bleuté s'étaient alignées sur les rochers un peu plus loin et l'observaient avec curiosité. Il se leva, puis se rassit, il toussa. Les chèvres ne réagirent pas. Elles ne bougèrent même pas. « C'est peut-être parce qu'elles n'ont pas vu un loup, un homme ou un autre carnassier de la sorte qu'elles ne s'enfuient pas quand elles voient un homme », pensa Vassilis. Il y avait aussi le fait que dans cette contrée, sur la côte comme dans l'archipel, les gens considéraient ces chèvres comme des êtres sacrés. Selon la légende elles appartiendraient au troupeau du Maître des mers et des pêcheurs. De nuit, le Maître des mers survolerait les mers à la vitesse de l'éclair, avec une boule de lumière dans la main. Il secourrait les marins en perdition. *Hızır*[1], le Maître des mers aurait sauvé la vie de plus d'un marin, juraient encore aujourd'hui sur le Livre saint les marins et les pêcheurs de la région en décrivant comment Hızır, le cavalier céleste au cheval gris, tenant la boule de lumière à la main, les avait tirés des pires fortunes de mer. S'il en était ainsi, qui oserait donc toucher aux chèvres du saint? En fait, il y en avait certainement qui avaient voulu les prendre mais, pour sûr, leurs cadavres étaient restés sur les escarpements de ces rochers. Tout le monde savait ça par ici.

Vassilis admirait le paysage marin, les pitons rocheux et toutes ces fleurs qu'il n'avait jamais vues auparavant et dont

1. « L'homme vert », « le verdoyant » *Khidr* des textes coraniques, l'alter ego d'Elie/Ilyas dans les traditions populaires religieuses des Turcs.

il ignorait le nom. Cette île était bien une île ensorcelée. Ce serait la raison pour laquelle les gens ne s'étaient jamais installés ici, vu qu'ils auraient passé leur temps, pris de magie admirative, devant la beauté des rochers, des fleurs, de la mer qui scintille avec ses mille et une lumières, au lieu de travailler.

Il descendit du piton avec une grande prudence, en s'agrippant aux rochers pointus. Les chèvres l'accompagnèrent. En bas, le chat vint à leur rencontre avec son miaulement de contentement. Pour éviter que le félin sauvage et carnassier qu'il était n'effraye les chèvres, Vassilis le prit dans ses bras et l'emmena à la barque. En un instant les chèvres, qui l'avaient accompagné jusqu'au bas du piton rocheux, partirent pour suivre un bouc qui faisait peut-être le double de leur taille, qui gambadait d'un rocher à l'autre. Il avait le pelage plus foncé que les autres.

Alors qu'il cherchait à retrouver les chèvres qu'il avait perdues de vue, il eut la surprise de les retrouver au sommet du piton, alignées, et encore plus nombreuses. « Qu'est-ce qu'il y a comme chèvres dans une si petite île ! pensa Vassilis en souriant. De plus on dirait qu'elles sortent toutes de la même usine avec leur pelage blanc bleuté. Ce sont bien les chèvres du Maître des mers. » Il sentait confusément que Poyraz Musa commençait à lui manquer. Il ne pouvait pas tenir en place. Il voulait faire des choses sans savoir quoi. Il se retrouva en train d'escalader le second piton rocheux qui lui parut plus joli, avec les veines de la roche plus colorées de variations de rouges, de bleus, de jaunes plus étincelants. Les chèvres, qui s'étaient habituées à sa présence, ne le regardaient plus avec leurs yeux étonnés.

Tout au sommet, Vassilis s'assit sur une pierre qui lui faisait presque un fauteuil. Il contempla le soleil qui descendait dans la mer, il pensa à la création d'un monde nouveau, qui aurait éclos comme une majestueuse fleur orange, malgré tout : les guerres, l'oppression des faibles, malgré la faim, et dont il aurait été le témoin. Il se sentit plein de joie. Il redescendit avec cette sensation au cœur. À l'abri des pitons, la tempête n'avait guère d'effets, seul un petit vent résiduel parcourait l'herbe et les fleurs. Le chat se frottait contre ses jambes. Il le prit dans ses bras. Il commença à ronronner aussitôt.

Il rejoignit sa barque. Les poissons étaient déjà morts dans le vivier. Il les prit, les nettoya, les sala. Le feu était facile à faire, il y avait plein de bois sec sous les arbres. Il partagea son repas avec le chat. Tout en le caressant Vassilis parlait avec enthousiasme. « Heureusement que nous sommes venus ici aujourd'hui, camarade, dit-il. Je ne vais pas te donner de nom ; tu n'auras pas de nom, mon ami. Si tu en as un, tous les ennuis te tomberont sur la tête et tu n'en verras pas le bout. C'est pour t'éviter ça que tu n'auras pas de nom. Je t'appellerai camarade, mon ami, mon pote. Eh bien, tu as vu comme moi comment ces rochers tranchants comme le fil du rasoir, ces chèvres sauvages qui n'ont pas connu les hommes, ces herbes, ces fleurs et ces arbres nous ont accueillis à bras ouverts. » Il ne voulait plus penser à la guerre, à Poyraz Musa, à la manière dont les gens de l'île avaient eu leur cœur arraché comme avec des tenailles. Il était tellement heureux qu'il n'avait plus qu'une envie, vivre ce monde qui n'était plus qu'une immense fleur orangée qui venait d'éclore.

La tempête de la veille s'était arrêtée, la mer comme le reste était toute calme. Les senteurs marines et les parfums des fleurs et des herbes se mêlaient comme s'ils berçaient le monde. Vassilis mit sa barque à l'eau. À une centaine de brasses du rivage il mouilla ses lignes. En un rien de temps il prit suffisamment de poissons et repartit. Au loin, plantés immobiles sur les rochers, les chèvres les observaient en silence.

Les questions que Vassilis se posait au sujet de Poyraz Musa lui revinrent vite à l'esprit, lui rappelant les images de la guerre, le sang et les morts, les corps déchiquetés qui pendaient sur les branches des arbres. La fumée, l'odeur des cadavres et de la poudre noircissaient son monde et lui minaient le moral.

Il était certain désormais que Poyraz Musa savait qu'il y avait quelqu'un dans l'île et qu'il le cherchait. Aurait-il découvert le bidon d'essence ? Qu'il l'ait découvert ou non ne changeait rien au problème : il cherchait par tous les moyens l'homme qu'il avait aperçu. Il cesserait de manger ou de boire, mais il le chercherait jusqu'à ce qu'il le trouve.

Il avait déjà oublié l'Île-Grosset, le chatoiement de ses fleurs aux mille couleurs, ses chèvres sauvages bleutées, la mer et ses jeux de lumière. Il enrageait en se remémorant toutes les horreurs qu'il avait connues, dans le désordre ; la colère envahissait tout son être. Il mit pleins gaz. Il voulait arriver au plus vite sur l'île et faire disparaître cet homme. Mais déjà il commençait à sentir ses nerfs lâcher. Et si le capitaine l'attendait, l'arme au poing, à l'abri des rochers qui sont au-dessus de la grotte ? Poyraz Musa était redevenu le capitaine. Et si le capitaine, planqué là, le tuait d'une balle au milieu du front ? Mais pourquoi donc le capitaine tuerait-il quelqu'un qu'il n'a jamais vu auparavant ? « Ce n'est pas lui qui a juré sur la Bible qu'il descendrait le premier homme qui mettrait le pied dans l'île… Il n'y a que moi qui me suis obligé à le tuer. Mais lui, il a dû comprendre depuis belle lurette que je suis resté sur l'île et que j'ai juré de le tuer. Et c'est pour cela qu'il a peur de l'homme qui rôde dans l'île et que ça l'empêche même de dormir. Pour sûr ! » Toutes ces pensées le mettaient dans un état de désarroi indescriptible où la rage le disputait à une peur paralysante. C'était mortel.

À une encablure de l'entrée de la grotte, il coupa les gaz.

« Aucune balle de revolver ne m'atteindra ici », pensa-t-il pour se donner confiance. Par prudence, il s'arrêta quand même à une centaine de mètres. Il se leva, le chat dans les bras, et scruta les abords de la grotte, les ronces alentour, les arbres et la rocaille. Il empoigna les avirons et entra rapidement dans la grotte. Dès qu'il mit pied à terre il regarda s'il y avait des traces de pas sur le sable. Il se rasséréna. Le chat lui aussi examinait la grotte en reniflant certains endroits plus que d'autres. Lui non plus ne trouva pas de traces. Il se calma à son tour.

Il prit le chat dans ses bras et sortit de la grotte. Mais, à peine dehors, il s'arrêta pile sur les galets. « Mais pourquoi tout cet entêtement ? pensa-t-il. Il n'y a pas que cette île sur la Terre, pourquoi ne pas refaire sa vie à l'île aux chèvres ? Pourquoi ne pas y construire une maison ? Ces chèvres qui sont les bêtes sacrées de Hızır au cheval gris, elles donnent bien du lait pour toute l'île, elles donneraient de la viande aussi. On peut très bien greffer les oliviers sauvages, planter du maïs et des tomates, des oignons, semer du blé, faire un verger de pommiers, de mûriers, de cerisiers et de grenadiers dans la petite plaine. Qui saura qu'il y a quelqu'un ici et qu'est-ce qu'ils auraient bien à redire au juste ? Et puis on peut toujours faire appel à un copain pêcheur... » Tout d'un coup il pensa à Haydar le Kurde. Un gars brave, avec beaucoup de prestance, aux beaux yeux, et courageux ; un homme de parole. Il s'était amouraché, il y a quelque temps, d'une jeune Grecque et le couple s'était réfugié dans un village turkmène. Bien que la jeune fille l'ait voulu, il ne l'avait jamais convertie à l'islam. Ils avaient eu deux enfants et vivaient comme brassiers, sans un arpent de terre, dans ce village turkmène, au mieux en ramassant des olives en saison. « Si Haydar le Kurde voyait cette île, il ne la quitterait plus jamais. Cette île pourrait nourrir cent à cent cinquante chèvres, et la mer regorge de poissons, songea-t-il.

« Il faut aller s'installer dans cette île, puis aller dans ce village turkmène chercher Haydar le Kurde et l'amener là-bas. Jamais, au grand jamais, Haydar le Kurde, qui est un brave, maître de sa parole, ne me trahirait; pas seulement moi, son ami, mais même un étranger venu de nulle part.»

Il retourna vers la grotte. Il avait une idée : un jour où le capitaine serait à l'extérieur de l'île il irait chez Thanassis prendre du ravitaillement, ramasser ses affaires personnelles, charger la barque et partir pour l'autre île. Haydar aussi croyait aux pouvoirs surnaturels de Hızır, le Maître des mers qui la parcourt chevauchant sur son cheval gris, une boule de lumière à la main. Il fit quelques pas dans la grotte mais c'était comme s'il avait des boulets de cent kilos aux pieds. Il repartit pour la roselière en suivant la côte et en se cachant derrière les ronces et les mûriers sauvages. Le bidon d'essence était à sa place. Il était content. Mais ce fut de courte durée : et si le capitaine avait laissé le bidon là, tout exprès, pour le piéger et venir le cueillir comme un rien? Il quitta rapidement la roselière pour aller du côté des tamaris. De là on pouvait voir parfaitement l'embarcadère, la place des platanes et quelques maisons.

Le soleil avait dépassé le midi et avait bien baissé vers l'ouest. Il n'en pouvait plus d'attendre. Tenaillé par la peur et la curiosité de ne pas savoir si le gars était dans l'île ou non, il ne pouvait plus tenir en place, mais il ne voulait pas quitter l'abri des tamaris non plus. Il pensa un moment que si la barque était ici, le capitaine y était aussi, il se faufila vers le rivage en rampant entre les branches des tamaris. Il longea des ajoncs dont les fleurs écrasées exhalaient un parfum amer. Il pensa à l'île aux chèvres, à ses chevreaux, au petit torrent qui dévalait le rocher veiné de rouge dans un petit bassin bordé de marjolaine. Un souffle de vent léger lui caressa le visage avec un parfum de marjolaine et partit vers la mer. Lorsqu'il parvint au rivage, ce parfum de marjolaine qui avait imprégné sa peau lui tournait la tête. Il se leva sur les galets pour s'écrier : «À moi, Hızır le bienheureux, le cavalier au cheval gris, le Maître de toutes les mers! Au secours!» Il vit aussitôt, de l'autre côté de l'embarcadère, la barque tirée sur les galets. «Le capitaine est là!» maugréa-t-il. Il rampa vers les tamaris. Près des ajoncs, dans les herbes hautes il entendit un petit tsss tsss. Trois paires de tortues étaient en train de s'accoupler. Il pensa au foulard vert. Ses paillettes étincelaient devant ses yeux, l'éblouissaient. Son parfum se mêla aux senteurs de marjolaine et aux effluves d'un bouc qui s'était frotté aux rochers à côté. Il se leva d'un bond et, au risque de se faire repérer ou de se faire tirer dessus, il fonça au moulin. Il monta les marches quatre à quatre. Il resta tout figé devant la porte. Le foulard était là, enflé, scintillant de toutes ses paillettes, répandant une intense odeur de sein de femme. Les hirondelles avaient achevé leurs nids et s'y étaient installées. Elles regardaient Vassilis avec des yeux tout ronds et mobiles.

En s'approchant de la fenêtre, Vassilis aperçut le capitaine et se cacha immédiatement. Il venait à vive allure du côté de la colline, vers le moulin. Vassilis descendit rapidement les marches pour se jeter dans le massif de roses trémières qui avaient poussé à hauteur d'homme autour du moulin. Le capitaine arriva à toute vitesse, pénétra dans le moulin pour en ressortir aussitôt. Il regarda tout autour, fouilla les autres moulins. Vassilis se cacha un peu mieux derrière les frondaisons d'un mur végétal fait de roses trémières, de mûriers sauvages et d'églantiers. Il écarta les branchages et vit le capitaine. Il remarqua le pistolet à sa ceinture. «S'il me voit, c'en est fini», pensa-t-il. Le capitaine vint tout près de sa cachette. Avec des yeux exorbités de peur et d'inquiétude, il examina l'endroit minutieusement. Il se pencha sur Vassilis, à la recherche d'on ne sait quoi. Le cœur de Vassilis battait à la folie. Le capitaine ne le vit pas et s'en alla. Le cœur de Vassilis battait encore plus fort. Comme s'il avait reniflé quelque chose, le capitaine rôda encore dans le coin, entra dans un moulin, alla à l'oliveraie, il eut peur d'un envol d'oiseaux. Il fouilla tout, en se retournant tout le temps en arrière, à l'affût du moindre bruit avec un air plus sauvage qu'une bête sauvage traquée et apeurée. À un moment donné le capitaine se planta juste devant Vassilis qui eut la certitude d'avoir été vu cette fois-ci. Il dégaina son pistolet et quand il pointa son arme sur Vassilis, ses mains tremblèrent. L'arme tomba sur de la pierre. Les yeux grands ouverts, le capitaine resta figé un moment, les yeux dans les yeux de Vassilis mais sans le voir. Il quitta les lieux pour aller à l'embarcadère, prit sa barque qu'il poussa à la mer. Il sauta dedans, empoigna les avirons et après avoir souqué sur deux à trois encablures il s'arrêta, se leva et promena son regard sur l'île et notamment sur le moulin. Il se rassit, se remit à souquer à toute vitesse au point que la barque amerrit sur les galets comme si elle avait été projetée par une force énorme. Il dégaina son pistolet, examina la roselière, puis les maisons et la place des platanes. Revenant de sa surprise, Vassilis récupéra son propre pistolet. Il rejoignit la grotte sans même se cacher, ayant oublié même la peur, et complètement fourbu.

La lumière du capitaine resta allumée toute la nuit. Vers minuit il prit sa lampe-tempête et alla au fond du vallon. Puis, il resta un bon moment sur la colline et disparut. « Il a dû rentrer chez lui », pensa Vassilis.

Vassilis regagna l'autre colline, moins élevée. L'endroit lui était familier. Elle n'était pas bien haute mais elle était très escarpée, avec de la roche acérée aux reflets bleutés. Lorsque le capitaine réapparut au bout de deux ou trois heures il fut rassuré. La nuit était toute noire. Une pluie fine mouillait ces ténèbres par intermittence. Elle allait tomber dru au petit matin. Tous les pêcheurs savaient ça.

À moitié endormi, Vassilis suivait du regard la lumière de la lampe-tempête. Il la vit sur un versant de la colline, puis cheminer en chancelant, tomber par terre, faire des zig-zag, puis clignoter comme une luciole, ensuite sur le rivage pendant un bon moment. Elle repartit en direction du quartier des hôtels des *çorbacı*, puis disparut entre les dédales des maison pour réapparaître. Avant le lever du jour, la pluie tomba en bourrasques. Trempé jusqu'aux os, Vassilis ne pouvait même plus bouger. Dans la tourmente, la lampe-tempête se déplaçait comme un somnambule, chancelait, virevoltait.

Avec le jour, le tonnerre retentit. « Oh, le pauvre ! pensa Vassilis. Il est arrivé quelque chose à Poyraz ! » Il eut une sensation de vide, se laissa tomber. « Oh, le pauvre ! Oh, le pauvre ! » Il se redressa. Il avait mal à tous les os. Ses vêtements lui collaient à la peau. Il scruta l'île dans tout ce qu'elle pouvait offrir au regard. La pluie continuait à tomber en abondance. Il faisait sombre comme la nuit. « Oh, le pauvre ! Oh, le pauvre ! Sûr qu'il lui est arrivé un malheur à ce garçon. Peut-être qu'il est tombé dans un trou et qu'il est mort noyé. Oh, le pauvre ! Oh, le pauvre ! »

Les eaux pluviales descendaient en torrents tumultueux des rochers, grossissaient le lit des rivières en emportant tout : pierres, troncs d'arbre, branches cassées. « Il a dû mourir quelque part dans cette tourmente, le pauvre. Quand je pense qu'il a dû fuir je ne sais qui, je ne sais d'où, pour venir se réfugier ici. Le monstre c'est bien moi, et c'est à cause de moi qu'on en est arrivé là ! Il n'était ni capitaine ni rien du tout, le pauvre gars. Qui sait qui il avait à ses trousses pour être venu sauver sa vie dans cette île déserte. On voyait bien qu'il était mort de trouille. Ses yeux, son corps tout entier parlaient de peur. Il est mort à la recherche de la peur ! »

C'est dévoré de culpabilité qu'il arriva à la place des platanes. Des torrents de ténèbres tombaient du ciel, sans répit.

En regardant du côté de l'embarcadère, il aperçut l'ombre debout, immobile avec sa lampe-tempête à la main. Dans un premier temps il resta là, interdit. Puis il fit quelques pas dans sa direction mais s'arrêta pile. Il était content. Sa joie fut de courte durée : Poyraz Musa le regardait avec des yeux grands ouverts, exorbités. Un éclair de peur traversa tout son corps; ses jambes flageolèrent. Un éclair claqua au-dessus de leurs têtes, la foudre tomba pas très loin, le tonnerre gronda comme si on déchirait le ciel. La mer était déchaînée et courait vers eux comme si elle allait engloutir toute l'île. La peur au ventre, il put se cacher dans la roselière. De là il regarda la place. Poyraz Musa était là, comme pétrifié, il regardait avec ses yeux exorbités mais il semblait ne rien voir du tout. Il était comme ces dizaines de milliers de soldats gelés debout, pétrifiés, transformés en bonshommes de neige sur les pentes des monts Allahüekber. Ils regardaient eux aussi avec cette expression, les yeux grands ouverts avec une immense nostalgie de la vie qui s'en va. La lampe-tempête qu'il ne lâchait jamais était éteinte.

La peur envahit tout l'être de Vassilis. Il sentait la mort le saisir au collet. Il réalisa qu'il claquait des dents. Il se mit à marcher. Un peu plus loin il se retourna vers les platanes, mais n'y voyant plus l'ombre, sa peur ne fit qu'augmenter. Il revint à la roselière. « Peut-être qu'il est mort pour de bon et que son corps gît sur les planches de l'embarcadère? Peut-être qu'il est malade et qu'il a besoin d'aide? » Il scruta l'embarcadère : il ne vit personne. Il regarda vers la place des platanes et alentour, personne non plus. Il sortit de la roselière. Il était transi de froid et ses dents claquaient comme si elles allaient se casser. Le chat avait trouvé refuge sur une branche de platane et miaulait. Vassilis leva la tête et aperçut, au-dessus du chat, tout un rassemblement d'oiseaux au plumage mouillé, tout fripés, la tête sous l'aile et alignés sur la branche. Le chat descendit à reculons, avec difficulté et n'eut même pas la force de venir se frotter à ses jambes. Il se mit en boule au pied de l'arbre. Vassilis était tenaillé par la peur. Il prit le chat et courut à la grotte.

Les éclairs et la foudre lui couraient après, la mer n'était plus qu'un raz de marée. La terre tremblait comme lors d'un séisme. Il pénétra dans la grotte. Il voulait faire un feu à tout prix, pour survivre. Il n'y avait ni bois mort ni rien de ce genre. Même les allumettes qu'il avait dans sa poche étaient mouillées. Il pensa au sac étanche en toile huilée; il était resté à la résidence. Il sortit et la foudre tomba à deux pas de lui sur les rochers dans un craquement terrible. Les éclairs et la foudre se succédaient en déchirant les ténèbres et la pluie, comme si le ciel était troué, et s'abîmaient dans la mer en furie et sur l'île. Il faillit être renversé par la force du vent qu'il recevait comme des coups de poing dans la figure. À bout de souffle il parvint à la résidence. Il claquait toujours des dents. Il n'avait même plus la force de grelotter. Malgré tout, il récupéra le sac étanche et les allumettes qu'il posa à côté de la cheminée. Il n'y avait pas de bois à brûler en vue. Il voulut casser une porte mais il n'en eut pas la force, et puis il pensa qu'il n'était pas bien de détruire cette porte. Tout grelottant il descendit à la cave. Il y trouva une pièce remplie de bûches bien coupées et rangées, et des allume-feux. Il en emporta une bonne quantité pour faire un feu là-haut. Le temps que le feu prenne il fit quelques allers et retours à la cave pour se constituer une réserve. Il enleva sa veste, sa chemise, son pantalon qu'il étendit sur le dossier d'une chaise cassée, et resta avec son caleçon long. Il pensa qu'il y avait longtemps qu'il n'avait même pas pu se laver, ni changer de sous-vêtements. Il avait l'entrejambe qui puait à arracher le nez.

Il se sécha auprès du feu qui avait bien pris. Il enfila son pantalon bouffant qui était bien sec aussi, puis sa veste. Il avait cessé de grelotter. Il se demanda s'il n'irait pas chez lui récupérer du linge propre. Le chat était blotti auprès du feu; il n'ouvrit même pas les yeux quand Vassilis descendit l'escalier. Dehors, la pluie s'était renforcée. La pluie, les éclairs, la foudre, le grondement de tonnerre de la mer déchaînée se mêlaient. Contraint et forcé, Vassilis revint auprès du feu. Il s'assit la tête entre les mains, se faisant un sang d'encre en se demandant si le bonhomme n'avait pas eu quelque malheur. « Crever sur cette île déserte, tout seul, les yeux exorbités, pétrifié... Si je n'étais pas ici, son cadavre resterait des jours durant dans sa maison, gonflé comme une outre... Il en éclaterait... Il empuantirait toute l'île... Des gens croisant à un mille de la côte auraient les poumons arrachés à respirer tant de puanteur, ils tomberaient raides morts rien qu'à cause de l'odeur! »

« Demain, fit-il avec mélancolie, tôt le matin j'irai le chercher. Et si on se trouve nez à nez? Et si, de peur, il dégaine son pistolet? Là, c'est un homme mort! Des gens qui ont les yeux exorbités comme lui ne vivent pas longtemps. Les soldats gelés sur les monts Allahüekber, avec des yeux comme les siens, on n'avait pu les dégager qu'au printemps, à coup de pioche. Mais cet homme n'est pas gelé. Peut-être pas, mais il a bien ces yeux exorbités. Il est mort! Sûr qu'il est mort. Si la pluie s'arrête demain je le mettrai dans un linceul... Ah oui, le tissu pour le linceul! Mais il y a bien les draps immaculés, blancs comme la neige. Où trouver l'imam? Tant pis, on se passera de l'imam! Si un jour un imam vient dans l'île, la première chose que je ferai ce sera de l'emmener au cimetière pour lui faire dire une prière. Juré, promis! Peut-être que des musulmans vont s'installer dans l'île? Mais personne ne s'installe ici! répéta Vassilis en colère. Qui viendrait donc ici, dans cette prison? Quel couillon? Ce pauvre type a échoué ici venu d'on ne sait où, ça c'est autre chose. Je pense qu'il a été foudroyé et brûlé vif. Mais s'il a brûlé, où est son cadavre? Je le trouverai si la pluie cesse demain. Il a dû dégringoler de l'embarcadère et la mer a dû emporter son corps. Eh bien, tant mieux! C'est beaucoup mieux!» Tout d'un coup une tristesse incommensurable l'envahit tout entier. Même durant les années horribles, avec tous les malheurs qu'il avait vécus il n'avait jamais pu pleurer. Mais penser à cet homme gisant de tout son long sur les planches du ponton, avec des yeux exorbités qui imploraient secours, c'était un arrache-cœur. Peut-être qu'il pourrait le sauver. Il pourrait le sauver à coup sûr. Et, une fois sauvé, il viendrait tuer Vassilis d'une balle en plein front!

Il alla chez lui. Il y avait deux pièces et un salon. Le père de Vassilis, mort lors du naufrage de son bateau plein de barriques de vin, l'avait fait construire en y travaillant lui-même aussi, avec le plus grand soin. C'étaient des maîtres maçons arméniens qui avaient réalisé la construction. Les boiseries des l'intérieur, toutes ouvragées, faisaient l'admiration de tous.

Le père de Vassilis était un des pêcheurs les plus connus de la contrée. Il ne vendait jamais sa prise aux locaux mais la transportait à Izmir. Là-bas, ses poissons, langoustes et tourteaux étaient toujours bienvenus. Stephanos le poissonnier les mettait dans un vivier de la taille d'un petit bassin et plantait un gars à côté pour changer l'eau en permanence.

Une fois à l'intérieur, il alla à la pièce où se trouvait un coffre en bois de peuplier, fait par des artisans d'Edirne. Il ouvrit le coffre qui fit trois coups de sonnette. Vassilis avait appris à ouvrir ces coffres à sonnette sans la clef, quelles que puissent être leur serrure, en s'exerçant sur celui-ci. Le coffre sentait bon le savon et les pommes du mont Ida. Il récupéra du linge qu'il posa sur la table. Il prit également un pain de savon rose bien parfumé. Les draps lavés avec ces savons étaient toujours d'une propreté impeccable et sentaient le lentisque. Avant son départ pour l'armée, il avait fait faire trois costumes au tailleur du bourg, acheté des chemises de batiste et une cravate. C'était si chic qu'on n'aurait pas eu ça ni à Istanbul ni à Athènes. L'enfance et la prime jeunesse de Vassilis avaient été des périodes de bonheur. Son père s'était toujours arrangé pour qu'il ne manquât de rien. Il était mieux nourri et mieux habillé que les gosses des *çorbacı.* Vassilis n'avait pas failli aux espoirs que son père avait placés en lui : il était devenu un pêcheur aussi habile que lui, un des pêcheurs réputés de l'archipel. Sa mère était morte quant il était à la guerre, il ne l'avait appris qu'à son retour. Il s'était retrouvé seul au monde.

À revoir la maison, tout en ordre, chaque chose à sa place, il retrouva son calme. Il décida de revenir le lendemain, en cachette, pour faire bouillir un grand chaudron d'eau, se laver avec le savon parfumé, enfiler ses sous-vêtements fleurant bon le lentisque, sortir son matelas de l'armoire et dormir... Mais de quel sommeil !

Mais, pour l'heure, il fallait passer chez Thanassis récupérer un petit bidon d'olives et du miel pour les déposer à la grotte ou à la résidence. Sinon il mourrait de faim. Après avoir enterré le gars, et dressé la croix sur sa tombe il pensait transférer les victuailles de chez Thanassis jusque chez lui. Dormir dans la grotte ou sur véranda de la résidence n'aurait plus de sens après la mort de cet homme.

Il ressortit, la pluie faisait rage. Il fonça jusque chez Thanassis. Le temps qu'il y arrive, pas moins de quinze éclairs déchirèrent les ténèbres à grand fracas. Plus loin, sur la mer, c'étaient des éclairs violets qui fondaient comme des rasoirs vers les vagues. Ce n'était plus la peine de se cacher désormais. Comme dans le bon vieux temps, il alla chez Thanassis, droit comme un I. Il y prit un bidon d'olives et du miel aux rayons blancs et ressortit. Arrivé sous les platanes, en levant la tête il aperçut le capitaine, debout, hiératique, devant le moulin. À chaque éclair, le corps du capitaine plongeait dans une boule de lumière, son corps paraissait plus majestueux. Il disparaissait ensuite dans les ténèbres et la pluie, on n'apercevait plus qu'une ombre, une sorte de fumée qui se reflétait sur les ailes du moulin.

Vassilis mit du temps à reprendre ses esprits. Il se glissa précipitamment à l'abri des maisons, et de là il descendit au rivage. Mais le chemin par la plage était impraticable : des vagues énormes se succédaient à l'assaut de la côte ; les embruns montaient jusqu'aux falaises.

Comprenant qu'il n'était pas question de marcher sur la grève, il reprit le chemin de la roselière et des ronces. La pluie claquait sur son visage comme le fouet d'un géant, le faisant chanceler à chaque rafale.

Quand il arriva à la résidence il ruisselait à torrents.

L'entendant arriver, le chat, toujours auprès de la cheminée, ouvrit un œil, le referma aussitôt. Il ranima le feu avec des bûches et des allume-feux de résineux. Les bûches de bois mort d'olivier prirent rapidement. Il s'assit en tailleur devant la cheminée, enleva sa veste qu'il tint devant le feu. Elle fumait. Il avait toujours le capitaine en tête. Qu'est-ce qui a pu bien se passer pour qu'il reste comme ça, planté comme un pieu, sous la pluie, comme les soldats morts des montagnes Allahüekber. Une forêt faite de dizaines de milliers de soldats gelés sur pied sur les flancs de la montagne. Au printemps quand le soleil était revenu, la fonte des neiges en avait emporté par centaines, au fil des torrents. Certains avaient échoué dans la plaine, d'autres avaient rejoint les fleuves.

Il prit une miche dure comme de la pierre qu'il partagea en deux avec difficulté. Il posa un morceau sur la braise. Le pain se mit aussitôt à fumer. Vassilis mit le morceau à refroidir sur le marbre de la cheminée. Il prit quelques olives. Le chat venait de se réveiller et se pourléchait les babines. Il lui lança une olive. Le chat, excité, fonça sur l'olive et commença à jouer avec. Il était tellement pris au jeu qu'il parcourut la pièce de part en part en un instant. Pendant un moment il observa le manège du chat. Quand le pain fut refroidi, il se fit un bon repas avec des olives et ce pain. Il but un grand verre d'eau par-dessus. Une fois rassasié, alors qu'il s'apprêtait à s'endormir, un éclair terrible claqua et le sortit de sa torpeur. Il pensa immédiatement au capitaine. « Le pauvre, se dit-il, il va crever devant ce moulin ». Il eut de la peine pour lui mais cela le mit en colère. Il bondit pour prendre son fusil. Un autre éclair claqua suivi d'un grand coup de tonnerre. Il vida son fusil qu'il rechargea à nouveau. Il se ceignit de ses cartouchières et courut jusqu'au moulin. On aurait dit que la mer allait engloutir l'île. Les éclairs se succédaient à une cadence d'enfer. En s'approchant du moulin il vit Poyraz Musa marcher péniblement, transi, les vêtements lui collant au corps. Il faisait quelques pas puis s'arrêtait. À chaque éclair ou coup de tonnerre il chancelait comme s'il allait tomber, puis il reprenait sa marche. Il marchait les yeux baissés, la tête rentrée dans les épaules, comme s'il cherchait quelque chose par terre. « Il suit une piste, pensa Vassilis. On dirait un somnambule, mais il suit une piste même si c'est en chancelant, comme s'il allait s'écrouler à tout instant. Ceux qui sont passés par la guerre des Dardanelles, ou par le front de l'est ont toujours cet air de famille : abrutis, somnambules, misérables, pas dans leur assiette. Je parie que ce gars a fait les deux guerres et même la bataille de Dumlupınar[1]. »

Plié en deux, l'homme tentait d'avancer, mais ne cessait de trébucher. Arrivé au pied des platanes il s'affala, face

1. Durant la guerre des Dardanelles, bataille décisive et particulièrement meurtrière, où les forces alliées furent stoppées par l'armée ottomane sous le commandement de Mustapha Kemal.

contre terre. Vassilis resta coi. La pluie tombait dru comme du crin de cheval. C'était comme si tous les cieux étaient troués et que tous les fleuves de la création tombaient du ciel. Poyraz Musa était à terre, se débattait sans pouvoir se relever. Puis il cessa de s'agiter et resta sur place. Les éclairs continuaient de plus belle, les cieux se déchiraient avec fracas, l'île entière bougeait comme dans un berceau. Les ténèbres régnaient partout. Vassilis eut la vision de bourrasques de neige venant par vagues sur la tête des gens, obscurcissant tout et pétrifiant toutes les créatures vivantes. Comment un homme qui avait pu survivre à ces bourrasques de neige pouvait-il céder devant la pluie ? Vassilis se sentit brûler de compassion, du désir fou de prendre Poyraz Musa à bras le corps, de l'emmener à la maison, de lui faire un thé, de le déshabiller et le coucher auprès de la cheminée, et de lui donner une soupe bien chaude.

Tout en allant vers lui il se disait : « Mais où vas-tu donc, Vassilis mon fils ? C'est bon, il est en train de mourir là, tout seul et de lui-même, sans que tu aies à noircir ton âme de sa mort en plus de ceux que tu as tués à la guerre. Il meurt sans que personne y soit pour quelque chose ; tant mieux. À quoi ça rimerait de le sauver maintenant et de se mettre tous les malheurs sur le dos ? Ton âme est déjà un enfer ; ne plante pas une deuxième croix sur une sépulture ! » Il marchait en soliloquant, il s'arrêtait et revenait en arrière, puis reprenait sa marche angoissée.

La pluie tourna au déluge, on ne voyait pas à deux pas. Tout en s'approchant de Poyraz Musa, Vassilis s'arrêta pile. « Et si je lui écrasais la tête avec mon pied et que je l'enterre de la sorte ? » songea-t-il. Juste après, il eut envie de le relever et de le prendre sur son dos, de le faire revivre en lui communiquant la chaleur de son corps, de lui faire le récit de toutes les batailles et des combats qu'il avait vécus... Un pas vers Poyraz, et deux pas en arrière... Il apercevait tant bien que mal, à travers l'épais rideau de pluie, Poyraz gisant par terre.

Alors qu'il était perdu dans les affres de ses atermoiements, de ses craintes et de ses angoisses, le miracle eut lieu. Poyraz se leva tout droit, se mit en marche, il dépassa le platane, se plia encore en deux et avança plus rapidement en inspectant le sol, sans trébucher ni tomber. Il arriva devant chez Thanassis, frappa à la porte. Il colla l'oreille à la porte et écouta un moment. En l'absence de réponse, il frappa à nouveau, plus fort et plus vite. « S'il casse la porte pour entrer, je le tue sans broncher », se dit Vassilis. Il le mit en joue, un genou à terre. Mais Poyraz se retourna. Vassilis n'eut que le temps de se jeter derrière le talus. Il y resta jusqu'à ce que Poyraz eût dépassé sa cachette, et il partit à sa poursuite. Il grelottait de nouveau. La tête entre les épaules, tout recroquevillé, Poyraz courait de-ci, de-là, scrutait tout. Chaque fois qu'il regardait dans la direction de Vassilis celui-ci se planquait derrière un talus ou au fond d'un trou sur le bas-côté.

Il poursuivit Poyraz jusqu'à la place des platanes. La pluie redoubla encore de violence. Une fois sous les platanes, Poyraz se retourna. Vassilis le voyait mal. Il eut le sentiment qu'il souriait dans sa direction.

Tout en s'assurant qu'il n'était pas poursuivi, Vassilis se dirigea vers le quartier des *çorbacı*. Chaque fois qu'il se retournait, il voyait Poyraz planté droit et immobile sous les platanes. Tout en claquant des dents il fonça vers l'escalier. Il était tellement fatigué de grelotter qu'il en avait le souffle coupé. À grand-peine il parvint à la chambre : tout son corps ruisselait au point que les marches en étaient quasiment inondées. Il se déshabilla à l'extérieur de la chambre. Heureusement, il avait une grande serviette au velours épais de Brousse avec laquelle il se sécha. Son chat l'avait accueilli dès le bas des escaliers, avec des miaulements, s'était frotté à ses mollets, mais voyant que tout était mouillé, avait cessé son manège et regagné la véranda. Il passa une chemise. Il continuait à claquer des dents.

Les bûches s'enflammèrent vite. Il en avait mis trois dans la cheminée.

Le ciel se dégagea. C'était le plein soleil. La terre fumait. Les ronces, les buissons, les arbres, les collines et les rochers disparaissaient dans la brume. Vassilis marcha vers l'embarcadère sans y voir à deux pas. Il y parvint et regarda en direction de la maison de Poyraz. La couche de brume ondoyait.

Il attendit sur l'embarcadère que la brume se dissipe. Personne ne sortit de la maison. Il s'assit sur le banc de la place des platanes roussi par le soleil. Au moindre craquement il bondissait pour filer vers la roselière, puis voyant qu'il n'y avait personne reprenait sa place. Il attendit toute la journée, jusqu'à la tombée de la nuit. Risquant le tout pour le tout, il alla jusqu'à la porte de la maison, colla son oreille aux portes et aux fenêtres pour entendre ne serait-ce qu'un souffle. Pas le moindre bruit. Il se mit en colère dans un premier temps, puis se désola. Poyraz Musa était mort. Une boule comme un poing lui serra la gorge. Il voulait l'enterrer, puis s'en aller d'ici. Il roda toute la nuit autour de la maison. Il n'arrêtait pas de s'accuser. Il n'avait pas assez de mots pour s'accabler. S'il avait accueilli Poyraz Musa à son arrivée dans l'île, s'il lui avait offert des poissons avec des vins de Thanassis et du raki, cet homme qui avait tant enduré, connu les guerres, qui savait ce qu'est la compassion, n'aurait-il pas été un vrai compagnon pour lui ? Ne l'aurait-il pas pris sous sa protection ? Un homme survivant des grandes incendies de la guerre et venu se réfugier ici n'aurait-il pas été un vrai frère ?

« Nous sommes nés de cendres d'un même incendie ! » s'écria-t-il à voix haute, à trois reprises. Puis il repartit écouter derrière les portes. Pas un bruit. « Mort ! Il est mort ! Il est mort ! Que vais-je devenir maintenant ? »

Il fit plusieurs allers et retours des platanes aux portes. Il ne comprenait plus rien. Il courut à la colline. En passant devant le moulin il s'arrêta pour récupérer le foulard vert. Il renonça. « Puisqu'il est mort, il n'a qu'à rester là où il est », pensa-t-il. Mais, aussitôt, une fragrance de sein de jeune fille l'envahit. Il oublia tout : la mort, Poyraz Musa, les batailles, les cadavres en lambeaux qui puaient à en mourir et qu'il avait transportés sur son dos des jours durant. Une clarté ressemblant à la joie s'installa en lui. Il alla sur la colline et, de là, au fond du vallon pour arriver à la résidence. Le chat l'accueillit au bas de l'escalier. Il faisait des huit entre ses jambes tout en miaulant. Ils montèrent ensemble à l'étage. Sans attendre, Vassilis prit une olive pour la lancer entre les pattes du chat qui, cette fois-ci, ne joua pas avec. Il avait tellement faim qu'il l'avala aussitôt. Il engloutit les autres olives une par une ; il s'essuya les moustaches avec ses pattes et inventa un jeu avec les noyaux d'olives qu'il avait crachés.

Vassilis aussi avait faim. Il mangea du pain avec des olives. Il essaya de trouver le sommeil mais n'y parvint pas. Il se levait pour aller à la place des platanes et plein d'espoir, collait son oreille à la porte de Poyraz Musa. N'entendant rien il se fâchait tout rouge, faisait des allers et retours entre la maison et l'embarcadère, se mettait en tête de casser la porte mais, une fois devant, paniquait en pensant que l'homme était peut-être vivant, repartait à la véranda, se reposait un instant et retournait chez Poyraz… toujours rien, pas un bruit. Il repartait chez lui pour revenir peu après…

Vassilis ne savait plus depuis quand il faisait ces allers et retours : une heure ? cent heures ? un jour ? trois jours ? Il continuait quand même son manège dans l'espoir de voir, ne serait-ce qu'une fois, une lumière s'allumer, une lueur. Cela le rendait fou. Il avait dans le nez l'odeur du cadavre de Poyraz qu'il portait sur son dos. Il allait à la grotte pour dégager à grand-peine sa barque, mettait le moteur en marche. Au bout d'un demi-mille il se demandait, paniqué, à quoi il jouait, il coupait les gaz, se laissait balancer un moment par la houle, puis repartait récupérer le chat. Il rangeait la barque dans la grotte pour repartir devant la maison et coller son oreille à la porte.

Vassilis ne savait plus depuis combien de temps il était là, l'oreille collée à la porte. Il entendit un bruit de moteur venant de la mer, et qui s'estompait par moments. À plusieurs reprises il décolla l'oreille de la porte pour tenter de distinguer le bruit, mais il n'entendit plus rien. Puis le bruit se fit plus net, il regarda la mer : elle était claire et sans vagues. Au loin, la silhouette floue d'une embarcation. Il attendit un bon moment sur le ponton de l'embarcadère. Le bateau se rapprocha de l'île et Vassilis reconnut un chalutier, mais il ne savait pas à qui il appartenait. Il attendit sur le ponton jusqu'à ce que le bateau soit à un demi-mille de l'embarcadère. Un homme de taille moyenne apparut d'abord sur le pont, puis ce fut un homme plus grand qui regardait en direction de l'île. À l'instant, Vassilis comprit que c'était Poyraz Musa. La joie l'envahit tout entier. Il ne savait plus quoi faire. Il alla à la roselière mais ne put y rester. Il partit à la maison coller son oreille à la porte mais s'en alla avec le sourire. Fou de joie, il courait à droite et à gauche, de la roselière aux tamaris, de là aux vieux oliviers. L'odeur du cadavre sur son dos s'était envolée depuis belle lurette.

Ne tenant pas en place il fit des allers et retours à l'embarcadère, se planta là. C'était Poyraz Musa, avec son costume bleu marine, sa cravate bleue, un foulard bleu coincé dans sa poche à lunettes, son *kalpak* d'astrakan sur la tête, des bottes à soufflet aux pieds, la médaille d'or au ruban rouge de la guerre d'Indépendance épinglée sur le cœur. Une expression de bonheur qui rendrait envieux quiconque regarderait ce visage… Vassilis eut envie de l'étreindre dès que Musa mettrait le pied sur l'île. Il était inquiet et faisait les cent pas sur l'embarcadère. Voyant que le bateau était tout près il fila se cacher dans la roselière. Dès que le bateau eut accosté, Musa sauta en premier. Il se mit là, à attendre les personnes qui quittaient le bateau. Le capitaine Kadri voulut faire un geste pour aider à débarquer un homme portant un pantalon bouffant serré par une ceinture de soie rouge, au nez aquilin, au visage allongé avec des yeux bleus mobiles, aux grosses moustaches tombantes, avec des lèvres épaisses chevalines, un homme qui contre toute apparence, jouait au dur, qui bombait le torse pour se donner un air distingué et devait passer au moins deux heures et demie devant sa glace à se lisser la moustache et à s'admirer. Il était grand, avec un fort embonpoint et d'allure majestueuse. Non seulement il ne prit pas la main que lui tendait le capitaine Kadri, mais il la repoussa comme on chasserait une mouche. Il sauta sur le ponton. Il fit débarquer d'abord trois jeunes filles et des enfants, puis trois femmes en tchador. Le visage des femmes était caché par un mouchoir. Puis ce fut le tour de trois jeunes hommes, ensuite celui des enfants…

Poyraz Musa les fit s'asseoir sur les bancs en bois nu de la place des platanes. Jadis on ne mettait des coussins sur ces bancs que pour y asseoir les dignitaires en visite dans l'île.

L'homme majestueux avança, le torse bombé, en marchant avec un balancement lent; il s'assit à la place que Poyraz lui avait désignée avec déférence. Les chaînes en or de la montre gousset qui couraient d'une poche de son gilet à celle de l'autre côté brillèrent d'un éclat éblouissant au soleil. Il croisa les jambes et observa avec admiration la qualité de ses bottes à soufflet toutes neuves. D'un geste péremptoire de l'index il fit signe à ses femmes et ses filles qui attendaient debout de s'asseoir. Les enfants s'assirent en dernier. Ils avaient tous les yeux baissés et se taisaient. Le capitaine Kadri s'était assis au bout du banc, côté mer. Il faisait comme s'ils n'étaient pas là, et regardait la mer et son bateau comme s'il les voyait pour la première fois. Poyraz Musa attendait debout.

« Ali Pacha Selim Bey, vous désirez ? » fit-il. Ali Pacha fit mine de n'avoir pas entendu, il ne se tourna même pas vers lui. Poyraz Musa répéta à plusieurs reprises sa formule de politesse, Ali Pacha resta de marbre. Poyraz se tut et s'assit sur un bout de banc et attendit. Il fixait attentivement le visage d'Ali Pacha. Lui avait toujours les yeux baissés mais son visage avait une expression de rage qui ne faisait que croître. Il bondit subitement de sa place pour tourner comme un lion en cage entre l'embarcadère et la place des platanes. Il marchait à vive allure. Tous les présents suivaient ses déplacements, les yeux braqués sur lui, les têtes suivant ses mouvements. Il avait les sourcils froncés, faisait des signes de main vers la mer, il grognait. De temps en temps il tapait du pied droit, comme s'il plantait un clou, sur les planches du ponton au point de le faire céder. Chaque coup de pied tonnait comme un coup de canon et faisait sursauter ceux qui étaient assis sur les bancs. Par moments il allait au bout du ponton, se calmait un peu, jetait un regard sur la mer puis sur l'île, sur les maisons, sur les platanes, sur l'oliveraie, sur la roselière, sur les moulins, et fixait ceux qui étaient assis sur les bancs. Puis il reprenait ses cent pas à une allure encore plus rapide, son visage rogue se rembrunissait davantage. Poyraz Musa, interdit, suivait des yeux Ali Pacha Selim Bey, avec étonnement, sans savoir quoi faire. Planqué dans la roselière Vassilis caressait son chat avec un large sourire en regardant les faits et gestes d'Ali Pacha. Il avait pitié de Poyraz Musa, fatigué de suivre de la tête les allées et venues de l'autre. Les gens de la maisonnée d'Ali Pacha Selim devaient être habitués aux états d'âme du maître : ils étaient tous impassibles.

Probablement fatigué, Ali Pacha Selim vint s'asseoir et étira ses jambes. Il pointa son index vers Poyraz Musa et dit : « Viens ici ! » d'un ton sans appel.

Poyraz Musa se leva vint à pas lents devant Ali Pacha Selim et le dévisagea avec un regard étonné.

« Toi, vous, connais-tu cet Abdülvehab ?

— Oui, je le connais. »

La voix de Poyraz Musa était teintée de colère et d'agacement.

« Comment tu le connais ? »

Poyraz Musa avec plus de colère :

« Je le connais comme un homme de bien.

— Pas possible quelqu'un de bien cet homme[1] !

— Et pourquoi donc ? »

La voix de Poyraz Musa était montée encore d'un cran dans la colère. Aussitôt Ali Pacha Selim qui le sentit changea d'expression, il se fit tout doux.

« Pas possible quelqu'un de bien, lui. Je sais, moi, avoir connu beaucoup de gens. Il y avait pleins de gens comme lui à la ferme de mon père. Abdülvehab est menteur comme homme. Jamais je n'ai vu un menteur comme lui parmi ces gens. Un palais avait mon père à Salonique, pareil au palais du sultan des Ottomans, quarante chambres. Des navires avait mon père, onze pièces. Pa ! Pa ! Pa ! Ils nageaient jusqu'en Amérique. Un grand-père avait mon père, c'était un sultan. Il avait pour nom Ali Pacha de Tépédelen[2]. C'est quand je suis né que mon grand-père m'a donné le nom

1. Le turc d'Ali Pacha, syntaxiquement défectueux, et son accent sont typiquement balkaniques.

2. Personnage historique réel, gouverneur de Joannina (Épire), d'origine albanaise, qui refusa de se soumettre au pouvoir central ottoman et choisit de régner en autocrate indépendant. Ses amours avec une belle amante grecque, tragiques tout comme sa fin, ont été à la base d'un véritable mythe populaire (comparable à l'imagerie d'Épinal) aussi bien en Grèce qu'en Turquie contemporaines.

d'Ali Pacha. Ma grand-mère vint, elle avait un grand-père aussi. Il s'appelait Selim Pacha... »

Plus il parlait, plus le ton d'Ali Pacha Selim s'adoucissait. Il eut même un sourire fugace quand il évoqua son grand-père Ali Pacha de Tépédelen. Il posa sa main sur l'épaule de Poyraz Musa en un geste amical. Ensemble ils s'assirent sur un banc.

« Quand j'ai grandi, devenu adulte moi, j'ai dit : un homme ne peut être deux fois pacha. Être pacha d'Ali Pacha de Tépédelen, suffisant pour moi ! J'ai dit : "Je ne veux pas être pacha de Selim Pacha." Ils me dirent à moi : "Pa ! Pa ! Pa !" J'ai dit en réponse : "Merci, grâces soient sur vous, mais ce n'est point convenable d'associer un pacha à hauteur d'Ali Pacha de Tépédelen." Même le Roi des rois des Ottomans ? Pa ! Pa ! Pa ! »

Il tapota de la main le genou de Poyraz Musa.

« Pa ! Pa ! Pa ! Cet Abdülvehab est trop menteur, n'est-il pas vrai ?

— Je ne peux pas le savoir.

— Comment vous, pas savoir ? Lui me dire : "J'ai la médaille d'or de la guerre d'Indépendance." Lui me dire : "J'ai mis les Grecs à la mer à Izmir, j'ai mis la Grèce à la mer à Izmir." Lui me dire : "Le monde entier se met à genoux devant moi." Lui me dire : "Moi je devais devenir pacha mais le pacha d'Ankara, jaloux, ne m'a pas fait pacha." Lui, m'a parlé : "Ton grand-père Tépédelen Pacha n'a jamais percé un crâne[1], jamais un chef ne sera un chef s'il perce des crânes." Lui, m'avoir dit : "Ton grand-père s'appelle *Tépédelenli* parce qu'il est né dans un village qui s'appelle comme ça et c'est tout." Moi, m'être fâché tellement rouge que je

1. Au sens littéral, le mot Tépédelen signifie le « perceur de crânes ». Le dialogue comporte un autre jeu de mots puisque le mot *tepe* signifie « sommet », « chef ».

lui pointer ces deux doigts pour arracher les yeux à lui. Lui avoir eu une grande trouille de moi ? Avoir la bouche sèche et son petit cœur éclaté. Pa ! Pa ! Pa ! »

Il colla une grande claque sur le genou de Poyraz.

« *Abe*[1] Poyraz Efendi, il y avait un *Poyraz Efendi* en mon pays. Il avait trois fermes comme ça. » Il désigna la mer. Puis ouvrant grands ses yeux : « Et toi tu as une maison et un moulin ici, n'est-il pas vrai ?

— J'ai, fit Poyraz Musa.

— Quelle maison ? »

Poyraz Musa se leva ; alors qu'il montrait la maison, Ali Pacha fit quelques pas avec lui.

« Cette maison-là est à moi, dit Poyraz Musa.

— *Abe* c'est une maison belle, fit-il. Et puis ?

— Et puis un moulin.

— Lequel ? »

Poyraz le désigna.

Ali Pacha revint s'asseoir. Il rit aux éclats.

« *Abe* il n'y a pas d'être humain par ici. Pas même des oiseaux. Toi, moudre du blé pour les fourmis ? Y'a beaucoup fourmis dans l'Île-Fourmi ? »

Poyraz Musa, en rigolant :

« Bien sûr qu'il y a beaucoup de fourmis, puisque vous y êtes ! »

À l'entendre Ali Pacha fit un bond tel qu'il manqua se cogner la tête aux branches du platane.

« *Abe* moi habiter dans cette île ? Dans cette prison ? *Abe* ici c'est grand juste comme la paume de ma main. *Abe* trois hommes côte à côte ici, ils seront à l'étroit. *Abe* tu es fou. Ne me raconte pas des histoires. *Abe* là-bas il y a un petit préposé à l'état civil, il a des moustaches comme ça comme des

1. Interpellatif balkanique qui signifie : « Dis donc ! » Équivalent de *vre* en grec, *bre* en turc.

queues de renard. Il paraît qu'il est le Roi des rois au pays de Tchétchénistan… Il s'est battu avec le Roi des rois des Russes. Lui aussi il m'a dit que cette île, l'Île-Fourmi est un paradis. Il ne m'a pas dit à moi, que c'est un nid d'oiseau, une cage à oiseau, une prison pour hommes. Ce Roi des rois, il est venu pour être le préposé à l'état civil dans un village. Est venu à ce village l'Abdülvehab, il balança le Grec [1] à la mer à Izmir. Il est devenu le général Pacha. Il est devenu le trésorier-payeur. *Abe* dans quelle Turquie on est ? Possible le Roi des rois en préposé à l'état civil ? Possible le général Pacha en fonctionnaire fiscal ? N'est-il pas vrai ? »

Il avait le visage tout bouleversé en disant « n'est-il pas vrai ».

« C'est la vérité, dit Poyraz. C'est un grand khan. Le monde entier sait que c'est un grand khan. »

Ali Pacha Selim écarquilla les yeux, ouverts comme des soucoupes :

« C'est donc vrai ?

— Ces Tchétchènes sont les Rois des rois, les sultans du Caucase. Ils ont sauvé de l'enfer l'homme qui avait volé le feu à Allah et il l'ont envoyé au paradis.

— Dieu Tout-Puissant, jamais, qui jamais pourrait voler le feu de l'enfer. Jamais mon Dieu, mille fois pardon !

— Ces Tchétchènes le font, insista Poyraz Musa. Mon Ali Pacha, ces Tchétchènes sont les braves les plus braves de l'espèce humaine. Jamais ils n'ont tué quelqu'un dans le dos, même pas leurs ennemis buveurs de sang.

— Pa ! Pa ! Pa ! fit Ali Pacha Selim pour exprimer son grand étonnement. Pa ! Pa ! Pa ! »

Puis il se raidit : « Mon grand-père Ali Pacha de Tépédelen non plus n'a jamais tué quelqu'un dans le dos. Même son

1. Voir la note p. 67 au sujet de « l'Ottoman ». Une nation ou un peuple désigné au singulier est une marque d'hostilité en turc.

ennemi qui lui a coupé la tête. Mon grand-père Tépédelen Ali Pacha a foncé dans les rangs de l'armée russe, avec sa masse d'arme à la main, et a frappé toute la journée sur les crânes des soldats ennemis. Jusqu'au soir il a défoncé les crânes de milliers de soldats. Le Roi des rois a vu et lui a dit : "Je te fais pacha. Désormais tu es *Tépédelen Ali Pacha*[1]." Pacha cet Abdülvehab ? Foutu tout le Grec à la mer ?

— Il est pacha général, il a mis toute la Grèce à la mer...

— Foutre la Grèce à la mer ? Hein... Pa ! Pa ! Pa !

— Il l'a sûrement fait.

— Pa ! Pa ! Pa ! Mon grand-père Ali Pacha a été vizir, grand vizir, *Sadrâzam*[2]. Il devint même le Roi des rois, l'Albanie, la Grèce... Lui avait deux cent trente fermes, soixante et un palais. Tout en cristal. Pas vrai qu'on dit chez vous "palais de cristal ?"

— On dit pareil chez nous. Eh bien, cet Üzeyir, le khan des Tchétchènes, avait un palais de cristal sur le mont Qaf, si beau qu'il défiait le soleil en beauté.

— Pa ! Pa ! Pa ! C'était un pareil Roi des rois ce petit employé de rien du tout ?

— Et quel Roi des rois, les tzars de Russie tremblaient et se prosternaient devant lui.

— Le sultan ottoman a eu peur de mon grand-père Tépédelen, il s'est dit : "Il viendra un jour me défoncer le crâne aussi." Le sultan a tendu un piège. Alors qu'il attendait la paix sur une île la flotte ottomane encercla l'île. Il avait cinq fils mon grand-père. Tous des héros. Les cinq fils mirent sabre au clair. Tépédelen mon grand-père prit sa masse d'arme et frappa l'ennemi. Il se battit comme notre seigneur le Prophète Ali, le lion d'Allah, quarante jours et

1. Littéralement : Ali Pacha défonceur de crânes.

2. Par vantardise et pour aligner des titres, Ali Pacha utilise le terme qui a remplacé le terme « vizir », mais qui désigne le même rang.

quarante nuits et il tomba en martyr. Il rejoignit aussitôt le paradis. La tête des cinq fils et la sienne propre sont inhumées et gisent côte à côté à Sainte-Sophie. Toutes les nuits de vendredi des boules de lumière comme ça descendent du ciel pour virevolter sur leurs tombes.» Il se mit debout les bras grands ouverts. «Les lumières divines éclairent leurs sépultures, comme ça! Quand elles illuminent toute la ville d'Istanbul, les Istanbouliotes sortent aux balcons. Pa! Pa! Pa! Dans sa bonté, le Bon Dieu nous envoie ses lumières et que les nuits d'Istanbul s'éclairent comme le jour. Le corps de mon grand-père gît dans la cour de la Grande Mosquée qu'il avait fait construire dans son pays.

— Üzeyir Khan, le khan des Tchétchènes aussi...

— Viens! fit Ali Pacha Selim un peu calmé. Viens, mon Poyraz, mon petit frérot, viens que je te dise quelque chose.» Il lui donna l'accolade pour le conduire du côté de l'église. Il s'arrêta au pied du clocher.

« *Abe* c'est une église très grande celle-ci. Où ont-ils trouvé tout cet argent? Ces maisons aussi sont très grandes. Ils ont eu beaucoup d'argent. D'où?»

Ils pénétrèrent dans l'église.

« Pa! Pa! Pa! Même à Salonique il n'y a pas d'église comme celle-ci, tout en dorures. C'est intact tout ça! Même la statue et le portrait de Jésus. Regarde-le, tendu sur le crucifix, il ferme les yeux, il pleure, sa sainte mère le garde. Dieu Tout-Puissant, pardon! On dit bien Jésus est le propre fils de notre Allah.

— Pardon, Dieu Tout-Puissant» fit Poyraz Musa.

Il prit Poyraz par le bras et se pencha à son oreille.

« Ouvre bien grand tes oreilles, je te donnerai un secret mais il ne faut le confier à personne. Riche tu seras, moi aussi... Mais si tu en parles à quelqu'un, si le gouvernement de Turquie l'apprend, ce gouvernement de pauvres qui meurent de faim, ils nous tueront. Dis-moi.»

Il le tenait par les épaules et le secouait.

« Tu me plais. Jure sur la tête de ton père, et le Coran aussi. Tu ne vas pas livrer notre secret, vous allez nous sauver la vie. »

Il lui prit la main et se mit à le secouer.

« Donne-moi ta parole, ne livre pas notre secret. »

Il lui secouait tellement le bras que Poyraz Musa céda :

« Je te promets, dit-il.

— Non, pas possible. Je jure sur le Coran.

— Je ne peux pas jurer.

— Dis : Je jure, mon petit père, je jure sur la tête de ma mère. Et le Coran… Tu vas jurer, tu seras riche comme Crésus… comme le roi Salomon… et même comme… »

Voyant que son bras allait se casser ou se déboîter à force d'être secoué, Poyraz Musa mit la jambe droite en avant, tira de toutes ses forces et libéra son bras des mains d'Ali Pacha.

Celui-ci était en sueur, les veines de son cou avaient gonflé comme un doigt. Il lâcha un grand soupir.

« Toi, fit-il, Poyraz Musa Efendi, j'ai beaucoup de respect pour toi. Tu me sembles un homme de vertu. Je possède une carte. Toi, sais-tu ce que c'est?

— Connais pas.

— Sais-tu le trésor de Tépédelen Pacha, qui est plus grand que le trésor de l'Ottoman?

— Je n'en sais rien.

— Sais-tu que Tépédelen Pacha est ami, frère de sang du Roi des rois russe, des rois d'Italie, de France et d'Angleterre?

— Je n'en sais rien.

— L'Ottoman a tranché la tête de Tépédelen, de ses fils. Resta le trésor. Jusqu'à il y a un an l'Ottoman cherchait le trésor des Tépédelen sur son île. Ils ne le trouveront pas, tu sais pourquoi?

— Je ne peux pas le savoir.

— Parce qu'ils n'ont pas une petite carte en main. Pas la

moindre indication en main. Sais-tu qu'un homme a une petite carte en main, des indices ?

— Je ne sais pas.

— Et qui serait cet homme ?

— Je n'en sais rien. »

Ali Pacha se frappa trois fois le torse. « Eh bien, cet homme-là c'est moi. J'ai en main un *firman* du sultan, je suis désigné comme le petit-fils de Tépédelen. J'ai la carte et les signes. Tu comprends ?

— J'ai compris. »

Ali Pacha était ravi. Il donna une grande claque sur l'épaule de Poyraz Musa, qui s'entendit jusqu'au-dessous des platanes.

« J'embrasse tes deux yeux, tes joues, avec tout mon cœur. »

Tout content, il lui reprit le bras, pour le conduire aux demeures de riches qu'on apercevait plus loin. Il s'arrêta devant l'école. « *Abe* qu'est-ce que c'est que cette demeure gigantesque ?

— L'école.

— *Abe* c'est très riche cette île des fourmis.

— Très riche.

— Tu m'as tout raconté ?

— J'avais tout raconté.

— Mais c'est tout petit. Même tout seul je ne pourrais me retourner dans cette île. On dirait un nid d'hirondelles. »

Ils arrivèrent devant les hôtels particuliers. Ali Pacha alla sur le bord de mer examiner une par une toutes les maisons.

« Tu n'as pas acheté une maison ici ?

— Je n'en ai pas acheté.

— À combien ils donneraient ça ?

— Trois ou quatre livres-or, mais tu bénéficies des avantages de la loi de l'échange de populations, on ne te fera pas payer.

— Je sais bien qu'on ne me fera pas payer. Je te l'ai déjà dit, mon grand-père Tépédelen Ali Pacha avait trois cents fermes, je suis l'héritier. Mais le Grec m'a tout pris des mains. Ils m'ont inscrit comme partant pour l'échange. Ils savent très bien que je suis le petit-fils de Tépédelen Pacha. Eux me craindre. Voilà la raison pour laquelle ils m'ont fait partir. Toi avoir entendu ce qu'est l'or de Napoléon ?

— Oui je sais ce que c'est.

— Eh bien, j'ai donné des pleines poignées de pièces d'or au fonctionnaire du Grec. Tout l'héritage de Tépédelen Pacha, pour moi, ils m'ont donné un titre de propriété de quinze mille *dönüm*[1]. Venu ici, j'ai montré le titre à Abdülvehab et j'ai dit : "Donnez-moi ma propriété. C'est ce qui me revient de mon grand-père Tépédelen Ali Pacha." Abdülvehab regarde le document, on a été voir l'homme du cadastre. Il examine et il dit tout est conforme, ce titre est inaltérable comme l'acier. Abdülvehab a dit : "Mais moi qu'est ce que je peux faire ?" J'ai dit : "J'irai voir Mustafa Kemal Pacha qui a balancé toute la Grèce à la mer, qui a fait prisonnier de guerre leur maréchal Trikoupis mais qui lui a remis son épée à la ceinture." Je répète tout ça à Ankara, mais je fais mieux de fermer ma bouche pour que ma langue séche dedans, au lieu de dire que je suis le petit-fils de Tépédelen Pacha. J'ai dû y aller un mois, puis deux mois durant. Ils se sont moqués de moi, ils m'ont envoyé ici, à cette île. Je leur ai dit en fortes paroles : "Moi, j'ai en possession une carte, et tout ce qui va avec. C'est à vous tout ça, le trésor d'Ali Pacha. Je le trouverai comme si c'est de mes mains que je l'avais caché." J'ai dit aussi : "La Turquie crève de faim. Prenez le titre de propriété du trésor. En trois ans la Turquie sera aussi prospère que l'Europe." Et sais-tu, toi, que la raison est avec moi ?

1. Mesure ottomane de superficie valant environ 1 000 mètres carrés, avec de fortes variations dans les différents territoires de l'Empire.

— Je sais.
— Pa ! Pa ! Pa ! Tu sais ! Bravo pour toi. Cette Turquie est crétine. Pas d'intelligence sagace chez eux. Sinon pourquoi faire d'un Roi des rois de Tchétchénistan un employé municipal dans un village ? Eux, pas connaître la politique. Tu crois que, si demain ou après-demain la politique changeait, le Khan Üzeyir redeviendrait le Roi des rois ?
— Oui, c'est possible.
— Il ressemble au Rois des rois le Khan Üzeyir. Lui, a des moustaches qu'on dirait des queues de renard. Demain Mustafa Kemal Pacha s'enfuira au Tchétchénistan, deviendra un réfugié, il vont le mettre comme employé municipal dans un village là-bas. L'Ottoman n'a vraiment pas de cervelle.
— C'est vrai, l'Ottoman est mort, pourri.
— Ah oui, mort et pourri ! Ah, si tu savais, mes yeux ont vu ça. J'ai été à Ankara, je leur ai montré ce *firman* ; regarde donc ce qui est écrit dessus : Ali Pacha, héritier de Tépédelen Ali Pacha. Qui est donc Ali Pacha ? Ma personne ! »
Il sortit de son gilet un papier tout fripé et déchiré par endroits, rédigé en ottoman en caractères arabes :
« Tiens, lis ! »
Poyraz lut le papier un moment, n'ayant rien compris il le rendit à Ali Pacha.
« Difficile à comprendre. C'est que, pour comprendre, il aurait fallu faire des études au lycée impérial. Là le Roi des rois a écrit qui est l'héritier de Tépédelen Ali Pacha. Qui ? »
Il plongea son regard dans les yeux de Poyraz Musa et attendit la bonne réponse.
Il avait le regard tellement implorant que Poyraz Musa dit avec le sourire : « C'est toi ! »
Tout content Ali Pacha se tapota le torse.
« *Abe* c'est moi ! fit-il. *Abe* qui veux-tu que ce soit d'autre que moi ? Voilà mon titre de propriété ici présent. Regarde et vois ! »

Il tendit un papier tout neuf rédigé en grec. Poyraz Musa prit le papier, n'ayant rien compris au document il fit la moue.

« Je sais, moi, que tu ne peux comprendre. Pour lire ça il faut des hauts fonctionnaires d'Ankara ayant fait leurs études à Athènes. Eux le lisent comme un rien. Est écrit là : une ferme de quinze mille *dönüm.* Il faut qu'ils me donnent pareil ici. Tant là-bas, tant ici ! Mais ils me donnent pas ma terre, ils m'exilent sur cette île. En plus à l'île des fourmis. Eux, ils m'ont tendu un piège, ils ont fait une entourloupe de maquereaux. Ils ont fait pareil avec mon grand-père Tépédelen, il lui ont coupé la tête ; ils ont aussi coupé la tête de ses cinq fils, agneaux de leur maman. Ils portèrent les têtes devant le sultan et qu'est-ce qu'il vit ? Les yeux étaient grands ouverts, regardaient comme des regards de tigre. De chaque paire d'yeux jaillissait de la lumière. Les yeux du sultan furent éblouis. Il dit au grand vizir : "Faites ériger vite un mausolée pour ces personnes bénies dans l'enceinte de la mosquée de *Süleymaniye.* Il faut qu'il soit aussi beau que celui de Soliman le Magnifique." Ils m'ont tendu un piège là-bas aussi. Ils m'avaient dit tout ce que tu avais en maisons et fermes en Grèce, tu les auras pareil en Turquie. J'ai donné de l'or par bourses en grand nombre à l'homme du cadastre grec et j'ai obtenu ce document. Connais-tu les pièces d'or de Napoléon ?

— J'en ai entendu parler.

— Pa ! Pa ! Pa ! Il y a en toi beaucoup d'intelligente sagacité ! Toi quoi faire dans cette île ? Serait dommage pour toi. Il te faut une ferme très grande et beaucoup d'or. »

Tout en parlant, ils revinrent sous les platanes, dès qu'ils les aperçurent, ceux qui étaient assis sur les bancs se levèrent d'un bond, puis se rassirent.

« Moi, pas vouloir une île pareille. Moi serais mort ici. Nous avions de grandes plaines, où cavalaient nos chevaux arabes de race. L'Ottoman sait qui je suis. C'est pour ça qu'il m'a exilé dans l'île de la fourmi. Va me couper la tête ici, la balancera sur ces rochers. Les oiseaux vont me crever les yeux. Et surtout les fourmis. »

Poyraz Musa sourit, avec calme et douceur il lui dit :

« Rien ne peut t'arriver ici, mon Ali Pacha ! »

— Et comment donc ! Pa ! Pa ! Pa ! Toi, tu ne peux savoir comment l'Ottoman est rusé et buveur de sang. Il a fait des châteaux de crânes rien que pour donner l'exemple. Il n'y a pas au monde un ennemi de l'humain comme l'est l'Ottoman ! Que dit de l'Ottoman le monde des étrangers ? Ils disent : "Là où les Turcs et les Ottomans passent, l'herbe ne poussera pas jusqu'au jour de l'Apocalypse."

— Mon Ali Pacha, mon cher Selim Bey, cet Ottoman c'est parti, fini ; il y a la République à la place. Maintenant c'est autre… »

Ali Pacha se leva, les veines du cou gonflées et parla avec emphase en gesticulant des mains et des bras.

« Pas possible ! Pas possible ! Pas possible ! » Il criait à se casser les cordes vocales. « Pas possible ! L'Ottoman a plus d'un tour dans son sac, il est rusé. S'il n'y a plus l'Ottoman, pourquoi, moi, je suis ici ? Pourquoi donc ils m'ont arraché à ma patrie ? Que lui ai-je fait de mal ? Ai-je foutu la pagaille dans sa basse-cour ? Il m'a arraché, le monstre, à ma patrie, à ma terre, à ma maison en Grèce pour nous emmener ici. Pour quelle raison ? Si ce n'est pas un traquenard de l'Ottoman pourquoi nous, nous autres, dans cette île ? Pourquoi ? Mustafa Kemal Pacha n'est-il pas un officier de l'Ottoman ?

— Il l'était, mais c'est différent. C'est lui qui a chassé le sultan ottoman.

— Il l'a chassé pour lui prendre la place. Eh oui ! Moi je sais qui lui a pris la place. Je ne sais pas mais lui me fera comme pour mon grand-père… Dans cette île… Les fourmis… Même le nom de l'île est l'île des fourmis.

— Ils ne t'ont pas envoyé ici pour te faire du mal.

— Et pourquoi donc ? fit-il, en s'asseyant en sueur, fatigué, mais un peu calmé. Et pourquoi donc ?

— Pour ton bien, qu'ils l'ont fait !

— Eux ? Me faire du bien ? À moi ? Ils ont compris que je suis le petit-fils du Pacha Tépédelen, ils m'ont dépouillé de mon titre de propriété, ils se sont moqués de moi. Ils m'ont fichu à la figure mon *firman* impérial. Pas vrai ?

— Non ! Mais cette île est un paradis.

— Quel paradis ? Toi tu es fou !

— Regarde donc ces oliviers. Nulle part il n'y a d'olives comme celles d'ici. Chaque arbre donne cinq sacs d'olives en récolte.

— Toi ! Fou ! Il y a dans notre Grèce mille fois plus d'olives qu'ici. Dix mille bidons d'huile en récolte...

— Regarde ces pêchers, ces noyers, ces cerisiers.

— J'ai vu tout ça, il y a les mêmes en dix mille fois plus dans notre Grèce.

— Derrière la colline il y a une centaine de ruches de grandes dimensions. »

Quand il entendit parler de ruches, Ali Pacha changea d'attitude. Il ne parla plus de la Grèce.

« Tu veux dire qu'il y a cent ruches d'abeilles bien nourries ?

— Oui.

— Très bien.

— Là-haut, il y a les figuiers... des figues pleines de miel. »

Il fronça les sourcils

« Ah ? des figues pleines de miel ?

— Pleines de miel.

— Il y a dix-sept hôtels particuliers, quarante-neuf maisons à deux ou trois étages, je ne compte pas les petites. La mer regorge de poissons.

— Toi... dire... combien de boutiques ?

— Dix-sept.

— Et qu'est-ce qu'ils faisaient dans cette île de toutes ces boutiques ? »

Ali Pacha s'était un peu calmé. Il tira de sa poche un chapelet d'ambre au pompon en fils d'or, il commença à l'égrener en faisant du bruit avec les perles d'ambre. « Ah ! Ah ! monde cruel, voilà la seule chose qui me reste de Tépédelen Ali Pacha. L'Ottoman a pillé tout ce que nous possédions. Et tu disais ces boutiques ?

— D'après ce qu'on en dit en ville, d'ici ils exportaient de l'huile d'olive, du miel et du poisson vers l'Amérique, et ils importaient des tissus de la Grèce, de l'Italie, de la France et de l'Angleterre.

— Pa ! Pa ! Pa ! » Il se tut, réfléchit un instant puis : « Non, non et non ! Ce n'est pas possible, rugit-il. Cette île est petite comme la paume de ma main. Qui viendrait ici pour faire du commerce ?

— Je n'en sais rien, c'est ce qu'on dit en ville.

— Peut-être qu'il y a du vrai. » Il se pencha à l'oreille de Poyraz : « Écoute-moi, mon frère Poyraz, mon maître. Regarde une fois combien d'enfants j'ai. Avec qui ces enfants vont-ils se marier pour fonder un foyer ?

— Dans peu de temps cette île sera pleine de monde.

— Mais qui donc viendrait ici ? s'écria Ali Pacha se levant d'un bond. Qui donc viendrait ? Qui ? » Il prit Poyraz par les épaules et l'emmena vers le rivage.

Après s'être libéré de l'emprise d'Ali Pacha, Poyraz reprit :

« Le monde entier déborde de gens déplacés. Cette guerre a mis tout le monde hors de chez lui, de sa patrie. Tout autour ça déborde de réfugiés, tous les gens en ville le disent. Le jour où ils sauront qu'il y a cette île ils vont s'abattre dessus comme un nuage de sauterelles.

— Ah, toi ! tu ne connais rien », s'écria Ali Pacha. Il était redevenu tout rouge avec les veines du cou gonflées. « Toi, tu crèveras ici, tu crèveras! Toi, tu t'es enfui ici, tu crains un ennemi. Tu fuis la mort, toi. Les vers boufferont ton cadavre. Pas un imam tu n'auras, à lire versets du Coran sur toi.

— C'est le paradis, ici!» hurla Poyraz Musa. Il tremblait de colère.

« L'enfer! rétorqua Ali Pacha.

— Qu'est-ce que tu connais au paradis, toi. Tu prends cette Grèce où pas une herbe ne pousse pour quelque chose d'important.

— Pas d'insulte! Ma patrie à moi c'est la Grèce. Sinon je te tue!»

Il fonça sur Poyraz. Le capitaine Kadri craignit que cela finisse mal et courut les séparer.

Ali Pacha était dans tous ses états; il écumait. Il était costaud et le capitaine Kadri eut du mal à le maîtriser. Poyraz Musa s'était retiré un peu à l'écart et contemplait le spectacle avec un regard de mépris et un sourire figé.

« Couillon, ici c'est l'enfer et c'est une fosse à merde. Qui parle d'île?!

— Ici c'est un coin de paradis que le Tout-Puissant a envoyé sur terre. Un coin pareil, tu ne peux le trouver nulle part au monde; ni aux pays de la Chine et de la Cochinchine, ni en Arabie, ni derrière le mont Qâf, ni au Frengistân, ni en cette Grèce des infidèles, ni même dans l'île de Serendip[1] où Adam notre seigneur apparut chez les humains.»

Tout ce discours, Poyraz Musa le débita avec le plus grand sérieux, avec un calme imperturbable comme si de rien n'était. Il le ponctua de : «C'est un coin de paradis ici!» prononcé avec conviction et douceur. L'autre reprenait aussitôt en hurlant : «Mais non, c'est l'enfer et ce n'est que cela!»

« Ici il y a des papillons de toutes les couleurs : violets,

1. Petite île miraculeuse de l'océan Indien dans les *Mille et Une Nuits.*

rouges, orange, de mille couleurs. Seuls les êtres humains comprennent que c'est le paradis. Les cyclopes[1] et autres créatures, passez votre chemin.

Ali Pacha qui s'était un peu calmé reprenait de plus belle :

« Cyclope toi-même. Ton père à toi, en enfer !

— Pas au paradis, créatures comme ton père ! »

Ils s'invectivaient tellement que même les mots se chevauchaient, on n'entendait plus que « enfer » et « paradis ».

Le capitaine Kadri aussi avait lâché Ali Pacha. Il était venu se planter devant Poyraz ; il se lissait les moustaches et tentait de retrouver son souffle en respirant très profondément. Il avait les yeux braqués sur Poyraz et le regardait sans ciller, comme s'il allait le manger. « Ici, c'est le cul de l'enfer. Personne n'y viendra plus jamais. C'est un tombeau ici. Qui donc viendrait se mettre dans la tombe de son plein gré ? ! »

Ali Pacha avait recouvré son calme, ce n'était plus l'homme enragé de tout à l'heure. « Heureusement que je ne lui ai rien fait, que je n'ai pas eu de paroles blessantes. », pensa Poyraz. Mais il ne put s'empêcher de répliquer.

« Ce n'est pas un tombeau ici ! dit-il.

— Mais c'est un tombeau ! reprit Ali Pacha. Regarde à gauche, c'est un mur. Regarde à droite c'est un mur. Regarde le ciel, c'est un mur. Regarde la terre c'est un mur. C'est l'enfer.

— Il n'y a pas de mur. Il y a la mer.

— Toi, avoir la raison fêlée !

— Moi, pas raison fêlée.

— Toi, pas de tête.

— J'ai !

— Moi, vais dire à Abdülvehab, moi parlerai à Talip Efendi. Moi, causerai à ce soi-disant Khan Üzeyir. Moi, je

1. Jeux de mot sur le nom de Tépédelen. En turc, le cyclope se dit *tépégöz* : « œil sur le crâne ».

dirai à eux, là-bas, les fourmis sont grosses comme des chevaux et dévorent les gens en moins d'une minute. Restent leurs dépouilles, leurs os et leurs yeux, abandonnés sur des rochers, comme des escargots ! »

Il pointa son index sur Poyraz avec brutalité :

« C'est toi, ça ! »

Il se remit en colère, les veines du cou regonflèrent et il se mit à crier. Il dégoulinait de sueur.

« C'est toi, ça ! C'est toi ! Toi. L'insecte l'escargot c'est toi ! »

Poyraz se mit à rigoler.

« Il y a des gens pas polis, et qui rient ! » Il rigolait lui aussi. « Toi baveux ! toi escargot !

— *Abe* moi, pas insecte. C'est toi l'insecte baveux. Mort. Bouffé par les fourmis. Les escargots t'ont mangé. »

Il commença à taper du pied avec force, puis il fonça à vive allure vers l'embarcadère. Ceux qui étaient assis sur les bancs se levèrent d'un coup.

Arrivé au ponton, il recommença à taper du pied.

« Aaah ! Aaah ! soupira-t-il à s'en arracher les poumons, si on avait été au pays, je t'aurais mis en pièces et j'aurais jeté chaque morceau aux chiens !

— Et si tu étais resté ici, moi aussi je t'aurais mis en pièces et j'aurais jeté tes morceaux aux requins[1].

— Regarde-moi bien, fils du chien. J'ai deviné qui tu es. Sinon un homme digne de ce nom viendrait-il s'enterrer ici ?

— C'est le paradis du bon Dieu. Avant de venir ici j'ai vendu mes fermes, j'ai fait le tour du monde. C'est ici que j'ai trouvé le paradis parmi les paradis. Qu'est-ce que tu connais à l'enfer ou au paradis, toi ? !

— Je connais l'enfer et surtout toi. Un homme qui a sa tête, venir ici s'enterrer dans cet enfer ? Pas possible ! Toi,

1. En turc, le requin se dit « poisson-chien ».

fuyard ! Toi, tu as tué dix officiers ! Ton pacha. Toi avoir tué ton propre capitaine ! Ton commandant, ton pacha. Tu t'es rendu ! Fuyard chez l'ennemi. Toi, avoir trouvé ce nom Poyraz Musa. Menteur. Moi, sûr que tu as autre nom. Moi t'avoir vu dans l'armée grecque. Toi, le traître. Ton nom est autre. Jamais vu un nom "Poyraz Musa". Tu l'as inventé. Fuyard. Tu seras pendu par le gouvernement et par le sultan.

— Fous le camp au cul de l'enfer, chien de baratineur. Le petit-fils de Tépédelenli, mes couilles, oui ! Couille de chien ! »

L'insulte frappa Ali Pacha de plein fouet. Il redevint enragé. Il fonça sur Poyraz les poings serrés mais le capitaine Kadri l'arrêta.

« Viens par ici ! fit Poyraz en serrant les dents. Tu as passé les bornes. Viens donc que je te déchire pour balancer tes restes aux requins, morceau par morceau. Que je te mette dans l'état où j'ai mis quatre colonels, dix pachas, huit commandants. Toi, le maquereau en peau de porc, déguisé en couille de clébard ! Viens donc par ici ! Si tu mets les pieds sur cette île encore une fois, je te couperai les pieds et je balancerai ta charogne en cadeau aux fourmis de mon île. Allez-y donc ! Couille de clébard d'Ali Pacha de mes deux, le fils menteur du perceur de crânes ! »

Le capitaine Kadri n'eut pas trop de mal à se saisir d'Ali Pacha et à le rembarquer. Ali Pacha était épuisé. Il s'assit à bout de souffle sur les filets de pêche lovés sur le pont, se prit la tête entre les mains. Lorsque le moteur eut démarré il bondit sur la proue et il pointa sa main droite sur Poyraz qui était planté au bout du ponton.

« C'était bien toi, couille de chien. C'était bien toi l'escargot baveux ! Tu crois que j'ignore qui tu es. Toi, tu es un esclave en errance, enfermé dans la prison de la fourmi. Il m'a bien dit que tu étais un esclave, Üzeyir Khan, le Roi des rois. Un esclave en errance. »

Jusqu'à ce que le bateau eût pris le large, Ali Pacha Selim Bey, petit-fils en titre d'Ali Pacha de Tépédelen, le roi du monde, criait vers Poyraz :

« Esclave en vadrouille ! Esclave en errance ! Esclave en déshérence ! »

Vassilis, qui avait assisté à tout le spectacle du fond de sa roselière, en avait successivement voulu à Poyraz, puis avait eu pitié de lui, il l'avait bien aimé aussi. Mais sa détermination était inchangée : il le tuerait, non pas le lendemain, mais le surlendemain.

Réveillé tôt le matin, Vassilis aperçut Poyraz, debout sur la grève devant le quartier des résidences de riches, en train de contempler la mer qui prenait ses couleurs moirées. Des poissons violets de toutes tailles sautaient hors de l'eau à plus d'une brasse de hauteur. Son visage était tout clair de bonheur, ses moustaches dorées riaient.

Le soleil était sur le point de se lever à l'horizon. Poyraz entra lentement sous les tamaris. Il s'arrêta pour admirer un papillon de couleur noir de suie posé sur une branche toute fragile. Il battait lentement des ailes et laissait apparaître des cercles concentriques bleus, orange, verts, dorés. Le dessous des ailes était d'un rouge étonnant, du jamais vu. Le visage de Poyraz s'éclaircissait de plus en plus, ses moustaches dorés riaient de plus en plus. Jusqu'à ce que le soleil monte au midi le papillon continua à battre lentement des ailes et Poyraz se tint là à l'admirer sans pouvoir le quitter des yeux.

Des coccinelles de grande taille au rouge foncé voletaient sans cesse, en nuage au-dessus d'énormes fleurs jaunes de printemps : une vraie fête de rouge et de noir. Le mouvement des ailes transparentes sous la carapace jetaient des petits éclairs de lumière bleutée. Assis en tailleur, Poyraz se laissait emporter dans les rêveries de bleu acier, de rouge foncé et de vert intense qui tournoyaient. Une coccinelle s'était posée sur son pouce, elle parcourut tous ses doigts et sa paume pour s'arrêter sur le bout de l'index. Elle ouvrit ses ailes en jetant des étincelles bleutées et s'envola. Poyraz la suivit du regard. Elle tournoyait, faisait des zigzags, disparaissait un instant pour se poser sur les pétales d'une fleur. Les fourmis, les fleurs des mûriers sauvages, des fleurs bleues des champs, tout était en fête. Un poirier aussi grand que les platanes de la place était couvert de fleurs, au point qu'on n'apercevait ni les feuilles ni les branches. À cent pas de l'arbre, on entendait un bourdonnement continu : l'arbre tout entier était devenu une ruche cachée par les fleurs. Des senteurs de fleurs de toutes sortes et de pollen faisaient tourner la tête. Poyraz Musa s'allongea sous l'arbre. Sous le soleil tiède de printemps ses moustaches luisaient. Il était heureux. Les fourmis, les nuages des amas de papillons bleus emplissaient le ciel de l'île. Les yeux grands ouverts comme ceux d'un somnambule, tout son être déployé comme des voiles au grand largue, Poyraz allait en tous sens comme un fou, perdu au beau milieu du soleil de printemps. Vassilis s'était laissé prendre au jeu lui aussi et baguenaudait dans les vergers de pêchers. Le soleil était derrière les montagnes de la côte, la mer était d'un blanc laiteux. Tout se réveillait, naissait encore une fois dans les fragrances des fleurs qui avaient investi les interstices des rochers. Les piaillements des oiseaux, la mer, les senteurs de fleurs et d'abeilles... Musa dormait, allongé parmi les genêts. Le soleil était sur les fleurs, toute l'île baignait dans le jaune. Les étoiles du ciel tourbillonnaient. Le ciel disparut derrière les étoiles et tout devint un tourbillon. Tout ce qui existait sur l'île, la pierre comme les rochers, était en état ivresse. Même les fourmis restaient immobiles sous le soleil, comme saisies par ces fragrances.

Vassilis commença à avoir peur. Le visage de Poyraz était devenu tout plissé et sombre comme ceux des démons de l'enfer. Vassilis chargea son fusil, engagea la cartouche. « Cet homme doit mourir ! Cet homme doit mourir ! » répétait-il, la mâchoire serrée à se faire sauter les dents. Il avait le doigt sur la détente quand un nuage de papillons bleus les survola. Le visage de Poyraz s'éclaircit. Vassilis reprit son chat, alla tout droit chez lui, entra dans son lit et se cacha sous l'édredon.

Les bruyères aux fleurs mauves avaient tout envahi autour de la source. Leur parfum embaumait jusqu'à la mer.

Musa vint très tôt près de la source. Il s'assit sur une pierre plate blanche. L'eau qui surgissait au pied des roches rouges se jetait dans un petit bassin naturel. Les petits galets qui étaient au fond renvoyaient des reflets qui se mêlaient aux bouillonnements de l'eau, les vaguelettes venaient buter sur la roche rouge. Les jeux de lumière, les senteurs des bruyères se mêlaient. Les fourmis qui partaient d'une fourmilière au pied du rocher avaient tracé un chemin à travers les herbes, sur lequel s'étirait leur longue procession. Elles allaient et venaient, montaient et descendaient, inspectaient tout au passage. Des libellules étaient posées sur l'eau, comme si elles étaient en sommeil. « Le parfum des bruyères, remarqua Musa. Je suis ici depuis ce matin et je ne me suis pas encore habitué à leur senteurs. C'est de plus en plus fort. » Il se souvint du miel de bruyère qu'il mangeait étant enfant, tout son être sentit ce parfum de bruyères en fleur. Chaque printemps ce parfum lui revenait en mémoire, avec insistance. Il se sentit tout heureux de retrouver sur l'île les bruyères parfumées de son enfance. Il passa un long moment à suivre le jeu des libellules sur l'eau. La tête lui tournait. Il se leva, s'étira et se tourna vers les ruches. « Quelle agitation forcenée, ces insectes, pensa-t-il. Pourquoi courons-nous ainsi dans tous les sens jusqu'à bout de souffle, comment faisons-nous pour supporter toutes ces peurs mortelles, humiliantes, honteuses, pour aller où ? Pourquoi ? » Il s'arrêta net, tendu, perdu dans ses pensées. Son visage s'assombrit, puis s'éclaircit, peut-être pensait-il aux lumières de la mer, à ces insectes multicolores, aux jeux de lumières sur les galets au fond de la source, aux fragrances des fleurs de bruyère, des abeilles, à ces tapis de fleurs en bas, comme un grand nuage blanc qui serait descendu sur le sol, à cet arbre dont les branches supportaient à peine les essaims des abeilles, à la chaleur humaine, à la nostalgie, aux jambes hâlés lumineuses des jeunes filles, à leurs yeux de biche tristes et pleins de désir… C'est tout cela, peut-être, qui lui avait rendu la joie de vivre.

Le fusil tomba des mains de Vassilis, planqué derrière les buissons. Le voyant si heureux, jusqu'à la moelle, lui aussi eut un frémissement de joie. Jamais il n'avait connu un homme baignant si visiblement dans la joie de vivre. Il n'arrivait pas à détourner les yeux de cette vision fascinante. « Son visage c'est la lumière, marmonna-t-il. Comment tuer un homme dans cet état ? » Poyraz se dirigea vers l'embarcadère. Vassilis regarda autour de lui, puis vers la mer. Au loin, un bateau venait vers l'île. Quand Poyraz eut atteint les platanes, puis le bout du ponton, Vassilis prit son chat dans ses bras, traversa l'oliveraie pour aller à la roselière. Ce matin-là le chat avait attrapé une souris de bonne taille qu'il avait eu tôt fait d'engloutir. Depuis, il n'avait pas cessé de ronronner, et il continuait à le faire dans ses bras.

En rampant presque sous les tamaris il parvint à la roselière. Il dut écraser quelques narcisses sur son chemin car leur parfum intense planait dans l'air. Poyraz Musa faisait les cent pas sur le ponton, l'air pensif, son menton dans la main droite.

Il continua de la sorte jusqu'à l'accostage du bateau. Le premier homme qui sauta sur le ponton était un type jeune et élégant coiffé d'un fez rouge au pompon mauve, le visage barré de longues moustaches torsadées. Le capitaine Kadri le suivait. Il désigna à Poyraz un sac en kilim qu'il tenait à la main. « Regarde ! Sais-tu ce qu'il y a dedans ? C'est plein de bon pain tout frais. Sais-tu qui te l'envoie ? Üzeyir Khan ! Je suis sûr qu'il y a plein d'autres choses dedans.

— Merci ! » fit Poyraz. Il porta le sac qu'il déposa sur la banquette. « J'ai une question à te poser Kadri : suis-je le premier homme à avoir mis le pied dans l'île après le départ des Grecs ?

— C'est bien toi.

— D'accord, mais depuis que je suis arrivé sur l'île, je n'ai rencontré ni chien ni chat. Ces gens-là n'en avaient pas du tout ou quoi ?

— Si, ils en avaient, rétorqua Kadri avec le sourire.

— Mais alors où sont passés les chiens et les chats ?

— Ah oui ! Je te dois une explication. Quant les Grecs furent partis, le Reis a rameuté tout le monde en disant : "Eh ! bande de mécréants cruels, n'avez-vous pas honte ! Des chiens et des chats sont restés sur l'île, ils vont s'entre-dévorer." Il fit la tournée de tous les villages, raconta des choses tellement horribles que le cœur n'y résistait pas. Un beau matin, nous tous, les pêcheurs de la côte, nous sommes allés dans l'archipel. »

Poyraz Musa arrêta le récit de Kadri et alla vers l'homme qui attendait tout seul au bout du ponton. Ils se saluèrent : « Soyez le bienvenu, venez par ici, prenez place ! » Il le conduisit sous les platanes et lui indiqua le banc. Il s'assit à côté et se tourna vers Kadri :

« Et puis ?

— Et puis, nous avons débarqué dans les îles, nous avons ramassé tout ce qu'il y avait de chiens et de chats. Quelques bêtes ont pu avoir peur et se cacher. Certains Grecs ont emmené leurs bêtes avec eux. Les chiens et les chats que nous avons attrapés, nous les avons distribués dans les villages.

— Eh bien…, fit Poyraz Musa.

— Oui, dit l'homme qui venait d'arriver. Je m'appelle Cemil. Je suis vétérinaire.

— C'est bien, c'est très bien ! fit Poyraz Musa avec un enthousiasme non feint.

— Je suis venu m'installer dans cette île. Si j'ai bien compris il n'y a personne d'autre que vous ici. C'est bien cela?

— C'est ça !

— En ville ils ont omis de me dire que l'île était vide d'habitants, je veux dire qu'il n'y avait personne d'autre que vous-même. Je suppose qu'il n'y a pas d'autre village que celui-ci, n'est ce pas?

— Il n'y en a pas.

— Mais que puis-je bien faire si je m'installe dans cette île? Vous-même, quelle est votre occupation sur l'île?

— Rien. Rien du tout. Pour le moment je ne fais rien du tout.

— Mais comment faites-vous pour boire et manger? »

— Je vais à la pêche, de temps en temps. J'avais emmené pas mal de provisions en venant ici avec le capitaine Kadri. Énormément de pains... Mais les pains sont devenus durs comme de la pierre. Je les mouille et je les réchauffe sur la braise pour les manger.

— Il n'y a personne d'autre sur l'île, pas un être vivant?

— Si, il y en a un. Depuis le jour de mon arrivée je sais que cet homme est dans l'île. Une ombre, une silhouette allongée vadrouille nuit et jour. On joue au chat et à la souris. Jamais nous n'avons pu nous rencontrer. Serait-ce un djinn ou un pur esprit? Nous ne pouvons faire connaissance. Il me fout la trouille, cet homme. Si au moins je pouvais voir son visage. Est-ce le diable? Ami ou ennemi? Je crève de curiosité. Peut-être que c'est un cinglé. Souvent cela m'empêche de dormir. Je crains qu'il vienne me tuer dans mon sommeil. Certaines nuits je m'endors avec le pistolet à la main. Je vis avec la peur au ventre d'être tué. J'ai survécu à je ne sais combien de guerres, j'ai connu des centaines de combats, cent fois je n'ai eu de choix qu'entre la mort ou la mort, j'ai enduré plein de choses, mais jamais je n'ai eu autant de peur. Cet homme est comme mon ombre.

— Il n'y a personne sur cette île, dit Cemil le vétérinaire. Que Dieu nous en préserve, mais lorsqu'on vit tout seul dans un endroit désert et isolé, surtout si c'est une île grande comme la main, on voit aussi bien des fantômes que des djinns, des diables ou encore des monstres à sept têtes venant de la mer... Tu n'as avec toi... personne? un être vivant? un chat? un chien? une chèvre, un cheval, un âne, un coq?

— Les premiers jours on entendait le chant d'un coq, mais cela s'est arrêté aussi. Je crois qu'il n'y a même pas de renard dans cette île. »

Le vétérinaire rigola :

« À mon avis, c'est le fantôme qui a dû manger les coqs.

— Lui, ce n'est pas un fantôme, l'ami Cemil.

— Alors, c'est le renard.

— J'ai tout fait pour dénicher cet homme. J'ai fouillé jusqu'en dessous des ailes des oiseaux et dans les trous des serpents. L'homme n'est pas là.

— La solitude.

— Puisque tu es venu, sois le bienvenu, mon ami. Je t'attendais. Maintenant nous allons découvrir qui est cet homme. Les nuits nous allons faire un tour de garde. L'un dort, l'autre veille. L'homme ne pourra pas nous tuer. »

Le vétérinaire prit une mine triste et désolée :

« Il faudra que je parte dans peu de temps, fit-il. Y-a-t-il ici des chats, des chiens, des bœufs, des moutons, des chèvres, des girafes, des lions et des tigres, des renards et des chacals, des lapins, des panthères, des faucons, des éperviers, des aigles royaux?

— Non, il y a du poisson.

— Mais je ne connais rien aux maladies des poissons, moi!

— Si tu veux, je te fais visiter l'île. Cette île est un paradis qu'Allah a offert à la terre ici-bas. Lève-toi, je vais te montrer un arbre. »

Il le tira par la main pour lui montrer le vieux poirier tout en fleur. Le vétérinaire fit mine de résister mais sans résultat ; il se trouva au pied du poirier. L'arbre bourdonnait et exhalait un parfum de fleurs et d'abeilles sous le soleil tiède. Comme enivré par ces senteurs le vétérinaire s'assit sur place. Poyraz était planté debout. Il voulait dire des choses mais il n'y parvenait pas. Au bout d'un moment le vétérinaire reprit ses esprits et redescendit vers la place à vive allure. Il s'allongea sur le banc pour se reposer.

« Je m'en vais, cher ami. Je ne comprends pas pourquoi les gens du bourg m'ont envoyé ici. J'ai tout perdu à la guerre. Mon village, ma mère, mon père. Tout ce que j'avais. Je suis venu ici parce que j'avais entendu dire qu'ici on redistribuait les fermes, les champs, les maisons abandonnées par les Grecs. Ils m'ont expédié sur cette île aride. Je croyais qu'il y avait cinq, dix villages sur place, dont quelques villages turcs... Et que ceux-ci auraient des chiens, des chevaux, des chats, du bétail, enfin...

— Dans peu de temps cette île sera pleine de monde.

— Pas possible. À supposer que des gens viennent, cette île nourrirait combien de gens ?

— Regarde donc toutes ces maisons.

— Personne ne viendra sur cette île. À supposer qu'ils s'y installent ce ne sera pas avec des étalons et des vaches qui ne vêlent que des jumeaux. Allez, il faut que je m'en aille. Au revoir. »

Il se leva comme s'il était en retard :

« C'est un paradis ici, dit-il avec le sourire, mais un paradis solitaire. Toi aussi, pars d'ici sans attendre, avant qu'un fantôme ne te mange. Trouve-toi un autre lieu, un village, une ferme. Et si tu ne trouves pas ça, mêle-toi à la foule de la ville. Tu me sembles quelqu'un d'intelligent et de lettré. Ils sauront se trouver ta trace ici, mais pas en ville.

— Je le sais », fit Poyraz. Il avait beaucoup espéré voir le vétérinaire s'installer dans l'île. Il était triste, il ne prononçait pas un mot.

Le vétérinaire tendit la main et prit celle de Poyraz, inerte comme celle d'un mort.

« Pardonne-moi, dit-il, si les pêcheurs n'avaient pas ramassé les chiens et les chats de l'archipel, ils auraient été rendus à l'état sauvage, ils auraient mangé tous ce qui est vivant autour d'eux, puis ils se seraient entre-dévorés... Il y a quinze ans, la municipalité d'Istanbul avait ramassé tous les chiens de la ville pour les mettre sur Sivriada au large des îles des Princes.

— Je le sais », dit Poyraz. La colère se lisait dans ses yeux.

Le vétérinaire sauta dans l'embarcation sans trop attendre, entra dans la cabine. Le capitaine Kadri le suivit. Il mit pleins gaz. Poyraz resta là, comme ankylosé, jusqu'à ce que le bateau disparaisse. « Il est temps de rentrer à la maison », pensa-t-il. Il eut à peine la force d'ouvrir la porte donnant sur l'extérieur, gravit lentement les marches, entra dans sa chambre sans oublier de verrouiller le tout. Il se jeta sur le lit sans se déshabiller.

Apercevant un bateau qui venait, au loin, Poyraz accourut à l'embarcadère et se mit à attendre au bout du ponton. Le bateau ralentit et vint accoster sur son erre. Un homme maigre monta sur le pont, la lumière l'éblouit. Il se frotta les yeux en regardant par terre. Poyraz tendit la main pour aider l'homme à débarquer. « Soyez remercié, efendi, mon fils. » Poyraz ne put cacher son étonnement : « Ce n'est rien, maître ! »

C'était un bateau de pêche avec des filets lovés sur le pont. Le patron se tenait debout auprès des filets.

« Dois-je venir te rechercher, comme convenu, pour la fin

de l'après-midi? Tiens, c'est moi qui ai ramassé les chiens de cette île après le départ des Grecs.

— Oui, reviens, dit l'homme fluet. Sait-on jamais, il se peut que tu reviennes juste pour toucher l'argent que je te dois pour la traversée. Bonne chance à toi.

— Salut à toi, pépère ! »

Alors que le bateau s'éloignait, Poyraz prit l'homme fluet par la main pour le conduire sous les platanes. Ils s'assirent sur le banc côte à côte. Une fois assis l'homme fluet tendit la main : « Je suis le docteur Selman Sami. Médecin militaire. J'ai été mis à la retraite avec le grade de commandant.

— Je m'appelle Poyraz Musa, ravi d'avoir fait votre connaissance. Soyez le bienvenu.

— Grâces te soient rendues, mon fils. Qu'est ce qu'il a voulu dire ce pêcheur, en disant : “Nous avons ramassé tous les chiens de cette île” ?

— D'après ce que j'ai cru comprendre, lorsque les Grecs sont partis, plein de gens n'ont pas pu emmener leurs chiens avec eux. Alors, les pêcheurs de la côte sont venus attraper les chiens et les distribuer aux paysans pour qu'ils ne meurent pas de faim ici.

— J'ai compris, c'est l'affaire de *Sivriada.* Je te la raconterai plus tard. Une vraie tragédie.

— Vous l'avez, votre titre de propriété, maître ?

— Quel titre de propriété ?

— Celui de votre maison. N'êtes-vous pas venu ici pour vous installer ?

— Je n'ai ni titre de propriété ni rien du tout. Je ne sais pas si je vais m'installer. Ils m'ont dit en ville qu'il n'y a guère que vous-même sur l'île.

— Il y a une autre personne.

— Où ? Pourquoi n'est-il pas ici ?

— Lui, c'est l'homme invisible. Depuis que je suis ici, je ne vois que son ombre. Jamais je n'ai pu apercevoir son visage.

Certains jours il me piste du matin jusqu'au soir, d'autres jours c'est l'inverse. Nous n'arrivons pas à nous rencontrer.

— Ce n'est pas un fantôme quand même ?

— Pas ça, pas vous, docteur !

— Beaucoup de soldats sont morts sur cette île, par centaines, par milliers. Des fois que ce serait le fantôme de l'un d'eux...

— Vous voulez dire que vous avez résidé longtemps sur cette île ?

— Plus d'un an.

— Et moi qui ai cru que vous veniez vous installer ici ! »

Le visage du docteur Selman Sami devint tout blême, ses mains commencèrent à trembler. Il se leva et se mit à marcher vers l'église. Il boitait du pied droit. Il avait une capote militaire sur le dos qui lui descendait jusqu'aux chevilles. Les basques de la capote s'emmêlaient entre ses jambes, ce qui accentuait encore sa démarche de boiteux. Il avait un pantalon tout neuf, le pli repassé comme le fil d'une épée. Il avait une veste du même tissu coupé au millimètre à sa taille et une pochette de soie blanche. Sa cravate à pois bleus, c'était probablement la première fois qu'il la portait, aujourd'hui. Les bottines, les chaussettes, la chemise étaient elles aussi toutes neuves. Poyraz se leva et le suivit. Arrivé devant l'église le docteur s'arrêta. Il se retourna vers Poyraz et lui adressa un sourire amer. « Ce n'est pas un sourire, c'est un cri de détresse », pensa Poyraz, c'est comme ces masques que deviennent les visages des femmes, les yeux noyés de larmes, qui chantent les élégies mortuaires.

« La porte est-elle ouverte ? »

Il avait la voix d'un homme sur son lit de mort. Pourtant il était grand, élancé, avec un visage jeune et vif.

Poyraz s'empressa d'ouvrir la porte de l'église. Le docteur y pénétra comme un mort-vivant, le visage de plus en plus blême. Il s'arrêta dans l'abside et examina les vitraux bleus et verts. La figure de Jésus dévisageait le monde avec des yeux tristes. «Mes yeux, se dit le docteur, que n'ont-ils pas vu ici? Combien de milliers de blessés, de gens mis en pièces, les yeux crevés, les tripes à l'air... combien de milliers.» Les cris d'agonie de combien de milliers de gens, le tonnerre de toutes les canonnades des Dardanelles, la terre qui bougeait comme un berceau, la terre et les eaux qui montaient jusqu'au ciel lui retombaient sur la tête. Il s'adossa au mur pour ne pas s'effondrer. Poyraz vit qu'il se sentait mal, il le soutint. Selman Sami ouvrait grand la bouche puis la refermait, comme un oiseau à l'agonie, ayant le plus grand mal à respirer.

« Sortons d'ici», put-il dire. Ils sortirent. «Allons sur la colline!» En route pour la colline le docteur se ragaillardit, il se mit à marcher plus vite que Poyraz. Arrivés au sommet ils s'assirent côte à côte, adossés au chapiteau de marbre blanc gravé d'inscriptions. Le docteur changea d'expression, il reprit ses esprits. Il reconnut les senteurs de la terre, des fleurs et de l'herbe. En contrebas, on entendait le chant d'un oiseau que Poyraz n'avait jamais entendu auparavant. «Écoute fiston, dit le docteur, ce chant vient du paradis. Cet oiseau-là, c'est l'oiseau du paradis. — Je ne l'avais jamais entendu auparavant», répondit Poyraz.

Le docteur était disert. Il raconta les Dardanelles, les batailles, l'histoire de cette île, comment après avoir rempli à ras bord l'église, l'école et les maisons, les blessés avaient été placés dans les tentes dont le campement couvrait tout l'espace du fond du vallon jusqu'au sommet de la colline. Il passa ensuite avec enthousiasme à narrer Istanbul, les chiens de Sivriada. D'un seul coup il bondit comme un forcené en hurlant : «Le fils de l'homme! Les humains! Les humains!» Après avoir tourné en rond, sur place il s'écria : «Fuyons! Fuyons! Partons d'ici. Quatre murs. Quatre côtés, quatre murs de ténèbres. Quatre ténèbres! Quatre murs de ténèbres qui foncent sur nous à bride abattue, la bouche écumante ! » Il chancela. Poyraz le prit par le bras. Ils descendirent. Le docteur n'arrêtait plus de grommeler, de manière incompréhensible.

« Regarde ! Regarde ! Regarde cet oiseau ! »

Poyraz regarda la branche qu'il lui désignait : un oiseau y dormait la tête coincée sous l'aile.

« Regarde ! Regarde-le ! »

Poyraz n'avait jamais vu un oiseau au ramage d'un bleu aussi brillant et intense.

« Regarde-le donc ! Crois-tu qu'un bleu pareil existe, même au paradis ?

— Non, répondit Poyraz.

— Non, reprit le docteur, il n'y en a pas. »

Poyraz aperçut le bateau qui contournait la pointe de l'est. Il n'arrivait pas à se résoudre à annoncer l'arrivée du bateau au docteur qui avait le regard fixé sur l'oiseau.

L'oiseau retira sa tête de sous son aile, il allongea le cou. Les yeux tournaient comme des billes. Il plongea son bec noir et élégant dans son plumage, se gratta, s'étira, déploya ses ailes, puis d'un coup d'aile s'envola vers la mer. En suivant l'envol de l'oiseau du regard, le docteur aperçut le bateau à l'approche. D'une voix sereine il dit : « Ne serait-ce pas notre bateau ?

— C'est bien cela, fit Poyraz Musa d'une voix cassée, désolée. C'est bien lui. » Il semblait à deux doigts de pleurer. « C'est bien lui. »

Quand ils arrivèrent à l'embarcadère le bateau était déjà amarré. Le docteur sauta sur le pont et attendit debout.

« Je reviendrai, Poyraz, mon fils ! C'était ma première visite. Je ne pensais pas que j'allais retrouver l'île si vide. Mais je reviendrai, et très prochainement. »

Poyraz avait la gorge nouée. Il ne pouvait pas ouvrir la bouche. Il attendit là que le bateau disparaisse.

Vassilis quitta la roselière pour filer du côté des tamaris. « Sale type, trouillard ! Moins qu'un homme ! Nous aussi nous avons connu la guerre. Par rapport à ce que j'ai vu de mes yeux, tes Dardanelles c'était un jeu d'enfant. Mais personne n'a perdu la tête pour autant. »

Il dit : « Que de choses se sont passées dans la ville d'Istanbul. » Il dit : « La ville d'Istanbul est une mer de sang. Tant de sultans, tant et tant de grands vizirs y furent tués. »

Il dit : « Avant d'être étranglé, à dix-neuf ans, le sultan Osman a été violé dans les geôles du château des Sept Tours. Le sultan Osman n'était pas seulement le Roi des rois, il était le vicaire du Prophète, son calife, à la tête de la Sublime Porte de la descendance des Ottomans. »

Il dit : « Il y eut plein d'autres événements en cette ville d'Istanbul, on y fit couler le sang des pauvres à torrents. » Il dit : « La langue défaille à narrer l'indicible de ce qui se passa en la ville d'Istanbul. Les mots n'y suffiraient point. Les Rois des rois massacrèrent leurs fils ; les fils massacrèrent leurs pères, les Rois des rois ; les Rois des rois assassinèrent leurs propres frères. Cette ville d'Istanbul est le lieu de la mort et des massacres. »

Il dit : « Que de choses se passèrent en la ville d'Istanbul, devant l'indicible la parole ne peut que faillir. » Il dit : « En cette ville d'Istanbul on aveugla les princes de sang en leur scellant les yeux aux fers ardents et on les enferma dans les îles. Dans les geôles des îles de surcroît. Les ossements des princes aveuglés, morts dans les geôles sont là depuis Byzance, au fond des oubliettes. On appelle les îles d'Istanbul les îles des Princes ; à cause des princes qui y sont morts, dont les cadavres y ont croupi. »

Il dit : « L'Ottoman était bon, clément et miséricordieux. » Il dit : « Ils sont devenus malades et fous, ils ont perdu toute humanité ; quand ils scellaient les yeux de leurs fils et de leurs frères, il ne les expédiaient pas dans l'île, dans les geôles. Il les faisaient étrangler sur place. »

Il dit : « L'Ottoman était un empire mondial. Ils disaient : "Il vaut toujours mieux sacrifier mille frères si c'est pour le salut de l'Auguste État ottoman." L'Ottoman était bon et clément et miséricordieux. Ils tuaient leurs fils et leurs frères et versaient des larmes sur leurs dépouilles, disaient des prières, se prosternaient devant Dieu, organisaient des cérémonies grandioses pour leur enterrement. Ils connaissaient bien les îles des princes de sang aveuglés et jetés dans les geôles : Büyükada, Heybeli, Burgaz, Kınalı, Yassiada, Sivriada. »

Il dit : « L'Ottoman était très clément et miséricordieux. Il ne faisait pas ce que les Byzantins avaient fait, il tuait sans attendre. »

Il dit : « Les Dardanelles ont emporté des milliers de gens dans la mort. » Il dit : « Qu'est-ce que l'Ottoman avait à faire dans cette guerre ? L'habitude. Qu'est-ce que les gens qui étaient morts devant Vienne, dans le désert d'Arabie, qui ont pourri pendant neuf ans de service militaire avaient à faire en ces lieux ? L'habitude ! Et en Anatolie ? L'habitude. » Il dit : « Qu'est-ce que l'Ottoman avait à faire en l'île de Crète, au milieu des sept mers ? Il fallait assécher la descendance des gens de l'Anatolie. » Il dit : « L'Ottoman savait ce qu'il faisait, sûrement ! »

Il dit : « Sivriada. » À ce mot il s'arrêta pile. Ses yeux s'embuèrent. « Les îles sont sombres, c'est l'enfer. Il y a quinze ans ce fut la catastrophe à Sivriada. » Il dit : « Un maire avait fait ramasser tous les chiens d'Istanbul pour les entasser à Sivriada. Il n'y eut plus un seul chien à Istanbul pendant cinq ans. La ville d'Istanbul resta vide. Les chiens étaient entassés les uns sur les autres à Sivriada, jetés sur les rochers acérés. Pas d'eau, pas de nourriture. De faim et de soif, en brûlant d'avoir bu l'eau de la mer, les chiens commencèrent à hurler à la mort, tous, nuit et jour. »

Il dit : « Ils hurlaient tellement à la mort que cela s'entendait d'Istanbul même. On ne pouvait plus croiser dans les parages de Sivriada. Ceux qui s'y égaraient se bouchaient les oreilles. Les pêcheurs passaient au large. À la fin, les chiens s'entre-déchirèrent, ils s'exterminèrent en s'entre-dévorant. Quelques années après, le maire y entassa encore plus de chiens, par milliers. Ils s'entre-dévorèrent eux aussi. Un an après… trois ans après… »

Il dit : « Le maire n'est pas mort. L'Ottoman est vraiment très clément et miséricordieux, trop bon, il ne crève pas les yeux des chiens au fer rouge ! »

Poyraz Musa passa une nuit difficile de somnolence et d'insomnie, jusqu'au petit matin. Les paroles du médecin résonnaient dans sa tête : « Je reviendrai, je reviendrai ici. Il me faut juste le temps de me remettre. »

Il dit : « Seul un chien put échapper à l'enfer de Sivriada, il dut parcourir des milles et des milles pour parvenir à l'île de Burgaz et venir s'échouer sur la grève, agonisant. »

Il dit : « Des gens miséricordieux le virent. Il respira un grand coup. Il ne respira plus ensuite. Il était tout petit, les poils orangés collés sur sa carcasse il restait là inerte, puis reprenait vie en respirant de tous ses poumons. Il comblait de bonheur ceux qui connaissaient le calvaire de ces chiens. »

Il dit : « Un homme fendit la foule, prit le chien dans ses bras et l'emmena. Une semaine après ils se promenaient dans l'île, lui et son chien jaune. Les gens versaient des larmes de joie. »

Il descendit de chez lui pour aller à la fontaine se laver la figure. Il avait la tête comme ankylosée. Il maintint sa tête sous l'eau du robinet, un bon moment. Il se lava le visage avec son savon parfumé, puis se sécha. Quand il se redressa pour repartir, il aperçut une ombre sur le banc de la place. Il prit peur ; il mit la main sur son arme. Il resta sur place, sans bouger. Puis il fit un bond pour se jeter derrière le platane.

« Qui es-tu ? »

Sa voix était chargée d'angoisse, résonnait dans la pénombre.

« C'est moi ! fit l'homme qui était assis sur le banc, sans esquisser un mouvement.

— C'est qui ? Toi ?

— Tu me demandes qui je suis ? Je suis l'*Efe*[1] à la dague.

— Qu'est-ce que tu dis ? Répète pour voir ?

— On me dit l'*Efe* à la dague !

— Lève-toi et viens par ici !

— On m'appelle l'*Efe* à la dague ! Toi, tu viens ici ! »

L'*Efe* à la dague ne bougeait pas. Il attendait.

« J'arrive ! »

Poyraz s'avança, inquiet, un peu apeuré, la main posée sur son arme. Il se tint devant l'*efe*.

« Bienvenu dans notre île.

— Grâces te soient rendues. Assieds-toi à côté de moi. »

Il désigna la place à côté de lui à Poyraz. Ils avaient du mal à se dévisager dans la pénombre. Poyraz eut le sentiment que le gars tenait un fusil sur les genoux.

« Quel bon vent vous amène comme ça en plein nuit ?

1. Les *efes* étaient des bandits d'honneur de l'Ouest anatolien qui prenaient la montagne ou le maquis après avoir commis un « crime d'honneur ». Dressés contre les gouverneurs et les serviteurs de l'autorité ottomane à la fin du XIXe siècle, ils avaient une image comparable à celle de Robin des Bois. Cette image de justicier se renforça lors de l'occupation de Smyrne et de l'arrière-pays par le corps expéditionnaire grec lors du démembrement de l'Empire ottoman à la fin de la Première Guerre mondiale. Les *efes* prirent l'initiative de la résistance contre l'occupant et menèrent la guérilla. C'est Mustapha Kemal qui les intégra dans l'armée des Forces nationales (*Kuvayi Milliye*), mettant fin à une anarchie préjudiciable à sa stratégie globale. Le terme *efe* survit comme un synonyme de « brave » dans le turc contemporain.

— Je ne pouvais pas venir de jour. »

À quatorze ans il avait pris le maquis pour rejoindre la bande de *Çakırcalı efe*. *Çakırcalı efe* l'avait toisé de pied en cap pour lui dire : « Je ne vais pas ramasser ici tous les gamins que leur père et mère ne savent pas torcher. Quand même ! » Il lui avait dit : « Où est donc ton flingue ? » Et le gamin de tirer de sa ceinture sa longue lame tcherkesse aux deux fils tranchants et de dire : « Mon *efe*, regarde-moi. J'ai cette belle dague tcherkesse. » Le geste plut beaucoup à *Çakırcalı efe*, et le fit rire de bon cœur. Il appela ses compagnons d'armes pour leur dire : « Allez me chercher un fusil, des cartouchières et des munitions pour l'*efe* à la dague. » Ils accoururent pour lui apporter un fusil flambant neuf. *Çakırcalı efe* lui demanda : « Sais-tu t'en servir ? » L'*Efe* à la dague se mit au garde-à-vous : « Affirmatif, mon *efe*. » *Çakırcalı* : « Eh bien, montre-nous ce que tu sais faire ! » Le jeune *Efe* à la dague mit le genou droit à terre : « Ordonne, mon *efe* ! Désigne-moi la cible ! » Celui-ci ordonna à ses compagnons d'armes d'aller tracer un petit cercle sur le tronc de l'arbre un peu plus loin. Les compagnons furent un peu agacés par les manières de ce petit merdeux, l'un d'eux partit pour tracer un cercle minuscule en guise de cible. L'*Efe* à la dague fut un peu désarçonné de voir une cible si petite à cette distance mais ne céda point : en joue, la hausse et pan ! il plaça les cinq balles dans le mille du petit cercle. *Çakırcalı efe* fut très impressionné. Il embrassa l'*Efe* à la dague sur les deux yeux et lui dit : « S'il m'arrive malheur, tu prendras ma place ! » Il fit venir les compagnons d'armes et leur dit avec solennité : « Moi vivant, l'*Efe* à la dague est mon second. Que je sois présent ou absent, tout ordre qu'il vous donnera est le mien. Après moi, il sera votre chef, votre *efe*. À l'âge que j'ai, après tant de bagarres avec tant d'*efes*, après avoir même dégommé l'*Efe* au poignard, j'ai connu et ouï tire tant et tant, mais je n'ai jamais rencontré un tireur d'élite comme lui. Que le Tout-Puissant le bénisse pour le bien de notre gouvernement, de notre nation et de la dynastie ottomane ! Ce gamin sera un très grand *efe.* Comme le faisait *Köroğlu*[1] il prendra au riche et le donnera au pauvre. Je vous demande de faire l'union autour de lui. »

Le jour blanchissait et l'*Efe* à la dague apparaissait dans toute sa majesté. Il était grand avec un torse large et imposant. Au premier regard on remarquait sa double rangée de cartouchières croisées sur son thorax, une autre rangée double ceinte autour de la taille, son gilet brodé d'or, sa chemise bleue en soie de Brousse. Ses pommettes saillantes, ses yeux noirs tristes, grands comme les yeux d'un taureau, son large front, bordé de sourcils broussailleux, ses larges moustaches tombantes, son nez aquilin rehaussaient son allure en lui donnant un air inquiétant. La crosse du fusil qu'il tenait sur les genoux était incrustée de nacre. Le fez violet qu'il avait sur la tête était couvert d'une multitude de fleurs brodées qu'entourait un foulard de tulle soigneusement noué.

Le jour de l'assassinat de *Çakırcalı efe,* il n'était pas présent. Il se battait ailleurs, contre les gendarmes. À la tombée du soir il avait repoussé les forces de la gendarmerie, il les avait contraintes à se réfugier en ville, au milieu de la population. Lorsqu'il revint auprès des siens, il retrouva *Çakırcalı* mortellement blessé, gisant au fond d'une grotte. La bataille continuait de faire rage. Ils étaient encerclés et manquèrent se faire prendre dans la nasse : prisonniers ou morts. Tous ensemble.

« *Bre* bande de crétins et d'incapables ! s'écria alors l'*Efe* à la dague. Si nous ne contre-attaquons pas pour détruire

1. Littéralement : « le fils de l'aveugle », le plus célèbre des bandits d'honneur. Personnage mythique d'un grand cycle épique turc, connu non seulement en Turquie mais aussi en Iran et en Arménie.

leurs lignes nous sommes morts ! Je ne veux pas non plus qu'il sachent que l'*efe* est blessé ! »

Le grand-père de *Çakırcalı efe*, Ahmed *efe Çakırcalı*, avait un compagnon qui avait pour nom *Hadji* le Kurde, il était alors le confident de *Çakırcalı efe*. Il dit à l'*Efe* à la dague : « Mais que conseilles-tu donc, l'*Efe* à la dague ? » Il répondit : « On lui coupe la tête et on l'emporte pour qu'ils ne sachent pas qu'il est mort. » C'est ce qu'ils firent et ils défoncèrent les lignes ennemies dans la nuit. *Hadji* le Kurde déclara : « Je ne peux pas me mettre sous les ordres d'un gamin. » Voyant qu'une issue sanglante était imminente, et que *Hadji* le Kurde était un homme de poids, l'*Efe* à la dague leur dit : « Ainsi soit-il. Je m'en vais. Mais sachez que sans moi, votre fin est proche ! » C'est ce qu'il advint. Les gendarmes les encerclèrent dans une maison. Ils y mirent le feu. La belle demeure en bois s'embrasa en un instant. Ceux qui essayaient de s'enfuir à travers les flammes furent descendus un par un.

L'*Efe* à la dague prit le maquis dans la montagne aux Fourmis. Il reconstitua une bande avec sept compagnons d'armes. Chacun d'eux était un vrai tigre. Mais c'étaient des gens au grand cœur. Ils évitaient autant que possible de tuer des gens. Ils prenaient aux riches ; ils donnaient aux pauvres. Les jeunes filles, si pauvres qu'elles ne pouvaient espérer trouver un mari, les jeunes gens, ils leur donnèrent tout pour qu'ils puissent fonder un foyer.

Sur ces entrefaites, les Grecs débarquèrent à Smyrne. Les *efes* organisèrent une concertation dans leur montagne. Ils décidèrent de se battre contre les Grecs et engagèrent la lutte. À ce moment, l'*Efe* dit le forgeron vint les trouver pour leur dire : « Tant que nous ne serons pas unis nous ne pourrons rien faire, joignons nos forces ! » C'est ce qu'ils firent. Ils commencèrent à harceler l'armée grecque. C'était aussi au temps où dans les villes et les bourgades des milices se levaient pour défendre la dynastie. C'étaient les ennemis des Kémalistes. Ils augmentaient en nombre et en force.

Le soleil était monté bien haut, le début de l'après-midi commençait. Des taches de lumière traversaient les feuillages des platanes, faisaient briller l'armement de l'*Efe* à la dague. C'était un homme souriant, il riait beaucoup et chaque fois son visage prenait une expression enfantine.

« Nous entrâmes dans un village. L'*Efe* le forgeron était un homme âgé. Il ordonna : "Amenez-moi ici le maire du village et l'imam." Ils les firent venir. "Faites venir les sages de ce village !" On lui présenta une dizaine de personnes. Il leur dit : "Maintenant vous allez me les coucher par terre et les frapper tant que vous pourrez, leur arracher les ongles ! Demandez-leur de vous dire qui dans ce village est pour la dynastie ottomane, qui pour l'armée grecque !" Sous la torture des noms fusèrent, souvent au hasard. Cinq personnes se dénoncèrent elles-mêmes.

« Ce jour-là vingt personnes furent pendues au grand platane du village. Cela continua par la suite. Dès que nous entrions dans un village, ou dans un bourg, l'*Efe* le forgeron faisait pendre tous ceux qu'il trouvait à sa portée. Il mit le feu à des maisons, à des villages ou des villes. Je lui dis que je n'en pouvais plus. Je le suppliai. Je lui baisai les mains, il était beaucoup plus âgé que moi. Je lui dis : "Aie pitié, la plupart de ceux que nous avons pendus n'ont commis aucune faute. Viens, mettons-les tous ensemble, enfermés dans un village de la montagne. Quand les Grecs seront partis, remettons-les entre les mains de Mustafa Kemal Pacha. Il en fera ce qu'il voudra." Il se fâcha tout rouge, dégaina son arme et faillit me tuer. "*Çakırcalı efe* n'a pas su te former, me dit-il. — Ah oui ?" rétorquai-je, mes yeux dans les siens. Il me craignait beaucoup. Dès qu'il me vit faire le geste de dégainer, il rengaina son arme avec un sourire. "Je pars, mon *efe*, lui dis-je. — Bon vent ! me dit-il. Mais pense au futur : ils pendent haut et court les déserteurs de l'armée aussi !"

« Je retournai au maquis de la montagne aux Fourmis. Je prenais au riche, je le donnais au pauvre. De temps en temps je descendais dans la plaine pour faire une razzia contre le Grec, je revenais dans la montagne. L'*Efe* le forgeron était au courant de tout ce que je faisais, il s'était lancé à ma recherche pour me faire la peau. Il avait soif de mon sang. Il ne réussit pas à me capturer.

« Le Grec fut défait. Les Grecs durent partir en abandonnant leurs terres. Je demeurai sur la montagne. Les gendarmes d'un côté, l'*Efe* le forgeron de l'autre, ils avaient juré de me capturer. Les pauvres et les déshérités ne me dénoncèrent jamais. Par la suite je donnai congé à mes compagnons d'armes. Personne ne sut jamais qu'ils étaient avec moi dans le maquis. Je m'étais débrouillé pour leur trouver des uniformes de soldat et je les avais renvoyés dans leurs villages. Je leur avais dit : "Une fois dans votre village, vous irez au bureau militaire remettre vos tenues et vos armes." Qui aurait pu savoir que mes braves n'avaient jamais fait l'armée ? La désorganisation était telle qu'il n'y avait même plus de registres.

« Moi aussi, je descendis dans la plaine, mais je ne me montrai pas dans mon village. Une fois, j'avais sauvé la vie de ce pêcheur, *Haydar* le nomade, des mains de l'*Efe* le forgeon, il me cacha chez lui, me nourrit et me soigna un bon moment. Il me dit que l'Île-Fourmi était vide. La montagne aux Fourmis m'avait porté chance et protégé. Je partis voir ce qu'il en serait de l'Île-Fourmi. »

Il se leva en souriant. Il regardait tout autour de lui, scrutant le moindre détail. Son visage s'assombrissait au fur et à mesure. Resté assis, Poyraz l'observait, regardait son expression changeante, qui prenait un air de plus en plus rogue. L'air innocent d'un garçon de sept ans, de tout à l'heure, à l'affût des bêtises à commettre, le visage enfantin masqué par les grosses moustaches avaient disparu pour céder la place à la figure d'un monstre buveur de sang.

« C'est ça toute l'île? tonna-t-il. Je m'étais dit que l'Île-Fourmi c'était quelque chose comme la montagne aux Fourmis. Et puis on m'avait dit qu'il n'y avait pas âme qui vive. Je voulais acheter cette île déserte en totalité, pour y installer des fermes, bâtir des palais de cristal. Je pensais y faire venir des nomades pour les faire travailler dans mes fermes. Et toute l'île c'est ça?

— C'est tout ce que vous voyez. Ce n'est pas rien.

— Je croyais qu'elle était déserte.

— Elle est déserte.

— Si c'est désert, qu'est-ce que tu y fous?

— Cette maison-ci, et le moulin là-bas, dont les ailes tournent, sont à moi. Je les ai achetés il y a quelques jours.

— Ne me dis pas que tu as donné de l'argent?» fit l'*Efe* à la dague, en rigolant franchement. Il avait l'air assez ridicule avec son pantalon bouffant brodé d'or, ses bottines vernies aux pieds, son mouchoir vert coincé dans la poche de son gilet, le foulard de soie verte qui lui entourait la panse, sa dague d'argent niellé, longue comme une épée, veinée d'or, coincée entre la bedaine et la ceinture, avec sa grande taille.

« Si, j'en ai donné, dit Poyraz Musa. Si tu veux, je te les revendrai. Si tu veux, je me mettrai sous ta protection. Une seule chose : installe-toi ici. Fais venir tes nomades pour faire vivre cet endroit. Ici, c'est un jardin de paradis. Digne de toi!

— On dirait que tu m'aimes beaucoup.

— Qui pourrait ne pas aimer un brave, un héros comme toi... Tu es digne d'être le sultan de cette île.»

L'*Efe* à la dague bomba le torse :

«Je sais bien que cette île est digne de moi. Mais c'est vraiment trop petit. Où mettrais-je tous les gens?»

Poyraz Musa mit tant d'habileté à le convaincre que l'île était grande, à vanter la pureté de l'air et de l'eau que l'*Efe* à la dague lui dit :

« Bon, allons faire d'abord une balade dans ton île. »

Ils se mirent en route, Poyraz devant, l'infernal *efe* derrière. Se disant « ces gens-là ne résistent pas à la vue d'une source », Poyraz le conduisit d'abord du côté de la source. L'*efe* apprécia beaucoup la source tapissée de galets blancs. Il s'y agenouilla, comme s'il était dans un temple antique. Il ferma les yeux et resta là perdu dans ses pensées ou ses prières. Une expression de bonheur lui revint au visage. En ouvrant les yeux, il était tout sourire. Il ne put s'empêcher quand même, habitude de maquisard, de guetter tout autour de lui, avec des yeux grands ouverts, apeurés. Leurs yeux se croisèrent. L'*efe* détourna les siens, se pencha sur l'eau pour admirer son minois, son fez et son turban brodé incrusté d'une multitude de perles, pour lisser ses moustaches. Il prit quelques poignées d'eau qu'il but, puis de quelques poignées d'eau il se lava le visage. Il se redressa.

« Aaah ! fit-il avec un grand soupir. Dans notre montagne aux Fourmis aussi, il y avait des sources comme celle-ci. Été comme hiver, en toute saison, il y avait des senteurs comme celles d'ici, autour de la source.

— Le paradis, fit Poyraz. Un jardin de paradis qu'Allah est venu poser au beau milieu de ces mers.

— Un coin de paradis », rectifia l'*efe*.

Ils firent le tour de toute l'île. Ni Poyraz ni l'*efe* ne disaient mot. L'*efe* était perdu dans ses pensées. Poyraz, quant à lui, ne détachait pas son regard du visage de l'autre pour deviner ses pensées. Ils finirent leur tour et revinrent à la place des platanes.

« Ça nous a donné faim, allons manger quelque chose, proposa Poyraz.

— Excellente idée », dit l'*efe*.

La barque du pêcheur, amarrée au ponton, se balançait lentement.

Poyraz fit un saut à la maison pour dresser une table avec célérité. « Appelons le gars aussi, fit-il. Qu'il avale quelques morceaux avec nous.

— Pas question ! beugla l'*efe*. Il n'en est pas question. Tu lui portes un peu de pain et deux ou trois choses au bateau. »

Poyraz Musa disposa un peu de nourriture dans une grande serviette de table qu'il noua et porta au pêcheur.

Celui-ci lui dit à voix basse :

« Ne fais pas attention à ses manières de matamore, il est bien brave, il a un bon fond. »

La journée durant Poyraz lui fit faire le tour du propriétaire, des vergers de cerisiers, de pêchers et de grenadiers. Il lui répéta que la mer pullulait de poissons, lui assura que lorsque l'*efe* aurait construit son palais, Mustafa Kemal Pacha en personne lui rendrait visite, et que des gouverneurs et des généraux s'y succéderaient sans discontinuer. Il se fit tellement convaincant qu'à nouveau l'*efe* exhala un long soupir de nostalgie. Il quitta la table pour se laver les mains et le visage avec le savon au jasmin que Poyraz lui tendit. Il revint sur le banc, s'adossa au platane et ferma les yeux. Poyraz débarrassa la table et revint.

« Un café ?

— Sans sucre. »

Poyraz fit le café, l'autre somnolait encore.

« S'il vous plaît ! »

Il souleva lourdement ses paupières, prit le café mousseux du plateau. La tasse était très belle et ancienne, au fond étroit et aux bords larges, d'un beau rouge.

Après avoir bu son café avec délectation, l'*efe* poussa encore quelques longs soupirs sonores de regrets et de nostalgie : « Je ne peux pas rester sur cette île. Ce n'est pas plus grand que la paume de ma main. Il n'y a pas un endroit ni même un trou pour se planquer. L'*Efe* le forgeron a répandu beaucoup de mensonges et de calomnies sur mon compte, que j'étais passé à l'ennemi grec sous les ordres d'Ethem le Tcherkesse. Mensonges ! Calomnies tout ça ! » hurlait-il en se levant et s'asseyant à chaque fois. Il avait les veines du cou gonflées et le visage tout rouge. « Mensonges que tout ça ! Du coup il paraît que Mustafa Kemal Pacha a édicté le *firman* pour mon assassinat. Il aurait dit : "Là où vous trouverez l'*Efe* à la dague, je vous donne l'ordre de le pendre haut et court illico et de l'envoyer dans l'autre monde." Si je reste sur cette île, grande comme ma paume, large d'un empan, le jour où les gendarmes débarqueront ici, ils me dénicheront en un clin d'œil. Mais moi, je ne me rends pas. On se battra. Moi tout seul, eux mille. Tu en tues mille, il en vient mille autres. Ah si seulement il y avait une planque… Aaah ! Aaah !

— Il y en a », dit Poyraz. Il lui décrit plein d'endroits pour se cacher, il imagina tout un tas de solutions, l'*efe* n'était pas convaincu.

« Cette île est un piège à rats », fit-il avec emphase. Le ton était tel que Poyraz comprit qu'il était décidé à ne pas rester sur l'île.

Lorsque la discussion eut pris fin, l'*efe* partit à la butte, au-dessus des falaises et se mit à scruter la mer en tous sens, avec inquiétude.

« Toi aussi, regarde la mer, Poyraz, regarde toutes ces mers ! »

Poyraz scruta l'horizon : « Aucun mouvement, dit-il.

— Très bien », dit l'*Efe* à la dague.

Ils revinrent s'asseoir sous les platanes. Jusqu'à ce que l'obscurité tombe et que l'étoile du berger monte dans le ciel ils scrutèrent l'horizon dans tous les sens pour s'assurer qu'il n'y avait personne. Le pêcheur les aida dans leur observation.

Lorsque la nuit tomba pour de bon l'*Efe* à la dague décida de partir. Il étreignit Poyraz et lui dit : « Ne m'en veux pas. En tant d'années de maquis dans les montagnes, j'ai pris au riche et j'ai donné au pauvre, mais je n'ai jamais tué. Personne. Je ne veux pas qu'ils me pendent. La rumeur dit qu'une amnistie se prépare. Quand il y aura l'amnistie, je viendrai peut-être m'installer ici, à côté de toi. Ta source est très belle, bouillonnante et ça sent bon autour. »

Il sauta dans l'embarcation.

« Que Dieu te garde, Poyraz. Si j'avais une seule personne à tuer, si j'avais pu tuer un homme, j'aurais tué l'*Efe* le forgeron, très facilement. Lui qui a tué tant de gens. Tant de gens... Que Dieu te garde. »

« Il ne manquait que le bandit, il est venu et il est reparti ! se dit Vassilis. On dirait qu'il a la taille de trois hommes. Le bon Dieu n'a pas crée un homme mais un géant. Avec un cœur d'enfant ! Qu'est ce qu'il est trouillard, en plus ! » Il se signa. « Et Poyraz ! C'est un monstre. Que faire ? Il sait que je suis ici. C'est lui ou moi. Il n'y a pas d'autre issue. Mais pourquoi le bandit est parti de nuit ? Le pêcheur était au garde-à-vous devant lui. Poyraz le monstre l'a supplié tant qu'il a pu mais il est parti quand même. Il a raison. Où peut-il se cacher dans cette île minuscule. Poyraz le débile a inspecté toutes les maisons une par une sauf la véranda. Il a fouillé toute l'île jusqu'au moindre trou et il n'a pas découvert la grotte. Or les gendarmes l'auraient trouvée en un clin d'œil. Peut-être que Poyraz ne tenait pas à me trouver. »

Quand le bateau de l'*efe* prit le large, il quitta la roselière, il alla à la résidence, il monta à l'étage, alluma sa lampe. Le chat dormait sur son lit. Il entra sous les couvertures sans le réveiller.

Le bâtiment anglais qui crachait le feu depuis la mer reçut une volée d'obus en même temps. Il commença à sombrer comme une colline de feu. Les autres bâtiments continuaient à cracher le feu. Les collines du détroit des Dardanelles étaient en flammes. Les marins devenus des torches vivantes se jetaient à l'eau. Toute la surface de la mer était en flammes. À chaque obus qui explosait, la montagne tremblait. Les flammes et la neige montaient au ciel en même temps, la terre, la roche tombaient sur les soldats tapis dans les tranchées. C'est quand il y avait une courte accalmie que les survivants quittaient les tranchées pour s'enfuir, sans savoir où aller, clopin-clopant, vers le sommet de la montagne. Quelques jours après, hâves, en lambeaux, abattus, à demi morts, une poignée de soldats entreprirent de descendre le flanc de la montagne. Ils tombèrent sur une forêt de soldats gelés debout, pliés en deux, étendus raides sur la neige gelée. Un peu plus loin dans leur descente, des bourrasques de neige qui remuaient le ciel et la terre les surprirent. Ils gelèrent sur place.

Vassilis marchait seul dans une plaine vaste comme la mer, couverte de neige immaculée. Une balle siffla au ras de son oreille, suivie d'une autre, et d'autres encore. Il se jeta au sol. Il avait sommeil. Il s'engourdissait lentement, ses paupières se fermaient sur un sommeil doux, une chaleur envahissante s'emparait de son corps. Vassilis savait ce que c'était. Une minute de plus et, étendu sur la neige, il gèlerait, tout raide comme ceux de la forêt des soldats gelés debout. À cette idée, il bondit comme un fou et se mit à courir. Les rafales fusaient en tous sens. Il ne se jeta plus à terre. Il savait qu'une fois à terre il ne pourrait plus jamais se réveiller. Il n'arrêtait pas de penser aux Dardanelles, sans en avoir vraiment conscience. Il ne pouvait plus mettre de l'ordre dans sa tête pour se souvenir quand il était venu des Dardanelles à *Sarıkamış*, sur les monts Allahüekber, à ses rochers, à ces villages creusés sous la terre. Il ne se souvenait plus quand la neige avait commencé à tomber, quand l'armée avait été défaite et avait battu en retraite. Il entendait le sifflement des balles, de tous les côtés, qui passaient près de sa tête, de ses jambes, de son thorax. Il n'y faisait plus attention, il n'avait plus peur, il marchait serein, comme il l'aurait fait sur un chemin de campagne couvert de fleurs, un jour tiède de printemps. Peut-être que ceux qui lui tiraient dessus le faisaient pour lui faire peur, pour jouer avec lui. Cette tempête dura jusqu'à ce qu'il parvienne à l'un de ces villages de maisons creusées sous la terre. Il marchait sans s'arrêter, ne regardant que devant lui. Il entendit les aboiements d'un chien. C'était un molosse gris, un chien de berger. D'un des trous dans la terre sortit la tête chauve d'un enfant. Il attrapa le chien par le cou et l'entraîna dans la maison. Vassilis les suivit. La maison était vaste. Une barrière séparait les moutons et les gens. Toute la maisonnée était assise en rond autour du *tandir*[1] et bavardait. Quand il sentit l'odeur du souffle chaud de tout un cheptel de moutons, de buffles, d'ânes et de chevaux, mélangée à la chaleur du tandir, Vassilis s'écroula comme une masse. Il reprit ses esprits deux jours plus tard. Ils lui firent boire du lait chaud en quantité. Le midi on lui faisait manger des pilafs de boulgour plein de beurre et du yaourt. Jamais de sa vie il n'avait goûté un pain aussi bon que celui qu'on lui avait donné dans ce village troglodyte.

Il se réveilla en sursaut. Il avait oublié le chat. Le chat tomba du lit et s'arrêta de ronronner. Il descendit et trouva le bidon de kérosène dans l'obscurité. Le fusil à l'épaule, il alla à l'embarcadère en longeant la grève. Il contourna la barque de Poyraz et vint devant sa maison. Sa lumière était encore allumée.

1. Feu qu'on allume à l'intérieur d'un petit puits creusé à même le sol au milieu de la pièce. Les gens se chauffent les pieds en les présentant autour de ce « puits » sur lequel on dispose une sorte de tabouret qu'on couvre d'édredons.

« Si je ne le tue pas cette nuit, c'est lui qui me tuera. J'y fous le feu ; la maison s'enflammera en un instant. Elle sera un amas de cendres en une demi-heure. Et toutes ces maisons brûleront aussi. Poyraz est malin, il prendra la fuite tout de suite et il n'y a pas moyen de le descendre dans cette obscurité. »

Il ne trouva pas le sommeil jusqu'au petit matin à force de se demander s'il avait une chance ou non de le tuer dans l'obscurité. Il rejoignit la roselière au lever du jour. Il ne fit pas son manège habituel qui consistait à charger et à décharger son fusil, il n'alterna pas non plus moments d'excitation et moments de prostration. Il attendit sans rien faire. Mais Poyraz ne sortit pas de la maison : invisible. Très en colère, il quitta la roselière et sans se cacher à travers les tamaris ou le fond du vallon il marcha tout droit à la grotte. Il sortit la barque. À quelques centaines de mètres du rivage il prépara ses lignes, attrapa quelque menu fretin à la cuiller, il en prépara des appâts et prit le large. Il arriva à l'un de ses repères à fond rocheux qu'il connaissait très bien. Du poisson, il y en avait partout. Il revint à la rame. Il débarqua dans l'île en début d'après-midi.

Il avait peur, mais vraiment très peur de Poyraz. Il n'avait pas tenu son serment de descendre le premier débarqué sur l'île et il en voulait terriblement à Poyraz. Sa peur augmentait de jour en jour. L'idée prenait racine dans sa tête de brûler l'île tout entière puis de s'en aller au loin ; et chaque jour sa détermination de le tuer se renforçait.

Il ne prit pas la mer le vendredi. Le samedi il se déplaça dans toute l'île, à découvert, et dans les endroits les plus exposés, à la recherche de Poyraz. Il se souvint de sa marche éperdue dans cette plaine enneigée avec des rafales qui fusaient de partout. Dimanche il alla à l'église. Désormais il s'était préparé à toute éventualité. Il prépara même la croix qu'il allait mettre sur la tombe de Poyraz. Il fit la revue de détail de son fusil, de son pistolet et de ses munitions. Il rentra chez lui, mit son costume du dimanche et lorsqu'il prit le chemin des résidences des *çorbacı*, il vit s'approcher le bateau du capitaine Kadri. Il descendit alors vers le fond du vallon. L'herbe, les fleurs étaient tellement hautes que Vassilis disparaissait dedans. En se faufilant à travers les tamaris il entra dans la roselière. Le chat ne le suivait plus. Il se demanda pourquoi. Ces jours-ci les gens qui venaient dans l'île ne manquaient pas. « Qu'est ce qui se passe ? » s'étonna-t-il.

Aux grincements du ponton il comprit que le bateau était à quai. Puis une voix de femme familière lui parvint. Se demandant qui cela pouvait être, il se leva, écarta les roseaux et les ronces. Il vit Lena, riant à gorge déployée, sur le ponton. Il eut d'abord, lui aussi, une bouffée de joie. « Lena est parvenue à s'enfuir », se dit-il. Mais lorsqu'il l'entendit tout d'un coup l'appeler : « Vassilis ! Vassilis ! Je suis là ! », il prit peur et s'assit. Quand le bateau du capitaine Kadri repartit, Lena déposa son sac à dos sur le banc sous les platanes et partit presque en courant vers les moulins en criant : « Vassilis ! Vassilis ! C'est moi ! Je suis là ! » Du moulin, elle alla à la maison de Vassilis et l'appela en tapant sur sa porte à coups de poing. Elle attendit longtemps puis elle entra dans les vergers. Elle n'arrêtait pas de crier en l'appelant. C'étaient des cris de joie. Depuis que l'île était une île, jamais il n'avait entendu un cri de joie pareil, vu un visage aussi lumineux et de tels yeux bleus aux reflets de mer. Cette joie envahit Vassilis tout entier. Si seulement il pouvait se lever, courir derrière la mère Lena et la serrer dans ses bras. Il se leva à plusieurs reprises, il pensa à Poyraz, se rassit. Pourquoi donc cette femme criait-elle tant et plus ? Pourquoi lui ne se manifestait-il pas ? Perdu dans ses supputations, il entendit une voix du côté du moulin de l'est. Vassilis avait fini par bien connaître la voix de Poyraz. Tout en appelant : « Qui est là ? »,

Poyraz se dirigea vers l'embarcadère. Lena accourut. Elle avait bien compris que ce n'était pas la voix de Vassilis mais celle d'un étranger. « Puisqu'il ne l'a pas tué, ce doit être un ami de Vassilis », pensa-t-elle.

Poyraz s'avança pour accueillir Lena. Il fut tout surpris en la voyant de près. Cette femme toute menue, au fichu blanc, au visage tout en rides, aux yeux d'un bleu profond rayonnait de bonheur et, avec elle, le monde entier : la terre et la montagne, les herbes et les fleurs, et toute la création.

« Je suis ici ! Je suis là ! disait-elle avec un sourire de jeune fille qui lui creusait des fossettes sur les joues.

— Sois la bienvenue ! dit Poyraz gagné par le tourbillon de joie. Sois la bienvenue, tu apportes le bien-être !

— Grâces te soient rendues. Qui es-tu ?

— Je m'appelle Poyraz Musa.

— Que fais-tu ici ?

— Je suis venu m'installer ici. J'ai acheté cette maison ; et ce moulin. » Il désigna du doigt la maison et le moulin.

— Tu as donné de l'argent.

— J'ai donné de l'argent.

— À qui donc ?

— Au gouvernement.

— Ah, j'ai compris.

— Et toi, qui es-tu ?

— Moi ?

— Toi.

— Moi, Lena Papazoghlou. Mes quatre fils sont partis aux Dardanelles. Auprès de Mustafa Kemal Pacha. Ils ont fait la guerre. Puis ils sont partis ailleurs, avec Mustafa Kemal Pacha. Puis le Grec est arrivé, mes quatre fils toujours auprès de Mustafa Kemal Pacha. Mustafa Kemal Pacha dire à eux fini la guerre vous resterez avec moi. Moi, vous avoir aimés beaucoup. Envoyez quelqu'un dans l'île, qu'il trouve Lena et qu'il la ramène ici. Le capitaine est venu, il a dit : "Vous allez partir à Athènes. En Grèce." Je lui ai dit : "Toi, capitaine, sais-tu? Moi pas aller en Grèce. Est-ce que la Grèce m'a demandé à moi : Toi venir à Athènes?" J'ai dit : "Moi avoir quatre fils auprès de Mustafa Kemal Pacha. Ils sont partis avec lui à Izmir même. Mes deux fils là-bas chantaient : *En la ville de Dardanelles il y a le marché aux galeries de glaces / Maman, je marche vers l'ennemi en face*[1]". J'ai dit : "Capitaine, je ne sors pas de l'île, pour nulle part. J'attends que Mustafa Kemal Pacha me renvoie mes deux fils. Moi lui avoir envoyé télégramme : moi, je me suis enfuie d'Athènes. Envoie-moi un fils, moi je le verrai, l'autre fera pareil après."»

Elle raconta dans quelles conditions ils étaient partis à Athènes, entassés dans des chalutiers, toutes les misères qu'ils avaient subies dans des rafiots de fortune, comment ils avaient été parqués aux flancs d'une montagne, comment les Grecs les insultaient en les appelant «spermes de turcs», comment ils les avaient laissés sans eau et sans nourriture, qu'il y avait au pied de cette montagne autant de monde qu'est vaste la mer, que tous les jours les enfants y mouraient. Elle raconta comment elle s'était enfuie, cachée dans un bateau anglais, que la plupart des marins et matelots du bateau étaient des Turcs et qu'ils ne lui avaient pas manqué de respect; qu'il y avait parmi eux un maître de quart originaire de la mer Noire, avec un nez énorme et une pomme d'adam pareille à…

«Je lui ai dit à lui : "Viens par ici mon chef-marin. Moi te confier un grand secret." Il m'a prise par la main pour m'emmener au bout du bateau. Lui m'a dit quel est ton secret. Je lui ai dit apporte-moi ton oreille je te dirai : sais-tu, le Grec m'a enlevé de mon île. Moi j'ai une île, mon grand-père y est mort il y a trois mille ans. Il a ses os là-bas. Il m'a pas posé

1. Célèbre complainte anonyme née durant la guerre des Dardanelles, sur le mode traditionnel des élégies mortuaires que l'on compose pour les jeunes, morts à la fleur de l'âge.

de questions sur mes deux fils auprès de Mustafa Kemal Pacha. Kemal Pacha lui donnera permission ; va voir ta mère Lena et reviens vite. Le fils viendra à l'île et pas de Lena ? À qui il demandera ? Et me voilà, moi, enfuie ! J'irai voir Mustafa Kemal Pacha pour lui dire quel genre de pacha tu es, moi Lena Papazoghlou, tu sais ce que le Grec m'a fait comme mal ? Mes quatre fils... ! »

Elle raconta comment le quartier-maître l'avait cachée dans le bateau et l'avait confié, une fois à Izmir, à Hayri le pêcheur qui la ramena à la bourgade sur la côte...

« Je suis venue à l'embarcadère, mais comment aller à l'île. J'ai été partout, j'ai eu faim. Pas un pêcheur. J'ai demandé à un jeune où est la maison du capitaine Kadri ? Lui m'a dit comment tu le connais ? J'ai dit c'est un ami. Il a rigolé. J'ai dit c'est un frère ; il a rigolé encore. J'ai dit c'est un voisin. Il m'a ri au nez à nouveau : c'est un voisin et tu ne sais pas où il habite ? Je lui ai dit arrête de me poser des questions, c'est un voisin ancien, montre-moi la maison. Gentil garçon, il m'a montré la maison. J'ai été sonner leur sonnette j'ai dit, moi, Lena. Elle m'a dit je te reconnais. Ah Lena ! Pauvre Lena ! Beaucoup pleuré la mère du capitaine Kadri. Le soir le capitaine Kadri m'a dit je te conduirai dans l'île demain mais il n'y a plus personne, il y a juste un homme. Mais il ne sait pas qu'il y en a un autre. Vassilis. »

Elle raconta qui était Vassilis, qu'il avait failli mourir gelé dans la montagne, que ses blessures étaient pleines de vers, qu'il avait transporté beaucoup de cadavres sur son dos comme soldat de l'armée des conscrits non musulmans, qu'il était devenu fou... Qu'il avait juré sur la Bible qu'il tuerait la première personne qui débarquerait sur l'île et que c'est pour cette raison qu'il n'avait pas quitté l'île, qu'il avait plein d'armes.

« C'est toi le premier sur l'île ?

— Oui, c'est moi.

— Vassilis pas tué, toi ?

— Il ne m'a pas tué.

— Pourquoi ? Il est mort Vassilis ?

— Je ne peux pas le savoir.

— Il est sur l'île Vassilis ?

— Oui, il est sur l'île.

— Et comment tu ne l'as pas vu ?

— Il se cache. Je le vois au loin, puis il disparaît.

— Je suis allée chez lui, j'ai frappé à sa porte. Il n'y est pas.

— Moi aussi j'y ai été. Il n'y est pas. »

Lena et Poyraz entrèrent dans la maison. Ils ressortirent avec une casserole, deux plats d'étain, une coupelle et les couverts. Poyraz fit encore quelques allers et retours pour apporter des choses. Lena fit le feu et un riz pilaf, elle fit fondre du beurre salé qu'elle versa dessus. Une bonne odeur de beurre grillé se répandit alentour. Vassilis en eut l'eau à la bouche. Il réalisa qu'il n'avait rien mangé depuis longtemps.

« N'aie pas peur *Poyrazimou*. Vassilis est fou mais c'est un très gentil garçon. Le lait qu'il téta tout enfant était béni. Je lui dirai à lui, moi : "Ne tue pas mon *Poyrazimou*. Il a un fusil énorme. Il a une caisse de cartouches. Lui avoir fait beaucoup la guerre contre le Russe. Je lui dirai, moi, mon *Poyrazimou*."

— Dis-le-lui, fit Poyraz avec un sourire. Dis-lui, bonne mère, pour que Vassilis ne me tue pas.

— Mange ton pilaf toi, mon bel enfant. Moi trouver Vassilis et lui dire : arrête-toi Vassilis, c'est fini !

— Terminé », fit Poyraz, tout joyeux. « C'est drôle, se dit-il, comme la présence d'une seule personne, d'une petite vieille change l'existence. Ne sait-elle pas que ses fils sont morts à Sarıkamış ? Elle le sait parfaitement mais elle ne veut pas y croire. Tant mieux. Elle ne le croira pas jusqu'à son dernier souffle, ses fils resteront toujours auprès de Mustafa Kemal Pacha, seront ses compagnons d'armes. Elle ne quittera plus l'île, même si c'est Mustafa Kemal Pacha en personne qui le lui demande. »

Ivre de rage, Vassilis sortit de la roselière, il ne trouvait pas assez de mots pour injurier Lena. Qu'allait-il faire maintenant ? Les tuer tous les deux ! Que Dieu te maudisse mille fois, Lena ! Que faire ? C'était ça le destin, Lena !

Une fois chez lui, il eut une sensation de vide. Debout, il se demandait pourquoi. Il se rappela que le chat était resté sur la véranda. Il y retourna. Le chat l'attendait, aux aguets sur le pas de la porte. Il entendit ses pas de bien loin et se mit à miauler. Lorsqu'il ouvrit la porte il se frotta longuement à ses chevilles.

Vassilis ne trouva pas le sommeil jusqu'au petit matin. Le capitaine vint, et se dressa devant lui avec tout son air cruel et monstrueux. Il n'arrêta pas de jurer sur la Bible et le Coran qu'il les tuerait tous les deux, au matin.

Il se leva avant le lever du soleil. Il alla tout droit au moulin. Le foulard vert lui avait beaucoup manqué. Quant à Aliki, elle avait bien grandi. Pendant longtemps il fit les cent pas autour du moulin sans pouvoir entrer dedans. Le foulard vert lui manquait beaucoup. Il n'arrêtait pas de penser à ça. Quant à Aliki, elle avait bien grandi. Il tournait autour du moulin mais quelque chose l'empêchait d'y entrer. Il monta un peu plus sur la colline, à la source. Il but de l'eau glacée. Sur la surface de l'eau sombre il regarda longuement le reflet de son visage, on eût dit un loup enragé. Il se leva et alla à toute allure au moulin. Sans marquer d'arrêt à la porte il monta au second. Le foulard n'y était pas. Il pensa que c'était la pénombre qui l'empêchait de bien voir. Il se hissa dans l'encoignure de la fenêtre, s'assit, les jambes pendantes. Il regarda intensément en direction du foulard vert comme pour empêcher qu'une main magique s'en empare et l'emporte. Le jour se leva, l'intérieur du moulin se remplit de lumière. Le foulard vert n'y était pas. Il n'en croyait pas ses yeux. Il était paralysé sur place.

« Il a même osé faire ça ! » hurla-t-il. C'était un cri de désespoir. « J'aurais dû le tuer depuis longtemps. Pauvre trouillard, tu n'es qu'un chien qui craint même un oiseau, tu n'as pas pu tuer cet homme, alors qu'il était entre tes mains ! C'est vrai qu'un homme qui a connu la guerre est l'homme le plus trouillard de la terre : non seulement un homme mais il ne peut même pas tuer une mouche. Je dois en tuer deux maintenant. De plus, l'autre est l'amie de ma mère. » Il serra les dents à les faire craquer. Il était tellement en colère en allant à l'embarcadère qu'il aurait tué père et mère sans hésiter. Il regarda à droite et à gauche ; personne. Il entra dans la maison de Poyraz. Le lit n'était pas défait et il n'y avait personne. Il descendit les marches quatre à quatre et s'arrêta pile devant la porte. La barque n'y était pas non plus. Il fonça vers les vergers, aux résidences, monta sur la colline : pas âme qui vive. Très loin passait un bateau de ligne perdu dans sa fumée. Il monta aux vignes. Le flanc de colline était embué de rosée à cause des feuilles toutes jeunes qui commençaient à couvrir les ceps. De là il scruta le rivage, le dessous des arbres. Après avoir fouillé toute l'île du regard, il descendit au rivage. Il fit le tour de l'île en marchant sur le sable de la grève. Il revisita les maisons une par une. « Admettons qu'il soit parti à la pêche, mais où est donc Lena ? Et s'il l'avait embarquée avec lui ? » Il fut saisi de terreur. « Il y a la tempête qui se prépare aujourd'hui. Il y aura de la pluie. C'est le grand coup de vent qui s'annonce. Mais ma pauvre Lena, tu ne montes pas dans le bateau d'un inconnu le lendemain du jour où tu débarques dans l'île ! Tête d'âne, n'as-tu pas vu ce matin que le soleil était comme une boule de feu ? N'est-il pas devenu tout pâle juste après ? Et le voile de brume tout autour ? Et toi, espèce de crétin de mec sans cervelle, embarque-t-on une bonne femme vieille de mille ans, un jour pareil pour deux ou trois poissons ? Que sais-tu de la mer, toi ? Regarde donc la mer : elle brille à t'aveugler comme le reflet du soleil dans un miroir. Il y aura un coup de vent si mauvais que non seulement ta coquille de noix, mais même les grands navires se fendront en deux pour se trouver au fond de la mer. Peut-être qu'ils sont dans les parages de l'Île-Grosset, ils pourront trouver un abri dans l'anse jusqu'à la fin de la tempête. Ils pourront voir les fleurs et les chèvres. »

L'idée de l'Île-Grosset le calma. Il rentra chez lui, se fit un thé ; il se fit un bon petit déjeuner avec des olives, du miel, du fromage et du pain, en prenant son temps. Il était rasséréné. Il descendit au rivage. La mer commençait à se former. Le vent se leva subitement. Le temps qu'il arrive à l'embarcadère, les vagues avaient déjà la crête toute blanche, écumante. « Ça va très mal, ils ne pourront pas s'en tirer, se dit-il. Le vent continue à fraîchir. » Il ne tenait pas en place, les yeux braqués sur la mer. Il partit vers la pointe ouest de l'île. Il n'y avait pas d'embarcation à l'horizon non plus. Lorsqu'il parvint à la pointe est, la mer était blanche d'écume, en furie. Il passa au nord et s'assit sur les rochers qui cachent sa grotte. Les vagues se brisaient sur la falaise, et déferlaient bien haut. « C'est foutu ! Tout est fini ! gémit-il. Pauvre Lena, ma pauvre Lena, elle ne sait même pas que ses deux fils sont ensevelis sous les neiges des monts Allahüekber. » Le choc des déferlantes ébranlait presque le sol de l'île. Vassilis ne regardait plus la mer. Il n'insultait pas Poyraz non plus. « Insulte-t-on un mort ? Viens du bout du monde pour t'installer sur cette île, achète des maisons et des moulins. Et voilà ! »

Il se leva. Il se sentait tout vide. Il marcha contre le vent qui soufflait à renverser un homme costaud. Le choc du vent le fit revenir à lui. Il savait que ce vent de noroît n'était pas près de tomber. Il ne vit en mer que les vagues qui montaient, hautes comme des peupliers. Il se rassit, se prit la tête entre les mains. «Ah! si je pouvais sauver cet homme, ah! s'il avait la vie sauve; je le tuerais non pas une mais mille fois. Ah! si au moins il avait la vie sauve!»

Sa colère montait au fur et à mesure; il agonit Poyraz de toutes les injures qu'il connaissait.

« Cette coquille de noix ne peut pas s'en sortir avec ce coup de vent. Il se noiera, ce Poyraz. Il n'a pas dû emmener Lena avec lui. Pourquoi il aurait embarqué une vieille avec lui, d'ailleurs. Qu'est-ce que cette vieille bonne femme de mille ans aurait pu lui apporter comme aide, en mer? On ne sait jamais, peut-être qu'il lui a dit : "Viens, toi aussi", et l'autre : "Bien sûr mon enfant, mon *Poyrazimou*!" Et les voilà au fond de la mer.» Il avait fouillé l'île de fond en comble. Si Lena était sur l'île comment aurait-elle pu échapper à une telle battue? «Elle est vieille, très vieille, elle ne voit plus très bien, elle n'a pas dû me voir», pensa-t-il avec espoir. «Elle a dû perdre la vue», se répéta-t-il pour s'en convaincre. Il se calma, mais sa colère reprit aussitôt.

« Crève donc, sale clébard! Crève donc! Meurs» répétait-il entre ses dents serrés. Je suis sûr que les poissons t'ont déjà déchiqueté. Il y a plein de requins par ici, je suis sûr qu'il ne reste plus un morceau de ton corps. Bon appétit, les requins! Bien fait pour toi! Bien fait! Tu as eu de la chance de m'échapper à moi. Je t'aurais tué mille fois et aurais fait mille morceaux de ton corps. Tant mieux maintenant, c'est plus propre.

Il chancelait comme s'il était fou. Il se tourna vers la mer et cria :

« Mille morceaux! Mille morceaux! Le tout dans le ventre des poissons, des requins!» C'est là qu'il aperçut une barque. Elle disparaissait entre deux vagues, réapparaissait pour disparaître aussitôt. L'ombre d'un homme corpulent ramait.

Vassilis pressa le pas, tout en essayant de ne pas perdre de vue la barque en perdition, il alla se planter sur un rocher, près de sa grotte.

Poyraz ne lâchait pas prise et souquait ferme malgré les vagues énormes qui balançaient sa barque comme un fétu de paille. La mer grondait, les lames cognaient sur les rochers et les falaises avec un bruit de salve de canon. Debout, sur son rocher, les jambes écartées, Vassilis essayait de se tenir de toutes ses forces contre les rafales.

À un moment donné, la barque disparut pour de bon, un long moment. Vassilis resta impassible. Lorsqu'elle réapparut, il n'eut aucun geste non plus.

Le vent avait forci, la mer devenait encore plus hachée, la barque disparaissait de plus en plus longtemps et lorsqu'elle réapparaissait entre deux déferlantes on voyait bien qu'elle n'avançait presque plus. Puis la barque disparut pour de bon, les rouleaux se succédaient sans que l'on puisse apercevoir la barque. À un moment donné il revit non pas la barque mais Poyraz qui tentait de nager, submergé par une vague avant qu'il pût faire deux brasses. Il était visiblement épuisé et cessa de nager. Il parvenait juste à faire des signes avec les bras et s'enfonçait dans la vague. Il était en train de se noyer.

Vassilis descendit lentement de son rocher. Les rouleaux avaient effacé le banc de sable devant la grotte et explosaient comme des bombes sur les rochers. Il plongea dans le bassin qu'était devenu l'ancien banc de sable, et entra dans la grotte. Elle était presque envahie par les eaux. Il emporta deux bidons d'essence, il sauta dans sa barque, mit le moteur en marche. Tout neuf, son moteur était costaud, la barque taillait sa route malgré les rouleaux.

Il aperçut au loin Poyraz qui se débattait sous les embruns. Il mit le cap sur lui.

Chapitre 6

Poyraz Musa apparaissait sur la crête d'une vague pour plonger juste après. Il réapparaissait au bout d'un long moment pour être englouti par la vague suivante. Il luttait de toutes ses forces mais se débattait en vain.

La barque de Vassilis avait beaucoup de mal à avancer, les vagues la ballottaient comme un jouet.

Poyraz disparut. Pour la première fois, Vassilis perdit son sang-froid. Il se leva, au risque d'être emporté par les lames qui passaient par-dessus bord. Il s'accroupit au pied du gouvernail et, de sa main gauche, il agrippa le passavant. Il ne quittait pas des yeux l'endroit où Poyraz avait disparu. Tout d'un coup, il l'aperçut, la tête dans les embruns. Il se débattait, esquissait des mouvements de brasse dérisoires. Lorsqu'une lame rapprocha Poyraz de la barque, Vassilis en fut si heureux qu'il resta interdit un bon moment, puis il se leva mais se rassit aussitôt. L'autre avait disparu. Vassilis ravala sa joie et attendit que Poyraz réapparaisse à la crête d'une vague. Il le retrouva, porté par une déferlante. Il mit le cap sur elle. Il savait à quel point c'était périlleux. La vague passa carrément sur la barque qui fut submergée malgré les ponts et les trous d'évacuation. Vassilis ne s'affola point. Il en avait vu d'autres, des grands frais comme celui-ci et avait survécu à bien d'autres fortunes de mer.

La déferlante passée, il le revit, flottant les bras en croix, bougeant à peine. La vague suivante était encore loin. Il avait tout juste le temps d'atteindre Poyraz. Il y parvint. Il lui agrippa le bras. La vague était déjà là, au-dessus. Poyraz dégringola dans la barque. Il gisait sur le dos, mais semblait respirer. Vassilis le retourna sur le ventre. Il n'avait plus le temps de s'occuper de lui. Il était vivant ! Il sentait en lui quelque chose comme un air de fête. À l'approche des récifs il réalisa qu'ils avaient failli se faire hacher menu. Il n'avait de chance d'arriver sain et sauf que sur la plage de sable, à côté de l'embarcadère. Il se dirigea vers elle, à petite allure, dans l'axe des vagues. En rusant avec les déferlantes, il réussit à se rapprocher de l'embarcadère. Il gardait un œil sur le dos de Poyraz : même à intervalles espacés, il montait et descendait. Chaque fois qu'il le voyait respirer, le cœur de Vassilis battait très fort.

Il se rendit compte qu'ils étaient à la hauteur de l'embarcadère en voyant les sommets des joncs de la roselière. Il ne se rappela rien de ce qui se passa ensuite. Quand il revint à lui il vit que la barque avait été projetée loin derrière l'estran et qu'elle avait fini son erre au pied des platanes. « Putain, quelle déferlante », se dit Vassilis. Peu à peu il reprit ses esprits.

Il aperçut Lena, qui venait de la roselière. Elle avait le visage tragique des mauvais jours. Elle était toute recroquevillée, comme une boule. Parvenue à côté de la barque elle commença à pleurer en se martelant les cuisses.

D'une voix douce et rassurante, Vassilis lui dit :

« Ne pleure pas, Lena. Il n'est pas mort. »

Aussitôt elle s'arrêta de pleurer et laissa éclater sa joie.

« Il n'est donc pas mort ? Mais où l'as-tu récupéré ?

— En pleine mer ! fit Vassilis avec un sourire.

— Ce n'est pas Poyraz, le premier à avoir mis le pied sur l'île ?

— Oui, c'est bien lui.

— Ne devais-tu pas le tuer ? N'avais-tu pas fait le serment de le tuer ?

— Si, je devais le tuer. »

Lena ne posa pas d'autre question. Vassilis ne parla pas non plus. Il sortit Poyraz de la barque. Il le porta sur le banc et le coucha face à la terre. Pendant un bon moment il le bougea, le souleva, le balança.

« Il n'a pas avalé d'eau, Lena », dit-il. Il essayait de prendre un air grave, mais Lena avait compris dès le début qu'il tentait de lui cacher sa joie.

« On va le transporter chez lui. Va chercher son linge de corps. Fais du thé. Y a-t-il des serviettes à l'intérieur ? Regarde-moi, je suis trempé jusqu'à l'os, moi aussi. » Ils parlaient en grec.

Lena courut à la maison de Poyraz et Vassilis le prit sur son dos, l'emporta chez lui, l'assit sur un fauteuil et le déshabilla rapidement. Lena avait apporté des serviettes toutes neuves et les passait à Vassilis. Il le sécha des pieds à la tête et l'habilla de ses sous-vêtements tout neufs.

« Regarde, Lena, il bouge les paupières. Prépare vite le thé. Je vais chez moi, je me change et je reviens. Il va bientôt ouvrir les yeux. N'attends pas que je revienne, donne-lui du thé très sucré.

— Et s'il ne boit pas ? Tu sais bien, ces Turcs sont imprévisibles. Mais celui-ci est un type très bien.

— S'il ne boit pas ton thé, verse-le-lui sur la tête ! »

Il sortit. Il revint peu de temps après. Poyraz était adossé au mur, il avait les yeux ouverts. Quant il vit Vassilis, il ouvrit la bouche comme s'il voulait crier mais qu'il ne le pouvait pas. Puis il se débattit, essaya de se lever. De ses mains fébriles qui allaient de son cou à tout son corps, il semblait chercher quelque chose. Il se contorsionna tant et si bien que ses mains, épuisées, retombèrent sur l'édredon. Il ferma les yeux, son visage verdit. Il gémissait sourdement, comme s'il allait rendre l'âme.

« Qu'est-ce qu'il y a? Qu'est-ce qui se passe?» s'inquiéta Vassilis.

Ne sachant pas quoi faire Lena tournait en rond dans son coin.

« Qu'est-ce qu'il y a? Qu'est-ce qui ne va pas?

— *Muska,* dit Poyraz d'une voix mourante, les lèvres toutes violettes et tremblantes.

— Quoi? Quoi?

— *Muska.* »

Après l'avoir fait répéter plusieurs fois, Vassilis comprit que l'autre disait *muska*[1].

« Oui, oui, je l'ai vu, dit Vassilis. Quand je t'ai pris par le bras et que je t'ai recouché sur le ventre au fond de la barque, j'ai vu quelque chose qui brillait à ton cou. On aurait dit de l'or.

— Où est-il?» fit Poyraz, en usant de ses dernières forces pour ouvrir grands les yeux.

Vassilis réfléchit un moment :

« Il est possible qu'il soit tombé dans la barque. »

Il partit en courant à la barque. Il revint aussitôt avec le *muska* à la main.

« Prends-le, dit-il. C'est bien ça, non?»

Pour dire oui, Poyraz voulut se lever, mais il ne put bouger.

1. Il s'agit d'une amulette qui en principe renferme la première sourate du coran (*al-fâtiha*) écrite sur un papier plié en triangles successifs de manière à former un triangle équilatéral de deux à trois centimètres de côté. Placé dans un étui de tissu (qui peut être brodé d'or ou de perles) ou de cuir recousu, ou enchâssé dans du métal précieux, l'objet a une fonction apotropaïque (conjuration du mauvais sort) : contre le mauvais œil, l'ensorcellement, etc. Au musée de Topkapi, à Istanbul, on peut voir les tuniques d'apparat ou de guerre de sultans ottomans incrustées de ces *muskas*. Cela dit, l'objet n'est pas l'apanage des dignitaires; tout un chacun peut s'offrir ce type de « gri-gri » selon ses moyens et même selon ses goûts.

Il prit la main qui lui tendait l'objet et la baisa. Comme Vassilis retirait sa main avec vivacité, le *muska* tomba sur l'édredon. Poyraz lui désigna l'objet. Vassilis le prit et le mit au cou de Poyraz qui eut un large sourire ; la joie se lisait sur son visage.

Lena les regardait, paisible. Elle aussi souriait. Seul Vassilis restait encore là avec un air perplexe.

Lena dit : « Voilà Vassilis, Poyraz mon fils ; lui c'est Vassilis. »

Poyraz le dévisagea longuement.

« C'est lui Vassilis, c'est bien lui ? »

Ils ne prononcèrent pas un mot de tout le temps qu'ils s'observèrent. Puis un soudain fou rire s'empara d'eux. Lena se mit de la partie.

« C'est vrai que c'est toi, c'est toi qui es Vassilis ?

— Oui, c'est moi Vassilis. »

Il lui désigna un coin du lit.

« Viens t'asseoir ici un instant ! »

Vassilis s'assit, un peu intimidé.

« Mère ! Un thé pour Vassilis, s'il te plaît. Il a eu froid, lui aussi.

— J'ai eu froid, moi aussi, un thé, s'il te plaît », fit Vassilis.

Comme des gamins surpris au moment où ils allaient faire une grosse bêtise, ils se regardaient avec un air sournois où la malice, la complicité et le fait d'avoir été pris en faute le disputaient à l'envie de rire. De temps en temps ils baissaient la tête, perdus dans leurs pensées. Quand ils rigolaient, la main de Poyraz allait machinalement à son *muska* qu'il caressait comme s'il était en prière.

Après avoir bu cinq tasses de thé, Vassilis se leva. « Je reviens », dit-il. Poyraz le regarda s'éloigner, avec affection, amitié et reconnaissance. Le fantôme était beaucoup plus grand, remarqua-t-il. Ce Vassilis, est-ce bien lui ? Sûr ? D'après Lena, celui qui fit le serment de tuer le premier homme à débarquer sur l'île, celui dont les amis prirent peur et s'enfuirent, et qui resta tout seul ici, c'est bien ce Vassilis? Non? Il esquissa un sourire. «Si cet homme est bien Vassilis, pourquoi donc ne m'a-t-il pas tué? Pourquoi m'a-t-il sauvé de la noyade?

« Lena!

— Dis-le-moi, mon fils, tu te sens bien?

— Ce Vassilis est bien l'autre Vassilis?

— Oui, c'est le même!

— Mais alors qui était l'ombre fantomatique qui parcourait l'île?

— C'est encore lui.

— Dans ce cas, pourquoi ne m'a-t-il pas tué?

— Je ne sais pas.

— Mais pourquoi m'a-t-il sauvé de la noyade? Trois minutes de plus, s'il n'avait pas été là, j'étais au fond de la mer. À l'heure qu'il est les poissons m'auraient déchiqueté depuis belle lurette et boulotté.

— C'est un très gentil garçon.»

La surface de la mer se rida et s'assombrit. Il avait déjà pris cinq daurades royales. Il voulait en prendre d'autres. Ça pullulait en dessous. C'est un poisson bien goûteux la daurade royale. Il y en a tout plein dans le détroit des Dardanelles et en mer Égée. Il n'eut pas le temps de remonter sa ligne, la mer se forma soudainement. Poyraz rangea tout prestement et, empoignant les avirons, il se mit à souquer avec la dernière énergie. Tout autour, ça s'assombrissait de plus en plus avec une lumière crépusculaire, l'écume des vagues blanchissait, se cassait en embruns qui couraient sur la mer. Les vagues de plus en plus fortes harcelaient la barque de tous les côtés. Poyraz se trouvait tantôt à la crête des vagues, tantôt plongeait au fond d'un puits.

Lorsqu'il s'approcha de l'île il aperçut l'ombre à nouveau. Il était fourbu. Il n'avait même plus la force de lever les bras. Tous ses membres le lâchaient. La mer forcissait, les assauts devenaient de plus en plus enragés. Il faisait un effort surhumain pour reprendre les avirons, s'approchait un tout petit peu plus de l'île mais une lame rejetait l'embarcation comme un jouet. Il suait de tout son corps, les yeux lui brûlaient et il ne voyait pas devant lui. De temps en temps l'île apparaissait, toute proche, presque à portée de main, au point qu'il avait une peur bleue de se faire hacher par les récifs, puis elle disparaissait à nouveau. Il finit par n'avoir plus la force de tenir les avirons. Il s'agrippa sur la main courante pour ne pas être éjecté. De temps en temps il apercevait l'ombre fantomatique qui filait devant ses yeux entre deux crêtes de lames. Soudain, tout s'effaça, le monde fut envahi par les ténèbres. Il était au fond de la mer. La lumière du jour revint. Des milliers de poissons jaunes, verts, mauves, rouges tournoyaient autour de lui en scintillant. L'abîme continuait à l'engloutir, alternant ténèbres, scintillements et moments de clarté aveuglante. Il fit un dernier plongeon dans les ténèbres, puis tout s'effaça. Un rai de lumière acérée passa devant ses yeux et disparut.

Vassilis était devant lui et souriait. Il aperçut un bocal posé sur le kilim. Il était plein de miel aux rayons blancs.

« Qu'est-ce que c'est?

— Du miel. Cadeau de Thanassis le bienheureux pour toi. »

Lena commença à raconter l'histoire de Thanassis, relayée par Vassilis. Ils l'aimaient tellement qu'ils étaient intarissables.

« J'ai compris, dit Poyraz, avec le sourire. *Inch'allah*, j'aurai la chance de le connaître moi aussi.

— *Inch'allah*, reprit Lena, mais lui, il était très âgé quand il est parti. Plus âgé que moi. Tu sais, *djanimou*[1], on dit... (elle hésita un moment sans savoir s'il fallait le dire ou pas)

1. Dérivation du terme affectueux grec *thisoïmou* (ma vie), en remplaçant le mot grec *thisoï* (vie) par le mot turc *djan*, qui a le même sens.

on dit que si quelqu'un est arraché à sa terre il ne vit pas longtemps. »

Vassilis regardait toujours par terre. Il parlait, il riait, il montrait qu'il était content mais il ne regardait pas Poyraz dans les yeux. Celui-ci avait bien compris d'où venaient cette gêne et cette timidité, mais comment aurait-il pu le lui dire avec des mots, à Vassilis ?

« Il avait raison, Thanassis le bienheureux, bien raison, dit Poyraz, et dire que si Vassilis n'avait pas été la, j'aurais été dans le ventre des requins à l'heure qu'il est, et tout ça pour deux ou trois poissons ! »

Il s'agita tout d'un coup, voulut se lever mais n'en eut pas la force.

« Où sont mes poissons ?

— Ils sont repartis à la mer, dit Vassilis.

— Alors, comme ça, ils se sont enfuis à la mer ? ! »

En disant « ils se sont enfuis », il se souvint, il se mit à rire.

« Mais alors, bonne mère, quel genre de mère es-tu ? Tant pis si les poissons ont filé. Regarde. Regarde ce miel dans ses rayons. Et qu'est-ce qui y a par là ? » Il désigna le petit tonneau qui était à côté du bocal de miel. « Là, là-dedans !

— Des olives.

— Et là ?

— C'est du fromage.

— Et là ?

— De l'huile.

— Et alors, ce Thanassis est parti en laissant tout cela à ses ennemis ? C'est bien ça ?

— Lui n'avait pas d'ennemis. Ni du côté des bons, ni du côté des méchants. Remets-toi vite et que je t'emmène à sa maison. Ce qu'il nous a laissé comme victuailles suffirait à dix maisonnées.

— Il ne les a pas laissées pour nous…, dit Poyraz avec le sourire. Pour tout le monde.

— Il a laissé tout ça pour tout le monde, acquiesça Vassilis. Pour tout le monde !

— Ah, *vre,* mes enfants, moi, j'y étais quand Thanassis était jeune. Il était si gentil, si élégant, que comme le disent les Turcs : "Si un homme est élégant sur lui à ce point, il l'est aussi là !" » Elle pointa son cœur. « Toutes les filles de la côte et de l'archipel étaient amoureuses de lui. Il avait la taille aussi grande que vous autres, tiens, grand comme ça !

— Mère ! La mer n'a pas eu raison de moi mais je crois que je vais mourir de faim !

— Va, mon enfant, dors un peu. Je te ferai du pain et du riz pilaf. Tout de suite. Toi, pas mourir ! »

Tout enjouée, Lena descendit les marches.

Toujours le regard sur la pointe de ses chaussures, Vassilis dit d'une voix à peine audible :

« *Poyrazimou, kardaşimou*[1], dors un peu, je vais aider Lena. »

Apaisé, les yeux noyés de larmes, Poyraz laissa retomber sa tête sur l'oreiller : « Quel genre de créatures sommes-nous donc, nous, les êtres humains. Quel mystère… » Thanassis ne se connaissait pas d'ennemis et n'était l'ennemi de personne ni d'aucune créature. Il était toujours béat d'admiration devant tout ce qui vit : insecte, bête serpent ou plante. « Toute créature a toujours quelque chose de beau ; le bon côté, pensait-il. Il avait raison, ce Thanassis le bienheureux : "Ce qui fait le beau et le bien pour le genre humain, c'est bien la sueur de son front. Pas une goutte ne doit être gâchée." Gloire à toi, *bre,* Thanassis, un seul grain de blé, une seule olive, une pomme, rien de gaspillé sans nourrir son homme… "Tout le fruit de ce labeur est pour toi, l'étranger, et qu'il soit béni pour toi comme le lait sacré de ta propre mère !" avait dit le père Thanassis. »

Lena et Vassilis forcèrent Poyraz à rester trois jours au lit.

1. « Mon petit frérot » en gréco-turc.

Il est vrai que, revenu de la mort, il n'avait pas tellement la force de se lever.

Il avait été appelé tout jeune à la guerre. Ayant fait des études, il avait été incorporé avec un petit grade d'officier. Il avait vu cette forêt de soldats gelés debout, décimés par le typhus. Il avait été abasourdi de voir que ces gens avaient gelé sur pied, sans même tomber par terre. Une forêt immense sur les flancs de l'immensité montagneuse. Il n'en avait pas cru ses propres yeux, devant le spectacle de cette forêt humaine gelée et pétrifiée. Il ne parviendrait jamais à l'effacer de sa mémoire. Quatre-vingt-dix mille soldats morts, mangés par les poux et gelés sur pied dans ces montagnes d'Allahüekber ! Facile à dire !

Les restes de l'armée défaite quittèrent les monts Allahüekber pour la plaine au pied du mont Ararat. Ils étaient affamés, misérables, et ils fuyaient tant qu'ils pouvaient vers le sud, vers l'ouest, traversaient des villages vidés de leurs populations, enfuies vers l'Anatolie centrale. Quand par hasard ils tombaient sur un village qui n'était pas abandonné, ils devenaient fous, pillaient tout ce qui leur tombait sous la main avant de reprendre leur route. Arrivés à la plaine de Mésopotamie, il ne restait de la compagnie que sept survivants. Les gens étaient plus hospitaliers et ils avaient de quoi manger. Du côté de Hakkâri, ils avaient fait tous les villages un par un, bu du lait et mangé de la viande, du beurre, du yaourt, du pilaf de boulgour. Ils avaient même réussi à se remplumer. Dans tous le pays, il n'y avait pour toute gent militaire que les dépouilles estropiées, hâves, la peau sur les os de cette armée des quatre-vingt-dix mille. Une partie de la population s'était organisée en milices et Kurdes, Arabes, Turcs, armés jusqu'aux dents, ils étaient partis à la chasse aux Yézidis. L'unité toute délabrée de Poyraz joignit elle aussi, de gré ou de force, ces milices en chasse de Yézidis. Ils entraient dans les villages yézidis, passaient tout le monde par les armes de sept à soixante-dix-sept ans. Ils pillaient tout leur bétail, leurs tapis et leurs kilims, leurs bijoux et leurs maigres économies. Ceux qui, informés du désastre, avaient pu fuir dans la montagne, étaient chassés un par un. Pas un Yézidi ne devait s'échapper.

Un beau matin, alors qu'ils traversaient le Tigre ils tombèrent sur une colonne de fuyards yézidis. Ils essayaient de joindre la montagne à pied avec tout leur cheptel. La colonne était si longue qu'on n'en voyait pas le bout. Quelques cavaliers armés, en tête du convoi, servaient d'escorte. Les cavaliers kurdes, les Turcs, les Arabes, les déserteurs de l'armée s'étaient ligués pour piller les villages yézidis, puis, armés jusqu'aux dents, attaquer le pays yézidi. Le désert comme la montagne baignaient dans le sang. L'engagement finit par opposer une poignée de cavaliers yézidis aux bandes armées de pilleurs. La bataille dura deux jours et deux nuits.

Tous les combattants yézidis furent tués, leurs cadavres mis à nu furent jetés dans le Tigre. Ce fut le tour de ceux qui ne portaient pas d'armes. Ils tuèrent d'abord les jeunes garçons, les jetèrent dans le Tigre après les avoir mis tous nus eux aussi. Puis ce fut le tour des femmes, des jeunes filles... Tout ce qu'ils récupéraient comme bijoux, argent, montres, chaînes en or était entassé au pied d'un dattier. Puis vint l'heure du partage du butin. Le jeune chef des pillards partagea le butin en deux parts et en prit la moitié pour lui. Il distribua le reste aux membres de la bande qui faisaient la queue. Aux militaires il donna plutôt de l'argent, des bijoux. Poyraz Musa choisit la montre gousset en or avec une chaîne qui tenait à peine dans le creux de la main. C'est le jeune chef qui l'avait ordonné. Il avait vu, à son uniforme et à sa mise, qu'il était un officier.

Le pillage et le partage du butin durèrent trois jours. Plus tard, ils continuèrent à détruire des villages yézidis. Sur les bords du Tigre ils firent de grands brasiers ; ils grillèrent des moutons. Il faisait très chaud dans le désert. Le bey demanda : « Aux montagnes ou à Lalish[1] ? Plein d'or à Lalish, plein de Yézidis. C'est là qu'est la maison de Satan. Il paraît qu'il y réside. Si nous entrons à Lalish nous tuerons beaucoup de Yézidis. Ils tueront des nôtres aussi. Mais ceux des nôtres qui y mourront, ils iront tout droit au jardin d'Éden, parce que vous le savez, les Yézidis sont les adeptes de Satan, et Satan est le plus grand ennemi d'Allah. C'est pour cela que si nous mourrons en combattant le Satan, nous irons au paradis d'Allah sans subir l'interrogatoire. Et si nous tuons Satan, Allah fera de nous son vizir, et même le Grand Vizir. La maison de Satan est tout en or : les murs, la charpente et même le seuil de la maison. Leur trésor est caché sous le grand bassin au milieu de la cour principale. Il y a là-bas de l'or, au moins pour trois cents charges de mulets. Seulement le trésor est gardé par un serpent noir, un dragon et l'oiseau sacré *MelekTawus*[2]. Il faudra tuer d'abord l'oiseau puis le serpent. Il ne sera pas facile de tuer le serpent parce qu'il a sept têtes et que chacune d'elles a soixante-dix cerveaux. C'est le serpent qui s'est révolté contre notre père Noé au temps du Déluge. C'est le même serpent qui s'est dressé contre Allah, et Adam, du temps de notre père Adam, en s'associant avec Satan. C'est ainsi qu'Allah les a chassés du paradis, tous les deux. Noé aussi a chassé ce serpent qui avait percé la coque de l'arche, avec Satan.

1. Capitale historique et sacrée des Yézidis, à quelques dizaines de kilomètres au nord-est de Mossoul en Irak.

2. Être Suprême de la religion des Yézidis, un ange déchu qui devint l'alter ego et la part active de Dieu. Il est aussi – double nature – l'incarnation de Satan dans cette religion dualiste. Il règne non seulement sur toute la création, mais aussi sur l'ordre divin. Comme le nom *Tawus* l'indique, cet archange divinisé est figuré par un paon, oiseau qui symbolise déjà le soleil et l'immortalité dans le christianisme primitif et dans d'autres religions du Proche-Orient.

Le serpent est monté sur le dos de Satan, et lorsque les eaux du Déluge se sont retirées ils se sont retrouvés dans la vallée de Lalish. Si Noé, notre père à nous tous, n'avait pas chassé le serpent et Satan il n'y aurait plus eu sur terre la moindre créature : oiseau, insecte, rampant ou homme. Le monde entier aurait été sous le règne du serpent et de Satan. »

Le bey s'exprimait en arabe, en turc, en kurde et en tcherkesse.

« Je vous propose maintenant d'aller sur Lalish et de tuer le serpent et Satan, et ceux qui leur vouent un culte. Si vous n'acceptez pas ma proposition j'irai tout seul à Lalish, je tuerai Satan ; ce qui fera de moi le Grand Vizir d'Allah en son Paradis. Je vivrai éternellement de la sorte, autant que durera la vie d'Allah. »

Les pillards qui avaient leurs sacs pleins de bijoux et d'or dirent en chœur : « À Lalish ! »

Ils traversèrent les montagnes et le désert, ils arrivèrent à la vallée de Lalish. Ils y firent halte dans une oasis, pour y passer la nuit. Le lendemain ils foncèrent sur Lalish à bride abattue mais ils y furent accueillis par un tel tir groupé que les assaillants n'eurent que le temps de s'écrouler aux pieds de leurs chevaux. La moitié d'entre eux s'envolèrent pour le paradis d'Allah. Le bey décida de rebrousser chemin sans tarder. « Prenez les chevaux de ceux qui sont tombés et suivez-moi », ordonna-t-il. C'est ce qu'ils firent.

Ils se retrouvèrent dans une oasis du désert. Le bey dit : « C'est difficile, le serpent a tout entendu. Le Satan l'a prévenu, et c'est pour cela qu'on a échoué. Je m'en vais de ce pas dans les tribus, chez les Bédouins, rallier ceux qui veulent tuer Satan et devenir le vizir d'Allah. Je reviendrai avec mille cavaliers. Allons-y, en avant !

Ils firent halte sur les bords du Tigre cette nuit-là. Ils chassèrent des biches qu'ils rôtirent sur la braise. Le lendemain ils se partagèrent les parts de butin de leurs camarades qui avaient rejoint le paradis d'Allah avec les bons soins de Satan. Le bey réserva plus de trente pièces d'or à Poyraz. La nuit du lendemain, alors que les chasseurs de Yézidis dormaient à poings fermés, Poyraz et ses compagnons militaires prirent la fuite, à bride abattue, dans le désert. Ils chevauchèrent jusqu'à Urfa. Un jour, à Harran, ils furent encerclés par les gendarmes qui les conduisirent au capitaine. Celuici, sur un ton rogue demanda à Poyraz :

« Où étiez-vous donc, jusqu'à ce jour ?

— Nous vous avons retrouvé, enfin, mon capitaine ! »

Il raconta toute leur aventure, par le menu.

« Chacun de vous donnera dix pièces d'or, dit le capitaine.

— À vos ordres ! rétorqua Poyraz.

— Ici, nous combattons les Français. Tu as de l'expérience, l'officier, mon fils. Tu prendras le commandement des milices, et dès demain, au feu. Vous avez quartier libre maintenant. Allez en ville, trouvez à vous loger, achetez de beaux habits civils. Au marché couvert d'Urfa il y a de bons tailleurs. Habillez-vous élégamment. Vous avez des chevaux, prenez aussi des bottes si vous voulez. Rendez-vous ici dans trois jours. N'essayez pas de déserter. Si on vainc l'ennemi, je signe votre retour dans vos foyers. Si on est battus, vous serez "libérés", mais autrement. Essayez de ne pas être tous prisonniers. Si vous désertez je vous retrouverai où que vous soyez. Je vous ferai fusiller sur-le-champ. » Poyraz en tête, ses compagnons et lui déposèrent chacun les dix pièces d'or sur la table et sortirent.

Le capitaine était un Kurde de Kirkouk, un de ceux que Mustafa Kemal Pacha avait envoyé sur le terrain pour organiser la population contre l'occupant français. C'était un dur, du genre à la gâchette facile.

En quelques jours ils se trouvèrent engagés dans la bataille contre les forces françaises d'occupation. Les tribus bédouines s'étaient alliées aux Turcs pour combattre les Français. Le capitaine avait généreusement distribué des grades de Pacha à leurs émirs. Il leur avait promis qu'ils allaient tous être décorés de la médaille d'or militaire à la fin de la guerre.

Avec l'argent qu'ils avaient obtenu en vendant les bijoux du pillage des Yézidis, ils s'achetèrent de beaux costumes venus d'Alep, des poignards, des cartouchières brodées d'or. Ils recrutèrent une quinzaine d'autres déserteurs en leur racontant qu'au terme d'une courte bataille contre les Français ils seraient légalement libérables. Il les habillèrent de pied en cap aussi et allèrent au-devant des forces françaises. Les soldats français étaient las et peu motivés. Dès qu'ils avaient quelques blessés et un ou deux morts, ils reculaient sans insister, d'autres se rendaient, et parfois, pour faire un baroud d'honneur, ils lançaient la canonnade sur tout ce qui était à leur portée. Les bandes de déserteurs, les cavaliers arabes, les milices constituées par le capitaine lançaient des attaques nocturnes meurtrières contre l'ennemi et pillaient tout l'armement, les munitions et les fusils mitrailleurs qui leur tombaient sous la main. Au marché d'Urfa toute cette prise de guerre se vendait à vil prix. Poyraz Musa vit même un canon en vente.

La petite guerre ne dura pas longtemps. Les Français se retirèrent d'Urfa et de la région, en laissant sur place tout ce qui était encombrant. Tout cela se retrouva au marché d'Urfa, les gens s'habillèrent avec des uniformes et des tenues militaires des Français, chaussèrent des bottes de l'armée.

Une fois les Français partis, les irréguliers qui avaient pris goût à la bataille continuèrent leur besogne, en razziant les campements bédouins cette fois-ci. Quelques-uns d'entre eux y perdaient la vie, mais Poyraz Musa ne s'en inquiétait pas trop : pour un combattant tombé, cinq déserteurs ou irréguliers venaient rejoindre la bande. La plupart d'entre eux étaient des tireurs d'élite, survivants de maints champs de bataille. Pour eux, le choix était la mort ou le retour au foyer les poches remplies d'or. Certains étaient rentrés chez eux avec des troupeaux de mouton, de chevaux de race et avec des filles épousées sur place. Il ne subsista plus une seule tribu bédouine dans la zone comprise entre Ras'ul Ayn, le désert en contrebas et les monts Abdülaziz. Ils s'étaient littéralement évanouis dans la nature. Pourtant, ils se battaient bien et parvenaient à se débarrasser de quelques bandes armées d'irréguliers.

Poyraz Musa portait une tenue de capitaine de l'armée française, avec l'épée sur la hanche, des bottes toutes neuves, un ceinturon brodé d'or, une dague sertie d'or, un beau pistolet. Il avait belle allure avec ses grosses moustaches rousses, ses épaules larges, ses yeux d'un bleu limpide, ses cheveux blonds et sa taille élancée. À l'épaule il avait un beau fusil allemand à la crosse sertie de nacre et il montait un beau cheval arabe de race qu'il avait enlevé chez un émir arabe. Un bel homme pour tout dire.

Il s'en voulait beaucoup de s'être embarqué dans cette aventure avec cette bande de pillards. Chaque nuit de razzia il se jurait que ce serait la dernière. Au petit matin, il sautait sur sa belle monture arabe, il réunissait sa bande de compagnons déguisés en soldats français et tous chevauchaient à bride abattue dans le désert.

Une nuit, ils attaquèrent le campement d'une tribu bédouine qu'ils avaient repérée. Prévoyants, les Bédouins avaient déployé des moyens conséquents pour se défendre. Dès que les attaquants furent à portée de fusil, un déluge de feu les accueillit. Toutefois, forts de centaines de combats, les assaillants ne cédèrent point. Les cris des gens qui partaient dans tous les sens, le bruit des tentes en flammes, les hennissements des chevaux, les cris des chameaux se mêlaient inextricablement dans la nuit noire. L'enfer dura jusqu'au petit matin. Beaucoup de morts et de blessés, tant parmi les

Bédouins que parmi les pillards, restèrent sur le sable. Les cavaliers bédouins prirent la fuite en laissant tout sur place. Les autres s'attaquèrent à tout, même aux poignets et à la gorge des femmes pour récupérer leurs bijoux, ils éventrèrent les coffres, les sacs brodés, pour s'emparer de tout ce qui avait de la valeur. Au retour, près d'une oasis, ils retrouvèrent les cavaliers qui s'étaient enfuis auxquels s'étaient jointes d'autres forces venues d'une tribu alliée. Le combat fut meurtrier. Une balle traversa l'épaule de Poyraz Musa qui, même blessé, combattit jusqu'à la fin de la bataille. Il perdait beaucoup de sang et sa vue se brouillait. Il fila vers le désert. Trois cavaliers arabes se lancèrent à sa poursuite. Ils chevauchaient aussi vite que le vent.

C'était l'après-midi. Il galopait affalé sur le cheval, agrippé à sa crinière. De tous côtés il entendait le sifflement des balles. Il ne voyait plus rien, sa tête bourdonnait de milliers de cris de chameaux, de hurlements de femmes et de pleurs d'enfants. Sa monture, comme par habitude, s'arrêta devant une grande tente. Des hommes armés en sortirent. Ils portèrent Poyraz à l'intérieur et attachèrent le cheval. Les poursuivants arrivèrent peu de temps après. La tente imposante devant laquelle le cheval s'était arrêté était celle de l'émir.

L'émir fit porter Poyraz dans une pièce isolée. On lui dressa un couchage et on le mit dedans. Il fit appeler son médecin qui examina longuement la blessure et dit : « Mon prince, cet homme n'a rien de bien grave. La balle a traversé son corps à la hauteur de l'épaule ; il a juste perdu beaucoup de sang. Dès demain, je vous le mettrai sur pied. »

Des cris et des vociférations venaient de l'extérieur.

L'émir dit au chirurgien :

« Ce sera bien s'il est debout demain grâce à tes soins. » Il sortit.

« Qu'est-ce qui se passe ?

— Trois cavaliers sont à la porte, ils réclament l'homme qui est à l'intérieur. »

Les veines du cou de l'émir gonflèrent. Ses mains tremblaient.

« Quoi donc ! tonna-t-il. Ils oseraient me réclamer quelqu'un à qui j'ai offert l'hospitalité ? Qui sont ces gens ? Amenez-les moi vite ici ! »

Il avait le doigt sur la gâchette, il se tordait de colère.

On fit entrer trois jeunes, les djellabas blanches barbouillées de sang.

Avec une voix toute chargée de sa grande colère, l'émir rugit :

« Qui êtes-vous ? Que voulez-vous ? »

Ils étaient debout devant lui, les mains croisées sur le cœur. Ils racontèrent avec force détails la razzia de la veille, le massacre que cela fut, et que l'homme qui était à l'intérieur était le chef des assaillants. Mort ou vif, ils le réclamèrent.

« Vous voulez dire que vous oseriez me réclamer, mort ou vif, quelqu'un qui s'est réfugié chez moi et qui bénéficie de mon hospitalité ? »

Les jeunes hommes aux djellabas blanches baissèrent la tête et se turent.

D'un ton glacial, mais le front plissé de colère, l'émir reprit :

« Si j'ai bien compris, vous exigez que je vous remette quelqu'un qui est réfugié dans la demeure de l'émir ?

— Nous le savons très bien, qu'on ne le fait pas, Seigneur notre émir. Pardon, notre maître. Cette homme a beaucoup tué hier soir. Il ne nous reste plus d'hommes. »

Les yeux de l'émir étaient injectés de sang. Il regarda les trois hommes longuement, un par un, en silence, droit dans les yeux. Ils n'avaient plus la force de faire quoi que ce soit.

Celui qui paraissait être leur chef dit timidement et respectueusement :

« Veuillez pardonner notre offense, notre Seigneur et maître. Il nous a tué tellement de gens… sinon, au grand jamais, nous n'aurions osé vous faire un affront pareil, vous réclamer quelqu'un qui bénéficie de votre hospitalité. Pardonne-nous, Messire. »

Ils s'en allèrent la tête basse, humiliés. L'émir, bafoué dans son honneur, avait du mal à maîtriser sa rage ; il tremblait de tout son corps.

Malgré les soins attentifs du médecin et une nourriture où il ne manquait que du lait d'oiseau, Poyraz mit un mois et demi à récupérer. Lorsqu'il put sortir, il vit que le campement avait été déplacé et que la grande tente de l'émir était dressée dans les hauteurs de la vallée de Lalish, dans un site rocailleux, sous un arbre majestueux. Les cheiks yézidis étaient venus lui rendre tribut et l'émir les accueillit debout. D'après ce que Poyraz savait, l'émir lui-même n'était pas yézidi. Il faisait ses obligations rituelles cinq fois par jour et récitait fréquemment des prières. Rien qu'au regard de Poyraz il comprit l'étonnement de ce dernier devant l'accueil respectueux qu'il réservait aux dignitaires yézidis.

« Viens t'asseoir auprès de moi », lui dit-il un jour. Son visage habituellement sévère, aux arêtes tranchantes, était affectueux. « Écoute-moi, mon enfant. Tu sais que je suis un musulman sunnite. Un être humain avant tout, dans son unicité. Pour moi, si un être humain souffre injustement, c'est une souffrance pour tous les hommes. Cela fait des siècles que les Yézidis souffrent. On les tue, on veut tarir leur descendance. Mais leurs ennemis se rendent compte un beau jour que loin d'être éteinte, leur descendance croît et se multiplie. C'est telles des meutes de loups qu'ils descendent de la montagne vers le désert, mais ce sont les mêmes qui posent leur front sur le parvis du mausolée du cheikh

Adi Bin Misafir[1]. Tu as dû le constater par toi-même, on n'arrête pas de les tuer, qu'ils soient des bébés, des enfants, des jeunes, filles ou garçons, là où on peut les dénicher. Mais ils résistent et ils survivent. En fait, c'est le genre humain qui se tue lui-même, sans le savoir, en les massacrant de la sorte. Les assassins ne se rendent pas compte du fait que leurs meurtres les tuent eux-mêmes en tant qu'êtres humains et qu'ils les pourrissent. »

Au fur et à mesure qu'il parlait, toute la douleur du monde se lisait sur le visage de l'émir, sa parole sonnait comme une élégie mortuaire.

Poyraz était mort d'inquiétude à l'idée que l'émir puisse lui poser des questions sur les raisons pour lesquelles ils avaient razzié les Bédouins et sur les morts dont ils étaient responsables. En fait, il l'interrogeait sur ses parents, son village et son pays, sur sa vie, sur *Sarıkamış*, sur Enver Pacha, sur Hafiz Pacha mort mangé par les poux, sur tout, sauf sur les massacres commis par les Turcs, les Arabes et les Kurdes contre les Yézidis.

Lorsqu'il racontait les massacres des Yézidis, sur un ton d'élégie incantatoire, ses yeux en amande se plissaient, la douleur secouait tout son corps. Il parlait jusqu'à l'extinction de sa voix.

« L'Euphrate, disait-il, a charrié des cadavres durant des jours et des mois, à en déborder de son lit. Ô le Tigre, regarde donc l'Euphrate charrier le sang. Tous les aigles de la création descendirent sur le désert. Ils furent rassasiés de chair humaine. » Soudain la lumière et le sourire revenaient sur son visage, avec des éclairs de joie, mais il reprenait sa lamentation.

1. Personnage divinisé, par la grâce de Melek Tawus et la transmigration de l'âme. Le pèlerinage a lieu du 15 au 20 septembre du calendrier julien.

« Ils disent qu'ils vouent un culte à Satan, au soleil, à la terre et au feu. Satan qui s'est révolté contre Allah. Mais qui donc a vu Satan, qui a été auprès d'Allah et qui est revenu ? Si tu regardes de près, les Yézidis ont raison. C'est la terre, le soleil, l'eau et l'air qui créent et font vivre le genre humain. Les Yézidis prient trois fois par jour, face au soleil, à son lever, quand il est au midi et à son coucher. Malgré tous les massacres et les exils et les humiliations qu'ils subissent depuis des siècles, ces gens-là ont résisté et survivent. Il y a une telle force intérieure chez l'être humain qu'il résiste à tout, ne se corrompt pas, se renouvelle. Comme la terre, comme la lumière, comme l'eau. Je ne suis pas yézidi moi-même, mais j'admire et je respecte leur résistance, leur amitié. Eux ne tuent pas. Quelqu'un qui commet un meurtre est immédiatement excommunié. Ils disent que la guerre est un massacre collectif. Ils font tout pour ne pas faire la guerre. Des siècles durant, on les a saignés. Leur sang a coulé à flots. Ils ont été réduits à manger de l'herbe, mais jamais leurs cœurs n'ont noirci. En toutes circonstances, ils ont trouvé refuge dans les montagnes ; ils ont vécu comme des aigles. »

Quand l'exaltation prenait le dessus, l'émir passait de l'arabe à l'araméen, de l'araméen au kurde, du kurde au persan, pour revenir à l'arabe.

« Je ne suis pas yézidi, je suis un émir ; et c'est la raison pour laquelle je ne peux pas devenir un Yézidi. Si j'embrassais la religion des Yézidis, toute ma tribu serait obligée de faire pareil. Plus de la moitié des gens qui vivent dans le désert d'ici sont de ma tribu. Je règne en tant qu'émir de ces gens, mais je ne veux pas régner en tant qu'émir de leurs consciences. C'est une souffrance que de changer de religion, je ne voudrais pas les faire souffrir. »

En écoutant l'émir lui parler des Yézidis, de la vie et de la mort, Poyraz Musa se sentait tout petit, se recroquevillait, rougissait, avait une envie irrésistible de s'enfuir, partir n'importe où, mais partir. Ensorcelé par la magie de la parole de l'émir il ne bougeait pas d'un pouce.

« J'ai dit qu'ils priaient trois fois par jour, face au soleil. Ils n'ont pas de prières apprises par cœur comme nous. N'importe qui, quel que soit son âge ou son sexe, se met face au soleil et dit ce qu'il a sur le cœur à ce moment-là. Peut-être que ces prières-là sont les plus belles que le genre humain puisse dire. Peut-être que les chants les plus beaux, les plus belles poésies sont nés de ces prières. Peut-être qu'à la racine de toutes les épopées de la Mésopotamie gisent ces prières. »

La Mésopotamie, ses peuples, ses religions, ses civilisations... Poyraz écoutait tout cela avec avidité mais ne comprenait pas grand-chose. Seul le fait d'apprendre que des gens puissent prier, en disant ce qu'ils ont sur le cœur, face au soleil, l'avait pourtant atteint au tréfonds de son être. Il décida de ne prier désormais, quand il en ressentirait le besoin, qu'en le faisant comme les autres, face au soleil, et avec son cœur.

« L'humanité est très ancienne, mon fils. Des millions, des milliards de gens ont créé des milliards de pensées. Ils ont créé des milliards d'épopées, de chants et de poésies. Mais le premier des soucis de l'être humain a été de comprendre son propre mystère et celui des autres. L'homme ne connaît rien au monde autant qu'il connaît son semblable. Depuis que l'homme est sur terre, il a toujours répugné à tuer et à faire la guerre, mais il n'a jamais cessé de tuer quand même. »

Poyraz, qui s'était fait tout petit, en boule dans son coin, eut un sursaut : « C'est vrai ça ! » s'écria-t-il. Puis il baissa la tête et se remit dans sa position initiale. L'émir fut quelque peu surpris de cette sortie inattendue mais fit mine de n'avoir rien remarqué.

« La souffrance d'un homme, c'est celle de tous les hommes. À chaque meurtre commis ne tue-t-on pas toute l'humanité ? Se battre contre la guerre, se battre contre le meurtre sans tuer sont les plus belles pensées que ces terres ont produites. Pendant des siècles, les gens de ces terres n'ont pas fait la guerre. Des peuples envahisseurs sont venus en Mésopotamie pour détruire toutes ces choses, ces belles pensées et ont semé les graines de la guerre.

— C'est vrai, ça ! » s'écria Poyraz à nouveau. Cette fois-ci l'émir rit de bon cœur et Poyraz s'y mit lui aussi. Lui qui avait tout le corps ankylosé à force d'être tendu se détendit tout à fait.

L'émir était de bonne humeur.

« Quand je faisais mes études à Istanbul et en France, j'expliquais l'histoire de la Mésopotamie, de ses gens, à mes camarades. Un jour je leur ai parlé des Yézidis, je leur ai dit qu'ils n'avaient pas de livres sacrés comme dans les autres religions, qu'ils priaient à leur manière, face au soleil. Les Yézidis avaient disparu encore une fois, à la suite d'un massacre. Je me suis mis à leur recherche sur les monts Sindjar, Cudi, Süphan et Ararat. J'ai passé quelques années avec eux dans les montagnes. Ils parlaient le kurde, une langue très riche, très harmonieuse. Je connaissais le kurde. Ici tout le monde parle la langue de l'autre. À travers la magie de cette langue, sa manière chaleureuse de parler des relations entre les hommes, j'ai beaucoup appris. Les langues ne sont pas hypocrites, elles ouvrent les gens vers l'autre.

— C'est vrai ! fit Poyraz.

— Oui, c'est bien vrai », dit l'émir. Il se leva, ils marchèrent vers la vallée de Lalish, vers la palmeraie.

L'émir était un homme de grande taille, avec un nez aquilin et de grands yeux tristes en amande. Il avait des chaussures toutes neuves qui brillaient. Il portait un keffieh brodé d'or, qui scintillait au soleil. Sa djellaba immaculée tombait jusqu'à la pointe de ses chaussures. L'anneau d'or qui ornait son oreille droite soulignait les fossettes de son beau visage cuivré. Avec ses cheveux de jais, bouclés, il faisait penser à la statue d'un souverain sumérien venu du fond de la vallée de Lalish. On aurait dit une statue de bronze.

Sans cesse, il posait des questions à Poyraz qui lui répondait avec sincérité et un luxe de détails.

L'émir dit :

« Reste ici auprès de moi. J'ai visité la plupart des grandes villes et j'ai vécu dans beaucoup de villes européennes. Jamais je n'ai trouvé une qualité de vie et une dimension humaine comparables à celles que j'ai trouvées ici. J'ai tout abandonné et je me suis installé dans le désert. Je suis en train d'apprivoiser des cerfs et des biches à présent. Je me suis déjà constitué un vrai troupeau et je crois avoir trouvé le secret de leur domestication. Quand on s'intéresse aux chants très anciens on se rend compte que déjà à Ninive on avait appris à domestiquer les cerfs et les biches. Les souverains de Sumer et de Babylone buvaient du lait de biche, paraît-il. Je fais de même. Reste ici auprès de moi. Ma tribu est vaste, elle s'étend d'ici jusqu'aux rives de la Méditerranée, à la Palestine, au mont des Oliviers. Son territoire couvre toute l'Arabie. Tous les ans je dois visiter les différentes fractions de ma tribu. Nous les visiterons ensemble. »

Poyraz ne répondait pas, l'émir continuait de raconter les hauts faits de sa tribu, que leur arbre généalogique remontait jusqu'au roi Sargon. Poyraz comprit que l'émir était d'un très grand lignage.

De retour à la tente, l'émir alla chercher au fond d'un coffre ouvragé en bois de rosier un rouleau de soie sur lequel figurait son arbre généalogique. Sur cet arbre dessiné sur une pièce de soie verte, chaque branche portait un nom, et pour l'origine des origines, il y avait le nom de Sargon. Poyraz examina longuement le document. L'émir se taisait.

« Je t'emmènerai au mausolée du cheikh Adi Bin Misafir. C'est un lieu très intéressant. Je crois bien que Lalish est une vallée sacrée depuis la plus haute antiquité, peut-être depuis Sumer. Il se peut que ce soit aussi l'endroit où a été allumé le premier feu. Quand on arrive à Lalish, on a le sentiment de quitter un monde profane et d'entrer dans un univers de magie. Mais on s'habitue très vite à cet univers, comme si on y était né et qu'on y avait grandi. On ne veut plus s'en aller. Je connais plein de gens qui sont venus ici et qui ne sont plus repartis. »

À voir et entendre l'émir, son discours enthousiaste, Poyraz ne savait plus où il en était, il avait du mal à regarder l'émir dans les yeux. Il en tremblait. L'émir avait une manière tellement intense de regarder son interlocuteur droit dans les yeux que l'autre en restait comme ensorcelé. Il lisait les pensées de ceux qu'il regardait de la sorte. Poyraz l'avait compris dès le premier jour, quand ses blessures étaient encore ouvertes. Il était mort de peur de se trouver les yeux dans les yeux avec l'émir et que celui-ci puisse lire dans ses pensées, tout comprendre.

« Près de la porte d'entrée gauche du mausolée du cheikh Adi Bin Misafir, il y a, gravée sur le mur, la représentation d'un serpent, lové trois fois sur lui-même, plus grand que la taille d'un homme. Sur le mur de droite, il existe un grand nombre de figures symboliques, à caractère magique. Tout ici est plein de magie : l'arbre, l'oiseau, la terre et le ciel. Tout est magie. Personne ne sait ce que signifient ces formes bizarres. À quoi riment et sur quoi agissent ces objets magiques, nul ne le sait non plus. Ne cherche pas à le savoir non plus. Quant à la figure du serpent, ils ne savent pas à quoi cela se rapporte, du coup ils inventent des histoires. De plus, il y a trois siècles, on a retiré, du fond de l'Euphrate, une statue en bronze qui représente un serpent, avec des yeux rouge feu. Le serpent et les autres figures existaient peut-être bien avant les gens de Sumer. Depuis que l'humanité existe, les gens ont toujours essayé de s'entourer de murailles de symboles. Quant au serpent, il est sacré partout. Durant les jours les plus terribles du Déluge, l'Arche de Noé a eu une voie d'eau et s'est mise à prendre l'eau. Ils étaient à deux doigts de couler à pic. C'est là que le serpent est arrivé, a bouché le trou de sa queue. Nous irons à Lalish visiter le serpent. »

« Nous irons, répéta Poyraz avec une voix mourante.

— Tu ne t'installerais pas ici ?

— Cela fait des années que je n'ai pas vu mon père et ma mère.

— Tu étais où ?

— Je faisais la guerre, dit-il. À seize ans on nous a retirés de l'école pour nous expédier au front.

— Reviendras-tu une fois que tu auras visité tes parents ?

— Peut-être », dit Poyraz en le regardant dans les yeux. Il revoyait les cadavres nus qui flottaient au fil de l'eau du Tigre. Le fleuve Zap, tumultueux, bouillonnait de l'écume de sang.

L'émir avait remarqué que quand il parlait des Yézidis, Poyraz était profondément troublé. Il avait compris. Il planta ses yeux dans les siens :

« Ne te morfonds pas, dit-il. Nous sommes des êtres humains ; de la naissance à la mort nous endurons plein d'épreuves. Mais n'oublie jamais une chose : chaque fois que le soleil se lève, l'homme renaît, neuf, comme au premier jour de sa naissance.

— Peut-il renaître ? dit Poyraz, qui n'avait pas pu se retenir.

— Il suffit que nous ayons le désir de nous renouveler tous les matins avec le soleil qui se lève, dit l'émir. Nous pouvons nous purifier du mal, des saletés et de nos fautes. Si nous faisons l'effort de nous purifier et que nous y parvenons, nous pouvons aussi nous absoudre. C'est là que nous pouvons renaître, tout neuf. »

Poyraz resta un bon moment la tête baissée, perdu dans des pensées. Ils firent demi-tour. Poyraz ne s'était même pas rendu compte qu'ils étaient sur le chemin du retour. C'est aux hennissements des chevaux et aux cris des chameaux qu'il comprit qu'ils étaient arrivés au campement. Les aigles tournoyaient dans le ciel. Lui, savait ce que cela signifiait. Il revit les cadavres nus qui flottaient sur l'Euphrate. Certains échouaient, accrochés sur les berges. Les aigles des monts Sindjar étaient descendus pour chercher leurs proies dans le désert.

Poyraz était pensif, il n'arrêtait pas de ressasser : « Toi, mon émir, se disait-il, as-tu vu cette forêt d'hommes gelés sur pied sur les pentes des monts Allahüekber ? Toi, mon émir, as-tu vu ces centaines de gens, femmes et enfants, jeunes et vieux, passés au fil de l'épée, mis tout nus et jetés dans les eaux du Tigre et de l'Euphrate ? As-tu vu, toi, ces jeunes filles belles comme le jour qu'on massacrait en leur coupant leurs seins ? Ces seins coupés qui saignaient encore sur le sable du désert ? Ces centaines d'aigles, toutes griffes dehors, qui se bouffaient les yeux à coups de bec pour se disputer ces proies sanglantes ? Ces pluies de corps déchiquetés mélangés de terre et de caillasse qui tombaient du ciel à chaque canonnade ? Ces soldats qui mouraient, rien qu'à cause de l'odeur des cadavres en putréfaction ? Ces forêts qui brûlaient avec toutes les bêtes paniquées. As-tu su que le ciel et la terre résonnaient des gémissements des agonisants. Que dix jours et dix nuits durant, la forêt a brûlé et que les décombres ont fumé pendant des jours et des jours ? Sais-tu, toi, ce qu'est la guerre, mon émir ?... Je vais retourner dans mon village, mon émir. Depuis que le monde est monde, a-t-on vu des choses pareilles ? Mon émir ? »

Poyraz Musa n'avait qu'une envie : non seulement ne pas

se les remémorer, mais les effacer définitivement de sa mémoire. Certaines nuits un souvenir s'accrochait, inexpugnable, quoi qu'il fît.

Il avait le sentiment qu'il ne comprenait pas grand-chose aux propos de l'émir, mais qu'il apprenait quand même des faits inédits qui lui ouvraient des horizons nouveaux.

Ce soir-là, ils firent un dîner somptueux. L'émir but un vin qui avait une robe aux reflets violets. Poyraz ne but pas. Ils parlèrent jusqu'au petit matin. L'émir, le roi de la Mésopotamie, développa beaucoup d'arguments pour le retenir. Il lui confia même son plus grand secret. Dans peu de temps des puits de pétrole fleuriraient ici. Lui qui n'était qu'un émir deviendrait un empereur. Tout le sous-sol de ce désert, c'était du pétrole. En vain.

Voyant que l'autre était déterminé l'émir dit :

« Écoute-moi bien, mon ami. Je vois que tu ne resteras pas ici. Mais sache que tu es en danger de mort. On t'attend depuis que tu t'es réfugié ici. Tes poursuivants sont aux aguets. Dès que tu nous quitteras, ils te tueront. Crois-tu que ceux qui ont osé venir chez moi pour te récupérer, au risque de piétiner nos traditions, vont t'épargner une fois que tu seras hors d'ici ? Ils te tueront dès que tu auras un pied dehors.

— Ils voudront me tuer.

— Et alors ? Crois-tu qu'ils ne t'ont pas vu ? Qu'ils ne vont pas te reconnaître ? C'est comme s'ils avaient tous tiré ton portrait dans cette tribu.

— Peut-être pourrai-je leur échapper. Trouver un endroit pour me cacher.

— Même si tu restais un an, cinq ans à te cacher par ici, ils te tueront, ceux qui ont osé venir chez moi pour te prendre... Ils ont tout appris sur toi. Ton village, ta famille, ton père et ta mère, où tu as combattu, ils savent tout de toi depuis ta naissance. Cette tribu-là est la plus assoiffée de sang de toute l'Arabie. Ils ont des alliés partout, en Anatolie comme en Iran. Je ne comprends pas comment tu as pu t'attaquer à des gens pareils. Je ne veux pas te faire peur mais où que tu ailles te cacher, dans un trou de serpent ou sous l'aile d'un oiseau, ils te retrouveront. Tu as tué leurs frères, ils vont tout faire pour te tuer. À cette heure, toute l'Arabie sait ce qui s'est passé, que tu t'es réfugié chez moi, qu'ils te guetteront des années s'il le faut pour te tuer quand tu auras quitté ma demeure.

— Mais nous sommes sortis, nous avons bien été à Lalish !

L'émir eut un sourire.

« J'étais avec toi. C'est parce que j'étais présent... Ils ont bien détaillé ton visage quand nous étions à la porte de Lalish. Tout le monde attend ta mort dans ce désert. Les Yézidis aussi ont appris que tu es ici. Mais eux, quoi que tu aies fait, ne tuent pas. Si tu entrais dans le mausolée du cheikh Adi, il croiraient que tu es là pour demander pardon. Ils ne te manqueront pas de respect.

— Très étonnant !

— Ce n'est pas étonnant, c'est très humain.

— Émir Sultan, as-tu jamais tué un homme ?

— J'aurais voulu ne pas l'avoir fait.

— Moi aussi. »

Avant le lever du soleil, ils partirent dans le désert. Le ciel, limpide, était couvert d'étoiles. Des étoiles filantes se succédaient sans arrêt. Leurs montures, des chevaux arabes de race, les balançaient doucement comme dans un berceau. Un petit vent matinal donnait des ailes aux chevaux comme aux cavaliers. Dans la pénombre ils croisèrent un troupeau de cerfs. Les voyant, le troupeau s'écarta imperceptiblement, pour les éviter. Ils entendirent le chant d'un oiseau. Musa entendait pour la première fois un chant d'oiseau aussi étrange, capable de remplir de bonheur celui qui l'entend.

« Tu l'as entendu ? demanda l'émir.

— Oui, je l'ai entendu, mais quel est cet oiseau ? Jamais, nulle part je n'ai entendu un chant aussi étrange, dit Poyraz.

— Et moi, je ne l'ai jamais vu. Personne ne l'a jamais vu. Mais tous les matins, à cette heure-ci, on entend son chant. Comme tu l'as entendu, il chante une fois et se tait. C'est peut-être une divinité des anciennes religions de la Mésopotamie. Depuis ces temps anciens, les gens ont cherché à dénicher cet oiseau qui chante au lever du soleil, ils ont tout essayé pour le voir. Mais personne n'a jamais pu le voir. C'est la raison pour laquelle à chaque époque, chaque peuple l'a décrit à sa manière. »

Ils mirent pied à terre, ils entrèrent dans la tente. Le service de petit déjeuner était dressé à même le sol. Des serviteurs éthiopiens, jeunes, beaux, bien mis attendaient, avec des tasses de café posées sur des plateaux en or.

À la fin du repas, l'émir prit un sac de transport en kilim. Des réserves, il tira plusieurs boîtes d'ébène de toutes tailles. Les couvercles des boîtes étaient décorés de figures diverses : des taureaux, des tigres, des cerfs, des serpents, des formes qui ne ressemblaient à rien de connu. Des oiseaux qui ne ressemblaient en rien aux oiseaux connus. Poyraz était fasciné par ces boîtes. Jusqu'à midi, il prit son temps pour les admirer l'une après l'autre. Il était comme ensorcelé par la beauté de ces objets.

L'émir voyait le visage de Poyraz changer d'expression chaque fois qu'il admirait une nouvelle boîte. « Si au moins cet homme était resté ici, soupira-t-il avec regret. Cela aurait été un vrai plaisir d'explorer ce bas monde avec lui. »

« Je n'ai pas sorti les boîtes pour les exhiber. Je veux te montrer ce qu'il y a dedans. Écoute-moi bien. Je vais te montrer un par un ce qu'il y a dans chacune de ces boîtes. Le plus récent des objets a cinq mille ans. Il y en a qui ont peut-être sept mille ans, d'autres viennent de la nuit des temps. »

Il prit la plus grande des boîtes Sur le couvercle il y avait un motif d'oiseau qui avait plusieurs ailes et les yeux plantés sur les ailes.

« Prends cette boîte. »

Poyraz tendit la main et prit la boîte.

« Ouvre-la ! »

Poyraz ouvrit la boîte avec un luxe de précautions, tout inquiet, comme s'il touchait un objet sacré qui lui aurait brûlé les mains. Taillée dans de l'obsidienne, une tête à la barbe longue et crépue ; le visage tout plissé, aux sourcils épais, aux yeux qui semblaient mobiles, à l'air malicieux, moqueur, le regardait, comme impatient de quitter la boîte mais attristé de ne pouvoir le faire.

Il ouvrit les boîtes les unes après les autres. Beaucoup contenaient des figurines d'oiseaux. On aurait dit des oiseaux d'un autre monde : le front caché par des franges de plume, un œil de cyclope, deux ailes mais pas de corps, de grands yeux humains plantés dans les ailes. Des têtes de dragon, des oiseaux sculptés dans du lapis-lazuli, dans de l'obsidienne, dans d'autres pierres rouges, vertes, bleues.

L'émir et Poyraz voyageaient dans l'univers magique de ces statuettes sorties de leurs boîtes. Une femme entra avec une grande discrétion dans la tente. L'émir se releva d'un bond : « Mon épouse. » Poyraz se leva aussi. Avec un grand sourire elle tendit la main à Poyraz, qui la lui baisa avec révérence. C'était une femme blonde, élancée, aux yeux d'un bleu profond. Elle était habillée de blanc immaculé. On aurait dit la princesse des oiseaux, la maîtresse de cet oiseau qui ne chante qu'une fois à l'aube.

« Nous avons tous les deux entendu le chant de l'oiseau, ce matin, dit l'émir.

— Cela porte bonheur, dit la dame. Vous avez eu de la chance. Cet oiseau chante une fois tous les matins au lever du soleil mais à peine une personne sur mille parvient à l'entendre. »

Elle parlait le turc avec les manières d'Istanbul.

« Mon épouse est encore plus passionnée que moi pour les richesses archéologiques de la Mésopotamie. En ce moment même, quinze spécialistes fouillent le désert et la montagne, déterrent des statues.

— C'est très étonnant, dit la maîtresse de maison, on dirait que chaque statue nouvelle qu'on exhume vient d'un monde différent. Je vais finir par croire que les gens et les peuples de la Mésopotamie ont créé chaque jour un monde nouveau, et ce durant des millénaires. » Ils s'agenouillèrent et s'assirent sur leurs talons autour des boîtes éparpillées dans la pièce. Les boîtes passèrent de main en main. À l'ouverture de chaque boîte, tous les trois avaient les yeux grands ouverts de curiosité et de fascination. L'épouse leur signalait, pour chaque statue, la matière dans laquelle elle avait été taillée, de quelle peuplade et de quelle époque cela provenait. Sans aucune hésitation et dans le détail.

Elle avait une voix captivante. Comme dans un rêve, Poyraz se laissait emporter par la beauté de ces pierres de toutes les nuances de couleurs, des bronzes et des ors, par l'élégance des formes, par la beauté de ces sceaux entre les doigts de la dame. Elle, portée par son enthousiasme, était intarissable. Avec ses longs cheveux et ses yeux d'un bleu profond, elle faisait penser à une diseuse d'épopées venue des temps antiques.

Bien que les yeux perdus dans la contemplation des statuettes, Poyraz ne voyait plus rien, rien que le visage de la femme, et sa voix résonnait dans ses oreilles.

Midi était déjà là, au soir, ils étaient encore à se laisser emporter par la magie de chaque objet sortant de sa boîte, par la voix sensuelle de leur hôtesse, à en avoir oublié le désert, les chameaux, le monde entier.

Elle se leva prestement, suivie par les deux autres : « Nous mourrons de faim, pas vrai ? » Elle sortit. « C'est une vraie princesse, pensa Poyraz Musa, se laisser subjuguer par sa beauté de rêve serait une ivresse sans fin. » L'émir aussi était visiblement sous l'emprise de cette présence ensorceleuse.

Par milliers, les cerfs et les biches avaient peuplé le désert, depuis les berges de l'Euphrate à celles du Tigre, le désert de Harran, la Syrie, la plaine de Cilicie, les monts Djudi. Par vagues successives, ils parcouraient cet espace de l'immensité. Pour une partie des gens du désert les cervidés étaient des animaux sacrés. L'émir sultan se demandait toujours, dans ses rêveries, pourquoi ces animaux sacrés n'apparaissaient jamais en statuettes ou en bas-reliefs. Et les étoiles du désert... Et le ciel lorsque l'étoile du matin monte à l'horizon... La fraîcheur nimbée de brume, plus lumineuse que la clarté, qui imprègne tout l'être et qui parcourt le corps comme le sang. Qui transforme l'être en lumière. Les cerfs qui courent comme une lumière rouge.

Poyraz Musa se disait que l'émir avait bien raison. Ce désert ne ressemblait en rien à d'autres lieux et espaces. Depuis qu'il y était il vivait dans un monde de rêveries. S'il n'avait pas eu la mort aux trousses, avec ces Bédouins tapis dans le désert déterminés à le tuer, il aurait choisi de rester ici jusqu'à la fin de ses jours. Il aurait consacré tout son temps à la quête de cet oiseau dont il n'existe que le chant, même si l'émir abandonnait un jour sa propre quête. Tous les matins au réveil il entendait le chant de cet oiseau. Ce chant venait de très loin, du bout du monde, alors que les autres cherchaient l'oiseau ici-même.

Tous les gens de la Mésopotamie fouillaient la montagne et le désert et les ziggourats pour l'émir sultan. Ils recherchaient des statuettes, des peintures, des terres cuites avec des inscriptions et lui rapportaient leurs trouvailles. L'émir sultan les gratifiait de bakchichs conséquents. De ses ancêtres, il avait reçu beaucoup d'or, de diamants, de rubis, de lapis-lazuli, beaucoup de pouvoir en héritage. Il dépendait pour beaucoup de l'Ottoman, mais le vrai sultan de ces lieux c'était bien lui.

Durant des jours ils admirèrent les statuettes et les objets du trésor. Des femmes aux grands yeux écarquillés, avec l'air de regarder le monde avec étonnement, des lions, des tigres, des taureaux… Tous les yeux écarquillés…

« Je demande ta permission, mon émir sultan.

— Je sais que tu ne resteras pas ici. Je sais bien aussi que tu ne voudrais pas me quitter. Je sais que tu rêves de chercher cet oiseau avec moi, jusqu'à ce que nous le trouvions. Je pense exactement les mêmes choses que toi. Mais je sais que tu ne pourras pas rester ici. Tu sais très bien que les Bédouins campent en bas, guettant ton chemin pour te tuer. Oui, tu as raison. Tu sais très bien que le jour où l'émir ira dans un monde meilleur… Tu te dis que l'émir est bien âgé.

— Jamais de la vie, mon émir, mon sultan, au grand jamais. Même si j'avais eu femme et enfants, j'aurais voulu rester auprès de toi, chercher avec toi cet oiseau jusqu'à mon dernier jour.

— Cela aurait été merveilleux de chercher cet oiseau, de le trouver, de le voir. Mais ouvre bien grand tes oreilles et écoute-moi bien. Quel est ton nom ?

— Je vous l'avais dit en arrivant chez vous, mon sultan : mon nom est Abbas.

— C'est ton vrai nom, ce n'est pas un sobriquet ou quelque chose comme cela?

— C'est bien mon vrai nom.

— Désormais, si tu tiens à ta vie, tu vas changer de nom. Si tu me demandes pourquoi, sache que ces Bédouins te poursuivront jusqu'à ce qu'ils te tuent. Ils sont terribles dans leur vendetta. Je te l'ai déjà dit, ils savent tout de toi, de ta famille et de ton village, que vous êtes venus du Caucase pour fonder ce village… tout! Comment je sais tout ça? C'est parce que dans chaque tribu j'ai mes informateurs. Une mouche qui bat des ailes dans le désert, je le saurai sans délai. Tu partiras cette nuit. »

Abbas fit un mouvement pour prendre les mains de l'émir sultan. Il lui dit tout le bonheur qu'il avait d'avoir connu un homme comme lui, et que, même s'il était assassiné au sortir de cette tente, ce qu'il avait vécu valait amplement une vie bien remplie. La dame hôtesse entra dans la pièce à ce moment-là. La voyant, Abbas se leva pour lui baiser la main. Elle lui dit : « Assieds-toi. » Il s'assit sur ses talons.

« Pars avec la joie dans ton cœur, Abbas. Sache que cette demeure est la tienne. Reviens quand le cœur t'en dit. » Elle eut un sourire. « Vous irez à la recherche de cet oiseau, avec l'émir sultan. La première fois qu'il t'a vu, il a deviné que tu étais du Caucase. Moi-même je suis tcherkesse, tu l'avais vu aussi. »

« Ils sont vraiment étonnants, ces gens-là, pensa Abbas. Ils devinent non seulement tout ce que les gens ont dans la tête, mais même les pensées qu'on n'a pas encore eu le temps d'avoir ! »

« Tu sais, à ce jour, nous n'avons rencontré personne ici, qui, une fois entendu le chant de cet oiseau, ne se soit lancé à la poursuite éperdue de ce chant sans corps. »

Ils rirent tous les trois de bon cœur.

La dame ouvrit un des paquetages qu'elle avait apportés dans la pièce. Elle en sortit une djellaba d'un blanc immaculé au col brodé d'or et son keffieh. D'un autre paquetage elle sortit un complet veston bleu foncé, une chemise blanche et une cravate. Elle claqua les mains ; un serviteur noir entra avec une besace confectionnée dans un tapis. Il la déposa devant la maîtresse et ressortit. La dame hôtesse replia les deux sacs de vêtements pour les placer dans les deux poches de la besace.

« À vous, Abbas !

— Grâces vous soient rendues, madame. »

Il avait les yeux embués de larmes, tant il était touché. Il avait du mal à contenir son émotion et à ne pas pleurer pour de bon.

L'émir sultan se leva, suivi d'Abbas. Sur le visage de l'émir alternaient la tristesse profonde et la joie éclatante.

L'émir sultan s'absenta un instant dans la pièce voisine et en revint avec trois bourses en velours. Il se rassit, dénoua d'abord les cordons de la bourse verte. Il en sortit la petite figurine d'oiseau au corps en lapis-lazuli et aux ailes en or. Le cœur d'Abbas battit très fort. Les yeux de la dame brillèrent. L'oiseau était de la taille de l'index. L'émir sultan sourit.

« Voilà l'oiseau mystérieux. Il est sorti de son œuf il y a peut être sept mille ans, et tous les matins il chante. Tu ne t'en sépareras jamais. Aucun mal ne pourra t'atteindre. C'est un porte-bonheur. »

Abbas avait le souffle coupé. Étranglé par l'émotion il était incapable de prononcer le moindre mot. Il resta muet.

L'émir dénoua les cordons de la bourse en velours orange. Il en tira une figurine de serpent, de la taille d'un doigt, la tête en lapis-lazuli et le corps en or.

« Celui-là, c'est une protection pour ta santé. »

De la troisième bourse il tira une tête de jeune fille en bronze, avec un large sourire. Elle avait des yeux grands ouverts comme si elle voulait dévisager le monde entier.

L'émir dit : « C'est une déesse », mais ne fit pas d'autre commentaire.

Il admira longuement les trois objets qu'il tenait en main, les caressa et les remit dans leurs bourses; il retira les cordons puis les tendit à Abbas.

Abbas était en sueur. Il ne put prononcer un mot.

La dame rappela le grand serviteur noir qui revint avec une autre bourse bleue, plus grande que les précédentes.

Elle reprit les trois objets et les mit à l'intérieur. « Accroche ceci à ton cou et ne l'enlève jamais. »

Il s'exécuta.

Un autre serviteur noir vint.

« Les cavaliers sont prêts », annonça-t-il. Ils se levèrent.

« Ils vont te conduire jusqu'à Urfa. N'oublie pas ton fusil et ton revolver. On ne peut faire deux pas sans ses armes dans le désert. À part moi. »

Abbas prit les mains de l'émir, les baisa et les porta à son front. Il en fit de même pour l'épouse. Il tenta de prononcer deux mots, ce furent quelques mots incompréhensibles qui se bousculèrent dans sa bouche. À grand-peine il put monter en selle. C'était comme si tous ses membres le lâchaient.

L'émir et son épouse étaient très émus eux aussi. Ils purent juste dire : « Adieu ! »

Abbas et ses accompagnateurs lâchèrent la bride vers la nuit.

L'émir sultan et son épouse restèrent longtemps devant la tente, le regard sur l'obscurité de la nuit. Ils gardèrent le silence à leur retour dans la tente tard dans la nuit, puis l'émir dit à son épouse :

« Tu sais, dame mon épouse, cet homme reviendra, il continuera à chercher cet oiseau.

— Je le sais, fit-elle, crois-tu qu'il connaît la valeur des dons que nous lui avons faits ?

— Il la connaît. Jusqu'à sa mort, il ne les enlèvera pas de son cou. Même s'il lui arrive de crever de misère ou de faim, il ne laissera personne toucher l'un de ces objets. »

C'était une nuit sans lune dans le désert, que seule éclairait un tourbillon d'étoiles. Elles éclairaient les cimes collées à l'obscurité des montagnes d'en face. Un petit souffle de vent se faisait juste sentir par moments. Au fur et à mesure que les quatre cavaliers s'enfonçaient dans l'obscurité, les étoiles de plus en plus nombreuses emplissaient le ciel.

Ils traversèrent une colline, suivirent le bord d'un ruisseau

Le scintillement jaune et bleu des étoiles qui tournoyaient dans le ciel se reflétait sur l'eau du ruisseau, sur les rochers, sur les dunes de la colline qu'ils franchissaient.

Les quatre cavaliers avançaient dans la nuit. Aux aguets, dans un silence que seul rompait le pas feutré des chevaux. On n'entendait rien d'autre alentour : oiseau, insecte, animal, c'était comme si tous les bruits de la création s'étaient tus au mitan de ce désert.

Ils entrèrent dans une vallée de sable où on ne voyait plus les étoiles. Elles avaient disparu, cédant la place à une obscurité épaisse où on ne voyait pas à deux pas. Lorsqu'ils en sortirent tard dans la nuit, ils entendirent des bruits dans le lointain sans pouvoir les identifier au début. Puis les bruits se rapprochèrent, plus perceptibles.

Le cavalier de tête dit à voix basse : « Ça y est, ils nous ont rattrapés. » Habitués aux chevauchées débridées dans la nuit, les chevaux partirent à toute vitesse. Les sifflements des balles fusaient de toutes parts. Ils s'enfoncèrent dans la nuit étoilée. Avec le petit vent qu'ils soulevaient, l'odeur des chevaux traînait dans leur sillage. Devant eux, au loin, leur parvenaient les bruits d'une vraie bataille qui avait l'air d'engager des centaines de fusils et même des canons. Abbas, qui avait connu des batailles et des engagements acharnés, n'en avait jamais entendu autant.

Le cavalier de tête dit avec sang-froid :

« Ce n'est rien. De nuit, le moindre engagement fait un raffut du diable, comme ici. »

Abbas se demandait s'il ne fallait pas dire : « Faisons demi-tour pour ne pas nous trouver au beau milieu de la bataille. » Il renonça.

L'oreille à l'affût, Abbas attendait le chant de l'oiseau absent, avant le lever du jour. Au fur et à mesure que le ciel s'éclaircissait, ses espoirs s'étiolaient et ses regrets prenaient le dessus.

Le soleil se montra et monta lentement à l'horizon, de l'autre côté du désert. On n'entendit le chant ni de cet oiseau-là ni d'un oiseau quelconque.

« Alors, cet oiseau qui chante juste avant le lever du soleil? »

Le cavalier de tête dit, tout excité : « Tu as entendu ce chant-là?

— Oui, je l'ai entendu.

— Il n'est pas donné à tout le monde de l'entendre », fit l'homme. Il se tut. Abbas n'insista pas.

Toute la journée ils avancèrent sans s'arrêter, jusqu'au soir, pas même pour manger et boire. Ils prenaient un peu de fromage et du pain de leurs besaces, ils économisaient l'eau de leurs gourdes. Ils firent halte dans une oasis, riche de palmiers et entourée de cactus avec d'énormes épines et ornés de grandes fleurs rouges. Ils firent boire leurs chevaux et prirent un repas. Le guide, le cavalier de tête, un jeune blond de grande taille, au visage long et aux yeux bleus, avait une mine très soucieuse. Abbas l'avait remarqué et s'en inquiétait sans trop le montrer.

« Ils sont à nos trousses.

— Qui ça?

— Tes ennemis.

— Qu'allons-nous faire?

— Je me le demande. Ils peuvent nous monter un guet-apens. Si nous tombons dedans nous n'en sortirons pas vivants. Ce sont les gens de la tribu la plus guerrière de l'Arabie. Tu as eu la chance d'avoir la vie sauve. Si tu ne t'étais pas réfugié chez l'émir, mais auprès d'une autre tribu, ils auraient piétiné us, coutumes et traditions, ils se seraient battus pour s'emparer de toi. Ils t'auraient torturé des jours durant, dépecé, crevé les yeux, mis le corps en mille pièces et jeté pièce par pièce aux vautours. Rends grâce à Dieu de t'avoir mis chez l'émir. Ils sont tellement monstrueux, les gens de cette tribu, qu'ils ont même osé pénétrer dans la demeure de l'émir pour te réclamer. C'est le plus grand affront qui ait été commis contre l'émir dans cette Arabie du désert. Si l'émir l'avait voulu, le cheikh de cette tribu n'aurait pu tenir un instant de plus dans ce pays. J'ai peur quand même ; ils nous ont pistés. Ils vont nous coincer quelque part. Quant à toi, Abbas, mon frère, même dans mille ans, même si tu te cachais à l'autre bout du monde, ils te trouveraient et te tueraient. Tu as tué le frère du cheikh.

— Et eux, ils ont tué tous mes compagnons !

— Ça, c'est autre chose.

— Où vont-ils me retrouver ?

— Ils te retrouveront où que tu te caches. Ils ont des gens partout dans le monde. Ils ont déjà trouvé ton village et ta maison. Ils l'ont fait savoir à l'émir. Tu aurais mieux fait de rester auprès de lui. Il t'a beaucoup apprécié. Son épouse aussi t'a beaucoup apprécié. Ne serais-tu pas tcherkesse ?

— Oui, je suis tcherkesse.

— L'épouse de l'émir l'est aussi.

— Toi aussi, tu es tcherkesse, dit Abbas.

— Je suis tcherkesse moi aussi.

— Quel est ton nom ?

— Chamil.

— Qu'allons-nous donc faire, Chamil ?

— Je prendrai une route différente, celle qu'emprunte tout le monde, tous les jours. Ils vont tendre leur piège sur la route planquée, celle de tous les fuyards. »

La nuit tombée, le petit vent frais amena d'autres parfums que ceux du désert. Ils enfourchèrent leurs montures et foncèrent dans la nuit noire, dans le tourbillon des étoiles. Ainsi sont les nuits du désert de Mésopotamie : à la fois l'obscurité la plus profonde et le ciel saturé d'étoiles…

De loin, leur parvint le chant d'un oiseau, comme si le désert gémissait. Une angoisse indéfinissable s'installa au cœur d'Abbas, lui serra la gorge.

Chamil se retourna.

« Il faut se dépêcher de traverser pour atteindre la montagne avant le lever du jour. » Ils filèrent à bride abattue jusqu'au lever du jour. Arrivés dans la pénombre au pied de la montagne ils furent accueillis par un tir de barrage. Ils firent demi-tour. Aussitôt dans la petite vallée, ils contournèrent une passe pour prendre position derrière un amas rocheux.

« À leur tour maintenant de tomber dans le guet-apens », dit Chamil.

Ils attendirent là, jusqu'à midi, le doigt sur la gâchette. Aucun mouvement à l'horizon.

« C'est bon, dit Chamil, ils n'y sont plus. Si nous parvenons à atteindre l'autre versant de la vallée, nous serons à Urfa avant minuit. »

Ils arrivèrent rapidement, de l'autre côté, à une vallée semblable, sous une chaleur intenable et sans un souffle d'air. Un grand nombre d'aigles et de faucons rouges tournoyaient dans le ciel. Des vautours postés sur des veines jaunes de la rocaille mauve attendaient leurs proies. L'angoisse d'Abbas grandit à la vue des vautours. « Ce Chamil m'exécutera ici dans cette rocaille », pensa-t-il un instant ; il retint un peu sa monture pour rester en arrière. Chamil remarqua la manœuvre. Lui aussi était saisi d'angoisse, avec cette rocaille jaune tranchante comme une lame, ces vautours qui veillaient, ces aigles et faucons rouges qui tournoyaient dans le ciel.

« Abbas ! s'écria-t-il, en se retournant, pourquoi traînes-tu, Abbas ? » Il s'arrêta, les autres l'imitèrent pour attendre Abbas. Lorsque celui-ci parvint à leur hauteur, ils reprirent la marche.

« Ça fout la trouille ici ! dit Chamil.

— Oui, la trouille !

— Regarde un peu ces lézards géants dans leur fuite éperdue. Ici c'est la passe de la peur.

— Fout la trouille... !

— On se sent tout seul quand on est ici. Lorsqu'on est dans cette vallée on a l'impression que le monde est tout vide. Et devant ce vide...

— On a peur.

— J'en ai vu des batailles, des morts, des massacres et du sang mais, nulle part, je n'ai eu aussi peur qu'ici. Heureusement qu'il y a ces rapaces qui tournoient dans le ciel, sinon ce ciel qui semble si loin, ces rochers taillés en lame de rasoir, on en mourrait de peur.

— On en mourrait», répéta Abbas.

Une petite fraîcheur fit son apparition en fin d'après-midi. La vue d'herbes d'un vert intense dans les interstices des rochers, de fleurs jaunes aux longues tiges, de chardons garnis de fleurs mauves grosses comme le poing rasséréna quelque peu les cavaliers. La peur qui les rongeait se dissipa peu à peu. Abbas sentit alors un frémissement de joie en lui.

Ils passèrent de la vallée à une plaine, sans transition. La montagne s'arrêtait net; là, à cet endroit. Chamil connaissait bien les lieux. Même lui accusa le choc à la vue du désert qui s'étendait devant eux.

« Pourquoi ils n'ont pas monté un guet-apens ici ? Ça, alors, je ne comprends plus rien, dit Chamil, le regard interrogateur posé sur ses compagnons, cela fait des années que je traverse régulièrement cette vallée, mais je ne me souviens pas d'avoir eu peur comme cette fois-ci.

— Moi aussi, j'ai eu très peur, dit Abbas.

— Moi aussi ! » enchaîna un cavalier tout trapu. Son ombre était de la taille de celle d'un gamin.

« Ne raconte pas de blagues, fit Chamil en faisant mine de l'engueuler, toi tu n'as peur de rien !

« Je t'assure que j'ai eu la trouille cette fois-ci, fit le courtaud, j'ai aperçu un papillon tout violet, énorme, on aurait dit un aigle roux. Il a failli me trancher le cou d'un coup d'aile.

— Arrête tes bobards, baratineur !

— Je jure sur la tête de... Le papillon fonçait sur moi comme la foudre... !

— Moi aussi j'ai eu très peur », reprit un autre cavalier.

Les chevaux avançaient tout seuls, à pas lents, les brides posées sur le licou.

« Ces guerres nous ont rendu misérables. La peur nous a imprégnés jusqu'à la moelle. Ou bien nous en sommes à avoir peur à en mourir, ou bien plus rien ne nous fait peur. Nous avons tout détruit, y compris l'humanité qui est en nous. Ces guerres ont tout emporté, tout ce que nous avions. Même notre cœur est nu maintenant. Ceux d'entre nous qui sont morts, ils le sont pour de bon, les survivants ne sont plus que des lambeaux, en miettes. Dieu merci, nous arrivons encore à avoir peur ! Ça, nous ne l'avons pas encore détruit. Et si nous avions même perdu le sens de la peur ? »

Le visage d'Abbas s'était métamorphosé progressivement, pour devenir tout fripé, rapetissé, pitoyable.

« Dieu merci, répéta le courtaud, et si nous avions perdu même le sens de la peur ? »

Ils étaient presque heureux qu'il leur restât au moins un sentiment humain, la peur.

« Moi aussi j'étais sur le front du Caucase. Je ne sais plus comment j'ai pu survivre, et comment je n'ai pas perdu la raison. Parfois, c'est comme si on m'avait arraché et emporté le cœur. Je me sens tout vidé. Heureusement que j'ai eu peur dans cette vallée et que j'ai senti qu'il me restait encore quelque chose en moi. »

Ensemble, ils commencèrent à entonner des chants ; c'étaient des chants élégiaques tcherkesses, longs, profonds, qui se muèrent sur la fin en des chants d'allégresse. Sans s'en rendre compte ils entrèrent dans la nuit. Aussitôt, ils lancèrent leurs montures à bride abattue, le vent du galop dans le nez, ils voyaient le tourbillon des étoiles virevolter dans la nuit noire.

Le jour commençait à poindre quand ils parvinrent au bâtiment du commandement de la gendarmerie d'Urfa. Ils mirent pied à terre et se donnèrent l'accolade.

Chamil se mit un peu en retrait.

« Écoute-moi, Abbas, dit-il. L'émir a vraiment beaucoup d'affection pour toi. Regarde bien ta monture, ce n'est pas ton cheval.

— Je le sais bien, dit Abbas.

— C'est le cheval préféré de l'émir. Il n'a pas son pareil dans toute l'Arabie.

— Je le sais.

— Il t'appréciait tellement que nous avons cru que vous étiez parents.

— Longue vie à l'émir !

— Tu reviens quand tu le désires. L'émir m'a demandé de te le dire. Il a dit : "Il aura bien de difficultés, mais quand il le voudra, notre porte et notre cœur lui seront ouverts."

— Que grâces vous soient rendues à vous tous !

— Ne nous laisse pas sans nouvelles. Écris-nous, où que tu soies. C'est l'émir qui le demande. Tu mettras sur l'enveloppe : "Émir Salaheddin Sultan-Bagdad". On fera suivre. C'est l'ordre de l'émir. »

Ils remontèrent en selle.

« Que la chance soit avec toi ! ».

Une main vint prendre son cheval par la bride. Abbas prit sa besace avec lui et marcha vers le bâtiment du quartier général. La garde le salua militairement. Le voyant, un officier, ancien compagnon, descendit les marches quatre à quatre pour venir à sa rencontre. Ils s'embrassèrent.

« Notre capitaine s'est fait élire député, il est auprès de Mustafa Kemal Pacha, à Ankara. Il y a déjà un moment qu'il a expédié ta médaille d'or de héros de la guerre d'Indépendance. Il a été remplacé par un commandant. Un type brave, un cœur d'or. Il t'attend. Où avais-tu disparu tout ce temps ?

— Moi ? C'est toute une histoire.

— Tu étais donné pour mort. Aucun de ceux qui étaient avec toi n'est revenu. On t'attendait quand même. Il ne lui arrivera rien, disait le capitaine. »

Abbas rit.

« Et voilà, il ne m'est rien arrivé. »

Son compagnon lui donna l'accolade, ils montèrent les marches tout en bavardant, ils entrèrent dans le bureau du commandant. Ils se mirent au garde-à-vous.

« Mon commandant, voici l'ami Abbas ! » dit-il.

Le commandant se leva avec un grand sourire aux lèvres, il prit les mains d'Abbas puis le serra contre son cœur.

« Soyez le bienvenu, dit-il. Nous vous attendions ici, depuis longtemps, depuis mon arrivée. Je vous en prie, monsieur, veuillez prendre place. »

Abbas s'assit sur la première chaise qui se trouvait près de lui. Le commandant invita également à s'asseoir l'autre officier, qui s'exécuta.

« Vous êtes un héros, et je vous en félicite. Il y a déjà un moment que votre médaille d'or est ici. Nous guettions votre arrivée. Heureusement que vous êtes enfin parmi nous. Aucun des membres de la compagnie partie à la poursuite des brigands n'a pu revenir. Nous en avions même conclu que vous aussi…

— Combattre les brigands est bien plus difficile que de combattre les Français. Au cours d'un guet-apens tous mes compagnons ont péri. Je me suis réfugié dans la demeure d'un émir. Les brigands n'ont pas réussi à me faire livrer par l'émir.

— J'ai combattu sur le front d'Irak. Je connais le désert par cœur », dit le commandant.

Abbas dévisagea longuement le commandant qui détourna les yeux.

« J'appellerai le gouverneur pour fixer une date pour la cérémonie de remise officielle de votre décoration. Il n'est pas exclu que le colonel de la brigade soit présent lui aussi.

— Merci beaucoup, mon commandant. Puis-je résider ici pendant ce temps ?

— Naturellement que vous pouvez y résider, lieutenant, d'ailleurs, avec le décret de votre médaille nous avons reçu votre nomination au grade de lieutenant. Bien sûr que vous pouvez résider ici, puisque vous êtes encore sous les drapeaux. Et je vous précise que l'arrêté d'attribution de la médaille est assorti d'un ordre de démobilisation.

— Je vous remercie, mon commandant », dit le lieutenant Abbas en se levant. Il s'arrêta un instant. L'autre officier s'était levé en même temps que lui.

Le commandant lui dit : « Réservez à monsieur la pièce où j'ai résidé en venant ici, mon fils, je pense que cela lui conviendra.

— À vos ordres, mon commandant ! »

Le lieutenant Abbas devant, le petit gradé de service derrière, ils descendirent à l'étage inférieur. Le soldat qui s'était empressé pour tenir la bride de son cheval se tenait encore là, hiératique. Abbas défit la selle de sa monture, la prit sur l'épaule. Tout le temps qu'il était avec le commandant il était rongé par la crainte que sa besace disparaisse. Les deux ouvertures de la besace étaient pourtant cousues et cadenassées.

La cérémonie de remise de décoration eut lieu un matin, au bout de trois jours. Il y avait là le gouverneur et le colonel. Ce dernier et le commandant s'étaient mis dans leur tenue d'apparat. Il y avait aussi un orchestre. La cérémonie débuta avec des marches militaires. On avait revêtu Abbas de l'uniforme d'un autre lieutenant. On envoya les couleurs.

L'orchestre y alla de cinq marches militaires. Ensuite le colonel, puis le gouverneur prirent la parole. Le gouverneur, comme le colonel, ne tarit pas d'éloges sur le capitaine, un héros national qui était désormais député auprès de Mustafa Kemal. Le discours du commandant était particulièrement chargé d'émotion, à en tirer des larmes à l'auditoire. Il narra longuement à quel point la guerre avait mis les gens hors des valeurs humaines, d'eux-mêmes, qu'ils aient ou non choisi de la faire. Le colonel, qui ne se retenait plus, pleurait. Puis il se ressaisit et dit avec un ton de colère : « Cela suffit, commandant, maintenant ! » Le commandant s'arrêta net. Lorsqu'il se tut, le colonel, qui avait essuyé ses larmes, vint au pied du mât d'honneur, suivi d'un lieutenant qui n'avait certainement pas connu la guerre. Des drapeaux rouges flottaient tout là-haut. Le lieutenant Abbas s'avança à son tour vers le mât d'honneur. Il se mit au garde-à-vous. Le colonel fit les louanges de ses faits de guerre contre les Français, il le félicita. Il ne put s'empêcher d'ajouter que lui aussi serait député à l'Assemblée nationale, tout comme le valeureux et héroïque capitaine qui avait donné l'exemple. « Tout héros qui a donné son sang pour la patrie a droit au témoignage de notre reconnaissance », dit-il pour clore son discours plein d'emphase, et il épingla la médaille à la hauteur du cœur d'Abbas qui avait tant fait pour la patrie et qui avait été blessé. L'arrêté d'attribution de la médaille et l'ordre de démobilisation étaient posés sur le plateau d'argent. Il les tendit à Abbas en guise d'offrande, l'embrassa et dit : « Tu seras mon hôte d'honneur ce soir, mon lieutenant. »

Aussitôt que la cérémonie eut pris fin, Abbas récupéra au fond de sa besace les trois objets qu'il avait reçus en cadeau et il fila tout droit chez Şehmus le sellier. Ce dernier était le sellier le plus réputé de la région ; il était renommé dans toute la Mésopotamie, jusqu'à Bagdad et même jusqu'à Bassorah.

Dès qu'Abbas eut fait quelques pas dans la boutique le sellier l'interrogea :

« Que désires-tu ?

— J'ai à te confier un travail à la fois tout humble et très important. Il n'y a guère qu'un maître comme toi pour en venir à bout dans ce bas monde. »

Le sellier leva la tête :

« Hou là, mais c'est toi, Abbas. On avait dit que les Bédouins t'avaient tué. Pendant des jours et des jours, dans la ville d'Urfa courait une rumeur selon laquelle les Bédouins vous avaient tendu un guet-apens et vous avaient exécutés. Tu as donc eu la vie sauve ?

— Oui la vie sauve, maître !

— Les Bédouins savent-ils que tu es en vie ?

— Ils le savent, maître. »

Le visage du maître sellier pâlit, ses lèvres tremblèrent. « Mais comment tu as fait pour traverser tout ce désert et échapper à ces gens-là ? »

Abbas lui narra tout par le menu.

« Il s'est passé tout cela, hein ? dit maître Şehmus. Tout ça, dis donc ! Sinon Allah en personne n'aurait pu te sauver de leurs mains. Jamais de la vie ! Il y a un seul maître qui règne sur tout ce qui existe dans ce désert : l'oiseau, et le loup, le lion et le tigre, le serpent et le dragon, la gazelle et l'homme. Il y a un seul sultan pour toute la création et c'est bien l'émir Salaheddin. Si tu n'avais pas trouvé refuge dans sa demeure tu étais cuit. Les hommes d'armes de l'émir qui t'ont emmené ici sont-ils repartis ?

— Ils sont repartis, maître Şehmus.

— Eh bien, tu peux te dire que tu es tout nu.

— C'est bien cela, maître Şehmus.

— Tes jours sont comptés. Ils te retrouveront où que tu ailles. Tu n'y échapperas pas. Mais qu'est-ce que tu leur as fait pour les avoir sur le dos de la sorte ?

— Comment veux-tu que je le sache ?

— De moi à toi, sache que c'est la tribu la plus meurtrière de toute l'Arabie. Tu as eu de la chance de trouver refuge chez l'émir. Là, maintenant, même si tu te trouvais auprès de Mustafa Kemal Pacha ils te retrouveraient et ils te tueraient. Même si tu étais dans le palais du Pacha. Tu peux essayer tout ce que tu veux, tu ne pourras rien faire contre eux. Tu auras beau aller jusqu'au pays de Gog et Magog, ils te retrouveront quand même.

— Et comment pourraient-ils me retrouver ?

— Je ne sais pas comment, mais ils te retrouveront. Ils sont maîtres de la magie et des sorts. Pas d'issue. »

Maître Şehmus était bien triste, il n'arrêtait pas de dodeliner la tête avec de grands soupirs : Aaah ! Aaah !

Ils se turent un bon moment.

« Abbas, mon fils, retourne chez l'émir. Il n'y a que là-bas que personne n'osera porter la main sur toi. Es tu certain que l'émir n'en avait pas assez de te voir auprès de lui ?

— Pas du tout, lui-même et son épouse ont insisté et m'ont supplié de rester avec eux.

— Retournes-y tout de suite. Je vais finir ton travail vite fait et pars illico, Abbas. Sinon ce sera dommage pour toi. Tes combats contre les Français sont sur toutes les lèvres par ici, on dit qu'on t'a même décoré de la médaille de bravoure. Va vite auprès de l'émir. File à travers la montagne. À l'heure qu'il est il y a au moins trois tireurs d'élite qui te suivent comme ton ombre.

— Il y en a, dit Abbas.

— Dis-moi quel travail je dois faire pour toi.

— Tu me feras un *muska.* » Il prit une feuille vierge sur laquelle il dessina, avec beaucoup de soin, un triangle. « Je porterai ce *muska* la vie durant sur moi. C'est pareil pour la lanière pour le mettre au cou, pour la vie.

— Quoi d'autre, la vie durant ?

— Quoi d'autre ? Tu prendras ces pièces d'or et tu les porteras chez le bijoutier. Connais-tu le sceau de l'émir ?

— Oui je le connais, c'est une drôle de figure de soleil, son sceau. Ça fait cinq mille ans que c'est ce soleil. Quant à toi, va au quartier général et ne sors sous aucun prétexte. D'ici la fin de l'après-midi, je te confectionnerai ton *muska* avec le cuir le plus solide qui soit, je graverai dessus le sceau de l'émir et je te le porterai. Va vite te mettre avec les militaires, ne te montre surtout pas en ville. Tu sais, ces gens-là te tuent même au beau milieu des militaires et ils ne prennent pas le temps de fuir : ils se tirent une balle dans la tête aussitôt. Grouille-toi, sauve ta vie parmi les militaires. »

Comme le vent, Abbas fila au quartier général en bousculant les gens dans sa course. Il entra dans sa chambre et ferma la porte à double tour. Il enleva sa tenue de lieutenant. Une des poches de la besace était pleine de vêtements. D'un paquetage en soie il tira un complet bleu foncé, il s'habilla. On aurait dit qu'il avait été fait sur mesure par un tailleur, à son insu. « C'est quand même incroyable ce dont est capable cet homme de grand lignage, cet émir, pensa Abbas. Il descend de la lignée de divinités de ce désert depuis cinq mille ans. Tout est possible. »

Il entrouvrit la porte et appela le garde.

« Envoie-moi un lieutenant tout de suite ! fit-il.

— À vos ordres, mon commandant ! »

On frappa à la porte peu de temps après. Le lieutenant était un de ses anciens collègues. Ils se donnèrent l'accolade.

« Prends-moi cette chaussure. » Il tendit une des ses chaussures au lieutenant. « Va chez Muho le bottier et prends une paire de bottes à soufflet de la même pointure. » Il lui tendit une pièce d'or.

Le lieutenant ne tarda pas à revenir avec la paire de bottes à soufflet. Abbas les chaussa.

« Grâces te soient rendues, camarade, je m'en vais demain, mes meilleurs vœux ! »

L'ami le dévisagea comme s'il regardait un mort; ils s'embrassèrent.

« Que la chance soit de ton côté, l'ami ! »

« Tout le monde le sait, pensa Abbas. Tout le monde dans cette ville, y compris le colonel et le gouverneur, me regardent comme si j'étais déjà mort. »

Il eut un sourire : « Et moi qui ne suis même pas mort à la guerre ! »

Le soir venait de tomber, on frappa à la porte. Abbas alla ouvrir la peur au ventre.

« Abbas, fiston, c'est moi, maître Şehmus. »

Abbas était tout content.

« Tiens. »

Il tendit l'amulette. Il l'avait confectionnée dans une peau épaisse et brillante. Il avait gravé dessus le soleil doré du sceau du roi Sargon. Émir Salaheddin le lui avait bien dit. Il avait dit : « Je suis l'émir des Arabes mais je ne suis pas arabe moi-même. Les Assyriens, c'est un autre peuple. »

Maître Şehmus n'accepta pas un sou malgré tous les efforts d'Abbas. « C'est mon cadeau », dit-il, et il s'en fut.

La peur l'envahissait progressivement. Comment aller à la réception du colonel, ce soir ? Il appela son camarade qui s'était chargé de lui rapporter la paire de bottes. Il lui raconta tout, en détail. L'autre n'ignorait même pas le moindre détail.

« La réception aura lieu à l'hôtel particulier du Seigneur kurde, le général "national" Ibrahim Pacha. Personne n'osera s'approcher du périmètre et, moi, je disposerai discrètement des forces tout autour. »

Il alla à la résidence au milieu d'une garde rapprochée militaire. Ibrahim Pacha l'accueillit sur le perron. On avait disposé un service à l'ancienne sur des nappes de soie. Ils se mirent vite à table, tous assis autour.

Le dîner prit fin aux alentours de minuit. Ils ne parlèrent que de la guerre, de la bravoure des soldats turcs. Ibrahim Pacha le Kurde faisait penser à l'émir Salaheddin Sultan par son allure, sa modestie, ses manières de se mouvoir. Pour ce qui est du charisme et de la modestie, on aurait pu les confondre tous les deux.

Ses compagnons d'armes qui avaient accompagné Abbas chez Ibrahim Pacha attendaient dehors avec toute une escouade. Il fut reconduit sous bonne garde jusqu'au quartier général.

Un fois devant la porte, il congédia la garde et dit à son camarade : « Tugrul, mon frère, reste un moment avec moi. » Ils s'installèrent sur le lit de camp.

« Que dire de cette guerre interminable ? Des milliers, des dizaines de milliers de soldats morts au front. Et ceux-là qui ont gelé sur pied sur les montagnes d'Allahüekber, nus dans la neige, comme une forêt de cadavres gelés, avant même d'avoir combattu l'ennemi. La faim, le dénuement, le typhus, les villages vidés de leurs habitants, un pays dévasté de part en part. Quelques milliers de survivants sur des centaines de milliers de soldats, blessés, estropiés, à moitié fous, à moitié possédés...

« Comment pourrons-nous regarder en face les gens de chez nous ? Si au moins nous avions pu mettre quelques livres d'or de côté. Quand je pense que ces Bédouins du désert ont de l'or plein les besaces. Il suffirait de razzier une tribu. »

Le lieutenant Tugrul trouva l'idée séduisante.

« Combien de fusils ?

— Une quinzaine de bons tireurs feraient l'affaire. »

En quelques heures les quinze tireurs d'élite étaient là, fin prêts. Ils discutèrent jusqu'au petit matin.

« Les Arabes nous tueront tous.

— N'oublie pas, Abbas, que tu as eu beaucoup de mal à avoir la vie sauve.

— D'ailleurs, tu n'es pas encore tiré d'affaire.

— C'est bien d'avoir des bourses remplies d'or à ras bord, mais après ?

— Vous avez tous la trouille de ces Bédouins !

— C'est toi qui as la trouille, surtout. Essaye donc de retourner dans ton village, si tu peux.

— Si tu peux même y aller…

— Si tu peux y parvenir.

— J'irai dans mon village. Quel est le problème ? »

Ils se turent tous, comme un seul homme.

« Si tu peux y aller. »

« Il y a quelque chose de non dit dans ce "si tu peux y aller" insistant, pensa Abbas. On dirait qu'ils m'ont déjà drapé de mon linceul. »

« Quel est donc le problème, les amis ? Il se serait passé quelque chose dans mon village, ou quoi ? »

Le silence reprit. Au bout d'un moment le sergent dit :

« Mais nous ne savons rien de ton village. »

Au lever du jour ils se séparèrent avec force embrassades.

Eux partis, Abbas regagna sa chambre. À la lumière de la lampe à pétrole qu'il poussa au maximum il admira son amulette avec son poinçon figurant le soleil. Puis il sortit d'une des bourses qu'il avait accrochées à son cou la figurine de l'oiseau aux ailes d'or et au corps en lapis-lazuli. Il la contempla longuement, puis il tira la figurine de déesse qui était gravée sur le sceau du roi Sargon, et ensuite le serpent lové en trois cercles qui siffle avec sa langue écarlate Il plaça les trois objets dans l'amulette avec soin. Le maître Şehmus avait tellement bien confectionné l'objet qu'une fois refermé il était extrêmement difficile de défaire l'ensemble. Il passa la lanière rouge tressée en soie d'Alep autour de son cou. À peine eut-il l'amulette à son cou qu'Abbas se sentit un autre homme, léger comme l'oiseau. Il sentit son cœur comme purifié : ni peur, ni crainte, ni lassitude, ni renoncement. Même les rides de son visage, traces de tant de peines subies, s'effacèrent. En se rasant il s'étonna de voir son visage clair et lisse comme au premier jour de son départ pour l'armée. On aurait dit que l'amulette s'était chargée de lui enlever toutes les peines subies, tout le mal qu'il avait pu faire, pour les jeter loin, très loin. Rarement dans sa vie il avait connu une telle sensation de joie sereine.

Une fois rasé, il sortit pour descendre en ville ; bon nombre de ceux qui le connaissaient changèrent de trottoir pour ne pas le rencontrer. Quelques-uns vinrent le trouver après avoir scruté autour d'eux, tout apeurés, pour lui souhaiter rapidement la bienvenue et s'éloigner aussitôt. Certains, bien surpris, dirent : « Quel homme quand même, quel courage ! » Maître Şehmus l'invita dans son atelier, Abbas le remercia chaleureusement mais n'y entra point. Il alla au restaurant prendre son petit déjeuner. Puis il partit à *Anzelha* nourrir les poissons du bassin avec du pain rassis qu'il avait récupéré au restaurant. Vers midi, il fit une visite au mausolée du prophète Halil Ibrahim[1]. Il resta là dans l'entrée jusqu'en début d'après-midi. Il poursuivit ses déambulations en entrant dans la mosquée attenante au mausolée. Il s'agenouilla et s'assit sur ses talons devant le minbar. Lorsque les fidèles commencèrent à arriver pour la prière du soir, il quitta la mosquée pour aller au restaurant de kébab. Le tenancier le reconnut immédiatement. Abbas commanda un kébab d'Urfa bien relevé mais ne prit pas de raki. Avec sa grillade, il eut une grande assiette de verdure avec des piments verts, du persil et du radis rouge.

Il y avait longtemps qu'Abbas ne s'était pas offert un bon plat de kébab. Il mangea à satiété.

À son retour au quartier général, la nuit était déjà tombée. Il retrouva sa chambre, changea de vêtements prestement

1. Symbole de générosité et de bénédiction pour l'abondance.

et redescendit dans la cour en sautant les marches quatre à quatre. Le soldat qui avait pris soin de son cheval hier l'attendait encore, hiératique. Il lui donna une pièce d'or; le soldat en resta tout interdit. Il traversa l'artère principale de la ville dans toute sa longueur, mais la peur s'empara de lui dès qu'il fut dehors. Il connaissait bien ces parages. Il gagna la route d'Antep. Il y resta quelques jours. Il était angoissé. Il se sentait suivi et parvint à brouiller sa piste. À minuit, il prit la route de Maraş en empruntant un raccourci à travers la dédale des faubourgs. Il se méfiait de tout : de ceux qu'il croisait comme de ceux qu'il sentait derrière lui.

Il ne s'arrêta pas longtemps à Maraş : il mangea sur le pouce dans un petit restaurant, acheta un peu de fromage de nomades, des olives, du halva et du pain et repartit. Il ne prit pas la route principale mais enfourcha son cheval vers les villages du piémont d'Ahirdag. Il passa une nuit en hôte dans un campement de pasteurs nomades *Yörük*. Il se méfiait d'eux aussi : ils avaient leurs quartiers d'hiver dans la plaine de Raqqa en Syrie, à Harran en Mésopotamie, à Urfa, Cizre, sur les rives du Tigre et de l'Euphrate. Même s'ils n'aimaient pas trop les Bédouins, ils étaient toujours en rapport avec eux. Abbas connaissait bien ces réseaux tribaux complexes qui permettaient aux Bédouins du désert d'agir aussi bien à Istanbul qu'à Adana, Urfa, à Damas, Alep ou Bagdad.

Il traversa le col de Meryemçil pour continuer son voyage en longeant les villages de Turkmènes forestiers. C'étaient des gens superbement accueillants qui firent preuve d'un sens de l'hospitalité des plus chaleureux.

Le dernier village turkmène où il s'arrêta était à deux heures et demie de route du sien. Il se souvint que son père et lui y avaient été invités à des noces, quand il était enfant. Les paysans ne le reconnurent point; il ne leur dit pas qui il était. Il resta une semaine dans le village. Pendant les veillées il leur fit par le menu le récit de ses souvenirs de guerre. Les paysans l'écoutaient avec passion, comme s'il avait été un conteur d'épopées. Ils ne voulaient plus le laisser partir.

Il tenta à une ou deux reprises de s'informer sur l'état de son village. Ils n'avaient pas l'air d'en savoir beaucoup. « Ou bien ils ne savent vraiment pas grand-chose ou bien ils font mine de ne rien savoir », pensa-t-il. Il est vrai que ces Turkmènes n'avaient que des rapports épisodiques avec les villages de réfugiés tcherkesses installés sur la montagne des Mille Taureaux.

À plusieurs reprises il prit son cheval à l'aube pour aller à son village, mais chaque fois il fit demi-tour à mi-chemin. Il n'osait pas non plus y envoyer quelqu'un du village turkmène, en éclaireur. Il était envahi par une grande peur qu'il n'arrivait pas à expliquer. Il avait une peur bleue de sa propre peur.

Il finit par se décider un matin et poussa son cheval à bride abattue jusqu'à son village natal. Il arrêta sa monture écumante et tout en sueur à l'entrée. Il attendit. Pas le moindre bruit. Il s'avança dans le village à plusieurs reprises mais à chaque fois il rebroussa chemin. Il n'osait pas aller plus loin. Il entreprit de faire le tour du village et de ses abords immédiats. On n'entendait même pas le chant d'un oiseau. Les portes des maisons étaient grandes ouvertes : pas de moineaux ni d'étourneaux piaillant sous les toits.

Il brava sa peur et entra carrément dans le village. Il mit pied à terre devant sa maison. Il y pénétra. La maison était toute vide, abandonnée. Seules quelques bûches à demi consumées et les cendres dans la cheminée témoignaient que des gens avaient vécu là. Il sortit de chez lui et entra dans la maison d'à côté : là aussi des bûches à demi consumées et des cendres. Il sortit et entra dans toutes les maisons comme un déchaîné. Il n'y trouva que des bûches et des cendres. Pas âme qui vive. Même pas un lézard, une mouche ou un ver. Il enfourcha son cheval. À peine fut-il dessus qu'une balle le rata de peu, sifflant près de son oreille. Il se jeta à terre et se réfugia derrière la rocaille près de la source. Il planqua son cheval dans une grotte voisine. Des hommes vêtus de blanc entrèrent dans le village et mirent le feu à toutes les maisons. Abbas en descendit quelques-uns. La fusillade dura jusqu'à minuit. Le fusil allemand d'Abbas était diablement efficace. Il avait soif. Il but avidement à la source. Il sortit son cheval de la grotte et repartit comme une flèche. Les incendiaires tiraient à tout va derrière lui mais il était déjà hors d'atteinte.

Il arriva à la bourgade avant le lever du jour. Il s'arrêta près de la fontaine auprès de l'immense platane qui dominait la place. Il fit boire son cheval. Il but lui aussi et prit le chemin de la maison de Davut Agha, ami de son père. À peine arrivé, il entendit les cris de joie de Davut Ali Bey, de la tribu des Avchar : « Femme ! Femme ! Viens vite ! Vite ! Regarde voir qui vient ! C'est Abbas ! Notre Abbas ! »

Mari et femme accoururent à sa rencontre, l'enlacèrent. Abbas récupéra sa besace et ils entrèrent dans la maison.

« Nous guettions ton arrivée, dit Davut. Es-tu passé par ton village ?

— Oui, j'y suis passé, dit Abbas.

— Lorsque j'ai su ce qui s'était passé, j'ai pris quatre hommes avec moi, pour y voir plus clair. Arrivé là-bas qu'ai-je vu ? Le village abandonné, pas âme qui vive, même pas une mouche. Je suis parti aux villages voisins... Tu as fait pareil ?

— Non, je n'ai pas été ailleurs.

— J'ai interrogé les paysans, rien de bien consistant comme information. J'ai été partout pour essayer de comprendre. Ils disent qu'un beau jour... plus personne dans le village. Tous partis. Nul ne sait ce qu'il est advenu d'eux, ni où ils sont partis ni quand. Les maisons sont toutes là avec leurs meubles, les tapis et les kilims, leur cuisine, les services de table. Tout. Intact.

— Je m'en suis rendu compte aussi.

— On aurait pu penser qu'ils avaient tous émigré, mais ils n'auraient pas laissé tout leur bien. À supposer qu'ils aient tous été enlevés, au moins, leurs animaux domestiques et leur bétail seraient restés sur place. Je n'y comprends rien. Supposons qu'ils aient tous été assassinés : j'ai envoyé des gens à tous les villages des environs, on a fouillé partout, les rivières, les vallées, les grottes et les forêts. Pas un seul cadavre ! Qu'en dis-tu, toi ?

— Je n'y comprends rien non plus. »

Ils discutèrent longtemps sans pouvoir résoudre l'énigme.

« Ces Tcherkesses, ce sont des gens un peu mystérieux, quand même, dit Davut, visiblement peiné. Comment est-ce possible qu'un village entier s'évanouisse de la sorte dans la nature, sans bruit ? J'ai pensé qu'ils les avaient peut-être mis en prison, tous. J'ai fait faire mon enquête dans toutes les prisons de la région. C'est là que je me suis rappelé un détail. Quand ces gens-là étaient venus du Caucase dans *Uzunyayla*, pour s'installer dans la région, quelques-uns de ces nouveaux villages avaient disparu comme maintenant, sans raison et sans laisser de traces. »

Davut Bey avait cinq fils. Ils avaient tous été mobilisés à Sarıkamış. Abbas remarqua qu'aucun d'entre eux n'était présent. Il pensa qu'ils n'étaient pas revenus.

On servit le repas, ils mangèrent et burent leur café. Ils gardèrent le silence pendant un long moment.

Il attendait visiblement qu'Abbas lui parle de ses fils, les yeux pleins de questions.

« Tu y étais, toi aussi, aux monts Allahüekber ?

— J'y étais, dit Abbas avec un grand soupir.

— Il paraît qu'ils ont tous été bouffés par les poux. Quatre-vingt-dix mille gars.

— Beaucoup sont morts gelés.

— Il paraît qu'ils étaient tête et pieds nus ?

— Oui, nous étions comme ça.

— De ceux qui sont partis de chez nous, du Taurus, aucun n'est revenu. Tu es le premier. »

Abbas regarda le vieillard dans les yeux à nouveau, inquiet.

« Aucun des miens n'est revenu : tous les cinq… »

Ils parlèrent toute la nuit, oubliant le sommeil. Abbas fit le récit de Sarıkamış, des défaites des monts Allahüekber, des survivants des défaites, des déserteurs, la forêt des soldats gelés sur pieds. Il narra le massacre des Yézidis, les Arméniens, les batailles avec les Arméniens, le massacre des Arméniens. Davut Ali Bey ne retenait plus ses larmes. Abbas changea de sujet, il parla des Bédouins. Il parla de l'émir Salaheddin Sultan, de son amitié, de l'oiseau mystérieux dont on entendait le chant mais que personne n'était jamais parvenu à voir. Davut Ali Bey reprit un peu ses esprits et eut un sourire. « Qui sait quelle sorte d'oiseau c'est ? dit-il.

— Moi aussi j'ai voulu le savoir, lorsque j'ai entendu son chant. C'est un chant qui pénètre tout l'être et se dissout dans ton sang. Une fois que tu l'as entendu, tous les matins à l'aube tu ne penses plus qu'à le réentendre ; et si tu y parviens tu te sens envahi par le bonheur et la joie, tu en oublies la mort et tu te trouves devant la porte de l'immortalité, du paradis. Si j'en crois l'émir Salaheddin, à ce jour, des milliers de gens ont consacré leur vie à la quête de cet oiseau et aucun n'y serait parvenu. Il a un chant et pas de corps, cet oiseau-là. Il paraît que cela fait sept mille ans que les hommes le dessinent, taillent des statues qui le représentent. L'émir m'a montré un grand nombre de dessins, peintures et figurines : aucun ne ressemblait à l'autre. »

Davut Ali Bey était perdu dans ses pensées. Il redressa la tête :

« Ici aussi, dans le temps, il y avait un oiseau dont le chant réchauffait le cœur mais que personne n'était jamais parvenu à voir. Quand tous nos enfants ont été envoyés au front, y compris ceux qui avaient à peine quinze ans, et qu'aucun ne revint, l'oiseau cessa de chanter. »

À nouveau Davu Ali Bey eut un long soupir. À nouveau il eut les yeux noyés de larmes. « Que celui qui inventa la guerre ne connaisse pas le paradis », dit-il.

Dans l'après-midi la demeure du bey grouillait de monde, hommes, femmes, jeunes et vieux. Ils embrassaient tous Abbas, tout contents. Il y en avait un au moins qui était revenu de la guerre. Une porte vers l'espoir s'était ouverte avec l'arrivée d'Abbas.

Davu Ali Bey regarda longuement cette petite foule dans la joie et dit :

« Heureusement que tu es là, mon fils. Tu as allumé un feu d'espoir dans le cœur de ces gens. »

Ils amenèrent ensuite les vêtements que ceux qui n'étaient pas revenus portaient avant de partir au front. Les femmes se mirent en cercle et un chant funèbre s'éleva au-dessus de la petite foule. Les pleurs et les lamentations rythmaient les chants.

« Sache, Abbas, que depuis que le monde est monde, jamais les jeunes mariées dont le mari n'est pas revenu, les mères dont les fils ne sont pas revenus, les sœurs dont les frères ne sont pas revenus n'ont maudit la guerre de la sorte. Te voir là leur a fait faire un voyage à la porte du paradis et les a fait revenir. Et ça, ça leur permettra de vouloir vivre. Ce n'est pas non plus juste une lumière vers l'espoir qu'ils ont aperçue. Il y a bien plus que je sens sans pouvoir le dire. »

Trois jours durant, la résidence ne désemplit pas. Au matin du troisième jour, avant le lever du soleil, Abbas demanda à Davu d'Ali Bey la permission de partir.

« Où que tu ailles, mon fils, ne nous oublie point. Et si tu as des nouvelles de ce village tcherkesse qui s'est évanoui, fais-nous-le savoir.

— À tes ordres. J'aurai une demande à te faire.

— Parle, mon enfant, mon Abbas.

— Mon cheval est une bête de très grande race. Dans toute l'Arabie il n'existe que très peu de chevaux de cette race-là. C'est l'émir qui m'en a fait don. Qu'il soit désormais le tien. Si tu trouves une très belle jument de race tu pourras perpétuer la race qui ne doit pas s'éteindre.

— Je te donnerai deux hommes d'escorte, et un cheval contre le tien, qui restera ici. Sache que jusqu'à la fin de mes jours j'en prendrai le plus grand soin et que je ne laisserai pas sa race s'éteindre. »

Ils s'installèrent pour le petit déjeuner. Lorsqu'ils se levèrent, deux cavaliers attendaient avec un cheval harnaché.

Abbas partit à l'écurie, il enlaça le cheval de l'émir à l'encolure, l'embrassa sur les yeux, revint au cheval qui l'attendait. Il l'enfourcha et s'en fut. La maîtresse de maison versa un seau d'eau devant le seuil de la maison[1].

Poyraz Musa se redressa dans son lit, à grandes difficultés. Il avait le sourire d'un homme heureux. Il s'appuya sur les montants pour se lever mais chancela. Vassilis intervint avant qu'il ne s'écroule. Il le conduisit aux toilettes en le soutenant, et continua de le tenir le temps que Poyraz Musa fit ses besoins.

Quand celui-ci put se relever avec l'aide de Vassilis, il lui dit, sans oser le regarder dans les yeux :

« Je ne sais comment te remercier, Vassilis, ce que tu as fait pour moi, même ma mère et mon père ne l'ont pas fait. »

1. Rituel traditionnel préislamique très courant encore aujourd'hui en Turquie, qui signifie : « Que ta route soit facile comme l'eau qui coule, et que tu reviennes vite comme le flot. »

Vassilis devint tout rouge, il dit d'une voix enrouée :

« Qu'est-ce que tu es en train de dire ? Qu'ai-je fait de bien pour toi ?

— Tu es plus qu'un frère pour moi.

— Tais-toi donc ! gronda Vassilis. Ne parle plus jamais comme ça ! »

Il le recoucha.

« Je ne resterai pas tout le temps comme ça, hein ? Vassilis ?

— Pas du tout *Poyrazimou.* Tu te seras remis sous peu. Tu as avalé beaucoup d'eau. La vague t'a roulé au fond de la mer, mais heureusement tu n'y es pas resté longtemps. Elle t'a rejeté à la surface dans le même mouvement pour te rouler encore une fois au fond. La mer n'est pas toujours ainsi, *Poyrazimou.* Tu as quand même eu de la chance. Tu guériras vite. Tu sais, lorsque la vague te renvoie au fond de la sorte, elle ne rejette qu'un cadavre.

— Guérir après tant de malheurs, je me demande à quoi bon… Après Sarıkamış, après Allahüekber, après les déserts, les massacres et le sang versé… »

Il avait les yeux grands ouverts, jaune-vert.

Vassilis lui prit la main posée sur l'édredon, la serra avec chaleur, les yeux embués. Les yeux de Poyraz s'emplirent de larmes aussi. Il agrippa la main qui serrait la sienne.

« J'ai connu le front des Dardanelles, *Poyrazimou.* Moi aussi… Moi aussi… Après avoir combattu sur tous les fronts, ils m'ont versé dans la brigade ouvrière. Dans la plaine de Dumplupinar j'ai traîné sur mon dos plein de cadavres en putréfaction, qui tombaient en miettes, pour les transporter à la rivière au pied de la montagne. J'en ai eu des blessures, je n'en suis pas mort mais la puanteur des cadavres m'arrachait les poumons, j'en mourais tous les jours. Quelques jours de plus je serais mort pour de bon. Plein de mes camarades sont morts ainsi écroulés sur leurs genoux, avec le cadavre sur le dos. Mon compagnon de section du front des

Dardanelles, le sergent Ahmed de Van, a vu que c'était la fin pour moi ; il est accouru, a dégagé le cadavre que j'avais sur le dos et m'a conduit auprès du commandant ; il lui a raconté plein de choses sur moi. Le commandant m'a dit : "Pardonne-nous, Vassilis mon fils, c'est indigne de traiter de la sorte ceux qui ont survécu aux Dardanelles." Comment veux-tu que je redevienne le Vassilis que j'étais après la défaite de Sarıkamış, *kardaşimou* ? Ils nous ont cassés, *kardaşimou*, ils nous ont blessés, arraché le cœur. Comment pourrions-nous retrouver l'ancien…

— Tais-toi, Vassilis. Silence ! Il paraît que l'être humain peut renaître tous les matins avec le soleil qui se lève et qu'il est capable, s'il le veut, de se purifier de ses peines et panser ses blessures.

— Tu crois ? fit Vassilis avec un regard soupçonneux.

— C'est bien cela ! dit Poyraz. Je me sens moi-même déjà purifié depuis que je vous ai connus, toi et Lena. J'ai compris que le monde n'est pas que des ténèbres, du sang et de la guerre. Il y a aussi des gens comme vous dans ce bas monde.

— Tu crois ça ? dit Vassilis peu convaincu.

— Et comment ! dit Poyraz. Nous avons connu des nuits de ténèbres, sans espoir du lendemain.

— Nous en avons vu aussi, des êtres qui sont demeurés sans blessures.

— Tais-toi, Vassilis, tais-toi ! Nous avons tous le temps pour en parler. »

Il ferma les yeux. Il avait le visage paisible. Il plongea dans un sommeil profond.

Chapitre 7

« J'ai beaucoup réfléchi. Je me suis dit qu'ils sont peut-être repartis dans leur pays de Caucase. Il n'y a pas d'histoires de Bédouins ni rien du tout. Es-tu allé voir le cimetière ?

— Oui, j'y suis allé, et c'est là qu'ils m'ont tiré dessus comme à la guerre.

— Y avait-il des tombes fraîchement creusées ?

— Non, il n'y en avait pas.

— Une tombe récente se reconnaît même le mois suivant, même cinq mois après.

— Oui, je le sais.

— Les portes des maisons étaient ouvertes, toutes béantes ?

— Je l'ai déjà dit : toutes béantes.

— As-tu vu un chat ou un chien dans le village ?

— Je n'en ai pas rencontré.

— Tout ce qui était dans les maisons était intact et à sa place c'est bien cela ?

— Tout était en ordre.

— Le village a dû repartir au Caucase.

— Tout le village ? Au même moment ?

— Tous ensemble.

— Et les villageois tcherkesses voisins, ils étaient tous chez eux ?

— Je ne peux pas le savoir.

— Eux aussi sont partis ensemble, au même moment?
— Je ne sais pas. Je ne peux pas le savoir.
— Tu ne peux pas le savoir.
— Je ne pige rien à cette histoire.
— Si! Moi j'ai tout compris. J'avais un grand-père. Il s'appelait Vassilis, on le nommait Vassilis Atoynatanoghlou.»

On ne sait comment, un beau jour ce Vassilis débarqua dans l'île. Au premier mois de son séjour, il épousa la fille, très belle, de l'homme le plus riche de l'île. Il avait de l'argent. Il fit bâtir une belle maison à deux étages avec beaucoup de chambres. C'était un homme de belle prestance. Il dévisageait le monde avec ses grands yeux bleus pleins de douceur. C'était un homme qui en imposait aussi, avec ses moustaches rousses bien lissées, son front large, son nez aquilin, ses larges épaules et ses longues jambes. Un mois après son mariage, Vassilis disparut, mais les gens de l'île ne s'en étonnèrent pas outre mesure : «Il est parti comme il était venu», dirent-ils et ils lancèrent force rumeurs et racontars sur son sort. Ils se mirent à débiner sa femme et le père de sa femme. «Voilà un homme qui est arrivé hier, et on lui donne sa fille en mariage le lendemain, sans même avoir demandé d'où il venait ni qui il était», dirent-ils. Ils n'avaient pas digéré le fait que la plus belle fille de l'archipel soit séduite et abandonnée de la sorte. Du jamais vu dans cette île, de mémoire d'homme! La fille était enceinte; avant même que l'enfant soit arrivé à terme, on oublia Vassilis. C'était comme si rien le concernant n'était advenu.

Un jour, vers midi, un grand bateau apparut au loin, venant vers l'île. Les gens accoururent à l'embarcadère. Le passage de bateaux importants étant toujours un événement, chaque fois l'embarcadère s'emplissait de monde, femmes et enfants, chiens et chats.

Le bateau accosta par la proue. Ils arrimèrent à quai une passerelle d'étrave. Et que ne virent-ils pas? Vassilis, monté sur un cheval blanc aux longues jambes, qui piaffait, au harnachement orné d'argent niellé. Vassilis avait l'expression narquoise d'un gamin qui venait de jouer un mauvais tour. Il avait l'air de ricaner derrière ses moustaches rousses. Il se tenait bien droit sur sa monture. Il avait de beaux habits bleu marine, des bottes brillantes à soufflet aux pieds. Le fez au pompon mauve qu'il portait de guingois lui donnait beaucoup d'allure. Sans un regard pour la petite foule, il quitta le bateau à cheval et s'en alla tout droit vers sa maison. Les gens de l'embarcadère restèrent tout interdits, sans un bruit, et le suivirent des yeux. Lorsqu'il eut arrêté son cheval dans la cour, sa femme enceinte jusqu'aux yeux vint à sa rencontre, prit les brides. Il sauta du cheval et aussitôt enlaça sa femme et l'embrassa. Tous les deux, ils récupérèrent la besace posée sur la croupe du cheval et s'enfermèrent chez eux. Peu après, les gens de l'île s'agglutinèrent dans la cour de la maison. Tout le monde était en joie. Il y en avait qui faisaient plusieurs fois le tour du cheval majestueux comme s'ils avaient été maquignons de père en fils. En fait, ils n'avaient pas vu beaucoup de chevaux dans l'île. Voyant la petite foule, Vassilis sortit devant sa porte. Tous en chœur lui dirent : « Bienvenue à toi, Vassilis ! » Et Vassilis de leur rendre la politesse. Les discussions allèrent bon train. Ils le félicitèrent pour son cheval et partirent.

Le lendemain, Vassilis alla faire le tour de l'île par la côte. Le jour suivant, il arpenta les collines. Le troisième, il alla à l'oliveraie. Dès le quatrième… il parcourut l'île dans ses moindres recoins, jour après jour. Ceux qui le connaissaient disaient : « Il n'y a qu'un jour où il n'a pas fait son tour de l'île à cheval, c'est le jour de naissance de son fils. »

Il pleura beaucoup le jour de la mort de son cheval et il prit le deuil pendant plusieurs jours. Puis il disparut à nouveau, sans crier gare. Quelque temps après il revint encore avec un cheval blanc superbe.

Les jours de fête et de noce, il faisait un vrai cirque avec son cheval : il le laissait filer à bride abattue et sautait à terre en pleine course ; puis il passait sous le ventre de la bête pour remonter en selle de l'autre côté et reprendre sa pose de majesté. Les gens étaient toujours morts de trouille devant ses exploits. Il faisait plein d'autres tours d'acrobatie avec son cheval. Tant qu'il demeura sur l'île, Vassilis eut toujours des chevaux et toujours de magnifiques.

Son fils grandit, sa femme prit de l'âge, le fils devint pêcheur. Vassilis ne put accepter ce choix. Un petit-fils leur vint, ils l'appelèrent encore Vassilis.

Vassilis vécut très vieux, il était plié en deux et voyait très mal. Il montait quand même chaque jour à cheval.

Il disparut encore une fois un beau jour. Il revint un peu plus tard à bord d'un très beau bateau. Lorsqu'il accosta, tout le village se retrouva encore à l'embarcadère, pour le spectacle. Il se tenait là, en selle, le regard tourné vers l'île, mais ni plié en deux ni les épaules tombantes. Il était comme une branche de jeune pousse. Pendant un moment lui et la petite foule se regardèrent, sans rien dire. Et le bateau repartit avec Vassilis dessus, en selle sur son cheval, la tête du cheval tournée vers l'île. Il leur fit un signe d'adieu de la main et s'en fut sur son bateau. La foule le suivit du regard jusqu'à ce que le bateau soit au large.

« C'est après qu'on lui donna le sobriquet d'*Atoynatanoghlou*[1]. Et c'est ainsi que je devins, moi aussi un *Atoynatanoghlou.* Je te pose la question maintenant : pourquoi donc ce Vassilis le jongleur de cheval a débarqué un jour sur cette île, pourquoi il en est parti plié en deux ? Et pourquoi il ne revint plus jamais ?

— Comment veux-tu que je le sache ?

— Pourquoi a-t-il quitté cette île ?

1. Littéralement : « le fils de l'acrobate du cheval », en turc.

— Dis-le moi, toi, pourquoi?

— Je ne peux pas savoir pourquoi il est parti, mais tous les gens de l'île se souviennent encore qu'à longueur de journée il n'arrêtait pas de chanter des chansons en grec et en turc sur son pays d'origine, et qu'il crevait de nostalgie des terres de son enfance.

— D'où était-il?

— Il ne l'a dit à personne, ni à ma grand-mère, ni à mon père. Mais mon père disait que d'après ses suppositions il était de quelque part dans les steppes sans fin d'Anatolie centrale. Il disait que dans ses chansons c'étaient ces plaines, ces steppes sans limites, toutes plates, où même les étoiles et le ciel se perdent très au loin qui revenaient sans cesse. Et puis voilà, il est reparti comme ça. Et pourquoi il s'en est allé d'après toi?

— Comment veux-tu que je le sache, moi!

— Et pourquoi tes Tcherkesses ont-ils quitté leurs terres?

— À cause de la guerre. Ils ont été battus. Ils se sont enfuis.

— Et maintenant, pourquoi?

— Tu veux dire que la guerre est finie par là-bas et qu'ils sont partis comme ça parce que la guerre est finie?

— Je ne le sais pas, moi; mais eux le savaient.

— Et ceux qui m'ont tiré dessus comme à la chasse à courre?

— Je ne peux pas le savoir.

— Et tout ce qu'ils ont dit à l'émir Salaheddin? Qu'ils ont repéré mon village, et qu'ils me retrouveraient même si je me cachais sous l'aile d'un oiseau ou dans le trou d'un serpent?

— Je ne peux pas le savoir moi! trancha Vassilis, d'un air irrité. Qui donc pourrait te trouver dans cette île? Qui pourrait penser à cette île que même Dieu a oubliée? La plupart des gens des bourgades et des villages de la côte ne connaissent même pas l'existence de l'île. Les rares qui la connaissent ne savent pas de quel côté ça se trouve, mis à part quelques pêcheurs.

— Très bien ! fit Poyraz, d'un air pincé. Ainsi soit-il. Il est temps que nous nous occupions de nos affaires maintenant. J'ai acheté plein de graines de tomates, de poivrons, d'aubergines et aussi de fleurs. On les plante ? Ou c'est déjà trop tard ?

— On est en plein dans les temps. »

Ils se mirent à l'ouvrage. Depuis ses débuts dans l'île, Poyraz avait remarqué l'abondance des terres d'alluvion déposées par les torrents au débouché du petit vallon. Il avait acheté pas mal de toile de jute. Ils prirent deux sacs et partirent récupérer de la terre d'alluvion. En fin d'après midi ils étaient parvenus à transporter de quoi faire un gros tas de bonne terre au milieu du jardin. « Nous sommes bien fatigués Vassilis, dit Poyraz, il faut trouver un autre moyen. Demain de bonne heure nous irons en ville, nous avons plein de carburant.

— Plein ! fit Vassilis tout content. On y va ensemble, pas vrai ?

— Nous irons ensemble. Demain je mettrai mon costume bleu marine avec la médaille de la guerre d'Indépendance. J'ai mon amulette magique au cou. Nous irons t'acheter la maison avec les panneaux peints. Et puis un lit, des fauteuils, des glaces, tout ce qu'il faut pour meubler une maison. Et puis un beau costume, et des choses pour moi… On a besoin de beaucoup de choses sur cette île, finalement. Il nous faut une brouette aussi. Des pelles, des pioches, des binettes et des râteaux, des scies et des faux. Des ustensiles de cuisine. Tout ce dont nous avons besoin.

— Tout ce dont nous avons besoin, répéta Vassilis en rigolant. Mais… je n'ai pas tout cet argent, moi.

— J'en ai, moi ! dit Poyraz, un peu boudeur. Je te l'ai dit, j'en ai, moi.

— Y en a ! fit Vassilis, ne te fâche donc pas !

— Je ne suis pas fâché du tout, dis donc, tu es devenu bien susceptible, camarade. Tu veux bien rester cette nuit chez nous ?

— D'accord. C'est d'accord, mais en plus de la maison aux peintures, je voudrais aussi le moulin en bord de mer.

— C'est bon. Et puis nous agrandirons le jardin. »

Vassilis partit. Il revint avec son couchage roulé sur le dos.

« Il y a de bonnes odeurs de cuisine qui viennent de la maison, qui sait ce que Lena nous mijote ?

— Qui sait ? » fit Musa. Il leva le nez vers le ciel, les narines ouvertes comme des naseaux, pour renifler. « Qui sait ? »

Ils s'amusèrent beaucoup durant le repas.

Ils se réveillèrent très tôt le matin, se rasèrent à l'eau de la fontaine, prirent leur petit déjeuner. Ils portèrent un toast à Thanassis le bienheureux. Ils firent le plein de carburant de la barque. Quand ils eurent quitté le quai, Lena versa un seau d'eau sur les planches de l'embarcadère.

Ils arrivèrent en ville en début d'après-midi. Le capitaine Kadri qui comptait les heures au café du port les aperçut avant même qu'ils aient amorcé la manœuvre pour accoster. Il accourut. « Mais, c'est Vassilis en personne, on disait que tu étais dans le coin mais je ne le croyais pas, dit-il, tout étonné.

— Tais-toi, *Kadrimou, kapetaniomou*[1], la ferme ! fit-il.

— Salut, capitaine, dit Poyraz, serrant la main de Kadri. C'est moi qui ai empêché Vassilis de partir. Il restera ici, pour toujours. Demain, tu nous conduiras à l'île.

— À vos ordres ! » dit Kadri, visiblement content.

Il les conduisit, par un raccourci, à l'Office de l'état civil. « Je vous attends demain à l'embarcadère. Votre heure est la mienne ! » dit-il et il s'en alla.

Üzeyir Khan les accueillit avec un enthousiasme non feint.

1. « Mon capitaine », en grec.

Il les embrassa tous les deux, les accompagna jusqu'à leurs fauteuils. Il les questionna longuement sur l'état de l'île. « Vous allez avoir une personne de plus, mais quel homme ! annonça-t-il. Ne vous en faites pas, votre île sera pleine à ras bord sous peu, ajouta-t-il.

— Viendra qui veut, vraiment, notre cher Khan, nous nous suffisons amplement à nous-mêmes. »

Ils burent leur café. Le khan était tout enthousiaste, mais il ne pouvait pas s'empêcher néanmoins de porter ses regards de la médaille d'or de la guerre d'Indépendance à l'amulette au sceau de soleil doré pendant au cou de Poyraz, comme s'il les voyait pour la première fois.

« Tu es venu pour Vassilis ?

— Oui, seigneur notre Khan. C'est pour lui acheter une maison, un peu d'équipement domestique, et puis…

— J'ai compris dit Üzeyir Khan. Est-ce qu'il a son livret militaire ?

— Il l'a. »

Vassilis tira son livret militaire de sa poche, le tendit au Khan Üzeyir.

« Hou là ! dit Üzeyir, on dit là-dedans que tu es un héros de la guerre. »

Il se tut. Perdu dans ses pensées.

« Attends, dit-il enfin, tu peux être originaire d'où ? » Il réfléchit un instant : « Ça y est, je sais. Tu es d'Istanbul*.

— Mon grand-père est de là-bas.

— Comment le nommait-on, ton grand-père ?

— Atoynatanoghlou.

— Vassilis Atoynatanoghlou, ton acte d'état civil sera prêt dans un instant. Nous irons d'abord chez le trésorier-payeur, puis au cadastre, et puis à la sous-préfecture.

*Les Grecs résidents à Istanbul n'étaient pas concernés par l'accord d'échange de populations : cette « fiction » pouvait justifier la présence légale de Vassilis sur l'île.

— À vos ordres, notre Khan. »

Le secrétaire établit l'acte d'état civil en un rien de temps; il le tendit à Vassilis : « Que le bonheur vous accompagne !

— Partons. »

Le trésorier-payeur aussi les accueillit avec beaucoup d'égards. Il était tout disposé à leur donner les titres de propriété de la maison aux panneaux peints et du moulin sans bourse délier. Vassilis était paniqué, tout inquiet. Poyraz remarqua son désarroi. « Ce n'est pas pour moi, c'est pour Atoynatanoghlou Vassilis, précisa-t-il. De gré ou de force vous allez accepter notre paiement. »

Il posa trois pièces d'or sur la table.

« Mais, Poyraz Bey, mon frère, je donne tout ça à tout le monde et gratis. Personne ne veut aller sur cette île même si tu leur donnes une prime d'une bourse remplie d'or, même s'ils crèvent de faim, femmes et enfants. C'est à n'y rien comprendre.

— Peu importe ! » tonna Poyraz. Il se leva de son siège et se rassit. La médaille épinglée sur son thorax faisait le pendule. « Peu importe, vous allez accepter ce paiement et nous vendre le moulin et la maison. »

Les palabres durèrent. La médaille de la guerre d'Indépendance eut le dessus sur les manières d'Abdülvehab Bey, le héros national spolié, et ce, grâce à l'insistance d'Üzeyir Khan. Poyraz prit les trois pièces d'or sur la table et les glissa dans la poche du héros national.

L'acte de vente fut rédigé sans délai. En les quittant Üzeyir Khan dit :

« Ce soir vous êtes attendus chez nous, mon seigneur. Des boissons, des mézés, mon seigneur… qui n'ont jamais entendu le chant du coq.

— Ça promet !

— On va faire la fête, dit Üzeyir Khan. Je vais inviter le sous-préfet aussi. »

Avant d'aller au cadastre, Üzeyir Khan passa chez lui pour donner les consignes à son épouse. « N'aie crainte, notre Khan, fit-elle, tout sera mieux que ce que tu aurais pu imaginer. »

L'accueil du cadastre fut plus que chaleureux. Le directeur les installa, ordonna des cafés. Il ne savait plus où donner de la tête, tournait en rond dans la pièce, tant il était content. Les yeux écarquillés, Vassilis savourait le spectacle.

L'acte de propriété fut prêt en un tour de main. La sous-préfecture était toute proche. Il y avait belle lurette qu'Abdülvehab avait donné la bonne nouvelle.

Le sous-préfet, un homme posé, les accueillit à la porte. Il ne manqua pas de toiser Poyraz à plusieurs reprises, pour essayer de mieux saisir le personnage. Il se montra très curieux de Poyraz.

« Sur quels fronts avez-vous combattu, Poyraz Bey ? »

Tout timide, Poyraz répondit :

« Sarıkamış, Allahüekber, le mont Ararat, Van, nous avons poussé jusqu'à Bagdad.

— Et la médaille militaire ?

— À Urfa, contre les Français.

— Mes félicitations, grâces soient rendues à Dieu, monsieur. Mes félicitations.

— Je vous en remercie. »

Le sous-préfet aussi avait combattu aux Dardanelles. Il commença à raconter ses souvenirs du front. Il était intarissable et tout excité.

Üzeyir Khan osa l'interrompre.

« Notre seigneur et maître, vous causez si bien. Permettez-moi de vous couper la parole avec un peu de miel. Ce soir votre présence honorera ma demeure.

— Si je vous comprends bien, notre Khan Üzeyir… ce sera une vraie fête ce soir. Et ces boissons, toutes ces bonnes choses à boire… !

— Des spécialités du Caucase, les mézés d'Istanbul. Et

notre cher sous-préfet. Et les souvenirs du front des Dardanelles. Et puis, j'ai une bonne nouvelle pour notre ami et fils Poyraz efendi. Une vraie surprise. » Il s'arrêta, prit le temps d'ajuster son sourire d'emprunt. « Savez-vous qui vient, dans cette "île aux fourmis" que d'aucuns semblent regarder de haut? Eh bien, c'est le médecin militaire, le commandant Halil Nuri Bey. La Providence a déployé ses ailes sur cette île aux fourmis. Cet homme saint, ce héros des Dardanelles vient s'installer dans l'île aux fourmis. »

Timide, Poyraz rectifia :

« L'Île-Fourmi, monsieur.

— Bien sûr, veuillez m'en excuser, l'Île-Fourmi, bien sûr. »

La soirée fut réussie. Le sous-préfet, tout enthousiaste, égrenait ses récits : les bateaux coulaient, la mer, la terre, les ténèbres étaient en feu, le détroit des Dardanelles n'était plus qu'un fleuve de flammes. De la nuit en flammes tombait une pluie de cadavres démantibulés, et la vraie pluie était du sang. La mer, la nuit résonnaient des grondements de la canonnade, du crépitement des mitrailleuses, des hurlements des agonisants. La terre entière était devenue un chaos, retenait sa respiration avec des yeux exorbités.

Le délire du sous-préfet dura jusqu'au petit matin. Personne ne voulait l'arrêter, et, du coup, lui se laissait emporter par le flot tumultueux de la guerre. Il en avait oublié ses voisins de table et les invités. Il s'exprimait avec les yeux, les bras, les cheveux, sa respiration, avec tout son corps.

Quand les premiers rayons du soleil pénétrèrent dans la pièce et qu'ils eurent éclairé le visage des présents, éblouis, le sous-préfet chancela un instant. Il cilla ne sachant plus très bien qui étaient ses commensaux. Il les dévisagea un par un. Puis il se remémora la nuit. Il fixa du regard la médaille d'or de Poyraz. Il donnait l'impression de sortir d'un rêve. Il revint à lui et se tut.

À peine s'était-il tu qu'il reprit de plus belle :

« Nous nous sommes tous brûlés au feu de cet incendie. Nous nous sommes grillés, rabougris, nos cœurs sont en miettes. “Nous sommes des invalides, nous avons perdu notre sens de l'humain, s'écriait le docteur Halil Nuri Bey. Nous avons perdu l'humain en nous, nous ne sommes plus que des cendres. Nos enfants ne retrouveront plus non plus nos valeurs humaines d'avant. Jusqu'à la fin des temps des pluies de sang tomberont sur nos petits-enfants, ils seront des fous, des cannibales qui se mangent les uns les autres. Ils auront perdu toute idée de pitié, plus aucune lumière n'habitera leur être. Ils vont errer de par le monde, en essayant de crever l'œil de leur prochain.” »

Le sous-préfet se leva. Il était grand, avec un visage dur, plissé, cireux. Il partit aux toilettes. Il urina longuement, revint en disant : « J'ai froid. » Il s'allongea sur place et sombra dans un sommeil quasi comateux.

La maîtresse de maison avait déjà préparé un petit déjeuner. Tous les présents sauf le sous-préfet se remirent à table.

Poyraz et Vassilis partirent les premiers, après s'être excusés. Ils firent presque toutes les boutiques et les commerces du marché. Vassilis acheta quelques boisseaux de tuteurs à potager, assez longs. Poyraz se demanda à quoi pouvaient bien servir ces boisseaux mais s'abstint de poser la question.

« C'est pour battre les oliviers que j'achète ces boisseaux de longs bois, commenta Vassilis.

— Nous allons battre quoi ?

— Les oliviers. »

Ils avaient acheté tellement de choses à midi qu'il fallut les services de quatre personnes et deux heures pour charger le tout dans le bateau.

À peine débarqués, Poyraz prit Vassilis par la main pour l'emmener à l'oliveraie.

« Ça, ce sont des oliviers.

— Je vois.

— Ce sont ces arbres qui donnent les olives toutes noires.

— Vertes au début.

— Noires à maturité», dit Vassilis en rigolant.

Il lui expliqua dans le détail comment on prenait les olives pour l'extraction de l'huile.

Lorsqu'ils se retournèrent, ils virent Lena qui les avait suivis.

« Il faut rentrer, les gars, dit Lena en riant. Vous avez pillé tous les magasins de la ville pour en apporter le contenu ici. Le bateau du capitaine Kadri est à deux doigts de couler. Il vous faudra du temps jusqu'à minuit pour transborder tout ça.

— On fera tout demain. On a de quoi héberger le capitaine Kadri aussi, mère, rétorqua Poyraz.

— Vous allez mourir de faim, faites vite ! gronda Lena, dépêchez-vous !

— Vite ! » fit Poyraz qui fit mine de presser le pas. À l'embarcadère, Kadri continuait à s'affairer dans le bateau.

« C'est bon, capitaine ! On va mourir de faim. Qui sait ce que la mère Lena nous a mijoté comme délices. On finira de vider le bateau demain matin.

— Mon nez sent les promesses de bonne cuisine qui viennent de la maison», dit le capitaine Kadri, en marchant plus vite que les autres. Il les attendit devant la porte. Ils montèrent à l'étage ; la table était admirablement dressée.

Lena apporta la soupière fumante. Poyraz fit le service. La soupe aux pois chiches, au jus recuit de grenade et aux pâtes fleurait bon la menthe.

« C'est quoi cette soupe, mère Lena ? Je n'en ai jamais mangé de pareille, dit Kadri.

— C'est une spécialité de chez nous, en Anatolie, on l'appelle la soupe des cinq doigts. Pourquoi les cinq doigts ? Parce qu'il est si bon que tu manges tes doigts avec. »

Les aubergines farcies relevées à la sauce au jus de grenade suivirent.

« Mais, mère ! Où as-tu pu dégoter des aubergines ? »

Elle sourit avec un air béat :

« Longue vie à Thanassis le bienheureux. Il a évidé les aubergines et il les a fait sécher comme du linge, sur des cordes dans son cellier. »

Vassilis accusa le coup ; les bouchées avaient du mal à passer :

« Sacré Thanassis ! et qui peut savoir ce qu'il endure dans les terres étrangères. Il a toujours dit qu'il voulait mourir ici. Il disait que même s'il mourait ailleurs, son vœu était d'être enterré ici. Sacré Thanassis ! vois donc tout ce qui t'est tombé sur la tête. Ce que tes yeux ont eu à voir. Si tu vis, tu n'as pas fini d'en voir de toutes les couleurs ! »

Ils furent tôt à pied d'œuvre pour décharger le bateau. Les trois gaillards encore jeunes arrivèrent à vider la cargaison avant midi puis à transporter les affaires de Vassilis à la « maison aux panneaux de peinture ». Les garçons se mirent à déposer dans l'ordre les fauteuils, le lit, le canapé, les chaises, les glaces, les tapis et les kilims, et l'équipement de cuisine. Lena s'arrangeait pour trouver une place pour chaque objet après mûre réflexion puis se retournait vers les autres en disant : « Vous trouvez que ça convient ? » La réponse était rapide et invariable : « Mère, puisque c'est toi qui as choisi, c'est forcément le mieux ! »

Une fois meublé, le salon devint lumineux, coloré ; les panneaux paysagers prirent une allure impressionnante. C'était si beau qu'ils ne voulaient plus quitter la pièce. Le chat les suivait comme une ombre d'une pièce à l'autre. Ce n'est que lorsqu'il se mit à miauler qu'ils sortirent de leur rêverie.

« Il a faim, dit Lena, sinon il ne miaule jamais.

— Il a quelque chose à manger ?

— Oui, il y a les olives de Thanassis. Il les adore. Je lui mets une dizaine d'olives dans sa coupelle ; il en prend une, il joue longtemps avec et une fois fatigué il revient à son assiette pour manger toutes les olives et ranger leurs noyaux dans la coupelle.

— Je n'ai jamais vu un chat comme celui-là. Il est à Vassilis je crois ?

— Oui, dit Vassilis. Un jour où je m'étais caché dans la roselière il est venu à côté de moi et il n'est plus reparti depuis. C'est vrai qu'à part moi et les oiseaux, il n'y avait pas âme qui vive dans l'île.

— Et les autres chiens et chats, que sont-ils devenus ?

— Chacun a emmené son chat et son chien », dit Lena. Soudain son expression s'assombrit, elle était au bord des larmes. « Et, puis... » Elle se tut.

« Et puis ? dit Poyraz.

— Et puis ? » répéta Vassilis.

La tête penchée, le regard sur ses genoux, Lena se taisait.

« Alors ?

— Ensuite ?

— Et puis ? »

Lena redressa sa tête d'un geste brusque. Elle fixa son regard noyé de larmes sur chacun d'eux.

« Les bateaux qui étaient en attente n'ont pas accepté les chiens et les chats. Abandonnés de tous, sans eau, sans nourriture, ils sont morts comme ça ! »

Le chat avait choisi sa place sur le canapé. Lena se leva, le prit avec brusquerie et partit vers l'escalier.

« Il y a sûrement autre chose, dit Poyraz. On ne se met pas dans tous ses états parce que des chiens et des chats ont été abandonnés.

— Je sais, dit Vassilis. Quand Lena a vu mon chat elle n'a pas pu s'empêcher de dire la vérité.

— Qu'est-ce qu'elle t'a dit ?

— Quand les bateaux venus de Grèce ont quitté l'île, une fois au large, les marins ont entendu les miaulements d'un chat. Ils se sont mis à la chasse aux chiens et aux chats et quand ils en trouvaient, ils les jetaient à la mer. Une grande bagarre a éclaté entre les exilés et les marins; des gens ont été blessés. Dans d'autres bateaux aussi, il y a eu des bagarres à cause des chiens et des chats de compagnie. Arrivés au Pirée, ils en ont emprisonné plus d'un pour mutinerie et il les ont insultés en les appelant *tourkos sporos*[1].

— Quelle vacherie, la guerre ! dit Poyraz avec un long soupir. Vacherie de guerre ! Que celui qui t'a inventée ne connaisse pas le paradis ! Saloperie de guerre, qui a tout détruit sur cette terre : de l'oiseau dans le ciel jusqu'aux insectes et vermisseaux sous la terre… aux poissons dans l'eau.

« Ils disaient que chaque fois qu'un obus tombait dans la mer, aux Dardanelles, peu après, la surface de la mer se couvrait de poissons avec leur ventre blanc à l'air. Il paraît qu'il n'y a plus de poissons là-bas. Ils ont tari la mer ! »

Il posa la main sur l'épaule de Vassilis, le regarda droit dans les yeux avec plein d'affection, d'un regard clair et chaleureux.

« Comment s'appelle-t-il, ce chat ? Il est très beau.

— Oui, il est très beau se réjouit Vassilis. Durant toute ma période de solitude, il a été mon compagnon. Il ne m'a jamais quitté. Mais je ne connais pas son nom. Il s'appelle "Chat", et voilà !

— Tu ne peux quand même pas appeler "Chat" un si beau chat, protesta Poyraz.

Pendant qu'ils devisaient, le chat, échappé des mains de Lena, faisait le tour du propriétaire dans la nouvelle maison en reniflant tous les meubles et les objets un par un.

1. « Graines de sperme de Turcs ».

Vassilis se pencha et le prit dans ses bras. En habitué des lieux, la bête se pelotonna et se mit à ronronner.

« Comment veux-tu qu'on l'appelle, toi ? »

Poyraz se pencha vers Vassilis et lui prit le chat des mains, commença à lui caresser le poil soyeux avec une grande tendresse. Subitement :

« Nous allons l'appeler Abbas », dit-il, mais, à peine le mot prononcé, il fut pris de remords. Il avait le visage tout rouge, et s'en voulait beaucoup de son imprudence. Il esquissa un sourire quelque peu forcé et dit avec un sourire penaud : « Mais non, mais non, mais non ! ce n'est pas possible. Nous n'allons pas donner un nom d'homme à cet animal quand même ? J'avais un copain de régiment qui lui... » Il se ravisa, eut honte de mentir à Vassilis et renonça.

L'autre insista :

« Ce chat s'appelle Abbas. Il est même probable qu'il s'appelait ainsi dans le temps, avant de venir auprès de moi. »

Pour Poyraz il était bien tard pour rattraper son erreur. « Eh bien, on n'a qu'à l'appeler Abbas, dit-il, résigné, tandis qu'un sentiment de joie montait en lui. Allez, camarade, allons en bas avec Abbas pour finir l'installation. Où est passé le capitaine Kadri ?

— Je l'ai aperçu près de l'oliveraie. »

Ils descendirent pour répartir leurs achats, une partie chez Vassilis, l'autre chez Poyraz. De retour de l'oliveraie, Kadri leur donna un coup de main.

Le travail fini, Kadri vint auprès de Poyraz.

« Poyraz *agha efendi*, dit-il, puis il se tut.

— Tu as quelque chose de particulier à me dire, vas-y.

— Je voulais dire que... » Il se tut encore sans avoir achevé sa phrase.

« Mais vas-y, capitaine, dis ce que tu as à dire, camarade !

— C'est-à-dire... je veux dire... c'est que... »

Il y eut un long silence. Chacun avait la tête baissée.

Le capitaine reprit :

« C'est que... Et si ma mère ne venait pas ? » Puis dans un souffle : « Si ma mère venait dans cette île, si j'achetais une maison, en vendant mon verger d'orangers. Mais je ne peux pas vendre le verger, ma mère en mourrait. Si je lui dis : "Viens dans l'île", elle ne voudra pas venir dans cette île déserte... Je ne sais pas quoi faire. Je ne veux pas me séparer de vous. »

Il s'arrêta net. Il prit une expression boudeuse comme un gamin qui vient d'être grondé. Il pencha la tête et se perdit dans ses pensées.

Poyraz Musa intervint, avec douceur :

« Écoute-moi, mon capitaine, mon frère, tu es chez toi ici, avec nous et tu n'as pas besoin de vendre ton verger.

— Mais où vais-je trouver l'argent pour acheter une maison ici ? Et puis il y a aussi le service militaire... Et puis, et puis... » Il rougissait, voulait dire quelque chose mais se retint.

« Et puis quoi, capitaine ?

— Et puis... » Il se tut à nouveau.

Poyraz Musa lui caressa le dos, avec un grand sourire : « Oui, capitaine, il y en a une qui t'espère ! »

Cessant de se contorsionner, le capitaine poussa comme un cri : « Oui ! Il y en a une.

— Alors, capitaine, écoute-moi bien. »

Il tira de sa poche sa bourse dont il défit le cordon, il prit une pièce d'or qu'il tendit au capitaine Kadri. Quand celui-ci réalisa le geste, il retira sa main instinctivement.

« Prends ça ! » dit Poyraz, comme un ordre. Le capitaine tendit la main.

« À la bonne heure ! Quand tu seras de retour en ville, tu iras tout droit au bureau du trésorier-payeur, tu te présenteras de ma part. Tu lui raconteras ton projet. Tu lui tendras la pièce d'or. Il ne la prendra pas, la posera sur la table et se mettra à t'engueuler. Quoi qu'il dise ou qu'il crie, tu pencheras la tête et, le regard sur les souliers, tu ne diras rien du tout. Il va t'injurier, tu te tairas. Il va écumer de rage, tu la fermeras encore. Il va venir sur toi comme pour te frapper, tu ne bougeras pas. Tu tiendras comme un roc. Lorsqu'il se sera un peu calmé, tu lui parleras tout doux, sans élever la voix : "Je sais, moi, que vous êtes un héros qu'on a spolié. Qu'est-ce qu'une seule pièce d'or pour les héros, mais qu'y puis-je ? Quand j'aurai vendu ma maison…" Il va te couper la parole, il te dira "La ferme !", puis il va se radoucir et régler ton affaire. Après tu iras au cadastre… »

Il lui mit trois pièces d'or dans la main. « Et celles-là, tu les donneras au directeur du cadastre. »

Il lui parla longuement du directeur du cadastre.

« Bon, descendons. Y a-t-il une maison qui te plairait plus que d'autres ?

— Non, mais je voudrais être votre voisin.

— Allons les visiter. »

Le capitaine choisit la maison à côté de celle de Vassilis. C'était une maison à deux étages, chaulée en violet aubergine. Elle avait deux jardins assez grands, devant et derrière, déjà en fleurs aux couleurs chatoyantes, pleins d'abeilles et de papillons.

« À qui est cette maison ?

— C'est la maison de Ketty Sotiris.

— Allons visiter la maison de Ketty Sotiris. Elle est aussi belle que celle de Vassilis, mais elle n'a pas de panneaux peints comme chez lui, excepté un sur la cheminée. C'est une peinture de branche d'amandier avec des fleurs blanches et roses.

— Elle est encore plus belle que la mienne, la maison de Ketty Sotiris, dit Vassilis.

— Tu diras : "Je voudrais la maison de Ketty Sotiris", au trésorier-payeur. »

Le capitaine avait bien connu Ketty Sotiris. C'était une

grande rouquine aux yeux clairs, au menton tout menu. Même de loin, on devinait ses seins bien fermes sous sa robe. Elle était une des plus belles femmes de la région. Son mari, officier de réserve, avait été tué pendant la guerre des Balkans. Ilia Sotiris avait fait des études à Istanbul, à Athènes et à Paris, et venait d'une famille très aisée. Il avait une maison en ville sur la côte et l'autre dans l'île. Il avaient eu deux fils et Ketty avait vendu toutes ses propriétés en ville, transformé le produit en capital-or et consacré sa vie à ses deux fils qui avaient été choyés, mieux que du vivant de leur père.

Le capitaine Kadri imagina, comme s'ils étaient présents, Ketty et ses deux fils, plantés là, regardant leur maison avec des yeux vides.

« Tu as fait le bon choix en prenant la maison de Ketty, capitaine. Et si cela avait été quelqu'un qui n'avait pas respecté la valeur des gens et des biens ? Hein ? »

Poyraz dévisagea l'un après l'autre le capitaine et Vassilis. Tous les deux étaient tristes.

« Elle devait être très belle, Ketty Sotiris, non ?

— Très, très belle », firent-ils, avec nostalgie.

Vassilis leur raconta comment, pendant la guerre des Balkans, Ilia Sotiris avait résisté trois jours durant, avec sa petite compagnie, contre un bataillon russe. Personne n'avait survécu dans son unité.

Le capitaine Kadri était très content mais par moments il retrouvait son regard triste. Poyraz avait remarqué cette alternance de joie et de tristesse.

« Capitaine Kadri, bientôt cette île sera pleine de monde. Toutes ces maisons seront à quelqu'un. Comment allons-nous deviner si ce sont des gens bien ou des filous, des gens justes et équitables ou des truands ? Au moins, avec toi, la maison sera en bonnes mains. Tu prendras soin de la maison de Ketty comme si elle avait été à toi depuis toujours.

— J'en prendrai certainement soin, dit Kadri qui cachait mal son plaisir. Mais je ne sais pas ce que ma mère en dira.

— Que veux-tu qu'elle te dise? dit Poyraz en riant de bon cœur. Une belle maison comme celle-ci, il n'y en a même pas à Istanbul. Ta mère connaissait-elle la belle Ketty?

— Et comment! Chaque fois que Ketty descendait en ville, tous les gens venaient au marché pour la voir passer. Elle était vraiment belle, comme une houri.

— Ben alors!

— Eh bien, si ma mère ne veut pas?

— Et pourquoi n'en voudrait-elle pas?

— Oh, elle a son caractère!

— Ne lui dis rien tant que tu n'as pas le titre de propriété.

— Je ne lui dirai pas. Ce sera mieux comme ça.»

Soudain, le capitaine Kadri commença à piaffer d'impatience. Il avait un œil sur son bateau à quai et jetait des regards furtifs à Poyraz et Vassilis.

«Pourquoi tu t'agites comme ça, capitaine, tout d'un coup?

— Il faut que j'y aille, Poyraz Reis.»

Lena arriva tout en sourires :

« Alors, Kadrimou, mon fils. En voilà une bonne nouvelle. Les maisons des gens bien sont dignes des gens comme eux. Ta mère viendra-t-elle aussi dans l'île?

— Je ne sais pas, mère Lena. Tu sais comme elle est imprévisible.

— Si, si, c'est clair. Elle viendra ici. Elle est très avisée. Elle aime bien cette île.

— Et l'orangeraie?

— Tu planteras des orangers ici aussi.

— J'en planterai», dit Kadri. Il se leva et partit à l'embarcadère au pas de course; il sauta dans l'embarcation. Il démarra aussitôt.

« N'oublie pas de nous donner de tes nouvelles, ou viens toi-même ! » lui cria Poyraz en s'éloignant.

Le capitaine mit pleins gaz. Le bateau, tout neuf et de bonne qualité, marchait bien. Il était très pressé d'atteindre la ville. Aller tout de suite chez le trésorier-payeur, se faire recevoir, poser la pièce d'or sur la table, ne pas faire attention à ses rodomontades, lui dire solennellement : « Tu es un héros spolié », puis : « Poyraz Musa Reis vous envoie ses salutations », et boucler l'affaire. Ensuite, au directeur du cadastre… Il plongea sa main dans la poche de son pantalon bouffant, il palpa les pièces d'or et les compta plusieurs fois. Quand il aurait son titre de propriété il prendrait un chat, lui aussi; comme Vassilis. Sa mère ne pouvait se passer de lait : trois chèvres. Qui sait quelle abondance de lait donneraient les chèvres du prophète Hızır de l'Île-Grosset ? Sauf qu'il ne faudrait pas les toucher. Un chasseur eut un jour le malheur de chasser une de ces chèvres, mais avant même que la balle ne touchât la bête il fut pétrifié, dégringola de la falaise et se retrouva au fond de la mer. « Mais je ne vais pas les chasser, ces chèvres, se rassura-t-il, c'est juste pour les traire. Ma mère en fera du yaourt, battra le beurre, boira du lait. Les chèvres feront des petits. Plein de chèvres aux poils bleutés se promèneront dans l'île. Mère sera contente. Elle s'occupera des chèvres dans la vallée de l'oliveraie en filant leur poil. Avec ces poils bleutés elle fera des tissages si beaux que chacun vaudra trois pièces d'or. Et puis… Et puis… » Il n'osait même pas s'écouter penser. Et puis… Et puis… Il se marierait avec une fille belle comme Ketty Sotiris. Peut-être que les Grecs allaient revenir. Alors il se marierait avec une Grecque. Est-ce que sa mère serait fâchée qu'il épouse une Grecque ? Pas du tout ! Elle aime bien les Grecs… Et la promise ? Il eut honte.

Il n'avait pas vu passer le temps qu'il avait mis pour atteindre la côte et le bourg. La nuit était en train de tomber, il poussa la porte de chez lui. Sa mère l'accueillit avec des cris de joie, l'enlaça, l'embrassa. « Raconte ! dit-elle. J'avais bien prévu ton retour, je t'ai préparé des *manti*[1].» Tout en dressant la table elle lui disait : «Tu mijotes quelque chose aujourd'hui; raconte.»

Tout en mangeant, Kadri raconta par le menu ce qui s'était passé. Sa mère acquiesçait : «Tant mieux, tant mieux! Atoynatanoghlou, c'est un gars bien, un très bon garçon. Et puis ce Poyraz Reis, quel genre d'homme dis donc! Qui sait d'où il vient?

— Ce doit être un homme d'un très grand lignage. Il a la médaille d'or sur sa poitrine et un *muska* en or autour du cou. Grand comme ça, le *muska*! en or massif!»

Kadri raconta tout dans le moindre détail mais il n'osait pas parler de la belle maison qu'il allait acheter, des chèvres aux poils bleutés et marron qu'il allait élever. Le dit et le non-dit tournaient en rond dans sa tête. Et le chat! pardessus le marché!

Il ne put pas fermer l'œil de toute la nuit. Il remuait tout ça dans sa tête. Il ouvrit l'œil aux premières lueurs du matin, se rasa, avala rapidement quelques bouchées en guise de petit déjeuner pour se trouver fin prêt devant les bureaux du trésorier-payeur. Il s'assit sur le muret de la cour. Il commença à gamberger encore plus fort qu'hier dans le bateau. Il irait voir le maître qui lui avait fait don du bateau, et puisqu'il allait être riche dans un proche avenir, il lui dirait : «Maître, Dieu m'a donné plus que je ne pouvais espérer, et c'est par toi que la chance est arrivée. J'ai entendu dire que tu n'es pas bien là où tu es maintenant. Je suis venu te chercher pour t'emmener avec moi. N'aie crainte; le Reis de notre île est Poyraz Reis, il a même une médaille militaire en or. C'est Mustafa Kemal Pacha qui lui a donné ça. C'est un proche compagnon d'armes du Pacha. Et puis il a un

1. Raviolis turcs à la viande et au fromage qu'on mange avec du yaourt à l'ail nappé de beurre noir.

muska d'or énorme au cou ; et ça c'est un homme saint qui lui en a fait don, quand il était à Urfa. Il m'a chargé de te dire de revenir ; qu'un homme de ta valeur n'avait rien à faire dans des terres étrangères. Il m'a dit de te dire : "Sa maison l'attendra jusqu'à ce qu'il revienne : même s'il faut attendre cent ans, et même si la maison, vide, finissait par s'écrouler." »

« Alors, capitaine Kadri, qui est-ce qui est en train de rêvasser là, assis sur ce muret ? »

Il leva la tête : c'était Kara Hassan, un ami pêcheur.

« Tu as à faire ici ?

— C'est ça.

— Tu sais, la saison de l'espadon a déjà commencé, et il est déjà presque tard. Si tu veux bien, je travaillerai dans ton bateau. J'en ai un peu marre des autres patrons-pêcheurs. Tu me connais.

— Sûr que je te connais bien, maître Hassan.

— On peut dire que le métier de harponneur… c'est moi qui l'ai introduit ici.

— Je le sais bien, maître.

— Et alors ?

— Patience. J'ai des affaires à régler.

— Pour combien de temps ?

— Je ne peux rien dire, va faire un tour, je viendrai te retrouver.

— Tu n'es pas un type sérieux ; tu es en train de laisser pourrir un bateau magnifique à ne rien faire.

— Je viendrai te retrouver très prochainement.

— Eh bien, je te prends au mot. Je t'attendrai. »

Le soleil était déjà haut comme trois peupliers. Dès l'ouverture, il se présenta devant Abdülvehab Bey qui l'accueillit mieux qu'il n'avait osé espérer. Il empocha la pièce d'or posée sur la table sans faire ni remarque ni commentaire. Après quelques propos échangés, il lui offrit le café, boucla rapidement son dossier et lui dit d'aller sans tarder au cadastre. Le directeur du cadastre qui eut droit aux salutations de Poyraz Musa et d'Abdülvehab Bey empocha les trois pièces d'or grosses comme des yeux de bœuf et ne lambina pas lui non plus.

Une fois le cadastre réglé, le capitaine fila tout droit au café. La boutique était presque vide; il salua le patron. Celui-ci connaissait le capitaine depuis des lustres mais ne l'avait jamais vu aussi visiblement content. Du café, il fila comme le vent à son bateau. Il démarra, mit les gaz et mit le cap au large. Au bout d'un moment il voulut faire demi-tour; repartir; changer encore de cap. Ne sachant plus où aller, il arrêta le moteur et s'assit. Mais il ne tenait pas en place.

Il repartit au port. Il amarra le bateau à quai et repartit au café. Il n'y avait toujours pas grand monde. Il ressortit. Le patron du bistrot l'interpella de loin : « Alors, capitaine ! Qu'est-ce qui t'arrive ? » Il ne l'entendit même pas. Il entra dans le bourg, alla à la place du marché. Il passa et repassa devant la boutique du coiffeur. À chaque passage, il se regardait furtivement dans la glace de la vitrine. De l'intérieur de la boutique venaient des parfums de savon et d'eau de Cologne au citron. Il entra dans la boutique noyée dans des vapeurs des chaufferettes. Il se voyait lui-même dans la glace et les gens de la rue comme à travers un brouillard.

Le temps de se faire raser et coiffer, et de revenir chez lui passa comme dans un rêve. Il avait son titre de propriété à la main et le regardait, comme pour déchiffrer, mais sans rien comprendre, les gribouillis du papier. Il avait bien poussé la porte de la cour mais n'osait entrer. Il avait encore le parfum du savon et de l'eau de Cologne dans le nez. Il était planté là, devant la porte. « Mère, je viens d'acheter la maison de la belle Ketty Sotiris. »

Sa mère allait être furieuse, faire une scène et même lui cracher à la figure, l'humilier. Ou alors, peut-être allait-elle réagir comme elle le faisait parfois, lorsqu'elle était vraiment très contrariée, partir dans son village dans la montagne et refuser de revenir malgré toutes les supplications. Ce n'est que lorsque sa colère se calmerait, au bout de quelques années, qu'elle redescendrait de son village et enlacerait son fils en pleurant.

« Qu'est-ce que tu fais planté là devant la porte, mon fils, mon capitaine ? Et qu'est-ce que c'est que ce papier que tu tiens en main ? »

Il revint à lui. Il avait été surpris avec le papier en main et ne savait plus où le fourrer. Il le mettait dans une poche, le ressortait pour le mettre dans une autre poche. C'était comme s'il ne savait plus où cacher ses mains.

Elle était inquiète de voir son fils perturbé de la sorte.

« Mais qu'est-ce qui t'arrive, mon fils, mon capitaine ? Qu'est-ce que c'est que ce papier que tu essayes de cacher ?

— *Tapu*[1], mère, *tapu* ! dit Kadri en un souffle, comme pour se libérer.

— Mais quel *tapu*, mon fils, mon capitaine ? »

Elle avait la voix tout affectueuse, pleine de chaleur ; ce qui n'était pas dans ses habitudes. Kadri en reprit tous ses esprits.

« Mais c'est le *tapu* de la maison, mère !

— Quelle maison, mon enfant ? »

Le capitaine était à la fois enjoué et inquiet :

« J'ai acheté une maison dans l'Île-Fourmi, mère !

— Quel genre de maison, mon enfant ? »

Elle était passablement intriguée, elle avait commencé à sourire. Ils entrèrent dans la maison, elle devant et lui derrière. Ils prirent place sur le canapé, face à face.

« C'est une maison couleur d'aubergine. À deux étages. Le toit est en tuiles rouges. Au rez-de-chaussée, il y a une

1. Titre de propriété d'un bien foncier.

grande cheminée en marbre vert, à l'étage, il y en a une autre en marbre veiné de bleu. Au-dessus de la cheminée, il y a un panneau peint : une branche d'amandier en fleur. Il y a plein d'oiseaux qui volètent autour de la branche, de toutes les couleurs... on entendrait battre leurs ailes. La maison est face à la mer, près de l'embarcadère. Il y a deux jardins; un devant et l'autre derrière qui sont peut-être cinq fois plus grands que notre verger. Et puis, il y a trois grenadiers énormes dans le jardin de devant.

— Les grenades sont-elles roses?

— Ça, je ne peux pas te le dire.

— Serait-ce qu'ils ne donneraient plus de grenades? Peut-être que les arbres sont trop vieux?

— Mais non, mère! Mais non! Ils ne sont pas vieux. C'est parce que ce n'est pas la saison des grenades. C'est en automne. Des arbres aussi grands, bien sûr que ce sera des grenades roses.

— Mais comment as-tu fait pour l'acheter? On dit qu'on ne les donne pas gratuitement aux gens du pays, seulement aux réfugiés.

— C'est Poyraz Reis qui s'est débrouillé pour me l'acheter.

— Il a tant d'argent que ça, lui?

— Plein, tout plein. Il a une médaille militaire en or. Il a tellement fait la guerre que c'est Mustafa Kemal Pacha qui lui a décerné la médaille... Et puis il a un énorme *muska* accroché à son cou. Ça aussi, c'est Mustafa Kemal Pacha qui le lui a donné. Et puis il lui a donné plein d'argent.

— Mais pourquoi il a acheté cette maison pour toi?

— Pour que nous devenions des voisins. C'est parce qu'il m'apprécie beaucoup. »

Elle se leva devant son fils, le fixa du regard, elle le toisa un certain temps, avec admiration, de pied en cap.

« Mais qui oserait donc ne pas apprécier mon fils?

— Cette Île-Fourmi est tout en verdure, pleine d'herbes,

pleine d'arbres, de vignes, de pêchers, d'amandiers. Quantité d'oliviers là-bas. Et puis je t'achèterai des chèvres : cinq rousses, trois bleues. J'irai à l'Île-Grosset t'attraper des chèvres de Hizir : trois femelles, un bouc.

— Je n'en veux à aucun prix! s'écria la mère, toute blême.

— Mais nous n'allons pas les manger!

— Je n'en veux pas! Jamais! On ne touche pas à ces bêtes.

— Mais on dit que ceux qui boivent leur lait vivent cent ans.

— Je n'en veux pas!

— Comme tu voudras, mère. Les chèvres rousses te suffiront.

— Va pour trois chèvres noires. Leur lait est très bénéfique, paraît-il.

— Sûrement. »

La mère se leva d'un bond. Cette femme tout en douceur, angélique comme son nom[1], se tint raide sur place. Elle respirait très fort, à faire bouger ses gros seins.

« Lève-toi, on se prépare.

— Mais quoi donc, mère?

— Notre maison n'est-elle pas sur l'Île-Fourmi?

— Oui, c'est là.

— Il y a trois gros arbres qui donnent des grenades roses devant? Est-ce que je me trompe?

— C'est bien ça!

— Alors pourquoi tu traînes? Nous partirons tôt le matin, nous arriverons vite dans notre maison. Allez, lève-toi. Il n'est plus temps de lambiner.

— Mère, je voudrais...

— Je t'ai dit de bouger, allez debout!

— Mère je voudrais te dire...

— Garde pour toi ce que tu as à me dire. Allez, debout.

1. Son prénom, Melek, signifie « ange ».

Nous devons être dans notre maison avant le lever du jour, demain. Debout ! Debout, je te dis ! Debout, mes yeux noirs, debout mon brave ! Ce n'est plus le moment de traîner !

— Mère, regarde-moi. Je voudrais te dire quelque chose.

— Vas-y, dis-moi ce que tu as sur le cœur !

— Mère, sais-tu à qui était cette maison ?

— Que veux-tu que ça me fasse, à qui elle était. C'est toi qui l'as achetée, non ? N'est-ce pas le médaillé de Mustafa Kemal, au *muska* d'or, qui te l'a donnée, non ?

— C'est bien lui.

— Et alors ? Qu'as-tu à ajouter là-dessus ?

— C'est la maison de Ketty Sotiris. »

La mère s'arrêta un instant, la tête baissée. Quand elle l'eut redressée, le capitaine vit que son visage était tout bouleversé. Son expression avait complètement changé.

« C'est la maison de la belle Ketty, c'est bien ça ? »

En posant la question elle eut un regard complètement différent, heureux. Le capitaine eut le sentiment qu'elle rayonnait de bonheur.

« Oui, la maison de Ketty la belle.

— Eh bien, tant mieux ! Je vais habiter chez la belle Ketty ! Qu'y a-t-il à redire à cela ? »

Le capitaine était très mal à l'aise. Il allait dire quelque chose, mais il renonça. Sa mère semblait flotter sur un nuage de bonheur.

« Je voulais dire que j'avais pensé que…

— Dis-moi ta pensée… voyons…

— Je me suis demandé s'il n'y avait pas une malédiction… ?

— Pourquoi y aurait-il quelque chose de maudit ?

— Parce qu'on les a exilés, chassés de leurs terres de mille ans.

— Y sommes-nous pour quelque chose ?

— Et puis, tu sais que le mari de la belle Ketty est mort en martyr à la guerre.

— Il est tombé en martyr?

— Oui, en martyr. Rappelle-toi les Russes aux portes d'Istanbul. Tu sais qu'il y a un pont à quarante arches avant d'arriver à Istanbul. Eh bien, le lieutenant Ilia Efendi a posté toute sa section sur le pont, il s'est mis lui-même en poste à la mitrailleuse lourde. Il avait dit : "L'ennemi ne traversera pas ce pont sans marcher sur mon cadavre." Ils se sont battus trois jours et trois nuits pour tenir ce pont, sans reculer d'un pas. L'ennemi était en nombre nettement supérieur. Ils tuèrent tout ceux qui tenaient la défense du pont. Et ce n'est qu'après que l'ennemi put se mettre en mouvement vers Istanbul, en marchant sur les cadavres des combattants. Par la suite, on raconte que des flots de lumière tournoyaient sur ce pont, toutes les nuits, jusqu'au petit matin. C'est bien la preuve qu'Ilia Efendi, le mari de Ketty la belle, est un martyr et un bienheureux? Non?

— Pas du tout.

— Et pourquoi donc?

— Parce que!

— Si Ilia Efendi n'avait pas été un martyr, il n'y aurait certainement pas eu des flots de lumière virevoltant, tombant comme la pluie sur ce pont aux quarante arches, non?

— Oui, bien sûr.

— Occuper la maison d'un martyr signifie qu'on risque la malédiction, non?

— Pas du tout, il n'y a pas de malédiction qui tienne.

— Martyr pour la défense de la religion…

— Laisse-moi rire! Martyr!… pour la religion. Viens par ici, capitaine Kadri, que je te sale pour que tu ne pourrisses pas[1]. Mon beau et gentil fils, mon capitaine, tu dis qu'il est

1. Expression populaire qui s'inspire du salage du poisson, denrée fragile. Elle signifie : « Mon bon couillon », « tu es vraiment naïf, ignare, dénué de raison », etc.

mort en martyr. Comment veux-tu que quelqu'un qui n'est pas musulman soit un *şehit*[1] ?

— Mais bien sûr que c'est possible, mère ! Et si Ilia Efendi n'était pas mort en martyr à quoi rimerait cette course folle de lumières sur le pont, jusqu'au petit matin ?

— Qui a vu quoi, et qui t'en a parlé ?

— Tout le monde est au courant. Ils ont même organisé une messe, dit des prières pour lui, à l'église, ils ont allumé des cierges.

— Tais-toi ! Mais tais-toi donc ! s'écria dame Melek. Homme de peu de foi ! Ceux-là, ils allument des cierges même pour leur chat, à l'église.

— Mais ne t'énerve pas. Ne te mets pas en colère, mère ! Je voulais simplement dire que...

— Repentir ! Repens-toi ! Repens-toi, donc ! Tu insultes la religion !

— Je me repens, je me repens ! Mais je voulais dire que... Nous pourrons vendre cette maison, pour beaucoup d'argent, lorsque les prix vont monter. Et avec cet argent, moi...

— Toi, va pêcher l'espadon. Tu gagneras beaucoup plus. Moi, je resterai dans l'île, au beau milieu de mes deux jardins de paradis. Je ne serai plus la prisonnière de cette maison-ci, qui n'est qu'un poulailler. Trois grands grenadiers dans mon jardin, et chacun couvert de fleurs écarlates. Tout rouges au beau milieu de la mer. Hein ? Qu'en dis-tu ?

— Mère ! Mais notre verger d'orangers. N'ai-je pas planté chacun de ces arbres de mes propres mains ? N'ai-je pas fait

1. Dans le concept coranique, désigne ceux qui meurent pour témoigner de leur foi. À distinguer de ceux qui reviennent sains et saufs d'une guerre pour la défense de la religion. Dans ce cas de figure ils deviennent des *ghazi*, d'où dérive le mot « razzia » (*ghaziyya*) venu de l'arabe.

pousser chacun de ces arbres comme s'ils étaient mes propres bébés, en leur chantant des berceuses?

— Eh bien, tu en planteras dans notre jardin de l'île. Et tu vendras ce jardin et ce poulailler!

— Mais personne n'achètera ici. Les gens n'ont pas un radis.

— Tu les vendras quand ils auront plus de sous.

— Mère! Tu deviendras folle là-bas! Il n'y a personne; c'est la mer aux quatre coins, c'est une île grande comme la paume de ma main. Comme une prison.

— Ha! Ha! rigola dame Melek, laisse-moi rire, parce qu'ici ce n'est pas la prison?»

Elle se redressa, se tint debout. La petite bonne femme toute menue paraissait gonflée de colère, avec ses cheveux blancs ébouriffés.

« Mon petit gars! Demain matin très tôt je vais sur l'île. Tu viens ou non, comme tu veux. J'habiterai toute seule dans ma jolie maisonnette, et je vendrai mes belles grenades roses à cet homme au *muska* en or. Tôt le matin... que tu viennes ou non.

— Mère! s'il te plaît! sois raisonnable!

— Dis-moi, toi le petit chiot! toi qui es têtu comme un chien! Ton père était comme toi, lui aussi était têtu comme toi! Je me suis épuisée à lui dire : "Mustafa, mon homme, écoute-moi, ne va pas à l'armée, ils te tueront là-bas. Va dans la montagne d'en face, mes gens l'appellent *Kazdagi,* les Grecs la nomment le mont Ida. Le village de mon père est là-bas, ils te cacheront, ils prendront soin de toi. Ils te nourriront avec du miel et de la crème. Une fois la guerre finie, qui saura qui était où? Tu reviendras chez toi." Je l'ai supplié trois jours et trois nuits durant. Il ne m'a pas écoutée; il est parti. Il était tout jeune, mince comme une jeune branche. Tu avais à peine quinze ans. Te souviens-tu de son départ?

— Je me le rappelle comme si c'était hier. Mais que pouvait-il faire, mère? Ils l'auraient pendu haut et court!

— Mais regarde ce bourg, ces villages, c'est plein de planqués et de déserteurs. Les ont-ils pendus? Non, ils sont devenus riches.

— Mon père, lui, est mort pour Dieu et la Patrie. La lumière éclaire sa tombe.

— Laisse-moi rire. Quelle lumière sur sa tombe?

— Ben oui! celle qui éclaire les sépultures des martyrs.

— Mais mon pauvre fils! Mais mon demeuré de fils! Ton père n'a même pas de sépulture!

— Je sais, mère! Je sais qu'il n'en a pas. »

Le capitaine s'était mis en colère lui aussi, et élevait la voix. C'est la première fois que Melek voyait son fils dans cet état et avec le verbe haut. Elle accusa le coup, resta coite, ne sachant plus quoi dire. Que s'était-il passé avec ce gosse ? Malgré l'effet de surprise, elle réussit rapidement à se maîtriser. Elle parla d'un ton lent, sans appel :

— Tu l'as entendu? As-tu jamais entendu le sergent Ismail?

— Oui, je l'ai entendu, et de nombreuses fois.

— Écoute-le encore une fois, mon enfant.

— Je l'écouterai encore une fois, et les autres fois aussi.

— Eh bien, mon beau garçon, mon fils qui fais tourner les têtes, mon fils intelligent et têtu. Qu'a-t-il dit le sergent Ismail? Lui qui était avec ton père au front?

— Je le sais.

— La mer était en flammes, en contrebas, les bateaux étaient en flammes, la terre était en flammes. Et de cette mer en flammes jaillissaient des obus qui tombaient dru sur leurs têtes.

— Je sais.

— Fais comme si tu ne le savais pas. Ton père était dans une tranchée. À cinquante pas de là où se trouvait le sergent Ismail. Un obus tomba en plein dans la tranchée où ton père se trouvait avec ses compagnons. Aussitôt l'obus tombé, un fleuve de flammes monta dans le ciel. Quand le sergent Ismail accourut il ne restait plus que la terre dans le trou. Pas un lambeau de chair, pas un éclat d'os. Il a fouillé partout et il n'a pas trouvé le moindre morceau de restes humains.

— Mais je sais bien, mère.

— C'est comme si tu ne savais rien. Tu en connais, toi, des martyrs en poussière ?

— Non, mère.

— Si ton père m'avait écoutée, on n'en serait pas là. Il n'a ni sépulture ni même un morceau d'os. Il est devenu quelque chose comme l'air, ton père. N'est-ce pas ce que disait le sergent Ismail ?

— C'est ce qu'il disait.

— Tu l'as bien entendu de tes oreilles ?

— Je l'ai entendu.

— Qu'est-ce qu'il disait ?

— Il disait, mère : "J'aurais mille fois mieux fait de déserter, plutôt que d'y laisser mes jambes et de devoir ramper aujourd'hui comme un ver de terre jusqu'à la fin de mes jours. Plutôt que de voir les gens me regarder me traîner au ras du sol, avec mes mains et à leurs pieds, j'aurais mieux fait de disparaître, moi aussi en poussière, plutôt que de vivre comme ça."

— Ah ! si ton père n'avait pas été si têtu. »

Il se leva avec un sourire, enlaça sa mère et l'embrassa dans les cheveux.

« Je ne serai pas têtu comme mon père, mère. Prépare le déménagement tout de suite. Je vais au marché faire quelques emplettes et je reviendrai très vite.

— Ta mère t'adore, mon capitaine. Que le Tout-Puissant transforme tout ce que tu tiens en or. Ton père n'a pas pu voir ces jours. Que Dieu t'épargne les mauvais jours, mon faucon. Que tous les poissons de toutes les mers viennent à tes hameçons, à tes filets et à tes harpons. *Inch'Allah!* Je pars vite faire la tournée des voisins pour faire mes adieux. »

Kadri partit en vitesse. Il avait été si content lorsqu'il avait tenu en main le titre de propriété de cette maison. Il n'arrivait pas à s'expliquer pourquoi, voyant sa mère, il avait renoncé d'un seul coup à aller dans l'île. Était-ce parce qu'il avait eu pitié d'elle, à la voir seule sur cette île déserte, pour la vie ? Était-il fâché contre elle ? Avait-il voulu l'éprouver ? Il ne savait plus rien. Il ne voulut pas creuser davantage. En fait, ce qu'il craignait par-dessus tout ne s'était pas réalisé : sa mère avait encore plus envie que lui de s'installer dans l'île. Elle y courait. Il n'y avait plus qu'à acheter les trois chèvres rousses avec leurs chevreaux, la chèvre bariolée avec ses deux chevreaux et le bouc. De suite. Il était tout content. Il fit ses courses rapidement et retourna à la maison. Elle avait déjà fait ses adieux aux voisins, empaqueté ses affaires. Elle était en sueur.

« Tu as fait vite, mon enfant.

— Oui, je suis de retour. Assieds-toi ici pour te reposer et je fermerai les ballots. »

Il prit la pelote de corde des mains de sa mère, roula les matelas dans des kilims et les attacha, puis les plaça le long du mur. Il mit tout le matériel de cuisine et la vaisselle dans un autre sac en toile de jute, et il roula les nattes. Il décrocha les images patriotiques qui ornaient les murs. Sur une des images à dominante bleue rouge et vert il y avait un navire de guerre qui crachait le feu à côté d'un autre bateau à moitié sombré. Les autres images étaient elles aussi des scènes de guerre. Sur l'une d'elles on voyait le général Trikoupis[1] remettre son épée à Mustafa Kemal Pacha, sous le drapeau au croissant et à l'étoile qui ondoie dans les airs. Sur une

1. Le commandant en chef de l'armée grecque durant la guerre en Anatolie.

autre affiche grande comme un drap de lit, deux soldats face à face s'étaient embrochés jusqu'à la garde avec leurs baïonnettes. Ils se tenaient figés, debout, et se souriaient.

Il partit chercher la brouette dans le jardin. Lorsqu'il eut complètement vidé les lieux il alla s'asseoir auprès de sa mère, il l'enlaça :

« Heureusement que tu t'es entêtée pour aller dans l'île, mère, tu verras, notre maison est très belle.

— La maison de Ketty la belle.

— La maison de Ketty », répéta Kadri, avec emphase.

Il allait faire un dernier tour pour être sûr de n'avoir rien oublié quand il eut un sursaut :

« Mais, mère, on a tout empaqueté ; et où dormirons-nous cette nuit ?

— On dormira sur les nattes. Pour une nuit, ce n'est rien, nous n'allons pas pourrir des flancs tout de même.

— Nous n'allons pas pourrir », se rassura Kadri.

Ils furent à pied d'œuvre avant le lever du jour. Les amis d'enfance du capitaine Kadri, ses amis pêcheurs, les voisins vinrent les accompagner au bateau, malgré l'heure impossible.

Au lever du soleil, la mer était sans une ride. Dame Melek était ballottée par des sentiments contradictoires : inquiète d'aller sur cette île déserte, au bout du monde, mais aussi pleine d'espoir du nouveau.

À l'approche de l'île, dame Melek se mit debout, les mains en visière au-dessus des yeux pour contempler l'île, cette masse sombre qui s'élevait au milieu de la mer. Elle s'était imaginé une île minuscule alors qu'elle voyait une sorte de montagne devant elle. À mesure qu'ils approchaient la montagne s'élevait de plus en plus, s'élargissait sur sa base. Peu à peu on pouvait distinguer l'immense platane de la place, et les maisons multicolores, leurs fenêtres éclairées par le soleil.

Les mains sur les hanches, elle admirait cette montagne verte qui s'élevait devant elle, étonnée, fascinée.

« C'est quoi par là-bas? »

De sa main droite elle désignait l'embarcadère.

« C'est l'embarcadère de l'île. »

Elle était ivre de joie : « Que c'est beau! C'est magnifique! C'est un endroit tellement joli où tu m'emmènes. J'allais mourir étouffée dans notre maison minuscule. Que le bon Dieu transforme tout ce que tu tiens en or. »

Elle s'élança vers la proue du bateau, en chancelant et en trébuchant. Elle serait passée par-dessus bord si Kadri ne l'avait pas retenue : « Mère, tu vas tomber, qu'est ce que tu fais?

— Ce n'est rien, pourquoi tomberais-je, mon fils? C'est beau. C'est un endroit tellement beau.

— Ne te l'avais-je pas dit?

— Qu'Allah te rende heureux dans ce bas-monde et dans l'autre monde aussi. »

S'étant élancée pour aller vers son fils elle trébucha encore, à deux doigts de passer par-dessus bord.

« Mère, que fais-tu?

— Rien du tout, j'ai glissé, c'est tout! » Puis, essoufflée par la joie : « Regarde! tes amis sont venus nous accueillir. »

Elle lâcha les bras de son fils et s'affaissa. Elle pleurait.

« Mère, que se passe-t-il? »

Il se pencha pour la relever. Elle alternait les rires et les larmes.

« Mère, arrête. Si les amis te voient comme ça ils vont s'imaginer plein de choses. Ils vont croire que je t'ai forcée à venir.

— Ils peuvent s'imaginer tout ce qu'ils veulent », dit dame Melek. Elle se ressaisit, essuya ses larmes. Quand le bateau fut amarré, elle n'avait plus de rides sur le visage. Sa figure était éclose comme une fleur de joie toute rose.

FIN DU PREMIER LIVRE

Composition Entrelignes (64).
Achevé d'imprimer par la
Société Nouvelle Firmin-Didot
à Mesnil-sur-l'Estrée, le 1er juin 2004.
Dépôt légal : juin 2004.
Numéro d'imprimeur : 68634.
ISBN 2-07-075408-1/Imprimé en France.

87829